INA BITTER

Tod im Teufelsmoor

ABGRÜNDIGE GEHEIMNISSE Als Freifrau Eija von Seelenthin nach einem weinseligen Abend von ihrem Gutshof ins nächtliche Teufelsmoor schaut, traut sie zunächst ihren Augen nicht: Mitten im Naturschutzgebiet lodert ein Feuer! Ihre finsteren Ahnungen bestätigen sich: In einem ausgebrannten Auto wird die Leiche eines Mannes gefunden. Am nächsten Morgen wird von Seelenthin, Hauptkommissarin in Bremen, zu einem weiteren Tatort gerufen. Ein erfolgreicher Chirurg wurde direkt vor seiner Villa überfahren. Bald findet sich ein Zusammenhang zwischen den Opfern: Beide Männer konsumierten Crystal Meth. Zwei Morde im Drogenmilieu? Von Seelenthin und Kommissar Ralf Dremmler stoßen während ihrer Ermittlungen auf verstockte, teil skurrile Zeugen – und auf weitere Motive: Erpressung, häusliche Gewalt, enttäuschte Liebe. Dann geschieht ein weiterer Mord … Drei Leichen und kein Tatverdächtiger – Hauptkommissarin von Seelenthin gerät zunehmend unter Druck. Und dann ist da noch dieser neue Polizeidirektor, der sie aus dem Tritt bringt.

Ina Bitter, Jahrgang 1970, studierte Germanistik, Kunst und Kunstgeschichte. Im Anschluss unterrichtete sie als Studienrätin, textete in Werbeagenturen, arbeitete als Journalistin und in einer Kunstgalerie. Zwischenzeitlich schrieb und illustrierte sie zwei Kinderbücher. Die Autorin lebt mit ihrem Mann und ihren Hunden in Osnabrück. »Tod im Teufelsmoor« ist ihr erster Kriminalroman.

INA BITTER

Tod im Teufelsmoor

Kriminalroman

GMEINER SPANNUNG

Personen und Handlung sind frei erfunden.
Ähnlichkeiten mit lebenden oder toten Personen
sind rein zufällig und nicht beabsichtigt.

Besuchen Sie uns im Internet:
www.gmeiner-verlag.de

Im Ehnried 5, 88605 Meßkirch
Telefon 07575/2095-0
info@gmeiner-verlag.de

1. Auflage 2018

Lektorat: Claudia Senghaas, Kirchardt
Herstellung: Mirjam Hecht
Umschlaggestaltung: U.O.R.G. Lutz Eberle, Stuttgart
unter Verwendung eines Fotos von: © KaMay/shutterstock.com
Druck: CPI books GmbH, Leck
Printed in Germany
ISBN 978-3-8392-2269-0

MEIN DANK GILT

- Dr. Olaf Cordes, Leiter des Rechtsmedizinischen Instituts in Bremen.
- Dr. Anne Müller, Diplom-Psychologin.
- Frank Oevermann, Pressesprecher der Polizei Osnabrück.
- Pressestelle der Feuerwehr Osnabrück.
- Meinem Mann Roland.
- Meiner Schwester Eva.
- Dem Team vom Gmeiner-Verlag für die freundliche und professionelle Betreuung meines Buches, insbesondere meiner Lektorin Claudia Senghaas für ihre akribische und sensible Arbeit am Manuskript.

Für Roland

1. KAPITEL

Immer wieder versuchte die Fliege, sich aus dem Glas zu befreien, und genauso oft rutschte sie wieder hinunter in die goldschimmernde, transparente Flüssigkeit. Berenice Ingstedt beobachtete das Insekt mit leisem Unwillen bei seinen zunehmend angestrengteren Versuchen, dem Tod zu entkommen.

»Hier sind Sie ja, Königin der Nacht! Und so allein!« Die Stimme von Professor Herbert Schrootens, Chef des Weserklinikums für plastische Chirurgie und damit auch Chef von Julius, ihrem Ehemann, war zu laut, die Artikulation unsauber. Schrootens zwinkerte ihr zu: »Auf einen letzten Tanz, Verehrteste, bevor ich verhaftet werde.« Er stockte und schlingerte dann mit stierem Blick auf sie zu wie ein angezählter Jahrmarktboxer. Die weit ausholende Pranke des Arztes wischte zunächst das Glas mit dem warm gewordenen Chablis vom Tisch und verkürzte damit den Todeskampf der Fliege, bevor sich die schwere Hand fest um den Unterarm von Berenice legte und sie anschließend in einer überraschend fließenden Bewegung vom Tisch zog. Der Stuhl kippte nach hinten und Schrootens' Bein verfing sich im bodenlangen schweren Leinentischtuch. Der angetrunkene Mann verlor das ohnehin kaum noch vorhandene Gleichgewicht und fiel mit Berenice im Arm, das Tischtuch samt den darauf stehenden Vasen, Tellern und halb ausgetrunkenen Weingläsern mit sich reißend, auf die Terrasse des Steigenberger Hotels. Einen kurzen Augenblick war es unnatürlich still. Eine einzelne Vase rollte an Berenices ausgestrecktem Arm vorbei.

»Herbert! O Gott, nein! Wie ist das denn jetzt wieder passiert?« Margarethe Schrootens stämmige und kurzbeinige Gestalt kniete neben ihrem unglücksseligen Gatten nieder und griff resolut nach dessen Arm. »O Gott, o Gott, Herbert! Dass das aber auch jedes Mal wieder …«

»So göttlich war der Auftritt deines Mannes jetzt nicht, Grete!«, fuhr Uwe Mellinghaus, kaufmännischer Leiter des Klinikums, ärgerlich dazwischen. Er rückte einen Tisch beiseite und wuchtete den übergewichtigen Mann, der in seinem Abendanzug wie ein schwarz glänzender Käfer auf dem Rücken lag und mit Beinen und Armen ruderte, zur Seite.

»Haben Sie sich verletzt, Frau Ingstedt? Alles in Ordnung soweit?«, fragte er Berenice und half der zierlichen Frau unter dem laut schnaufenden Schrootens hinweg wieder auf die Beine.

»Ja, ja. Danke, es geht schon«, erwiderte sie und holte zitternd Luft. Sie blickte sich um und sah in das Gesicht ihres Ehemannes. Obwohl er reglos zwischen den anderen Gästen stand, konnte sie die Energie seiner Körperspannung über mehrere Meter hinweg fühlen. Sie sah den angespannten Unterkiefer mit den zusammengekniffenen Lippen, die steile Falte zwischen den Brauen, den starren Blick.

Während der Fahrt zurück nach Hause sagte er kein Wort. Seine Hand war verkrampft und zitterte, als er die Haustür aufschloss. Julia, die Babysitterin, stand schon mit Tasche und Jacke in der Diele und verfolgte den Hausherrn mit großen Augen, der sich, ohne sie zu beachten, fast grob an ihr vorbei in Richtung Wohnzimmer schob. Je regelmäßiger sie das große, weiße Haus mit den dunklen Fensterscheiben besuchte, desto drängender wurde in ihr das Verlangen, diesen Ort möglichst schnell wieder zu verlassen. Julia wandte sich zu Berenice Ingstedt, die mit ihrer silbergrauen Seidenstola über dem Arm vor der weiß glänzenden Einbaugarderobe stand und in den mannshohen Spiegel sah. Die Frau stand da wie festgefroren; eine schmale durchsichtige Gestalt, deren Gesichtszüge so blutleer und unfertig wirkten, als habe man einen blassen Ballon mit halbleerem Filzstift bemalt. Nur ihr Blick bewegte sich unruhig durch den großen Raum, so als suchte er etwas, an dem er sich festhalten könnte. Das junge Mädchen räusperte sich, fuhr sich nervös mit der Hand durch das kurze rötliche Haar.

»Philipps Bett war wieder nass. Ich habe es abgezogen. Sonst war alles okay. Wir haben erst Playmobil gespielt und dann ›Arielle, die Meerjungfrau‹ geguckt. Seit zwei Stunden schläft Philipp jetzt. Ich hoffe, Sie hatten einen schönen Abend?« Unsicher blickte Julia auf die große Laufmasche, die sich über das gesamte rechte Schienbein der Hausherrin zog. Diese löste sich aus ihrer erstarrten Haltung, zuckte mit den Schultern und lächelte entschuldigend:

»Ein kleines Missgeschick. Aber danke, Julia. Das Geld haben Sie von der Küchenbar genommen, ja? Ich werde Sie anrufen, wenn wir Sie wieder brauchen sollten. Gute Nacht, Julia.«

Julia schluckte. Sie roch und fühlte Angst oder etwas, das noch dumpfer und schwerer war und sich wie ein klammes, gestocktes Tuch auf ihre Nase und ihren Mund legte. Dieses unangenehme Gefühl war wie schon so oft zuvor mit dem Ehepaar Ingstedt ins Haus gekommen.

»Ja danke, dann auf Wiedersehen.«

Obwohl es ein milder Spätsommerabend war, hatte sich leichter Nebel gebildet. Als Julia durch die Haustür ging und eilig die kopfsteingepflasterte Einfahrt hinunterschritt, wurde sie fast augenblicklich vom Dunkel der Nacht umschlossen. Der Bewegungsmelder schaltete mit einem leisen Klicken die Außenbeleuchtung des Hauses an und schickte schwache Lichtstrahlen hinter dem Mädchen her, die es jedoch nicht mehr erreichten.

Berenice sah ihr nach, trat dann, ohne sich umzudrehen, einen Schritt zurück und verschloss mit einer langsamen und konzentriert ausgeführten Bewegung die Tür.

Der erste Schlag traf sie an der linken Schläfe. Sie fiel sich drehend gegen das Sideboard und die scharfe Griffkante schlitzte die Haut über ihrem Jochbein auf. Ihr rechter Fuß in der silbernen Sandale klemmte verkantet unter dem Sideboard. Benommen starrte sie darauf, als sie eine dünne Stimme hörte.

»Mama?«

Sie drehte den Kopf. Sein dunkelrotes, wutverzerrtes Gesicht war dicht über ihr, die rechte Faust geballt und bereits zum nächsten Schlag ausholend.

»Julius, der Mann war betrunken, ich konnte doch nichts …«

»Mama!«

Philipp kam barfuß die Treppe herunter, seinen Stoffaffen hinter sich herziehend. Berenice streckte die Hand nach dem Sideboard aus und versuchte, sich in eine sitzende Position hochzuziehen. Sie hörte die Angst in ihrer eigenen Stimme:

»Philipp, mein Schatz, bitte gehe in dein Bett. Die Mami kommt gleich.« Sie spürte warmes Blut über ihre Lippen laufen und bemerkte überrascht, dass es bereits unregelmäßige Tropfen auf dem hellen Granitboden hinterlassen hatte. Der Junge hielt sein Stofftier fest umklammert und sah seine Mutter an. Seine Augen weiteten sich und er öffnete den Mund zu einem Schrei. Berenice drehte den Kopf weg. Es wurde dunkel.

2. KAPITEL

Sie blickte sich in dem kleinen Raum um. Das schäbige Sofa hatte sie mit Tüchern und Decken in verschiedenen Rottönen verhüllt, ebenso den abgewohnten Ohrensessel, den Nadine ihr zum Einzug geschenkt hatte. Auf den runden Tabletts aus messingfarbigem Blech, die sie auf zierlichen Tischchen und dem Fußboden verteilt hatte, flackerten unzählige kleine und große Teelichter und Kerzenstumpen, als unterhielten sie sich untereinander in einer lautlosen Sprache. Räucherstäbe glommen in hölzernen Kästchen und die Aromen von Moschus und Patschuli waberten durch die Luft und drangen wie unsichtbare Tentakel in jede Ritze des Zimmers. Während sie barfuß durch ihr dunkles Reich schritt und sich anmutig zu den sphärischen Klängen von Sigur Ros' Musik bewegte, prüfte sie das getroffene Arrangement mit kritischem Blick: Die Shisha Pfeife war auf einem Beistelltisch unter der Dachschräge platziert, ein paar Aschenbecher hatte sie auf den Fensterbänken verteilt und ein weiteres Tablett mit Gläsern stand bereit. Alles war so, wie sie es geplant hatte. Sie war zufrieden. Ein Hauch von Marrakesch, dachte sie, und ein sardonisches Lächeln schlich sich in ihre Mundwinkel. Ihr Blick richtete sich auf die Matratze in der Ecke des Raumes. Auch sie war mit einem dunkelroten Laken bezogen und mit vielen Kissen dekoriert. Nachdenklich runzelte sie die Stirn. Was, wenn das Licht nicht ausreichte? Eine weitere Lampe musste her. Schließlich sollte der alte Sack doch genau sehen können, was das liebe Töchterlein so trieb, wenn es sich auf *Referate* vorbereitete. Sie kicherte bösartig. Das verwöhnte Balg hatte es nicht anders verdient! Und dieser elende Scheißkerl, der ihre Mutter bestieg, auch nicht. Der würde es sowieso nicht mehr lange machen, der verdammte Junkie. Es klingelte an der Tür. Kurz schloss sie die Augen und wappnete sich gegen den Ekel, der sie ansprang wie eine fette Ratte. Kontrolliert atmete sie ein und aus, konzentrierte sich auf ihre Aufgabe.

»Hi, Robin.«

Sie trat einen Schritt zurück und wies mit einer einladenden Geste hinter sich in die Wohnung. Dabei glitten ihre Augen wie Scanner über seine Gestalt. Er war auf Speed, aber nicht total zu. Außerdem war er frisch geduscht, trug ein weißes Hemd und die schwarze Lederhose. Sie nahm seinen Duft wahr. Er hatte das Aftershave benutzt, das sie für diesen Zweck besorgt hatte.

»Pass auf, Robin. Sie hört dieses esoterische Gedudel den ganzen Tag, steht auf Gedichte, Rilke und so. Außerdem mag sie ...«

»Halt die Klappe, Joelle!«, unterbrach Robin Piontak sie barsch. »Ich weiß genau, wie diese Edelhühner ticken. Außerdem rede ich heute nicht mit der Kleinen. Die wird mich gleich nur ansehen und hin und weg sein, vor allem Letzteres.« Er grinste Joelle herausfordernd an. »Wo hast du das Liquid?«

»In der Küche«, antwortete sie, »und grins' nicht so. Deine Zähne sind nicht unbedingt das Schönste an dir.«

Er holte aus, doch sie ließ seine Bewegung ins Leere laufen, indem sie geschickt zur Seite auswich. Wage es ja nicht!, sagte ihr Blick. Wieder klingelte es. »Versau' es nicht, Robin«, raunte sie ihm zu und bedachte den Mann mit einem letzten warnenden Blick, bevor sie zur Tür ging. Wenig später betrat ein junges Mädchen das Zimmer.

»Total schön hast du es hier, Joelle! Ups, bin ich etwa die Erste?«

Robin betrachtete das Mädchen: reine Haut, hellblonder Pferdeschwanz, offener Blick, aufrechte Haltung. Irritierend wirkte nur das Piercing: Trotzig prangte der silberne Ring wie ein buchstäblicher Fremdkörper in ihrer Unterlippe. Robin kannte Mädchen wie sie von früher. Als er klein war, hatte ihn sein Vater am Wochenende manchmal mitgenommen: Sie waren mit seinem Auto zu Eisdielen außerhalb der Stadt gefahren; einige Male hatte ihn sein Vater zu Reitturnieren mitgenommen, manchmal auch auf sein Segelboot. Überall dort war er Mädchen wie ihr begegnet. Überhaupt ähnelten die Menschen, mit denen sein Vater sich umgab, einander. Trafen sie auf Bekannte, spürte Robin ihre Blicke und die Nervosität seines Vaters. Er, Robin, hatte nie dazugehört. Jetzt suchte er den Blick des Mädchens, bis sie ihn schließlich erwiderte. Nora Hesselbach also. Er hatte sich vorgestellt, dass er sie hassen würde, und wartete auf irgendeine Reaktion seines Körpers. Ein scharfes Brennen im Magen vielleicht. Es kam nicht. Stattdessen fühlte er gar nichts. Er würde das jetzt durchziehen hier. Das Mädchen war nur Mittel zum Zweck. Es würde ihm helfen, seinen Feind zu vernichten. Er lächelte sie an, achtete darauf, dass er die Lippen geschlossen hielt. Gelassen stand er vom Sofa auf und stellte sich ihr vor. Es klirrte leise, als die Gastgeberin sich näherte.

»So, ihr beiden. Willkommen in meinem neuen Zuhause und auf einen schönen Abend!« Joelle balancierte drei Gläser mit einer klaren Flüssigkeit auf einem Tablett und stellte es auf dem niedrigen Couchtisch ab. Das Glas mit dem roten Strohhalm reichte sie Nora. Robin und sie selbst nahmen sich ebenfalls ein Glas und stießen an.

Nora zog am Strohhalm. Wodka mit Tonic, Wasser und Limette. Bitter und irgendwie leicht seifig? Aber so oft trank sie keinen Alkohol. Süßer Typ, dieser Robin. Joelle kannte viele interessante Leute, war viel erwachsener als sie. Sogar eine eigene Wohnung hatte sie schon! Während ihre eigene Mutter sie wahrscheinlich noch gerne zu Hause hätte, wenn sie längst studierte.

»Hörst du gerne Musik?«

Da war auf einmal so ein Brummen in ihrem Kopf. Fast hätte sie die Frage nach ihrer Lieblingsmusik nicht mitbekommen! »Ich, äh, alles Mögliche halt. Am liebsten aber Sigur Ros.« Nora kicherte. So ein Zufall, genau die Musik lief gerade! Meine Güte, es war so heiß hier drin, und diese vielen Kerzen. So ein Flimmern überall! Sie musste unbedingt aufstehen, an die frische Luft. Ob es hier einen Balkon gab? Es klingelte, neue Gäste? Gesichter tauchten vor ihr auf, nein, nur ein Gesicht, Robin. Sie stützte sich am Sofa ab und versuchte, sich daran hochzuziehen.

»Moment, ich helfe dir.« Robins Stimme klang warm und weich in ihrem Ohr. Er roch so gut, irgendwie warm und vertraut, nach zu Hause. Es war der Duft ihres Vaters. »Papa? Was ist los? Wo bin ich?« Seine Arme hielten sie, und sie fiel hinein wie in eine kühle weiche Wolke.

»Yalla! Yalla, Robin! Glotz' nicht rum und zieh dich aus! In Verbindung mit Alkohol hält die Wirkung länger an. Aber lieber kein Risiko eingehen!« Die Stimme von Joelle klang gehetzt und gleichzeitig herrisch, während sie dem reglosen Mädchen die Jeans öffnete und sie an den Beinen herunterzerrte. Ein paar Minuten später lag Nora rücklings auf der Matratze. Sie war fast nackt, bis auf ein Paar Plateaustiefel aus imitiertem Lackleder und einem ebenso billigen Hüftgürtel aus industriell gefertigter Spitze. Joelle drehte den Lichtkegel der kleinen Stehlampe so, dass das Paar auf der Matratze perfekt ausgeleuchtet war. »So, und jetzt action, Robin!«

Die Kamera fuhr über den ausgezehrten Oberkörper des jungen Mannes, schwenkte auf seine vernarbten Hände, die ungelenk den fleckigen Slip herunterstreiften. Er kniete auf der Matratze und ließ sich nach vorne fallen. Zitternd stützte er sich auf seinen dürren Oberarmen ab, während er grob gegen ein Bein von Nora trat und sich zwischen ihre Schenkel legte. Ein Schweißfilm glänzte auf Stirn und Oberkörper.

Der Körper des Mannes schwankte, als könne er sein eigenes Gewicht kaum halten. Joelle hielt die Kamera konzentriert auf das Paar gerichtet. In ihrem Mund prickelte eine Mischung aus Ekel, Verachtung und Schadenfreude, als sie die Lippen über die Zähne zurückzog und vor sich hinmurmelte: »Und nun, meine Damen und Herren, sehen Sie die Neuverfilmung der ›Marquise von O‹ in einer ganz speziellen Version. Wir widmen diesen Film dem Vater unserer beiden Hauptdarsteller, Hennes Hesselbach!«

3. KAPITEL

»Sie haben es doch gehört, Euer Ehren: Ich war's nicht. Die Kleine ist, wie hat sie das noch so schön gesagt«, der junge Mann beugte sich nach vorn und zwinkerte der blassen Gestalt im Zeugenstand zu, »unglücklich gestürzt.« Lässig zurückgelehnt legte er den Kopf schief.

»Ja, ja. Das passiert schon mal.« Die hochgezogene Oberlippe legte entzündetes Zahnfleisch und eine unregelmäßige Reihe maroder Zähne frei.

»Dann sind wir hier doch fertig, oder?« Mit diesen Worten legte der Angeklagte seinem Verteidiger eine rotfleckige Hand mit gelb verfärbten, brüchigen Fingernägeln auf den Unterarm.

Dem Verteidiger schien die Geste unangenehm zu sein. Er flüsterte seinem Mandanten etwas zu. Dabei beugte er seinen Oberkörper steif dem Angeklagten zu, während er gleichzeitig seinen Unterarm zurückzog und so tat, als müsse er dringend etwas notieren. Die vorsitzende Richterin betrachtete beide Männer ohne Regung im Gesicht.

»Wann und vor allen Dingen ob wir hier fertig sind, entscheide ich, Herr Piontak. Die Dame im Zeugenstand heißt Frau Knaaß und wird von Ihnen während der weiteren Verhandlung auch so angesprochen. Herr Verteidiger, bitte halten Sie Ihren Mandanten zu einem angemessenen Verhalten vor Gericht an. Mir scheint, der Angeklagte ist sich seiner Situation nicht bewusst.« Die Richterin machte eine Pause und sah zum Tisch der Staatsanwaltschaft, dann suchte ihr Blick die junge Frau im Zeugenstand. »Der Angeklagte Piontak ist bereits mehrfach einschlägig verurteilt worden. Im Übrigen wird seitens der Staatsanwaltschaft ein besonderes öffentliches Interesse an der Strafverfolgung in diesem Fall bejaht.«

»Mit Verlaub, Frau Vorsitzende«, unterbrach der Verteidiger, »wenn ich das richtig sehe, gibt es hier keinen Fall mehr. Wie mein Mandant mir soeben mitteilt, sind er und die Zeugin seit gestern Abend verlobt.«

Der Angesprochene kicherte und hob die Hand, an der ein silberner Ring steckte, und bedeutete der Frau im Zeugenstand, es ihm gleichzutun. Der Verteidiger drehte sich zu Piontak um und redete leise auf ihn ein, bevor er fortfuhr: »Frau Knaaß macht also als Angehörige von ihrem Zeugnisverweigerungsrecht Gebrauch.«

Die Richterin schaute die junge Frau an. »Frau Knaaß, entspricht die Aussage der Wahrheit?« Die Frau im Zeugenstand sah nach unten, zog die Unterlippe zwischen die Zähne und murmelte etwas. »Frau Knaaß«, wiederholte die Richterin, »sind Sie mit dem hier angeklagten Robin Piontak verlobt?«

»Ich, äh, ja. Seit gestern Abend.« Nadine Knaaß räusperte sich und reckte trotzig ihren schmalen Oberkörper. Ihr Blick ruhte auf der Hand mit dem Ring in ihrem Schoß, und plötzlich saß sie aufrechter auf dem unbequemen Stuhl.

»Und als Verlobte des Herrn Piontak möchten Sie sich zu den Geschehnissen in der Nacht vom 27. auf den 28. Mai nicht mehr äußern?« Nadine Knaaß holte Luft und bog die Schultern zurück. Sie sah zum Richtertisch. Das Veilchen an ihrem rechten Auge war auch unter der dicken Schicht billigen Make-ups deutlich sichtbar.

»Nein, ich sage nichts, also ich möchte mich nicht äußern.« Sie sah zu Piontak hinüber und dieser warf ihr einen Luftkuss zu.

»Das ist mein Mädchen!« Grinsend schlug er seinem Verteidiger auf die Schulter. Dann blickte er in gespielter Demut zum Richtertisch auf und artikulierte übertrieben deutlich: »Euer Ehren, ich bin mir sehr bewusst, dass ich in der Vergangenheit den einen oder anderen Fehler gemacht habe. Wer hat das nicht? Aber Menschen können sich ändern. Ich bin mir total sicher, dass mein Nadinchen, Entschuldigung, Frau Knaaß und ich sehr glücklich werden.«

Beherrscht schloss die Richterin die Tür hinter sich. In ihrem Büro allerdings knöpfte sich Katharina Struckmann-Jarr mit unnatürlich ruckartigen Bewegungen die schwarze Robe auf und riss dabei einen Knopf ab. Sie wickelte sich den schwarzen Stoff mehrmals in schneller Folge um den Unterarm und schleuderte ihn dann in den Sessel, der neben ihrem Schreibtisch stand. Die Richterin fasste sich an die Stirn und unterdrückte ein Stöhnen. Hinter ihren Augenlidern sirrte seit den Morgenstunden ein Schmerz wie der schrille Ton einer Trillerpfeife. Sie hob den Knopf vom Boden auf und legte ihn auf dem Schreibtisch ab. Dann griff sie nach der Robe und schüttelte sie sorgfältig aus, bevor sie das Stück Stoff ordentlich auf einen Bügel und an den dafür vorgesehenen Haken hängte. Das Handy auf ihrem Schreibtisch blinkte. Sieben eingegangene Nachrichten. Alle vom Handy ihrer Tochter. Als sie nach dem Telefon griff, um zurückzurufen, klopfte es an der Tür. Bevor die Richterin auch nur »Herein!« rufen konnte, öffnete sich die Tür mit Schwung und eine dicke Frau in kaftanartigen Gewändern stürmte wütend in den Raum. Mehrlagige Stoffbahnen umwehten ihren Körper, sie stützte ihre runden Fäuste auf den Hüften ab und blieb schließlich vor dem Schreibtisch stehen.

»Der Angeklagte ist freizusprechen, da die Beweislast nicht ausreichend ist. Der Tathergang kann nicht zweifelsfrei geklärt werden, da die geschädigte Nadine Knaaß mit dem Angeklagten verlobt ist und so als Angehörige von ihrem Zeugnisverweigerungsrecht Gebrauch macht!«, wiederholte die voluminöse Frau den entscheidenden Teil des Urteilsspruchs. Dabei gestikulierte sie aufgeregt mit ihren kräftigen Armen und ließ sich schließlich schwer in den Ledersessel vor dem Schreibtisch fallen. »Das ist dann das Ergebnis! Es ist immer das Gleiche! Da verbringe ich ganze Nächte im Frauenhaus und rede auf diese armen Seelen ein, und wofür? Kaum kommt so ein Verbrecher wie dieser Piontak um die Ecke und säuselt denen was von Verlobung, Familie und, ach ja richtig, von Liebe ins Ohr, fallen Mädels wie die Knaaß um! Schnell ein billiges Glassteinchen an den Finger gesteckt und die Welt ist wieder bunt und schön! Himmel, Sack!«

Erhitzt von ihrem Monolog legte die Frau den Kopf in ihren massigen Nacken und schloss kurz die Augen, dann blickte sie wieder auf. »Haben Sie was zu trinken hier, bitte? Ich habe die Schnauze so was von voll von diesem Job!«

Katharina Struckmann-Jarr erhob sich und ging zu einem eleganten Art Deko Buffet auf der gegenüberliegenden Zimmerseite. Mit einer Flasche stillem Wasser und zwei schweren Kristallgläsern in der Hand kehrte sie zurück und nahm wieder hinter ihrem Schreibtisch Platz. Angesichts der Aussicht auf ein Glas lauwarmes Wasser sackten die Gesichtszüge der Sozialarbeiterin nach unten, was ihrem Gesicht das Aussehen einer enttäuschten Bulldogge gab. Während die Richterin großzügig einschenkte, hob sie resigniert die Schultern. »Ach, Frau Willomeit. Das war nicht das erste und wird auch nicht das letzte Mal sein, dass es so läuft. Ohne Aussage der Klägerin ist keine Verurteilung möglich. So will es das Gesetz.«

4. KAPITEL

Katharina Struckmann-Jarr beendete ihre frühmorgendliche Joggingrunde durch den Stadtwald und schloss die schwere dunkle Eichenholztür der Jugendstilvilla in der Kulenkampffstraße auf. Die sportliche Mittfünfzigerin kniete sich auf die Schmutzmatte vor der Haustür und schnürte ihre lehmverkrusteten Laufschuhe sorgfältig auf, bevor sie sie zum Auslüften vor der Tür stehen ließ. Nie wäre es ihr in den Sinn gekommen, die zugeknoteten Schuhe einfach abzustreifen oder gar mit den schmutzigen Sportschuhen das Haus zu betreten. Struckmann-Jarr genoss als Richterin den Ruf, die Dinge sehr genau zu nehmen. Kompromisse machte sie ungern, vorschnelle Vergleiche gab es bei ihr nicht. Mit koordinierten, ruhigen Bewegungen hängte die eher grobknochige Frau ihre Jacke an die Garderobe, nahm die Zeitung aus dem Briefschlitz und legte sie in der Küche auf dem großen hellen Holztisch ab. Dann stellte sie eine Tasse samt Untertasse, Teelöffel und einen Frühstücksteller dazu. Seit Ulrich, ihr Mann, vor sechs Jahren ums Leben gekommen war, hatte die Richterin für sich die gemeinsame Gewohnheit beibehalten, in

Ruhe zu frühstücken und dabei die Zeitung zu lesen. Sie war eben dabei, die Packung mit dem Schnittkäse aus dem Kühlschrank zu holen, als das Telefon im Nebenraum zu klingeln begann. Unwillig schloss sie die Kühlschranktür wieder. Sie mochte keine Überraschungen.

»Struckmann-Jarr hier«, nahm sie das Gespräch mit ihrer ruhigen dunklen Stimme an, dann erhellte sich der Tonfall: »Berenice, guten Morgen! Ich habe gestern schon gesehen, dass duversucht hast, mich zu erreichen, und ich bin noch gar nicht dazu gekommen, zurückzurufen. Aber wir sehen uns ja heute und …« Ihre Stimme brach ab und sie lauschte konzentriert, dann runzelte sie die Stirn. »Berenice, du klingst so undeutlich. Wie bitte? Gestürzt, ja«, sagte sie langsam und ihre Hand fasste den Hörer fester. »Aber selbstverständlich komme ich! Ich habe es Philipp versprochen und dabei bleibe ich auch. Notfalls gehe ich mit ihm alleine in den Zoo. Ja, bis später dann.«

Sie legte auf. Ihre Augen wanderten zu dem runden Spiegel, der über einer ausladenden Biedermeierkommode hing. Die Richterin hatte die Zähne so fest aufeinandergepresst, dass ihre Kiefer schmerzten. Sie lockerte die verspannte Kieferpartie bewusst und massierte sie beidseitig mit den Zeige- und Mittelfingern. Ihr Blick fiel auf den gläsernen Bilderrahmen auf der Kommode. Ulrich. Schon der Blick dieser wachen braunen Augen war heilsam, versprach nichts als Güte und Großzügigkeit. Wie anders als sie war ihr Mann gewesen! Wenn eines ihrer Enkelkinder ein neues Wort gelernt hatte, konnte Ulrich sich immer wieder aufs Neue begeistern. Und auch das hundertste Bild mit den immer ähnlichen bunten Krakeleien darauf betrachtete er so aufmerksam und voll Großvaterstolz, dass es sie befremdete. In diesen Momenten hatte sie sich immer ausgeschlossen gefühlt. Sie warf dem geliebten Gesicht einen letzten Blick zu, drehte sich um und ging in die Küche zurück.

Einige Stunden später fuhr Katharina Struckmann-Jarr die bekannte Strecke nach Oberneuland. Während sie auf der breiten, von hohen Bäumen beschatteten Straße fuhr, dachte sie an die protzige Hochzeit ihrer Tochter, die sie hier vor acht Jahren gefeiert hatten. Unwillkürlich fasste sie die Hände fester um das Lenkrad ihres Coupés. Ulrichs Eltern waren mehr als wohlhabend gewesen, dennoch hatten sie damals zu zweit an der Nordsee geheiratet. Kein Pomp, kein Prunk, weder Verwandte noch Freunde hatten sie begleitet, der Tag hatte nur ihnen beiden gehört. Ihr Kleid hatte Ulrich eine halbe Stunde vorher in der Fußgängerzone von Norderney gekauft, Schuhe hatte sie nicht gebraucht. Sie lächelte, als sie an ihn dachte und die leise Melancholie, die sie seit seinem Tod ständig begleitete, meldete sich ziehend in ihrer Brust. Drei Kinder hatten sie bekommen. Berenice, Johannes und Gereon. Alle drei hatten sie mit größtem Engagement gefördert. Nichts war ihnen zu viel gewesen, alles hatten sie ermöglicht. Die Kinder bewegten sich von Anfang an ganz selbstverständlich in exklusiven Restaurants, kannten die mondänsten Urlaubsorte auf der Welt und begegneten Menschen mit jener souveränen Gelassenheit, die man später nicht mehr erlernen kann. Hatten sie hier als Eltern Fehler gemacht? Hätten die Kinder mehr kämpfen müssen, sich durchbeißen sollen? Katharina Struckmann-Jarr schüttelte sich energisch das halblange Haar aus dem Gesicht, als wolle sie die Zweifel vertreiben. Sie seufzte, als sie an ihren Schwiegersohn dachte. Julius Ingstedt. Das Kontrastprogramm: aufgewachsen als Kind einer alleinerziehenden und überforderten Mutter. Der Vater war kurz vor seiner Geburt verschwunden und seine Mutter hatte kurz vor ihrem 40. Geburtstag die Chance ergriffen, einen 30 Jahre älteren Landarzt zu heiraten und sich als Arztfrau zu verwirklichen. Sehr offensichtlich hatten weder bei der Heirat seiner Mutter noch bei Julius' Berufswahl altruistische Motive eine

Rolle gespielt, ganz im Gegenteil: Mutter und Sohn betrieben ihren gesellschaftlichen Aufstieg offensiv und skrupellos. Angewidert kniff sie die Lippen zusammen, als die kleine dünne Frau mit dem harten Gesicht vor ihrem inneren Auge auftauchte. Im Gegensatz zu seiner Mutter war Julius zwar deutlich intelligenter, subtiler war er nicht. Sie bog die Sonnenblende herunter und rief ihrem Spiegelbild ein lautloses *Iiih!* zu, als sie sich an die erste Begegnung mit ihrem Schwiegersohn erinnerte. Mit einem affektierten Handkuss hatte er sich ihr vorgestellt, und sie hatte ihn vom ersten Moment an widerlich gefunden. Berenice war wie immer gegen alle guten Ratschläge, ja sogar gegen ihre unverhohlenen Drohungen, immun gewesen. Und dann diese Hochzeitsfeier! Julius verwechselte Selbstsicherheit mit Überheblichkeit, Großzügigkeit mit Protzerei. Wie ein kleinbürgerlicher *Gatsby* war er zwischen all den geladenen Honoratioren der Stadt herumstolziert. Mit einer dünkelhaften Rede hatte er seine wenigen Freunde düpiert und die aus offiziellen gesellschaftlichen Gründen erschienenen Hochzeitsgäste peinlich berührt. Die Bräutigammutter platzte derweil fast vor Stolz auf ihren brillanten Sohn. Wie eine Königin war sie durch das Haus geschritten und hatte den Gästen eine Führung vom Keller bis zum Dachboden aufgenötigt. Während Julius' Mutter auf verschiedene Möbel bekannter Designer gezeigt hatte, nannte sie laut und deutlich auch den entsprechenden Kaufpreis dazu. Mit zu viel und in zu kurzer Zeit genossenem Champagner machte sie die Gäste auf Originale von Miró und Chagall aufmerksam, wobei sie bei Miró die Betonung auf die erste Silbe legte und bei Degas die letzte Silbe aussprach wie Gas. Heiße Luft, ganz buchstäblich. Bei dem Gedanken an diese denkwürdige Veranstaltung lächelte sie traurig. Damals auf der Fahrt zurück nach Hause hatten sie derart lachen müssen, dass Ulrich sich verschluckte und bei dem Versuch, am Straßenrand zu halten, einen Kilometerstein rammte. Dieser Kilometerstein hatte die Wagentür so unglücklich getroffen, dass der Wagen abgeschleppt werden musste. Über dieses unrühmliche *Ende einer Dienstfahrt* hatten sie sich im Taxi noch weiter amüsiert. Julius' Mutter hatten sie nur zur Taufe Philipps noch einmal gesehen und darüber hinaus jeden Kontaktversuch erfolgreich abgewehrt. Zwei Jahre nach Ulrichs Tod war auch sie dann an einem Herzinfarkt verstorben. Sie seufzte. Wie viel Zeit seit diesem Tag vergangen war! Die Richterin drosselte die Geschwindigkeit, setzte den Blinker und bog in eine kleine gewundene Stichstraße ein. Schon kurz nach Philipps Taufe begannen sich die unerklärlichen Unfälle von Berenice zu häufen. Sie war ausgerutscht und mit dem Kopf an die Türzarge geschlagen, hatte die Stufe zur Terrasse übersehen, war aus dem Bett gefallen und mit der Schulter gegen den Nachttisch geprallt, die offenstehende Schranktür übersehen und so weiter und so fort. Und nun war sie also wieder einmal unglücklich gestürzt. Der Wendehammer kam in Sicht, die Richterin setzte abermals den Blinker und bog ein. Als sie die mit Blaubasalt gepflasterte Einfahrt hinauffuhr, zog sich ihr Magen krampfhaft zusammen. Mit einem Stirnrunzeln stoppte sie den Wagen und schnallte sich ab. Als sie den Schlüssel abzog und aus dem Wagen stieg, fiel ihr Blick auf die Haustür der modernen Villa. In die gläsernen Elemente der zweiflügeligen Tür waren die verschlungenen Initialen des Ehepaares eingeätzt worden. Einen Halbkreis darunter bildete der Familienname in handtellergroßen Versalien. Zwei überdimensionierte Äskulapstäbe rechts und links des Namens gaben dem Besucher einen wenig subtilen Hinweis auf den Berufsstand des Hausherrn und auf dessen übergroßes Ego. Die Krönung war dann der bronzene Türklopfer in Form eines Schlangenkopfes, der auf dem hölzernen Seitenteil der Tür angebracht war. Das Hochzeitsgeschenk von Julius'

Mutter war derart neureich und geschmacklos, dass Katharina Struckmann-Jarr jedes Mal die Luft wegblieb, wenn sie es bewusst betrachtete. Berenice musste wirklich sehr verliebt gewesen sein, buchstäblich blind vor Liebe! Plötzlich öffnete sich die in Glas und Holz manifestierte Geschmacklosigkeit, und der Hausherr trat ihr entgegen. Er stellte sich so in die Haustür, dass er den Weg ins Haus versperrte.

»Katharina, guten Tag«, begrüßte er seine Schwiegermutter förmlich.

Diese nickte ihm zu, kein Lächeln. »Julius.« Der Schwiegersohn ließ seine Autoschlüssel auf eine Art und Weise durch die rechte Hand gleiten, die sie an Drohgebärden von Vorstadtrockern in schlechten Filmen erinnerte. Er zog die Brauen hoch und verzog die Lippen zu einem ironischen kleinen Lächeln. Nach einer unangenehm langen Pause sagte Julius in einem Tonfall, der das falsche Lächeln noch unterstrich:

»Ja, liebe Schwiegermutter, dein Besuch kommt leider etwas ungelegen heute. Berenice ist schlimm gefallen letzten Samstag. Die Arme. Ich musste die Wunde sogar nachts noch nähen.« Er verzog den Mund und imitierte einen Schmerzenslaut. »Sie hatte vorher schon einen ziemlich peinlichen Auftritt mit Schrootens auf dem Sommerfest der Mediziner, aber nun. Du weißt ja, wie ungeschickt sie sein kann.«

»So?«, erwiderte Katharina Struckmann-Jarr, die sich zwang, ruhig und kontrolliert zu atmen. »Ehrlich gesagt ist mir das neu. Ich kannte meine Tochter vor ihrer Ehe immer als äußerst kultivierte junge Dame, die Wert auf ein entsprechendes Umfeld legte. Diese neuerlichen Ungeschicklichkeiten müssen an ihrer Umgebung oder vielmehr an ihrem Umgang liegen.« Julius Ingstedts unechtes Lächeln verrutschte. Er griff nach einigen Unterlagen, die hinter ihm auf dem Sideboard lagen, und machte einen Schritt auf seine Schwiegermutter zu. Die blieb stehen, und er stieß absichtlich hart gegen ihre Schulter, als er an ihr vorbeischritt. Mit vor Wut gerötetem Gesicht drehte er sich um.

»Du kannst deiner Tochter ausrichten, dass es spät wird bei mir. Der alte Bernau wird verabschiedet. Ich bin mit all meinen Kollegen im ›ÜberFluss‹. Meine liebe Ehefrau kann ja leider nicht mitfeiern, da sie wieder einmal indisponiert ist.«

Die Richterin sah ihm nach, dann drehte sie sich um und betrat das Haus. Berenice kniete mit dem Rücken zu ihr und zog Philipp seine blauen Schuhe mit den gelben Schnürsenkeln an. Der Junge stand still da, fast teilnahmslos und blickte konzentriert nach unten auf den Kopf seiner Mutter. »Hallo, mein kleiner Forscher«, rief Katharina Struckmann-Jarr betont fröhlich in seine Richtung, »bist du bereit für ein Abenteuer?« Der Junge blickte auf.

»Omakat«, erwiderte er fast flüsternd, als handele es sich um ein Geheimnis. »Mama hat Aua.«

»Ich möchte nicht darüber reden, Philipp!« Die Stimme von Berenice war leise, klang aber wie aus Metall. Der Junge zuckte leicht zusammen und begann, seine kleinen Hände an der seitlichen Hosennaht zu reiben. »So, fertig«, sagte Berenice etwas freundlicher. Sie zog die letzte Schleife fest zu, drehte sich um und richtete sich auf. Dann sah sie ihrer Mutter direkt ins Gesicht. »Ich bleibe wohl besser hier, was?«

Katharina Struckmann-Jarr wich erschrocken zurück. Das Gesicht ihrer Tochter war linksseitig so geschwollen, dass der Mund sich sichelförmig nach unten verzog. Ein tiefroter Schnitt verlief auf der Wange, zusammengehalten von schwarzen Fäden, die dick wie Kellerspinnenbeine aus der Haut ragten. Das linke Auge war komplett geschlossen. Die Richterin ballte die Hand zur Faust und musste schlucken. Sie fühlte ein Brennen von der Kehle bis in den Magen, als habe sie einen glühenden Stein geschluckt.

»Berenice, du kannst doch so nicht weitermachen«, setzte sie an, doch die junge Frau fiel ihr ins Wort.

»Doch, Mutter, ich kann. Es ist alles in Ordnung. Ich bin mit Julius' Chef hingefallen, beim Tanzen. Ganz großes Kino! Dabei kenne ich doch diesen Schrootens! Alle anderen Damen hatten sich rechtzeitig in Sicherheit gebracht, nur ich bin da bräsig am Tisch sitzengeblieben. Immer muss ich ihn so blamieren. Ich bin ein solcher Trampel!«

»Das ist doch Unsinn, Berenice, und das weißt du auch!«, entgegnete Katharina Struckmann-Jarr aufgebracht. Philipp, der sich inzwischen seine Jacke geholt und angezogen hatte, begann unruhig zu werden und quengelte.

»*Omakat,* Zoo! Affen gucken und Elfanten!«

»Elefanten«, verbesserte sie automatisch. »Sofort, mein Schatz.« Berenice strich ihrem Sohn in einer mechanischen Bewegung mehrmals über den Kopf. »Omakat fährt jetzt los mit dir, und wenn du zurückkommst, gibt es Pizza, ja?«

Katharina Struckmann-Jarr nahm ihren Enkel an die Hand und wandte sich an der Haustür noch einmal zu ihrer Tochter um. »Julius ist heute mit Kollegen im ›ÜberFluss‹. Was ist das?« Berenice verkrampfte und verzog schmerzhaft das Gesicht, als sie nach dem gebürsteten Edelstahlgeländer griff, das ins obere Stockwerk führte. »Das ist so ein Designhotel an der Schlachte, genauer gesagt die Dachterrasse mit Blick über das Wasser. Er ist häufiger dort. Mit Kollegen«, antwortete sie, den Blick die Treppe hinauf gerichtet.

Im oberen Stockwerk angekommen, beobachtete sie durch das bodentiefe Fenster in Philipps Zimmer, wie ihre Mutter gewissenhaft den Enkelsohn in den Kindersitz setzte und ihn anschnallte. Sie beugte sich über das Kinderbett und hielt die Luft an. Wie das stank! Schnell zog sie die nasse Bettwäsche ab. Wann hatte das alles angefangen? Ihr ganzes Leben entglitt ihr, rutschte ihr aus den Händen wie nasses Gras. Was war gestern passiert, als sie bewusstlos war? Philipp redete nicht mit ihr, fing zu weinen an, wenn sie ihn fragte, ob der Papa ihn ins Bett gebracht habe. Papa! Allein das Wort war eine Lüge. Ihr ganzes Leben war eine Lüge. Das reiche Mädchen aus bester Familie eine Nullnummer! Nur die exklusivsten Schulen im In- und Ausland, teure Ausbildungen, hochkarätige Praktika in Agenturen und Firmen mit Weltnamen, und nichts hatte sie daraus gemacht. Wer war sie schon? Die Tochter von, die Ehefrau von, eines Tages dann die Mutter von. Sie selbst war ein Nichts. Keine Ausbildung beendet, dafür aber mit knapp über 20 Jahren ein Kind bekommen, wie jede beliebige Sozialhilfeempfängerin ohne Schulabschluss. Aber Philipp hatte nur sie. Pech für ihn. Armer Junge! Sie musste ihren Sohn beschützen, das erwartete man doch von einer guten Mutter, oder nicht? Ihre Hand mit dem nassen Laken krampfte sich zusammen. Angeekelt blickte sie darauf und schleuderte das Bettzeug in den Flur. Berenice Ingstedt krümmte sich und sackte schluchzend vor dem Bett ihres Sohnes zusammen. Diese unerträglichen Kopfschmerzen! Fast automatisch glitt ihre Hand in die Tasche ihrer Hose und zog den zerdrückten Blister mit den gelblichen Pillen heraus. In schneller Folge drückte sie drei der kleinen Tabletten heraus und schluckte sie ohne Wasser. Dann ließ sie sich gleich neben dem Bett ihres Sohnes auf den Teppich gleiten. Irgendwann schlief sie ein.

5. KAPITEL

Er trommelte den eingängigen Rhythmus auf dem Lenkrad mit. *I'm fighting for a better life for me. It's got something worth living and dying for…* Julius Ingstedt war mehr als zufrieden mit dem Abend. Jetzt, wo der alte Bernau sich endlich in den Ruhestand verabschiedet hatte, konnte er voll durchstarten. Und dann noch das süße Betthupferl eben. Er runzelte kurz die Stirn. Zickig war sie gewesen, die Kleine, aber das renkte er schon wieder ein, wenn nötig auch ganz buchstäblich. Er griff in die Innentasche seines Jacketts. Fast zärtlich rieb er die Scheine zwischen seinen Fingern. Anerkennend grinste er sich selbst im Rückspiegel zu. Ganz klar: Beruflich war er auf der Überholspur. Wer sollte ihm denn jetzt noch im Weg stehen? Arnsfeld etwa, diese Weichwurst? Der machte ja nicht einmal dann den Mund auf, wenn er etwas gefragt wurde. Stammelte vor sich hin und glotzte auf seine billigen Schuhe mit den Gummisohlen, Einser-Examen hin oder her. Flachpfeife! Oder diese kleine Neue, Frau Doktor Schumacher? Julius krauste angeekelt die Nase, als er an die junge Medizinerin dachte: Spitze kurze Zähne in wulstigem rosa Zahnfleisch, farblose dünne Haare ohne Schnitt, braune eng stehende Augen, die pausenlos unruhig blinzelten. Rattengesicht! Wenn er sich die erst einmal vorgenommen hatte, sagte die gar nichts mehr, so viel war sicher. Überhaupt, wie kam so eine Frau zur plastischen Chirurgie? Er hätte die nie eingestellt, was hatte das denn für eine Außenwirkung in Sachen Ästhetik? Die Leute dachten einfach nicht nach! Aber das würde sich bald ändern, wenn er erst einmal ganz oben war. Zufrieden bog er in die ruhige Straße ein, genoss wie jedes Mal die letzten Meter bis zu dem großen weißen Architektenhaus mit dem dunklen Schieferdach. Er ließ die Fensterscheibe herunter und atmete die milde Nachtluft ein. Die Luft hier war einfach anders: Sie duftete nach Wohlstand, nach Erfolg und Selbstbewusstsein, nach Ich-habe-es-geschafft! Er klickte auf den Sender und das breite Tor aus Edelstahl bewegte sich langsam und gleichmäßig zur Seite. Dann stoppte es plötzlich. Julius Ingstedt beugte sich nach vorn, um besser sehen zu können. Steckte da etwas in der Schiene fest? Der Arzt fluchte ungeduldig und schnallte sich ab. Er stieg aus dem Wagen und ging auf die Stelle zu, an der das Tor angehalten hatte. Er fröstelte; es war kälter, als er erwartet hatte. Der angenehme Glimmer des Alkohols verflog. Etwas ungelenk kniete er sich auf das Pflaster und streckte die Hand nach dem kalt glänzenden Gegenstand aus, der sich in der Mechanik des Tores verkeilt hatte. Das Geräusch eines anspringenden Motors ließ ihn in der Bewegung innehalten. Er blickte in die Richtung, aus der das Geräusch gekommen war. Ein Auto stand mitten auf der Straße, etwa 60 Meter entfernt. Wie ein großes dunkles Tier, lauernd. Julius Ingstedt dachte an eine unheimliche Geschichte, die seine Mutter ihm erzählt hatte, als er ein kleiner Junge gewesen war. Die Geschichte handelte von einem schwarzen Ritter in einer stählernen Rüstung, der um Mitternacht mit einer Fackel in der Hand auf seinen Feind wartet. Der Arzt kam leicht schwankend auf die Beine und ging auf die Straße. Er blieb stehen und schaute einen Moment unschlüssig in Richtung des Autos. In diesem Moment leuchteten die Scheinwerfer auf und das gleißende Fernlicht verblitzte ihm die Augen. *Der schwarze Ritter reckt die Lanze und nimmt den Feind ins Visier.* Irritiert blickte er auf und hielt sich die Hand vor die Augen. Der Motor heulte auf und der Wagen schoss nach vorne. *Der schwarze Ritter galoppiert auf den Feind zu.* Er begriff viel zu langsam, stand geblendet und wie betäubt mitten auf der Straße, bevor er sich endlich umdrehte und zu laufen begann. Er rannte jetzt, doch Alkohol und Panik lähmten seine Beine. Sein Atem kam stoßweise aus der Kehle, das Zwerchfell krampfte. Im Laufen sah er sich um, erkannte hinter dem Steuer ein Gesicht. *Der schwarze Ritter hebt sein Visier und fixiert seinen Feind.* Der Wagen erfasste ihn, knickte die Knochen seiner Beine wie dürre, trockene Äste. Sein Kopf zerbrach beim Aufschlag auf die Kühlerhaube wie ein rohes Ei. *Der schwarze Ritter trifft sein Opfer und bringt es zu Fall.* Als er nur Sekunden später auf den Asphalt geschleudert wurde, war Julius Ingstedt tot.

6. KAPITEL

»Wirklich großartig, dieser Saar Riesling.« Clemens Fahnenstedt hielt das Glas in Augenhöhe und betrachtete fast andächtig die goldgelbe und leicht moussierende Flüssigkeit. »Ein ganz ausgezeichneter Winzer, eher ein Bacchus, dieser Niewodni…, Niewo…«.

»Roman Niewodniczanski«, vollendete Elmar Sickenried vom Sofa aus den schwierigen Namen und lächelte seinem alten Schulfreund zu. »Aber du hast absolut recht. Was der in den paar Jahren aus dem Weingut gemacht hat, verdient den höchsten Respekt. Dabei stammt er aus einer Bierdynastie! Ein Gott ist er deshalb aber noch nicht.« Elmar, vor zwei Jahren überraschend verwitwet, war häufig zu Gast auf dem Mooreichenhof. Die abgeschieden gelegene Hofstelle unweit des Künstlerorts Worpswede war seit 13 Jahren das Zuhause von Clemens Fahnenstedt und seiner Exfrau, der Kriminalhauptkommissarin Elisabeth Maria von Seelenthin. Diese sah gerade aufmerksam zu den beiden Männern herüber und warf ihrem einstigen Ehemann einen amüsierten Blick zu.

»So, ihr lieben Freunde von Wein, Weib und Gesang. Ein schöner freier Tag geht zu Ende. Ich lasse jetzt die Hunde noch einmal hinters Haus und gehe dann ins Bett.«

»Gute Nacht, Eija, und danke für den schönen Abend«, verabschiedete sich Elmar, während Clemens ihr übertrieben schmatzend eine Kusshand zuwarf.

Der Abend war wie fast jedes Mal amüsant gewesen. Elmar war ein eloquenter Gesprächspartner: Von Politik über Literatur und Film, bis hin zu ökologischer Tierhaltung und Wein konnte man mit ihm reden. Nur nicht über Religion. Der von Clemens absichtlich platzierte Name des Weingottes war der Startschuss für eine endlose Debatte und eine ebensolche Nacht. Professor Elmar Sickenried war Psychiater und verfügte über profunde Kenntnisse in der Naturwissenschaft, und er war überzeugter Katholik. Ein Widerspruch, fand Clemens, der sämtliche Religionen konsequent ablehnte und Kirchenmitglieder respektlos als Sektierer bezeichnete. Sickenried verteidigte die Existenz und die Funktion der Religion für die Gesellschaft ebenso überzeugt, wie Clemens sie bekämpfte. Was ihre langjährige Freundschaft auszeichnete, war, dass sie trotz dieser unüberbrückbaren Differenzen bedingungslosen Respekt für den jeweils anderen hegten. Die Worte Voltaires »Mein Herr, ich verachte zutiefst Ihre Meinung, aber ich werde mein Leben dafür geben, dass Sie diese vertreten dürfen«, beendeten oft, wechselseitig zitiert, die ergebnislose Debatte und leiteten das gemeinsame Frühstück ein. Von Seelenthin kannte diesen Ablauf seit vielen Jahren und verließ angenehm bettschwer nach mehreren Gläsern Wein den Raum zusammen mit zwei der drei Doggen. Wotan, der ältere der beiden Rüden, wich Clemens nicht von der Seite und würde ihm später ins obere Stockwerk folgen. Seit ihrer Trennung und der später erfolgten Scheidung bewohnten sie den Hof, bis auf Schlafzimmer und Bad, noch immer gemeinsam. Clemens hatte das größere der beiden Gästezimmer mit angeschlossenem Bad bezogen. Keiner von ihnen hatte sich dazu durchringen können, dieses mit so viel Liebe, Mühe, und Herzblut gestaltete Zuhause zu verlassen. Auch das gemeinsam investierte Geld spielte eine Rolle, wenn auch eine eher untergeordnete. Obwohl von Seelenthin den Löwenanteil des Geldes aufgebracht hatte, war auch Clemens mit allem, was ihm zur Verfügung stand, mit eingestiegen. Dieser Hof war ihr Lebenstraum gewesen, und das war er auch heute noch. Die veränderte Form ihres Zusammenlebens änderte daran nichts. Das Gebäudeensemble bestand aus einem großen Haupthaus, dem langgestreckten Stall und einer kleinen Scheune, die als Garage diente. Das Haupthaus war ein rechteckiger, im unteren Drittel aus Feldsteinen gemauerter Bau mit großen bogenförmigen Sprossenfenstern und Dielentoren aus Holz. Die oberen zwei Drittel des Gebäudes bestanden ausFachwerk, und aus dem mit roten Tonpfannen gedeckten Dach ragten viele Gauben und drei aufwendig gemauerte Kamine hervor. Kurz nach der Jahrtausendwende war das Haus von einem sehr wohlhabenden Kunsthändler nach dem Vorbild englischer Landhäuser in Auftrag gegeben worden. Mit viel Sachverstand und Liebe zum Detail hatte der Kunstexperte wertvolle historische Baumaterialien verarbeiten lassen. Die Decken stützten baumdicke Eichenbalken, auf den Böden lagen jahrhundertealte Sandsteinplatten und das importierte Mosaik aus Porzellan bildete den Fliesenspiegel in der Küche, hinter dem sich neueste Haustechnik versteckte. Vor der Fertigstellung des Haupthauses war der Bauherr jedoch schwer an Bauchspeicheldrüsenkrebs erkrankt und ein halbes Jahr später verstorben. Fast zwei Jahre stand das außergewöhnliche Bauprojekt still, bevor es Clemens und von Seelenthin zum Kauf angeboten worden war. Die beiden verliebten sich auf den ersten Blick in das unvollendete Bauwerk und kauften es nur wenige Tage später. Bis sie es beziehen konnten, ging allerdings noch fast ein halbes Jahr ins Land, das sie zusammen mit zwei großen Hunden in einem geräumigen Wohnwagen auf ihrem neu erworbenen Hof verbrachten. Obwohl es sehr eng und wenig komfortabel gewesen war, war diese Zeit mit die glücklichste während ihrer Ehe gewesen.

Sie seufzte zufrieden, als sie sich auf der weichen Matratze des großen Bettes ausstreckte, das Kissen zurechtknautschte und die Augen schloss. Eine Weile lauschte sie ihrem eigenen Atem, doch eine innere Unruhe ließ sie nicht einschlafen. Von Seelenthin öffnete die Augen und sah hinauf in den von starken Eichenbalken getragenen, offenen Dachstuhl. Irgendetwas war anders als sonst. Die beiden Hunde lagen auf den Schaffellen, die überall in dem hallenartigen Raum auslagen. Sie schliefen jedoch nicht, sondern bewegten unruhig die großen Köpfe und sahen aufmerksam zwischen ihrem Bett und dem Fenster hin und her. Sie setzte sich auf. Die Hunde winselten jetzt und wedelten gleichzeitig, als von Seelenthin ein seltsames Licht vor dem Schlafzimmerfenster wahrnahm. Hier brauchte man keine Gardinen oder gar Jalousien. Der Hof grenzte direkt an das Naturschutzgebiet und der nächste Nachbar wohnte mehr als zwei Kilometer entfernt. Nachts störten weder Autos noch Straßenlaternen oder Ähnliches, von Menschen gemachtes Licht. Woher kam dann dieses Licht? Sie kniff die Augen konzentriert zusammen, während sie ans Fenster trat. Tatsächlich, in großer Entfernung nahm sie das unregelmäßige Flackern eines kleinen Feuers wahr. Jugendliche, die ein Lagerfeuer mitten im Naturschutzgebiet veranstalteten? Eine illegale Beseitigung alter Autoreifen? Schlimmeres? Von Seelenthin suchte auf dem Nachttisch nach ihrem Handy und wählte die Nummer des Bereitschaftsdienstes. Mit steifen Bewegungen stieg sie wieder in die eben abgelegten Sachen. Ein Blick zum Fenster, das Feuer loderte jetzt stärker. Brandbeschleuniger. Die Hunde knufften sie mit den Schnauzen an, als freuten sie sich auf einen zusätzlichen Spaziergang. Bereitwillig verließen sie ihren Schlafplatz und folgten ihr nach unten. Dort vernahm von Seelenthin die zunehmend lauter werdende Stimme Elmars, der gerade einen Monolog über die befreiende Wirkung des katholischen Beichtrituals hielt.

»Einfach auf null und du fängst ganz unbelastet von vorne wieder an.«

Clemens würde dieses Ritual in den nächsten Minuten vermutlich verbal in Stücke hacken, zumindest deutete sein aggressiv klingendes Räuspern dies an. Sie zog ihren Pulli über und ging über den Hof in Richtung des Stallgebäudes. Das Kollern und Schnauben der unruhigen Shire Horses hallte über den mit Moorklinkern gepflasterten Hof. Stroh raschelte unter den gewaltigen Hufen, als sich ein Tier unruhig in seiner Box drehte. Die feinen Sinne der Pferde hatten das nahe Feuer vermutlich schon viel früher als Gefahrenherd wahrgenommen. Etwa einen Kilometer noch. Sie schritt trotz des nassen hohen Grases zügig voran. Ein Rascheln in der mächtigen Krone der knorrigen Mooreiche, die dem Hof einst seinen Namen gegeben hatte. Wahrscheinlich die Wiesenweihe, die sie seit Wochen an dieser Stelle sah. Auf der steinernen Bank unter der Eiche lag ein aufgeschlagenes und bereits wellig gewordenes Taschenbuch, das Clemens hier an seinem Lieblingsplatz vergessen hatte. Von diesem Punkt aus ging der Blick über weite Heideflächen bis zu einem Birkenwäldchen am Horizont. Kurz hielt sie inne und blickte nach oben. Der fast volle Mond über dem nächtlichen Teufelsmoor mit seinen vom Wind gezausten Birken und schweren Felsbrocken ließ das Bild von Carl Vinnen lebendig werden und sie fragte sich einmal mehr, ob der Maler und seine Freunde der Künstlerkolonie womöglich einmal genau hier entlanggegangen waren, um nach Inspirationen oder konkreten Szenerien für ein neues Bild zu suchen. Sie atmete tief ein, während sie zügig weiterging, und nahm die Gerüche des sterbenden Sommers in sich auf. Das Fallobst, von Insekten und Vögeln zerfressen. Verblühte Stauden. Warme, leicht dampfende Erde. Es war nahezu windstill. Zum Glück. Noch 500 Meter. Der weitläufige Garten des Mooreichenhofs endete hier und die beiden Doggen waren bereits bis zum angrenzenden Weideland vorausgelaufen. Sie öffnete das Gatter. Hier konnte sie das Feuer schon deutlich riechen. Sie hörte ihr eigenes Atmen und das aufgeregte Schnüffeln der Hunde. Als sie etwa die Hälfte des Weges über die nächtliche Weide gegangen war, vernahm sie plötzlich ganz entfernt das stotternde Sprotzen eines startenden Zweitakters. Eine Geländemaschine. Das Geräusch wurde lauter, schwang unregelmäßig auf und ab, wurde schwächer und schließlich war nur noch ein entferntes Brummen zu hören. Offensichtlich war der Feuerteufel auf dem Feldweg, der zur Landstraße führte, davongefahren. Sie lief schneller, noch 200 Meter. Das Motorengeräusch war jetzt nicht mehr zu hören, dafür aber das Feuer. Es schmatzte, knackte und knisterte, einzelne Flammen schlugen fauchend aus der Mitte hervor. Eine Frau und zwei riesenhafte Doggen, die wie bei einem heidnischen Ritual aufgeregt um sie herumtanzten und das Feuer anbellten. Eine Hexe und ihre Zerberusse. Wider Willen musste sie über diese unfreiwillige Inszenierung schmunzeln, während sie den Brandherd weiträumig umrundete und in die Flammen blickte. Gleich mussten Polizei und Feuerwehr hier sein. Sie lauschte. In einer Umgebung ohne menschliche Nachbarn hört man die Dinge, lange bevor man sie sieht. Von Seelenthin starrte angestrengt in das Feuer und nahm die Silhouette eines Autos wahr, blickte durch die verrußten, teils geborstenen Scheiben des brennenden Wracks. Sie lauschte angestrengt. Aus der Entfernung heulte eine Sirene und nur Minuten später rumpelte ein Löschfahrzeug den schmalen Feldweg entlang, der sonst dem landwirtschaftlichen Verkehr vorbehalten war. Die Feuerwehrmänner sprangen aus ihrem Fahrzeug und rollten zwei Schläuche aus. Sofort schossen Wassermassen auf das brennende Auto und hinterließen zehn Minuten später ein schwelendes Wrack, das stinkende Tentakel aus Rauch in den Nachthimmel schickte.

»Ein Glück, dass es so nass war in den letzten Tagen«, sagte der kleinere der beiden Feuerwehrmänner zu ihr, der sich zuvor als Brandmeister Schröder vorgestellt hatte. »Das hätte einen Flächenbrand geben können, mit dem wir Tage zu tun gehabt hätten!«

Von Seelenthin starrte konzentriert auf das stinkende und immer noch qualmende Wrack, das wie ein großes, verendetes Tier vor ihr lag. Es hatte seinen Dienst getan. Nun musste es verschwinden. Irgendwelche Spuren würden sich kaum noch finden lassen in dem ausgebrannten Auto. Von Seelenthin zog die Schultern zusammen und fröstelte, ging ein paar Schritte zur Seite. Das Wrack strahlte eine beklemmende, fast dämonische Energie ab. Ein paar Reifenspuren des Motorrads, die von der Feuerstelle wegführten, zeichneten sich trotz der Löscharbeiten noch deutlich im nassen Boden ab, Fußspuren waren auf den ersten Blick nicht auszumachen. In dem etwas entfernt parkenden Polizeiauto wurde telefoniert. Schließlich öffnete sich die Tür des Dienstfahrzeugs und eine gedrungene kleine Gestalt wand sich aus dem Auto. Gewissenhaft schloss sie die Tür, bevor sie auf von Seelenthin zuschritt. Schwerfällig drehte sich die Hauptkommissarin zu der jungen Kollegin um. Vor ihr stand eine kleine Frau mit pausbäckigem

Gesicht und runden braunen Augen. Die Frau öffnete und schloss die Augen, während sie gleichzeitig mit einem Kugelschreiber klickte wie die Maus in der dazugehörigen Sendung.

»Die Autonummer des Wagens lässt sich noch lesen. Der Wagen ist nicht als gestohlen gemeldet worden. Aber ich habe den Halter bereits ausfindig gemacht.«

Von Seelenthin wartete. Sie war müde vom Wein, und sie fror. Die aufgeregte Beamtin in Uniform starrte sie erwartungsvoll an, als warte sie noch auf den blauen kleinen Elefanten, bevor sie fortfahren konnte. Von Seelenthin bemühte sich um einen neutralen Tonfall »Und? Verraten Sie mir auch den Namen?«

Die junge Polizistin war anscheinend immun gegen Ironie, sie zückte ihren Block und hielt ihn mit ihren kurzen Armen hoch vor das Gesicht. »Die Halterin des Opel Astra heißt Nadine Knaaß.«

»Aha. Schön«, erwiderte von Seelenthin. Fast eine Flasche Wein im Blut wirkt sich nicht eben förderlich auf die Konzentration aus, dachte sie und griff sich an die Stirn, als wolle sie ihre Gedanken in eine strukturierte Form zwingen: »Also, der Wagen geht in die kriminaltechnische Untersuchung. Außerdem habe ich hier ein Motorrad gehört, eine schwere Geländemaschine, mit der die Täter geflohen sind.«

»Die Täter?«, warf die uniformierte Polizistin eifrig ein.

Von Seelenthin schüttelte ungehalten den Kopf wegen der Unterbrechung. »Ja, sicher. Oder glauben Sie, jemand hat das Motorrad auf dem Rücksitz oder im Kofferraum dabeigehabt?« Die junge Beamtin schaute betreten zu Boden.

»Nein, aber es könnte vorher hierhergebracht worden sein. Oder jemand hat es später hierhergeholt«, sagte sie leise und schaute der Hauptkommissarin offen in die Augen.

Von Seelenthin überlegte kurz und plötzlich tat ihr der harsche Tonfall leid, mit dem sie die junge Polizistin eben abgefertigt hatte. »Da haben Sie theoretisch recht. Dennoch halte ich es für eher unwahrscheinlich, dass ein Täter sich zweimal innerhalb kurzer Zeit zu einem Tatort begibt. Die Chance, dass jemand das Auto entdeckt, wird doch größer, je länger es hier steht. Zumal der Täter sich gerade mit diesem abgelegenen Tatort viel Mühe gegeben hat, eben nicht so schnell entdeckt zu werden.«

Die junge Polizistin nickte nachdenklich.

»Also«, fuhr von Seelenthin fort, »wir brauchen Abdrücke der Motorradreifen. Außerdem will ich, dass die Umgebung vom Tatort bis zur Straße abgesucht wird. Vielleicht finden wir noch etwas, das auf die Täter hinweist.« Von Seelenthin nickte der jungen Beamtin zu, die konzentriert mitgeschrieben hatte. Sie drehte sich zu den beiden Hunden um, die während der ganzen Zeit still hinter ihr gesessen hatten, und machte sich auf den Heimweg. Über die Schulter in Richtung der jungen Beamtin sagte sie: »Polizeimeisterin Poppe, Sie haben sehr gut mitgedacht eben!« Sie zögerte kurz. »Bitte checken Sie, ob es in den letzten Stunden eine Taxifahrt ins Teufelsmoor gab. Oder von hier aus eine Fahrt zurück in die Stadt. Irgendwie habe ich das Gefühl, dass es hier nicht nur um ein brennendes Auto geht.«

Das Gesicht der Polizeimeisterin Poppe leuchtete geradezu auf, als sie sich eine entsprechende Notiz machte und der Hauptkommissarin zum Abschied zunickte.

7. KAPITEL

Elisabeth Maria von Seelenthin stand gebückt auf der halbhohen Mauer in einer Pferdebox, in die der Futtertrog eingelassen war. Sie hatte einen Arm um den mächtigen Hals des Tieres gelegt, während sie mit der anderen Hand versuchte, das Maul der Stute zu öffnen. Da die Frau eher klein, das Tier hingegen riesig war, gestaltete sich das Unterfangen entsprechend schwierig. Das Licht in der Pferdebox verdunkelte sich, als plötzlich das bärtige Gesicht eines hünenhaften Mannes über der äußeren Stalltür auftauchte. Er hielt einen länglichen Gegenstand in einer Plastikverpackung über den Rand der Box.

»Hallo, schöne Frau! Suchst du vielleicht das hier?« Die Angesprochene schüttelte sich den langen Zopf über die Schulter und drehte den Kopf zu dem Mann um:

»Clemens! Du bist schon auf?«, fragte sie leicht außer Atem. »Oh! Die Spritze muss mir aus der Tasche gerutscht sein. Kannst du sie schon mal auspacken? Die Aktion dauert hier sonst noch ewig, und ich will endlich duschen und mich noch ein bisschen hinlegen.«

Der Mann lächelte die blonde Frau auf der Steinmauer kopfschüttelnd an. »Du warst gar nicht im Bett, oder? Ich habe dich heute mitten in der Nacht in der Küche rumoren hören. Fängt ja vielversprechend an, dein letzter Urlaubstag, Frau Hauptkommissarin!«

»Ich habe nicht rumort, mein lieber Clemens, sondern aufgeräumt. Du bist ja eher der gemütliche Typ mit großem Schlafbedürfnis, wie wir beide wissen!«

»Ja, ja, schon gut, du Heldin der Arbeit!«, brummte er amüsiert in seinem sonoren Bariton. Sie sah ihn an und musste lächeln. Als sie Clemens Fahnenstedt vor mehr als 15 Jahren das erste Mal begegnete, war ihr sofort der Vergleich mit einem Grizzlybären in den Sinn gekommen: knapp über zwei Meter groß, satte 100 Kilo schwer. Dunkelbraune struppige Haarsträhnen fielen ihm bis auf die massigen Schultern und ließen den starken Hals fast ganz verschwinden. Seit er sich diesen Viertagebart zugelegt hatte, passte das Bild noch viel besser, fand sie. Dennoch wirkte er neben dem Kaltblut geradezu zierlich, als er sich auf die Zehenspitzen stellte und seiner geschiedenen Ehefrau die Spritze mit der Wurmkur reichte. Clemens liebte Tiere, vor allem so große wie die beiden Shire Horses, mit denen sie hier neben einem Eselhengst und den drei Deutschen Doggen auf dem Mooreichenhof lebten. Bei Clemens, der seit seinem Studium der Germanistik und Philosophie an einem Gymnasium in der Innenstadt unterrichtete, handelte es sich hier jedoch mehr um eine romantische Idee von einem bäuerlichen Lebenskonzept als um das praktische Landleben selbst. Mit seiner großen Begeisterung für alles Lebendige und seiner ebenso großen Hingabe machte er allerdings manches handwerkliche Unvermögen wett. Vor 13 Jahren waren sie frisch verheiratet auf den Mooreichenhof im Teufelsmoor gezogen. Das Voranschreiten der Bauarbeiten auf dem Hof und die Entwicklung ihrer Ehe verliefen allerdings unterschiedlich erfolgreich. Während der Hof über die Jahre zu einem Schmuckstück gediehen war, war ihre Ehe zerbrochen. Dafür gestaltete sich das Zusammenleben zwischen den beiden heute tatsächlich harmonischer, als es zu Zeiten ihrer Ehe oft der Fall gewesen war.

»Eija, Eugen will dich sprechen!«, rief Clemens, als das penetrante Rufen eines Esels durch den Stall tönte.

»Ich habe frei, verdammt noch mal! Das kann nichts Gutes bedeuten!«, fluchte die Angesprochene leise, während sie den letzten Rest der zähflüssigen rosa Paste in das offene Maul des Pferdes drückte. »So. Fein gemacht, braves Mädchen«, murmelte sie der Stute ins Ohr und nahm das durchgehend Eselrufe ausstoßende Handy zur Hand, das Clemens ihr mit hochgezogenen Brauen reichte. »Ja, Seelenthin hier. Wo? Aber das ist doch nicht mein, auch krank, aha. Ist Dremmler schon da? Gut, dann hole ich ihn ab, liegt ja auf dem Weg. Schicken Sie mir die Adresse aufs Handy, ich fahre gleich los.« Sie zog die Unterlippe zwischen die Zähne.

»Das wird dann wohl nichts heute Abend mit dem marokkanischen Linsenauflauf unter der Schafskäsekruste, was, Frau Hauptkommissarin?«, fragte ihr Ex-Ehemann und nahm ihr die leeren Spritzenhüllen aus der Hand.

»Ich glaube nicht, nein. Da geht er hin, der freie Tag. Leichenfund, in Oberneuland. Gleich zwei Kollegen sind krank, ich war die Dritte auf der Liste.« Sie zog Schultern und Brauen gleichzeitig hoch und blickte Clemens entschuldigend an. »Meine Güte, ich habe noch nicht mal geduscht! Grüß' bitte Elmar lieb von mir! Ich fahre dann mal, du musst nicht warten, jedenfalls nicht mit dem Essen!«, rief sie ihm über die Schulter zu. »Vielleicht hast du ja noch etwas von diesem hervorragenden Weißburgunder da? Davon könnte ich nachher ganz sicher das eine oder andere Glas gebrauchen.« Als sie durch das Tor fuhr, sah sie im Rückspiegel, dass Clemens ihr nachdenklich hinterherblickte. Hatte sie da eben mit ihrem Exmann geflirtet?

8. KAPITEL

Von Seelenthin verließ die Autobahn am Kreuz Horn-Lehe und bog kurze Zeit später in ein Wohngebiet mit gepflegten zweistöckigen Reihenhäusern ein. Auf den großzügigen Rasenflächen zwischen den einzelnen Hauszeilen wuchsen vereinzelt hohe Laubbäume. Als sie den Wagen am Bürgersteig vor einem Wendehammer parkte und sich suchend umsah, ging ein junger Mann mit einer großen Papiertüte an ihr vorbei. Der Duft frisch gebackener Brötchen kitzelte ihr in der Nase und sie ärgerte sich, dass sie sich nicht wenigstens noch etwas von dem Baguette eingesteckt hatte, das vom gestrigen Abendessen übriggeblieben war. Von dem Wendehammer aus führte ein schmaler und von einer dichten Ligusterhecke begrenzter Weg an der Häuserreihe entlang, in der ihr Kollege wohnte. Als von Seelenthin den Weg etwa bis zur Hälfte hinuntergeschritten war, entdeckte sie die richtige Hausnummer und stieg die Treppenstufen hinauf, die zur Haustür führten. Auf beiden Klingelschildern stand der Name Dremmler, ohne Initialen. Sie wählte den unteren Klingelknopf, und während sie wartete, stieg das Bild des qualmenden Wracks wieder vor ihr auf. Warum hatte der Anblick des brennenden Autos im Moor sie so aufgewühlt? Wahrscheinlich war es nur die mystisch und geheimnisvoll aufgeladene Atmosphäre des Teufelsmoores oder einfach die Kombination aus Müdigkeit und Hunger. Obwohl es laut Wetterbericht ein milder Altweibersommertag werden sollte, fror von Seelenthin trotz des Fleeceshirts und ihrer Jacke. Während sie die abgetretene Fußmatte mit den ehemals bunten Luftballons betrachtete, hielt sie sich ihren Unterarm dicht unter die Nase und zuckte zurück. Beißender Rauch. Sie roch nach einer am Lagerfeuer verbrachten

Nacht und sah vermutlich auch so aus. Shantys singend mit der Klampfe im Arm, das Stockbrot im Feuer und ein Kasten Bier daneben. Frustriert schob sie die Hände tief in die Taschen ihrer Jacke. *Ganz so lustig war es ja nun nicht gewesen*, dachte sie ironisch. Endlich ging das Licht im Hausflur an und durch die schmalen Glasscheiben nahm von Seelenthin eine Gestalt wahr. Eine extrem magere Frau mit strähnigen graubraunen Haaren trippelte ihr auf unsicheren Beinen entgegen. Begleitet wurde sie von einer graugetigerten Katze, die ihr permanent um die stockdünnen Beine strich. Die Frau trug einen hellblauen Morgenmantel aus abgeschabtem Frotteestoff, darunter ein geblümtes Nachthemd und billige Hausschuhe, deren fadenscheiniger Stoff sich von den Sohlen ablöste. Umständlich öffnete die geisterhafte Gestalt die dreifach verriegelte Haustür und starrte aus weit geöffneten Augen durch von Seelenthin hindurch. »Guten Morgen, mein Name ist Hauptkommissarin Seelenthin. Ich möchte meinen Kollegen Ralf Dremmler abholen.«

Die Frau reagierte zunächst überhaupt nicht, legte schließlich den Kopf in den Nacken. Ihre heisere Stimme trug kaum durch den Flur: »Ralf, Peter?«

Im ersten Stock fiel eine Tür ins Schloss. Ein rhythmisches Rauschen wie von Vogelschwingen hallte durch das enge Treppenhaus. Von Seelenthin blickte hoch: Kommissar Ralf Dremmler kam eilig die gewundene Wendeltreppe hinunter und versuchte währenddessen, seine überlangen Arme in dem grauen Jackett unterzubringen, das mindestens zwei Nummern zu groß war. Schließlich stand der Kommissar in der Diele. Sein stechender Blick aus den fast wimpernlosen Augen traf abwechselnd von Seelenthin und die ältere, abwesend wirkende Frau.

»Guten Morgen, Kollege Dremmler! Es tut mir leid. Ich habe es zuerst auf Ihrem Handy versucht, aber es ging niemand ran«, begann von Seelenthin.

»Alles in Ordnung«, erwiderte der Mann leicht außer Atem, »ich habe es ja noch gehört.« Der Kommissar wandte sich zu der mageren Frau um und beugte sich leicht hinunter. »Mutter, ich muss weg, zur Arbeit. Die Tabletten habe ich dir auf dein Frühstücksgedeck gelegt, ja? Komm, wir gehen in die Küche.« Die Frau sah mit leerem Blick durch ihn hindurch. Die Katze setzte sich vor die offene Wohnungstür und miaute.

»Peter?«

»Nein, Mutter, Ralf. Ich komme heute Nachmittag wieder.« Er legte seine Hand behutsam auf den Rücken der Frau, führte sie herum in Richtung Wohnungstür und schob sie sanft hindurch. Geduldig wartete er, bis auch die Katze in der Wohnung war. Die Frau ging wie ferngesteuert mit, drehte sich nicht mehr zu der Besucherin um.

»Auf Wiedersehen, Mutter, bleib schön dort sitzen. Gleich kommt Frau Kutzmirzak.« Der Kommissar griff stirnrunzelnd nach dem Handy, das in der unteren Wohnung neben der Tür auf einer kleinen Kommode lag, und folgte von Seelenthin nach draußen.

»Bitte, einen kleinen Moment.« Dremmler tippte eine Nummer in sein Smartphone und bewegte sich weg von ihr, in Richtung des nächsten Hauses.

Von Seelenthin ging den schmalen Weg in entgegengesetzter Richtung bis zum Wendehammer zurück, wo sie sich in den Wagen setzte und wartete. Was weiß man eigentlich über die Menschen, mit denen man jeden Tag zu tun hat? Ralf Dremmler war nun seit einem halben Jahr ihr Partner im Dienst, und außer seiner Vorliebe für koffeinhaltige Heiß- und Kaltgetränke, welche er in Mengen zu sich nahm, die garantiert jenseits aller empfohlenen Richtwerte der Gesundheitsbehörden lagen, wusste sie gar nichts über ihn. Seine Adresse hatte ihr die Zentrale eben durchgegeben. Von sich aus hätte sie ihn nie danach gefragt. Dem Kollegen Dremmler schien es allerdings ähnlich zu gehen: Er stellte niemals private Fragen, gab keine Informationen über sich preis, die über das Berufliche hinausgingen. Von daher waren sie ein gutes Team: Sie machten ihre Arbeit zusammen, wünschten sich wahlweise einen entspannten Feierabend, ein schönes Wochenende oder auch erholsame Urlaubstage und dann gingen sie auseinander. Private Feiern von Kollegen oder vom Personalrat organisierte Ausflüge besuchte Ralf Dremmler nicht. Genau wie sie schien er sich bewusst fernzuhalten. Diese offensiv vorgetragene Abgrenzung wurde ihm im Gegensatz zu von Seelenthin jedoch nicht als Arroganz ausgelegt. Im Kollegenkreis galt er als Langweiler, der zwar zuverlässig seine Arbeit machte, mit dem aber sonst niemand etwas zu tun haben wollte. Sie sah auf, als er den Weg hinuntereilte und das Handy in seine Manteltasche steckte. Dremmler öffnete die Tür des Range Rovers und schwang seine langen Beine ins Auto. Mit einem dankbaren Lächeln nahm er den großen Becher Kaffee entgegen, den von Seelenthin auf dem Weg an der Tankstelle besorgt hatte. Während sie den Wagen startete, klingelte das Telefon. »Ja, Seelenthin hier. Hören Sie, wir sind auf dem Weg, aber fliegen … Was? Nein! Im Kofferraum, ja, verstehe. Blutspuren? Ja, dann muss da auf jeden Fall sofort die Kriminaltechnik hin. Gut, wir fahren jetzt erst nach Oberneuland. Dann zu dieser Wohnung in Vahr. Gut, bis dann.« Sie wandte sich zu ihrem Kollegen um.

»Der brennende Wagen heute Nacht im Teufelsmoor war ein Sarg. Die von der Rechtsmedizin waren sehr schnell. Sie haben eine männliche Leiche im Kofferraum gefunden mit zwei Löchern im Kopf«, informierte sie ihn.

»Und was wollen wir in einer Wohnung in Vahr?«, fragte er.

»Die Halterin des Wagens hat heute Morgen einen Einbruch in ihre Wohnung gemeldet. Kampfspuren, Blut. Vermutlich ist die Wohnung der Tatort und die Leiche ihr Bruder, Lebensgefährte, Mann, was auch immer. Auf jeden Fall haben wir schon mindestens einen Mordfall.«

Während der Fahrt nach Oberneuland schwiegen sie. Es herrschte eine konzentrierte und gespannte Stimmung. Sowohl von Seelenthin als auch Dremmler hatten während ihres Berufslebens schon viele Leichen gesehen und die Bilder, die sie gleich erwarteten, würden ihnen als Polizisten und als Menschen alles an Kraft und Konzentration abfordern. Als sie über die Lehrer Heerstraße in die Rockwinkeler Heerstraße nach Oberneuland rollten, krochen erste Sonnenstrahlen aus dem Wolkenbett und am Ende der angegebenen kleinen Seitenstraße parkten im Wendehammer bereits die Fahrzeuge der Kriminaltechnik, der Schutzpolizei sowie das schicke Mini Cabriolet der leitenden Staatsanwältin. Von Seelenthin zog unwillkürlich die Stirn in Falten. Doktor Monika Teschner: wie immer eine der Ersten am Tatort. Intelligent und leistungsbereit, auf dem Sprung nach ganz oben. Ehrgeizig und akribisch und bei von Seelenthin so beliebt wie ein schuppendes Ekzem in der Achselhöhle. Von Seelenthin und Dremmler stiegen aus dem Wagen. Die Kollegen von der Kriminaltechnik und einige uniformierte Kollegen befanden sich am Rand der Straße. Der Tatort war bereits großräumig mit Flatterband abgesperrt worden. Schaulustige waren nicht zu sehen. Die Hauptkommissarin zog unwillkürlich die Schultern zusammen, als sich die kühle Morgenluft wie eine feuchte, schwere Decke um sie legte. Sie blickte sich um: Die Straße lag wie ein glattes, dunkles Band zwischen den kurzgeschorenen Grünflächen, auf denen der Tau glitzerte. Meterhohe und dicke Hecken, stabile Drahtzäune und steinerne Mauern grenzten die einzelnen Anwesen voneinander ab wie Schutzwälle. Wo die breiten Auffahrten endeten, gab es elektrische Tore aus Edelstahl und hohe Zäune aus schwarzem Gusseisen, deren einzelne Stangen am oberen Ende zu Speerspitzen geschmiedet waren, die martialisch in den Himmel ragten. Von Seelenthin zählte auf den ersten Blick drei Kameras und zwei Logos von verschiedenen Sicherheitsfirmen. Sie kniff einen Mundwinkel zu einem ironischen Grinsen ein, als sie in Gedanken das Klischee formulierte, das sich vor ihren Augen materialisierte: Hier ruft man beim Rasenmähen keine freundlichen Floskeln über den Zaun. Hausfrauen beim Fensterputzen? Eher nicht. Das Rasenmähen erledigt der Garten- und Landschaftsbauunternehmer des Vertrauens, den Hausputz die Haushaltshilfe. Die Kinder sind in einer dieser Frühförderungsanstalten untergebracht und lernen schon im Kindergartenalter ganz spielerisch *Mandarin* oder werden vom Au-pair-Mädchen bespaßt, während Mama sich im Büro oder im Spa um die Selbstoptimierung kümmert. Vielleicht versteht Mama aber auch die Kindererziehung als ihr eigenes ehrgeiziges Projekt und fährt die hochbegabten Nachkömmlinge im SUV von einer Fördermaßnahme zur nächsten. Von Seelenthin riss sich von ihren unfreundlichen Gedanken los und richtete ihren Blick auf die andere Seite. Der Tote lag in einem flachen Graben am Rand der Straße. Sein hellgrauer Anzug war zerknittert, der glänzende Stoff stellenweise nass, blutig, verdreckt und gerissen. Von dem Gesicht mit den halb geöffneten Augen war nur wenig zu sehen. Lange, vom Tau feuchte Strähnen verdeckten zum Teil Stirn und Augen. Er lag auf der Seite. Von Seelenthin betrachtete die reglose Gestalt. Der durch Nässe und Schmutz abwechselnd hell und dunkelgrau aussehende Stoff erinnerte an das getigerte Fell einer Katze. Wie eine überfahrene Katze.

»Das Opfer heißt Doktor Julius Ingstedt. Er ist nicht hier gestorben. Der Mann wurde überfahren. Erst danach wurde er zur Seite gerollt, mit diesem Ast hier«, unterbrach eine seltsam gelangweilt klingende Stimme die Gedanken der Hauptkommissarin.

Von Seelenthin blickte sich um. Vor ihr stand ein über zwei Meter großer und sehr magerer Mann mit absolut ausdrucksleerem Gesicht. Der Mann stützte sich auf einen langen und dicken Stock, den er bereits in einer Plastiktüte gesichert hatte. Sie erkannte in dem Mann einen Mediziner aus dem rechtsmedizinischen Institut, dessen Namen sie immer wieder vergaß.

»Bei dem Ast handelt es sich um einen starken Ast von einer Buche«, fuhr der Gesichtslose in seinem gleichbleibenden Timbre fort.

Von Seelenthin blickte sich um. Überall wuchsen hier starke Bäume aller Art, Eichen, Nadelgehölze, auch Buchen. Das große Haus mit den überdimensionalen Glasflächen war der letzte Bau vor dem Wendehammer. Hinter dem Haus grenzte der Garten an einen kleinen Wald. Der Ast konnte also vom Täter mitgebracht worden sein, er konnte ihn hier gefunden haben, es gab unendlich viele Möglichkeiten. Sie besah sich den Toten genauer, starrte auf seinen Rücken und in ihrem Gehirn vermischten sich Assoziationen und Gedanken. Sie strichen durch ihre Hirnwindungen wie eine Katze um die Beine. Der Tote wurde nach dem Aufprall von der Straße geholt. Auch Tiere werden nach einem tödlichen Zusammenstoß von der Straße geholt. Warum tut jemand das? Entweder, weil man Respekt vor dem getöteten Wesen hat und es auch im Tod noch eine Würde verdient. Oder jemand will rücksichtsvoll und verantwortungsbewusst andere Verkehrsteilnehmer schützen. Dunkle Male auf dem Rücken zeugten von den Berührungen mit dem Stock, teilweise war der Stoff durchstoßen. Auf den ersten Blick wurde der Tote nicht mit den Händen angefasst, oder vorsichtig, vielleicht gar sanft mit dem Stock angeschoben. Der Mann wurde eher grob gestoßen, als wolle man ihm selbst im Tod noch Schmerzen zufügen oder ihn demütigen. Diese Tatsache führte zu einer weiteren Möglichkeit: Es ging dem Täter nicht um Rücksicht oder Mitleid. Manches Tier wird von der Straße geholt, damit die verzweifelten Besitzer es nicht oder nicht so schnell finden. Dieser Tote hier sollte ebenfalls nicht so schnell gefunden werden, oder hatte jemand im Nachhinein doch Mitleid gehabt? Unsinn, dann wäre er ja nicht so grob gestoßen worden. Außerdem begeht man nicht Fahrerflucht nach einem Unfall, um dann doch noch anzuhalten und das Opfer von der Straße zu holen.

»Das ist alles sehr verworren«, vernahm sie wieder den monotonen Singsang.

»Ja, das ist es wohl«, erwiderte von Seelenthin, die registrierte, dass sie ihre Gedanken wieder einmal laut ausgesprochen haben musste. Dremmler trat zu ihnen.

»Was ist mit dem Todeszeitpunkt und wer hat ihn gefunden, Doktor Fahm?«, wandte er sich an den Mediziner.

»Nach ersten Erkenntnissen starb das Opfer zwischen Mitternacht und 4.00 Uhr früh. Er hatte seinen Ausweis in der Innentasche und 8.000 Euro in großen Scheinen. 500er«, führte der farblose Doktor Fahm gerade aus, als ein krächzender Schrei wie der eines Raben sie alle zusammenfahren ließ.

»Kollege Fahm!« Eine sehr kleine, schwarzhaarige Frau fuhr wedelnd mit ihrem Arm durch die Luft.

»Das ist Doktor Todovic, die neue Chefin«, ließ sich der Mediziner vernehmen, der sich als Erster wieder erholt hatte. »Sie hat mich mitgenommen, damit ich mehr Praxis bekomme.« Er zog die Mundwinkel kaum sichtbar nach oben. Für jemanden von Fahms Temperament kam das einem hysterischen Heiterkeitsausbruch gleich. Die Rechtsmedizinerin hatte offenbar am Tatort allesgesehen, was für die weitere Arbeit nötig war, und fischte gerade eine Schachtel Zigaretten aus ihrem offenstehenden Kombi, auf dessen Heckklappe ein großer schwarzer Hund lag, der das Geschehen dösend aus halbgeschlossenen Augen verfolgte.

»Kommen Sie, Kollege Fahm. Es gibt viel zu tun!«, setzte die markante Stimme der Ärztin wieder ein. »Der Zeitungsmann hat das Opfer gefunden. Er steht da hinten, beim Haus!«, rief sie und wies mit der Zigarette in der Hand auf einen jungen Mann, der auf der Einfahrt der Ingstedts unruhig hin und her lief.

Sie bedankten sich bei Doktor Fahm, nickten der Ärztin zu und gingen die kopfsteingepflasterte Auffahrt hinauf. Ein uniformierter Kollege nahm gerade die Aussage des Zeitungsausträgers auf. Der junge Mann hatte den Job noch nicht lange und war entsprechend nervös wegen des Zeitverlustes, den dieser unangenehme Zwischenfall verursachte. Große Erschütterung war ihm nicht anzumerken. Von Seelenthin ließ sich das Smartphone des Mannes zeigen. Erleichtert darüber, dass der Tote nicht fotografiert oder gefilmt und bereits als Leiche des Tages im Internet unterwegs war, gab sie dem jungen Mann sein Smartphone zurück. Er bestätigte, dass das offenstehende Tor seine Neugier geweckt habe und dass er daraufhin die Blut- und Bremsspuren und schließlich den Toten entdeckt habe. Der Beamte bestätigte den eingegangenen Notruf um 6.10 Uhr.

Staatsanwältin Teschner stoppte vor der Haustür und betrachtete irritiert das Glas mit den verschlungenen Initialen des Ehepaares Ingstedt. »Meine Güte! Geld schützt auch vor Geschmacksverirrungen nicht«, kommentierte sie abfällig. Als sie von Seelenthin und Dremmler entdeckte, grüßte sie knapp mit einem Nicken. »Apropos geschmacklos«, fuhr ihr Blick über die Erscheinung der Hauptkommissarin, »übernachtet man auf dem Land jetzt draußen am Lagerfeuer zwischen Pferdemist und«, sie schnupperte geziert und hielt die bebrillte Stupsnase hoch, »nassem Hund, ja? Wie romantisch!«

Weder Dremmler noch von Seelenthin zeigten irgendeine Reaktion. Ein paar Augenblicke hielt Teschner das Schweigen aus, dann näselte sie weiter:

»Der Tote ist, war, der Hausherr dieses Anwesens. Doktor Julius Ingstedt, plastischer Chirurg im Weserklinikum. Seine Frau ist eine gute Bekannte von mir. Lions Club, Charity. Sie wissen schon.« Teschner zögerte und verzog den Mund zu einer schiefen Schnute. »Wobei, Sie wissen wohl eher nicht. Der Landadel bleibt ja lieber unter seinesgleichen und kümmert sich nicht um das gemeine Volk. Wie auch immer. Eine Tragödie, das hier! Doktor Ingstedt war kurz davor, leitender Oberarzt zu werden, wie man hört«, führte sie ihren Vortrag zu Ende.

»Danke für die hilfreichen Informationen, Frau Doktor Teschner. Wir werden uns jetzt selbst ein Bild machen.« Ohne weiter auf sie zu achten, schoben sich die beiden Kommissare an der Juristin vorbei, der die Freude über ihre verbalen Bosheiten ins Gesicht geschrieben stand. Diese Freude währte allerdings nur kurz und wurde wenige Augenblicke später dadurch geschmälert, dass die Staatsanwältin mit einem ihrer bleistiftdünnen Absätze im Kopfsteinpflaster steckenblieb und umknickte. Sie hörten noch einen unterdrückten, wenig damenhaften Fluch, dann schlug laut eine Autotür zu und Teschners Mini schoss im Rückwärtsgang die Einfahrt hinunter. Die beiden Kommissare lächelten sich einvernehmlich zu. Die ausgeprägte Abneigung gegen die karrierefixierte, snobistische Juristin teilten sie aus unterschiedlichen Gründen, auch wenn keiner von beiden es je ausgesprochen hatte. Dann betraten sie den komplett in Weiß gehaltenen Eingangsbereich des Hauses. Von Seelenthin zog unwillkürlich fröstelnd die Schultern ein, als eine Kälte, die nichts mit der Raumtemperatur zu tun hatte, ihre klammen, langen Finger nach den ungebetenen Gästen ausstreckte. Ein Eispalast, der seine kalte Atmosphäre nicht nur der kalkweißen Farbgebung verdankte, sondern vor allem der Auswahl der Baumaterialien. Weißer Granit, gebürsteter Stahl, Glas, Kunststoff, spiegelnder Schleiflack. Alles kalt, blank, eisglatt.

»Hallo, guten Tag, Kriminalpolizei Bremen. Frau Ingstedt?« Dremmlers Stimme klang belegt und hallte verzerrt durch den Raum. Es näherten sich Schritte und eine große, dunkelhaarige Frau betrat die Diele.

»Guten Tag, Struckmann-Jarr mein Name. Ich bin die Mutter von Frau Ingstedt. Es geht meiner Tochter nicht besonders gut. Sie hatte kürzlich einen Unfall. Bitte folgen Sie mir.«

Die Frau führte die beiden Polizisten in einen angrenzenden großen Raum. Auch hier dominierte ein kreidiges Weiß. Auf einer L-förmigen riesigen Ledercouch saß eine sehr schlanke Frau von etwa 30 Jahren, die durch ihre geduckte Haltung deutlich kleiner wirkte, als sie tatsächlich war. Vor ihr auf dem eckigen Glastisch stand eine gläserne Teekanne. Übergroße Leinwände mit monochromen Variationen in Blassblau, Grau und Schwarz hingen an den gekalkten Wänden. Keine Pflanzen oder Schnittblumen, keine Bücher, keine verknautschten Hundedecken oder Kinderspielzeug. Nichts deutete auf eine Persönlichkeit mit Vorlieben oder besonderen Interessen hin. Hier wohnte niemand; hier präsentierten sich verschiedene Menschen in Räumen, um das Bild von einer Familie darzustellen.

»Guten Tag, Frau Ingstedt. Ich bin Hauptkommissarin Seelenthin, dies ist mein Kollege, Kommissar Dremmler. Unser Beileid. Sind Sie in der Lage, uns einige Fragen zu beantworten?«

Bis jetzt hatte die junge Frau mit hängendem Kopf und gekrümmtem Rücken dagesessen und kaum Notiz von ihrer Umgebung genommen. Jetzt richtete sie sich auf und sah den beiden Polizisten ins Gesicht. Von Seelenthin hörte, wie Dremmler die Luft anhielt. Das Gesicht der Frau war verwüstet; eine fleischgewordene Anklage. Blaue und gelb unterlaufene Stellen gingen ineinander über, unterbrochen von einer frischen, stark geschwollenen länglichen Narbe über dem linken Jochbein. Die Frau erwiderte angestrengt ihren Blick wie jemand, der es allzu oft schon aushalten musste, angestarrt zu werden.

»Ja. Sie können mir Ihre Fragen stellen. Ich muss nur gleich nach meinem Sohn sehen. Ich habe ihn heute nicht in den Kindergarten gebracht.« Sie sah ihre Mutter an, als müsse sie sich erklären oder rechtfertigen: »Ich habe Julia angerufen. Die Nanny. Sie sind draußen im Garten, aber Julia muss gleich weg, zur Uni.« Ein angedeutetes verzerrtes Lächeln und eine vage Geste zu der breiten Glasfront. Dann wieder ein fragender Blick in Richtung der älteren Frau. *Habe ich alles richtiggemacht?* Die Mutter schien den Blick nicht zu bemerken. Sie schenkte ihrer Tochter Tee nach und bot auch den beiden Kriminalbeamten welchen an. »Nein danke. Wir werden Sie nicht lange aufhalten«, versprach von Seelenthin. »Frau Ingstedt, wie ist der gestrige Abend verlaufen? Wo waren Sie und Ihr Mann?«

»Ich war hier mit Philipp, meinem Sohn. Nach den Nachrichten habe ich ihn ins Bett gebracht.« Sie wies auf einen zierlichen Tisch aus Glas, auf dem neben einem Notebook eine halbleere Flasche Wein stand. »Dann habe ich am Rechner gesessen, die Einladungen für das Essen der Lions Damen mussten geschrieben werden. Eine Veranstaltung im Golfklub in vier Wochen. Ich habe noch ein, zwei Gläser Wein getrunken und gegen 22.00 Uhr bin ich auch nach oben gegangen.« Berenice Ingstedt runzelte die Stirn, als müsse sie sich konzentrieren. »Julius war mit Kollegen im ›ÜberFluss‹.« Als sie Dremmlers ratlosen Blick bemerkte, fügte sie hinzu: »Das Designhotel ›ÜberFluss‹ an der Schlachte, da hat ein neues Restaurant aufgemacht. Ein älterer Kollege ist in den Ruhestand verabschiedet worden.«

Das Lachen einer jungen Stimme, wahrscheinlich das Kindermädchen, schallte gedämpft ins Wohnzimmer.

Die Hauptkommissarin fragte: »Frau Ingstedt, Ihr Mann ist fast direkt vor der Tür überfahren worden. Sein Wagen aber steht in der Garage. Sie haben nichts gehört und sind nicht unruhig geworden, als Ihr Mann nicht nach Hause kam?«

Die junge Frau blickte auf das schwarze Bild an der gegenüberliegenden Wand, das von einer weißen, gezackten Linie, die an eine Narbe erinnerte, durchbrochen wurde. »Wir haben kein gemeinsames Schlafzimmer. Julius hat oft Nachtdienst, Spätschicht, er will mich nicht stören. Mein Zimmer geht zum Garten hinaus. Ich habe nichts gehört, nein.«

Frau Struckmann-Jarr stellte ihre Tasse auf dem Tisch ab und räusperte sich. »Die Häuser hier liegen alle sehr weit auseinander und außerdem weit von der Straße weg. Ich bezweifle, dass jemand etwas gehört hat«, sagte die ältere Frau in einem Tonfall, der mehr Feststellung als Frage war. Sie stand auf, wie um anzudeuten, dass das Gespräch nun beendet war. Die Tochter blieb auf dem Sofa sitzen.

»Wie ist Julius, also, hat er, ging es schnell?«

»Erkennen Sie diesen Gegenstand?«, fragte von Seelenthin und hielt eine transparente Tüte hoch, die sie in ihrer geräumigen Jackentasche getragen hatte. Die Tochter blickte ratlos auf den massiven Gegenstand aus Metall. Kein Aufleuchten in den Augen, kein Erkennen. Die Richterin warf einen flüchtigen Blick über die Schulter zurück. Sie hatte sich umgewandt und ging zur Terrassentür, hinter der ihr Enkelsohn und das Kindermädchen auftauchten. »Jemand hat mit diesem Karabiner die Mechanik des Tores lahmgelegt. Deshalb ist Ihr Mann überhaupt erst aus dem Wagen gestiegen. Er kann seinen Wagen nicht mehr selbst in die Garage gefahren haben. Haben Sie eine Erklärung dafür, Frau Ingstedt?«

Die blasse Frau öffnete den Mund und schloss ihn wieder, dann blickte sie hilflos zu ihrer Mutter auf. Die runzelte die Stirn.

»Nun, dann muss es derjenige gewesen sein, der Julius getötet hat. Vermutlich wollte der Täter, dass man nicht sofort auf Julius' Auto aufmerksam wird.« Sie zögerte, legte die rechte Hand in den Nacken, als wolle sie dort Verspannungen lösen. »Das Tor könnte aber auch offen gestanden haben, Julius hat den Wagen selbst in die Garage gefahren und ist dann aus irgendeinem Grund zurückgelaufen, nicht wahr? Ziemlich unwahrscheinlich, aber möglich. Ich habe keine andere Erklärung.« Die Richterin sah auf ihre Tochter herab.

»Berenice, du solltest dich jetzt hinlegen. Ich kümmere mich um Philipp.«

Berenice Ingstedt reagierte nicht auf die Worte ihrer Mutter. Vorsichtig zog sie die Teekanne zu sich heran und goss etwas Tee in eine der zierlichen Porzellantassen. Schon diese Bewegung schien sie anzustrengen. Sie schaute hoch. »War Julius sofort tot?«, fragte sie die Kommissare ein zweites Mal.

»Es ist noch sehr früh. Ihr Mann wird nun zunächst rechtsmedizinisch untersucht, aber nach den ersten Aussagen der Mediziner ist er sehr schnell gestorben. Er war vermutlich sofort tot.« Der letzte Satz war von der Rechtsmedizin zwar so nicht bestätigt worden, dennoch konnte von Seelenthin nicht anders: das zerschlagene Gesicht der Frau, diese feindliche Umgebung ohne jede Wärme und die würdelose Art und Weise, auf die ihr Mann getötet und dann in den Graben gestoßen worden war. »Wie war das Verhältnis Ihres Mannes zu seinen Kollegen? Gab es dort Feinde?«, richtete sie die Frage an die zusammengesunkene Gestalt auf dem Sofa.

Die junge Frau sah sie an, schüttelte leicht den Kopf. »Julius liebt, liebte seinen Beruf, er war ein sehr erfolgreicher Chirurg. Er sollte bald leitender Oberarzt werden.«

Frau Struckmann-Jarr stellte das Teegeschirr auf ein Tablett aus Metall und sah kurz auf: »Neid und Missgunst gibt es doch überall, wenn jemand erfolgreich ist, viel Geld verdient, aber deshalb jemanden umbringen?«

Berenice Ingstedt war aufgestanden und ging auf ihren Sohn zu, der mit seinem Kindermädchen den Raum betreten hatte. Die Geste wirkte auf von Seelenthin auf eine seltsame Art pflichtschuldig und gelenkt, so als müsse die junge Frau beweisen, dass sie ihren Mutterpflichten auch in so schwierigen Situationen wie dieser gewissenhaft nachkam.

»Frau Ingstedt, eine letzte Frage für den Moment. Ihr Mann hatte eine große Summe Bargeld bei sich. 8.000 Euro. War das häufiger der Fall?«

Berenice Ingstedt stellte sich neben ihren Sohn. »Das kam vor, ja. Julius mochte keine Kreditkarten.«

Die Frau sah hinunter auf ihren Sohn, als entdecke sie gerade einen Gegenstand wieder, den sie verlegt hatte. Der blasse, dünne Junge mit den hellen Augen sah seiner Mutter sehr ähnlich, er bewegte sich ungewöhnlich vorsichtig, fast tastend, als seien beide in nasser Watte gefangen. Mutter und Sohn schienen eigenartig blutleer, so als sauge das Haus alle Wärme, Farben und sogar das Leben selbst aus den beiden heraus. Berenice Ingstedt zog dem Jungen die Jacke aus und der zuckte leicht zusammen, als sie ihn von hinten umfasste. Von Seelenthin verspürte eine nervöse Unruhe und den Drang, diesen Ort sofort zu verlassen. Irgendetwas ist hier in den Räumen, eine Art Nebel, der das Atmen erschwert und den Körper von innen langsam vereist, bis er schließlich stirbt. Wie die *Dementoren* aus den *Harry Potter Büchern*, zuckte es ihr durch den Kopf. Es gibt Häuser, die Besucher willkommen heißen, ihnen Kraft geben oder Ruhe schenken. Und es gibt Häuser, die Besucher wegstoßen, sie aussaugen und wieder ausspeien. Feindliche Häuser. Häuser wie dieses hier. Berenice Ingstedt hielt noch immer die Jacke ihres Sohnes in der Hand, als sie von Seelenthin in die Diele und zur Haustür begleitete.

»Wann hatten Sie den Unfall?«, sprach von Seelenthin sie unvermittelt an. Berenice Ingstedt zuckte zusammen, eine Hand krampfte sich um den Stoff der Jacke. Die Hauptkommissarin sah ihr einen Moment lang in die Augen, nickte ihr dann zum Abschied zu. »Gute Besserung, Frau Ingstedt, nochmals unser Beileid.«

Als sie Dremmler am Auto wiedertraf, atmete der Kommissar hörbar aus. »Da ist es ja im Sektionsraum gemütlicher! Haben Sie gesehen, wie der Kleine gezuckt hat, als die Frau ihn angefasst hat?« Von Seelenthin nickte. »Da ist etwas ganz furchtbar schiefgelaufen im Hause Ingstedt! Und dann diese Mutter, Frau Struckmann-Jarr, die Richterin. Was hat die da eigentlich so früh morgens schon zu suchen?« Dremmler schnallte sich an.

»Julia Fuhrmeister, so heißt das Kindermädchen. Ich konnte kurz mit ihr sprechen. Sie kommt seit etwa einem halben Jahr hierher. Der Kleine sei ein ganz lieber Junge. Aber er mache seit Kurzem ins Bett. Und Frau Ingstedt lasse den Kleinen wohl oft allein. Berufstätig sei sie nicht, trotzdem oft unterwegs. Über mögliche Misshandlungen wollte sich das Mädchen nicht äußern, obwohl ich den Eindruck hatte, dass sie Bescheid weiß. Doktor Ingstedt sei zu ihr immer freundlich gewesen, aber er war auch nur selten zu Hause. Das Mädchen hatte Angst. Nicht nur vor ihm.« Sie fuhren durch den Wendehammer, Dremmler blickte über die Schulter zurück. »Sie sagt, es sei dort irgendwie gefährlich gewesen.«

9. KAPITEL

»Oh! Freifrau von Seelenthin! Wie schön, dass Sie es noch einrichten konnten. Ich hatte schon gar nicht mehr mit Ihnen gerechnet!« Die leicht quäkende Stimme von Staatsanwältin Teschner hatte den unüberhörbar sarkastischen Ton, der für Hauptkommissarin von Seelenthin reserviert zu sein schien. Kommissar Dremmler wurde wie üblich von ihr ignoriert. Teschner stand auf dem gepflasterten Anwohnerparkplatz vor einem der achtstöckigen Mehrfamilienhäuser in der Bürgermeister-Reuter-Straße, die direkt an den Vahrer See grenzten. Die Erscheinung der Staatsanwältin war für die Begutachtung eines potenziellen Tatortes ebenso elegant wie unpassend. Sie trug ein ärmelloses Wildlederkleid, und die Füße der hochgewachsenen Juristin steckten wie üblich in absurd hohen Sandaletten mit filigranen Absätzen. Soeben steckte die Staatsanwältin ihr Smartphone wieder in ihre exklusive Handtasche mit dem großen Logo, als von Seelenthin eine laminierte Karte mit der Aufschrift *Einsatzfahrzeug* hinter die Frontscheibe klemmte und ihren Wagen abschloss.

»Aber so häufig findet sich Ihresgleichen ja vermutlich nicht in Gegenden wie dieser wieder«, setzte die Juristin mit einem katzenfreundlichen Lächeln nach, während sie abfällig an der Fassade des weißen Wohnblocks hoch blickte und sich eine kurzärmelige Kaschmirjacke um die Schultern legte. Von Seelenthins Handy klingelte und sie drehte sich von der Staatsanwältin weg, während sie das Gespräch annahm.

»Guten Morgen. Ja, gerade angekommen.« Während sie telefonierte, fühlte von Seelenthin den charakteristischen Blick der Staatsanwältin mit der einzeln hochgezogenen Braue über ihre Gestaltgleiten: knapp erreichte Mindestgröße für den

Polizeidienst, noch schlank. Norddeutsch klares Gesicht mit hoher Stirn, gerader Nase und tiefliegenden dunklen Augen. Nachlässig geflochtener Zopf, mädchenhaft lang. Während Staatsanwältin Teschners zusammengekniffene Augen über das verwaschene Fleeceshirt der Hauptkommissarin wanderten, auf den leicht fleckigen Jeans verweilten und schließlich bei den groben Jodhpur-Stiefeletten hängenblieben, unter denen noch Strohreste klebten, wurde sich von Seelenthin einmal mehr der heftigen gegenseitigen Antipathie bewusst, die zwischen den beiden Frauen vom ersten Zusammentreffen an spürbar gewesen war. Für Staatsanwältin Teschner stellte es ein Rätsel dar, dass Menschen, denen es finanziell möglich war und die zudem eine gehobene gesellschaftliche Schicht repräsentierten, dies nicht auch mit ihrem äußeren Erscheinungsbild zeigten. Teschner selbst war in einem bildungsfernen Haushalt aufgewachsen und bildete das fleischgewordene Beispiel für eine erfolgreiche Karriere ab: Abitur, Jurastudium mit Prädikatsexamen, Promotion; alles aus eigenem Antrieb, ohne familiäre Unterstützung. Bei einem ihrer seltenen Besuche in der Polizeikantine hatte von Seelenthin unfreiwillig mitangehört, wie die Staatsanwältin sie als adelige Goldmarie bezeichnete, die zum Spaß ein bisschen Polizistin spiele und ihr schmales Beamtengehalt vermutlich dem Obdachlosenverein spende, wo sie sich auch regelmäßig neu einkleide. Unter dem abschätzigen Blick der Staatsanwältin war von Seelenthin versucht, eine Pirouette auf dem Parkplatz zu drehen. Sie verwarf den Gedanken aber sofort wieder. Schließlich war sie auf dem Weg zu einem Tatort, und die persönlichen Befindlichkeiten zweier erwachsener Frauen sollten hier keine Rolle spielen. So warf von Seelenthin der hochgewachsenen Juristin mit der runden Intellektuellenbrille nur einen ausdruckslosen Blick zu und ging ohne ein weiteres Wort an ihr vorbei in Richtung Eingangstür. Dremmler war bereits vorausgegangen.

Die Wohnung lag im Erdgeschoss, der Eingang befand sich hinter der nach oben führenden Treppe. Als sie um die Ecke bog, sah sie bereits ein Team der Kriminaltechnik durch die offenstehende Wohnungstür. Von Seelenthin wünschte dem vor der Tür postierten Polizisten einen Guten Morgen und blieb kurz stehen, um sich die sterilen Plastikfüßlinge über die Boots und die Handschuhe anzuziehen, die er ihr reichte. Ihr Blick fiel in einen engen, dunklen Flur, der den Weg zum potenziellen Tatort beschrieb. Von Seelenthin bewegte sich im Slalom durch mehrere weiße Schutzanzüge, die unaufgeregt und professionell ihrer Arbeit nachgingen, und kniff die Augen gegen das grelle Blitzlicht zusammen, das in unregelmäßigen Abständen aufzuckte.

»Was wissen wir über das Opfer, Dremmler?«, wandte sie sich an ihren Partner, dessen Kopf mit dem langen Hals aus einem klimpernden Glasperlenvorhang hervorragte.

»Kommen Sie.« Dremmlers Kopf zog sich ruckartig durch das kitschige Gewirr aus rosafarbenen Glasprismen zurück. »Das Opfer heißt Robin Piontak, 24 Jahre alt. Er war als Student für Digitale Medien an der Hochschule für Künste in Bremen eingeschrieben. Gemeldet ist er hier bei Frau Nadine Knaaß. Sie ist die einzige Mieterin der Wohnung. Er ist definitiv der Tote aus dem Auto im Teufelsmoor. Man hat seinen Personalausweis bei ihm gefunden und der war trotz des Feuers noch lesbar.«

Von Seelenthin kniff unwillkürlich die Augen zusammen und schaute sich in dem Raum um, der fast ausschließlich Gegenstände zu enthalten schien, die glitzerten und entweder rosa, violett oder weiß waren. In einer Ecke des quadratischen Raumes stand ein Tisch mit zwei passenden, sich gegenüberstehenden Stühlen und flauschigen Sitzkissen. Auf dem Tisch standen zwei brotdosenähnliche Metallkästen nebeneinander und dazwischen fanden sich unzählige kleine

Töpfchen und Dosen mit glitzernden Schmucksteinchen, Bürsten und Feilen, Flüssigkeiten und Nagellacken. »Nails by Nadine« stand in Kleinmädchenschönschrift auf einer Pappe, die auf einem niedrigen Regalbrett lehnte. Dremmlers Handy brummte.

»Carsten, das ging ja schnell«, nahm er das Gespräch an. Nachdem er aufgelegt hatte, erklärte er an die Hauptkommissarin gewandt: »Das Opfer ist uns bekannt. Allerdings vorwiegend aus dem Jugendstrafrecht. Mehrere Einträge: zweimal angezeigt wegen Fahren ohne Fahrerlaubnis, zweimal Drogenbesitz, auch Gewaltdelikte. Vorbestraft wegen Urkundenfälschung. Mehrere Anzeigen wegen Körperverletzung, aber keine Verurteilung. Letztes Opfer war die Mieterin dieser Wohnung, Nadine Knaaß. Die Frau hat ihn angezeigt, allerdings wurde die Anzeige zurückgezogen.« Dremmler stutzte kurz. »Merkwürdig. Die Verhandlung war erst vor einer Woche, am letzten Montag!«

Unter einem Beistelltisch entdeckte von Seelenthin ein einzelnes Nagellackfläschchen und machte einen Kriminaltechniker durch Handzeichen darauf aufmerksam.

»Das Opfer ist hier in der Wohnung gestorben«, knarzte eine heisere Stimme mit starkem slawischen Akzent über von Seelenthins Kopf, bevor sie in einen aggressiven Reizhusten überging. »Hier hat er gelegen, vor dem Sofa. Sehen Sie, da.«

Vor dem weißen Sofa aus Kunstleder hatten sich klebrige Schlieren aus getrocknetem Blut auf dem hellen Laminat gebildet. »Ich habe mir das Opfer schon kurz angeschaut, bevor wir nach Oberneuland gerufen wurden. Dem Mann wurde mit einem schweren Gegenstand vor den Kopf geschlagen. Sogar gleich zwei Mal. Wie heißt es hier? Doppelt hält besser? Durch das Feuer ist die Bestimmung der Todeszeit erschwert. Ich würde sagen, das Opfer starb gestern am frühen Abend zwischen 17.00 und 22.00 Uhr. Mehr nach der Obduktion.

Ich habe der Frau, die angerufen hat, eine Spritze gegen den Schock gegeben. Sie sitzt in der Küche, da hinten.«

Der zierliche Arm der Medizinerin wischte durch die Luft, und von Seelenthin nahm den durchdringenden Geruch von Tabak wahr, überlagert von Moschus und Maiglöckchen, »Opium, Yves Saint Laurent«. Die Polizistin hob den Kopf und richtete sich auf. Vor ihr stand eine auffallend kleine Gestalt mit wachen, fast schwarzen Augen und schwarzem Pagenschnitt. Die Hauptkommissarin streckte der kleinen Frau im weißen Schutzanzug ihre Hand entgegen.

»Wir haben uns noch gar nicht vorgestellt. Elisabeth Maria Seelenthin. Ich ermittele in dem Fall. Das ist mein Kollege, Kommissar Ralf Dremmler.«

Die beiden Frauen sahen sich an. Eben wollte die kleinere der beiden Frauen etwas erwidern, als der charakteristische Tonfall der Staatsanwältin sie unterbrach.

»Doch nicht so bescheiden, meine Damen! So viel Zeit muss sein!«, näselte Staatsanwältin Teschner von der Tür her. »Hauptkommissarin Elisabeth Maria von Seelenthin«, schob sie hinterher, wobei sie die Betonung übertrieben auf das *von* legte. »Frau Doktor Marcela Todovic ist die neue Direktorin des rechtsmedizinischen Instituts und Nachfolgerin von Professor Übelkerk.«

Die Polizistin und die Ärztin schüttelten sich die Hände. Von Seelenthin lächelte: der Rabe als Todesbote und dann noch den Tod buchstäblich im Namen. Nomen est omen. Die winzige, schwarzhaarige Gestalt mit den dunklen, wachen Augen nahm sich in dieser rosa Glitzerwelt wie ein weißummantelter kleiner Rabe aus, der durch Zuckerwatte watet. Die Rechtsmedizinerin lächelte fein, als habe sie von Seelenthins Gedanken gelesen:

»Seit ich hier in Deutschland arbeite, nennen mich die Leute Doktor Tod. Von Anfang an.« Damit drehte sie sich in dem weißen, knisternden Schutzanzug um, hob ihren kastenförmigen schwarzen Koffer vom Boden auf und verließ den Tatort, ohne sich nochmals umzusehen.

In der Küche saß auf einem weiß lackierten Stuhl mit rosa gepunktetem Sitzpolster dann tatsächlich Barbie. Die etwa 30-jährige, große und sehr schlanke Frau mit dem weißblonden, hüftlangen Haar hatte sich gerade ungeschickt eine Zigarette angesteckt, eine andere verglühte unbemerkt im Aschenbecher.

»Sie sind Nadine Knaaß?«, fragte Dremmler.

Aus großen Augen, deren Pupillen extrem geweitet waren, schaute sie zu den fremden Polizisten herüber. Als sie sich ganz zu ihnen umdrehte und zögernd nickte, wurde eine stark geschwollene Beule an der rechten Stirnseite sichtbar, die in der Mitte aufgeplatzt und geklammert worden war. Außerdem hielt die Frau sich den rechten Arm, der in einer Schlinge fixiert lag und ihr offensichtlich Schmerzen bereitete.

»Frau Knaaß«, sprach von Seelenthin die Frau an, »wir sind von der Kriminalpolizei. Ich bin Hauptkommissarin Seelenthin und das ist Kommissar Dremmler. Heute Nacht wurde ein brennendes Auto sichergestellt, das auf Sie zugelassen ist. In dem Wagen befand sich die Leiche von Robin Piontak. Haben Sie uns heute Morgen angerufen und den Einbruch in Ihre Wohnung gemeldet?«

»Ja«, räusperte sich die junge Frau, bevor sie mit überraschend kräftiger Stimme fortfuhr. »Ich dachte, dass er nicht wiederkommt, dass halt richtig Schluss ist.«

Von Seelenthin und Dremmler sahen sich an. »In welcher Beziehung standen Sie zu dem Toten?«

»Beziehung!«, echote Nadine Knaaß und schnaubte durch die Nase. »Wir waren verlobt.« »Unser Beileid«, reagierte von Seelenthin mechanisch und machte eine kurze Pause. »Frau Knaaß, was ist hier passiert?«

Die Angesprochene erhob sich unsicher vom Küchentisch und holte sich ein Glas aus dem Küchenschrank. »Ich bin so durcheinander. Das ist alles so, so …« Nervös fuhr sie mit der unverletzten Hand durch die Luft. »Möchten Sie Cola? Ich habe nur light. Oder Wasser?« »Nein danke«, antwortete Dremmler.

»Eine Cola light, bitte«, sagte von Seelenthin, »und dann erzählen Sie ganz in Ruhe, von Anfang an.«

Nadine Knaaß stellte ein weiteres Glas auf dem Tisch ab und eine Flasche Cola light dazu. Die Polizisten setzten sich zu ihr an den Küchentisch. Dremmler schob den Aschenbecher von sich weg an den Rand des Tisches und klappte seinen Schreibblock auf. Offenbar betrachtete die junge Frau dies als Aufforderung und begann zu sprechen:

»Also. Wir hatten uns verlobt, am Sonntag vor einer Woche. Das war der 14. August, mein Geburtstag. Richtig schön war das, romantisch, so mit allem Drum und Dran. Wegfahren wollte er auch mit mir.« Sie umfasste eines der Gläser und schob es über den Tisch. »Ein paar Tage war alles gut und dann hatte er wahrscheinlich wieder irgendwelchen Stress oder so. Jedenfalls war er am letzten Wochenende so richtig mies drauf. Freitag war das, genau.« Sie blickte aus dem Küchenfenster.

»Da haben Sie Herrn Piontak zuletzt gesehen, am Freitag?«, fragte von Seelenthin.

Nadine Knaaß nickte. »Er hat Schluss gemacht.« Sie hob den rechten Arm an und zuckte vor Schmerz zusammen. »Ich dachte, das war es jetzt. Danach war ich kurz in der Paracelsusklinik, hier um die Ecke. Ist aber nur verstaucht. Danach war ich beim AfSD, Amt für soziale Dienste. Da habe ich mit Frau Willomeit gesprochen wegen meinem Sohn Marlon. Die Willomeit ist für mich zuständig. Jedenfalls hat die mir gesagt, dass ich meinen Sohn in nächster Zeit erst einmal nicht sehen darf. Ich war scheiße drauf, wollte nicht nach Hause. Danach bin ich bei meiner Freundin gewesen. Meine Wäsche hatte ich schon vor ein paar Tagen zu ihr gebracht.« Auf von Seelenthins fragenden Blick ergänzte sie: »Ich habe keine Waschmaschine und keinen Trockner und in den scheiß Waschsalon will ich so nicht. Tine hat mir geholfen. Wäsche machen, bügeln und so. Außerdem ist ihr Typ auch gerade abgehauen.« Sie blickte auf ihren verbundenen rechten Arm. »Wir haben Prosecco getrunken und ich habe dann bei Tine geschlafen. Samstag und Sonntag war ich auch bei ihr. Heute Morgen bin ich erst wieder hier rein. Es war erst alles normal, keine Macken an der Tür oder sowas.« Sie deutete auf die offene Tür zum Flur. »Ich habe geduscht, wollte einkaufen gehen. Im Wohnzimmer, auf dem Sofa lag noch meine Strickjacke. Dann, also da habe ich erst das Blut gesehen. Das war so krass! Ich habe mich voll erschrocken!«

Von Seelenthin beobachtete die junge Frau aufmerksam und wartete einen Moment ab, dann schraubte sie selbst die Flasche auf und goss die sprudelnde Cola in die bereitstehenden Gläser.

»Das ist echt alles voll ätzend gerade. Ich darf Marlon nicht sehen und arbeiten kann ich ja so auch nicht im Moment.«

Dremmler runzelte die Stirn, während er schrieb, bis von Seelenthin schließlich den Redefluss der verzweifelten Frau unterbrach:

»Marlon, Ihr Sohn, wohnt nicht bei Ihnen, Frau Knaaß?«

»Nee. Das ging nicht. Marlon wohnt bei Pflegeeltern. Ich darf ihn aber besuchen und er war auch schon hier.« Sie zog an ihrer Zigarette und stieß den Rauch schnaubend durch die Nase aus. »Da muss aber immer jemand vom Amt dabei sein.« Sie drückte die Zigarette aus. »Ich hätte nie gedacht, dass Robin noch mal so ausrastet …«, begann sie.

»Moment, Moment«, ergriff Dremmler das Wort, »der Tote hat Sie am Freitag so zugerichtet?«

Nadine Knaaß nickte, als ginge es um etwas völlig Belangloses. »Es gab häufiger mal Stress zwischen uns, aber Robin hat Marlon nie angerührt. Das war Norbert Stölting, mein Ex. Der Norbert ist nicht der Vater von Marlon. Er war eifersüchtig und hat es an dem Kleinen ausgelassen. Deswegen hat das Jugendamt ihn mir ja weggenommen und in diese Pflegefamilie gegeben. Lange her, okay?« Dann blickte sie auf, ihre Augen wurden lebendiger, als sie fortfuhr: »Es lief gut zuerst mit Robin, wissen Sie? Der hatte Abi, hat studiert. Er kannte sich aus mit diesem ganzen Papierkram halt. Ich bin da nicht so fit, Schule war nicht so meins. Jedenfalls, er hat mir geholfen. Ich wollte mich selbstständig machen, eigenes kleines Studio und so, aber erst mal hier zu Hause. Robin ist mit mir zur ›Beauty‹ gefahren, hat die Sachen aufgebaut, so Dinge halt. Ich dachte, er wäre stolz auf mich, wissen Sie?« Auf die fragenden Blicke der Polizisten erklärte sie: »Das ist eine Messe für Friseur- und Kosmetikbedarf.« Dremmler lehnte sich in seinem Stuhl zurück, als die junge Frau sich eine neue Zigarette anzündete. »Jedenfalls: Robin hat sich echt gekümmert am Anfang. Er hat mit Marlon gespielt, war mit beim Kinderarzt, so Sachen. Hat so Zeug gekauft, wie für Lehrerkinder.« Bei der Erinnerung daran verdrehte sie die Augen zur Decke und hob die Hand mit der Zigarette, dann runzelte sie die Stirn: »Er war schnell genervt, wenn Marlon etwas nicht gleich konnte, aber er hat ihm nie was getan!« Sie legte die Zigarette, ohne daran gezogen zu haben, mit steifen Fingern auf den Rand des Aschenbechers. »Robin hat immer erzählt, dass er mal Geld machen würde wie sein Alter. Der hat eine Agentur, PR, Werbung, ein richtig großer Laden in der Stadt. Agentur Hennes Hesselbach.« Von Seelenthin zog fragend die Brauen hoch und Nadine Knaaß fuhr mit ihrem Bericht fort. »Das war ganz am Anfang mit uns, Robin hatte seinen Vater wohl ewig nicht gesehen und wollte da wieder irgendwas in

Gang bringen, familientechnisch halt. Wir sind also hingefahren, einfach so. Das war dem Hesselbach so was von peinlich! Man hat total gemerkt, dass er Robin schnell loswerden wollte. Zu mir war der total nett, hat mich sogar angebaggert auf so ne liebe, voll altmodische Art. Robin hat dasauch gemerkt, und danach gab es wieder Stress zu Hause.« Wie zur Bestätigung zeigte sie auf eine kleine Narbe am Kinn.

»Aber wie Ihr Ex«, Dremmler sah auf seinen Block und suchte den Namen, »Norbert Stölting, der Sie und Ihren Sohn Marlon misshandelt hat, hat auch Robin Piontak angefangen, Sie zu schlagen.«

Nadine Knaaß unterbrach ihn heftig: »Ey, geht's noch? Was soll denn das jetzt? Robin hat Marlon nie angerührt, okay? Nur mir hat er mal welche gelangt, wenn er Stress hatte und es halt bei ihm nicht so lief!«

Dremmler notierte und sprach laut mit: »Nicht so lief. Aha. Und da kommen Sie nicht auf die Idee, dass Herr Piontak sich auch irgendwann einmal an Ihrem Sohn auslassen könnte«, Dremmler schaute demonstrativ auf seine Notizen, »wenn es einmal nicht so läuft?«

Die junge Frau steckte sich eine weitere Zigarette an und inhalierte tief. Mit der linken Hand zeigte sie Dremmler den gestreckten Mittelfinger und fuhr an von Seelenthin gewandt fort: »Robin und ich hatten Stress, heftig, ist erst ein paar Wochen her. Marlon war an dem Tag hier und die Willomeit vom Sozialdienst war natürlich auch dabei. Wir waren wohl ziemlich laut. Jedenfalls war Robin genervt, es ging ihm sehr schlecht und er hat rumgeschrien, dass ich mich mit meinem Scheißbalg verpissen sollte, sonst würde was passieren. So ähnlich halt.« Nadine Knaaß drehte entschuldigend ihre Handflächen zur Decke. »Na ja. Die Willomeit hat dann gleich die Bullen gerufen und die standen natürlich sofort vor der Tür. Anzeige und so. Die Willomeit hat Terror gemacht wegen

Marlon, dass er jetzt erst mal nicht mehr herkommen darf und so.« Die junge Frau runzelte die Stirn. »Voll übertrieben. Schikane, echt. Es ist doch gar nichts passiert! Marlon ging es hier gut. Das hat die Willomeit selbst gesehen!«

Dremmler schnaubte unterdrückt, blickte nicht von seinem Block auf.

Von Seelenthin fragte ruhig: »Wann genau hat sich dieser Vorfall ereignet, Frau Knaaß?«

Die zuckte die Schultern. »Weiß ich nicht mehr genau. So Ende Mai?«

»Und erinnern Sie sich daran, wann Sie heute in Ihre Wohnung zurückgekehrt sind?«

»Heute Morgen gegen 7.00 Uhr, Viertel vor vielleicht. Ich war bei meiner Freundin Tine, das ganze Wochenende. Habe ich ja alles schon gesagt.«

»Adresse?«, fragte Dremmler und schaute wiederum nicht auf.

»Eislebener Straße 36b. Christine Rattke. Jedenfalls, ich hab' mich heute Morgen total erschrocken, als ich das Blut gesehen hab. Ich hab' nichts angefasst und sofort die B…, äh 110 gerufen.«

Von Seelenthin sah die junge Frau an. »Es war Ihr Wagen, in dem Robin Piontak gefunden wurde. Sie haben den Wagen noch gar nicht als gestohlen gemeldet. Wie sind Sie denn gestern zu Ihrer Freundin und heute Morgen wieder hierhergekommen?«

Nadine Knaaß schluckte. »Ja also, ich bin mit der S-Bahn gefahren gestern, und heute Morgen bin ich zu Fuß gegangen, musste den Kopf freikriegen. Hier hab' ich erst gesehen, dass der Wagen nicht vor der Tür stand. Mit dem Arm kann ich ja gar nicht fahren, deswegen ist mir das erst gar nicht aufgefallen.«

»Danke, Frau Knaaß. Können Sie jemanden anrufen, der für Sie da sein kann? Wir werden bestimmt noch Fragen haben.

Bitte halten Sie sich in den nächsten Tagen zu unserer Verfügung.«

»Ich rufe Tine an, die hat bestimmt Zeit«, sagte Nadine Knaaß, während sie ihren Stuhl zurückschob und anfing, die Gläser umständlich vom Tisch zu pflücken und auf die Spüle zu stellen. Von Seelenthin und Dremmler erhoben sich gleichzeitig vom Tisch.

»Auf Wiedersehen, Frau Knaaß. Wir finden allein hinaus.«

10. KAPITEL

»Und wegen so eines Typen spricht man der noch sein Beileid aus! Dass diese Frauen sich immer wieder die gleichen Loser suchen. Unfassbar!«

Dremmler legte seine Jacke auf dem Rücksitz ab, nachdem er mit spitzen Fingern und leicht angestrengtem Gesichtsausdruck diverse Hundeleinen und Stricke, eine Tüte Äpfel und eine schmutzige Jacke, die für einen Babyelefanten gemacht zu sein schien, beiseitegeschoben hatte. Dann erst nahm er auf dem Beifahrersitz Platz, schnallte sich augenblicklich an und nahm eine sehr aufrechte und hochkonzentrierte Haltung ein. Seine Kollegin startete den Wagen, setzte zurück und fingerte gleichzeitig einen Apfel aus der Tüte, die Dremmler hinter den Sitzen deponiert hatte.

Mit vollem Mund sagte sie: »Gleich zwei Fälle von häuslicher Gewalt und dazu zwei männliche Leichen. Die Rache von zwei gemarterten Frauen?« Sie sog scharf die Luft durch die Zähne ein, während sie auf das Gas trat und auf eine gelbe Ampel zusteuerte. »Verdammt!« Dremmler versteifte sich in seinem Sitz, Sekunden später blitzte es grellrot auf. Von Seelenthin stöhnte genervt und warf das Apfelgehäuse nach hinten aus dem Fenster. Eine Weile verlief die Fahrt schweigend. Während die Hauptkommissarin das große Auto mäßig aufmerksam mit der rechten Hand durch den dichten Verkehr steuerte, zupfte sie mit der linken Hand Hautfetzchen von ihrer Unterlippe.

»Beide Frauen sind stark gehandicapt: Berenice Ingstedt kann kaum etwas sehen, geschweige denn gerade Gehen, und diese Nadine Knaaß eben hat die rechte Hand lahmgelegt, mit der Linken hat sie nicht einmal die Flasche Cola aufschrauben können«, nuschelte sie, während sie nur knapp einen abbiegenden Radfahrer verfehlte, der dem Wagen mit erhobener Faust wüste Beschimpfungen hinterherschickte.

Dremmlers Hände krampften sich um beide Seiten des Beifahrersitzes, er räusperte sich, während seine Augen die Umgebung nach weiteren potenziellen Gefahrenquellen absuchten, dann sagte er: »Es sei denn, sie hat die Cola absichtlich nicht aufgeschraubt, um zu zeigen, dass sie es nicht kann.«

Von Seelenthin drehte den halben Oberkörper nach hinten und fischte eine Sonnenbrille vom Rücksitz. Sie wiegte den Kopf hin und her: »Unwahrscheinlich. Die Verletzungen waren echt. Vor allem aber war die Platzwunde an der Stirn ganz frisch. Diese Schwellung an der Stirn müsste schon zurückgegangen sein und da wäre auch eine Kruste, wenn die Verletzung vom Freitag stammte, also schon drei Tage alt wäre. Wenn sie Piontak angeblich nicht mehr gesehen haben will, woher hat sie dann die Verletzungen? Oder kennt die noch mehr von diesen Studenten des schlagenden Typs?«

Dremmler zuckte zusammen und sah von Seelenthin entgeistert an. Die deutete unbeeindruckt mit dem rechten Arm von hinten nach vorne. »Mal ehrlich, Dremmler. Würden Sie hier spazieren gehen? Das geht nur geradeaus, immer an der vierspurigen Durchgangsstraße lang. Außerdem: *den Kopf freikriegen*. Mit dem Gesicht und dem verletzten Arm, da macht man doch keine Spaziergänge!«

Dremmler wollte eben einen weiteren Gedanken äußern, als seine Kollegin plötzlich scharf bremste und den Wagen knapp vor einer übergewichtigen alten Dame mit Rollator auf den Bürgersteig zog.

»Eislebener Straße 36b. Hier wohnt die Zeugin Rattke, von der Nadine Knaaß eben gesprochen hat. Hoffen wir mal, dass die Knaaß da nicht schon angerufen hat. Bitten Sie um eine Telefonüberprüfung beider Damen. Ich fahre weiter zur Mutter des Opfers. Danach müssen wir zum Vater, Agentur Hennes Hesselbach. Wir treffen uns dort. Sie kommen da hin, ja?«

Dremmler stammelte irgendetwas, das wie »zu Fuß, gesünder, auch frische Luft, raus« klang, griff nach seiner Jacke und riss hektisch den Gurt aus der Schnalle. Er hatte soeben beide Beine auf die Straße gestellt und die Tür zugeschlagen, als der Wagen bereits wieder zurücksetzte.

Eine Viertelstunde später hielt von Seelenthin in Riensberg vor dem Haus von Barbara Piontak. Pastor Jessen stand bereits auf dem Bürgersteig und rauchte eine Zigarette. Von Seelenthin hatte den Seelsorger über den Bereitschaftsdienst erreicht und der Pastor hatte sich sofort bereit erklärt, zur angegebenen Adresse zu kommen. Beim Überbringen von Todesnachrichten sollte im Idealfall ein Seelsorger dabei sein, grundsätzlich aber werden Zeugenbefragungen immer von zwei Beamten durchgeführt. Von Seelenthin zog die Brauen zusammen. Sie hatte Dremmler eben förmlich aus dem Auto gedrängt, so war er ihr auf die Nerven gefallen mit seinem gefühligen Gehabe bei der Zeugin Knaaß. Diese Frauen wollten es doch nicht anders! Von Seelenthin stieg aus. Der Pastor kam auf sie zu und streckte ihr seine Hand entgegen. Sie schluckte. Mit durchgedrücktem Rücken und ausgestrecktem Arm ergriff sie das rosig weiche und irgendwie knochenlos wirkende Stück Fleisch, drückte kurz zu und ließ es nach zwei Anstandssekunden sofort wieder los. Zusammen stiegen sie die gepflasterten Stufen hinauf. Unauffällig wischte sie sich ihre Hand seitlich am Oberschenkel ab. Sie schaute vor sich auf die Stufen. Aus den Fugen zwischen den einzelnen Steinen spross Unkraut, welches in der Mitte von jeder Stufe so plattgetreten war, dass sich ein matschig grüner Teppichläufer aus Gräsern, Löwenzahn und Pusteblumen gebildet hatte. Das Haus war ein zweistöckiger Bau aus den 50er-Jahren, gelb verklinkert und mit einem kleinen ungepflegten Vorgarten, in dem vertrocknete Büsche vor sich hin kümmerten. Hinter den schmutzigen Fensterscheiben klemmten halbe Gardinen auf einer Plastikstange. Von Seelenthin klingelte und wartete. Gerade, als sie im Begriff war, erneut zu klingeln, wurde die Tür von einer Frau in grüner Jogginghose und rostrotem Wollpullover geöffnet.

»Robin? Was?« Die Frau stutzte und verzog dann das Gesicht angestrengt, als könne sie dadurch besser verstehen, was um sie herum vorging. Ihre wässrigen Augen in dem teigigen Gesicht huschten unruhig hin und her, als müsse der erwartete Robin jeden Moment hinter der unbekannten Frau erscheinen.

»Mein Name ist Hauptkommissarin Seelenthin. Ich bin von der Kriminalpolizei Bremen, dies ist Pastor Jessen, er ist Seelsorger. Sind Sie Frau Barbara Piontak?«

Die in der Tür stehende Frau zog übertrieben die unregelmäßig gezupften Brauen hoch und reckte den Kopf vor. Sie schwankte leicht und ein durchdringender Geruch von scharfem Alkohol wehte von Seelenthin entgegen, die reflexartig den Kopf wegdrehte.

»Ja. Was soll das? Wo ist Robin?«, fragte die Frau in weinerlichem Ton, die s-Laute in die Länge ziehend. Sie blickte sich um, wobei sie den rechten, rotbläulich verfärbten Fuß hochzog und an die linke Wade legte.

»Frau Piontak, dürfen wir hereinkommen?«, fragte von Seelenthin, während sie langsam auf die Frau zuschritt. Die Frau wich ungelenk zurück und ihre nackten Füße verursachten patschende Geräusche auf den stumpfen Fliesen. Von Seelenthin und der Seelsorger folgten ihr, während Barbara Piontak durch eine dunkle, rechteckige Diele in einen ebenso dunklen Raum stolperte, aus dem es nach Absturz roch: zu viele Zigaretten, noch mehr Alkohol und keine frische Luft. Das Wohnzimmer wurde beherrscht von dem unvermeidlichen Flachbildschirm und einer überdimensionalen, stark verkratzten, schwarzen Ledercouch, auf der ein magerer Mann in T-Shirt und Jeans saß, der eine rotgetigerte Katze streichelte. »Tobias, Polizei!«, flüsterte Frau Piontak in Zimmerlautstärke dem Mann auf dem Sofa zu, als sie sich neben ihn auf das ausladende Möbel flüchtete.

Von Seelenthin blieb kurz hinter der Tür stehen und sah sich um. Speckige Strukturtapete, die längst hätte gestrichen werden müssen. Ein fleckig stumpfes Eichenholzparkett, das dringend gebohnert gehörte. Hochwertige Möbel, in die Jahre gekommen, mit abgestoßenen Kanten und verkratzten Oberflächen. Alles mit einem Film aus Gleichgültigkeit, Vernachlässigung und Resignation überzogen. Eine Umgebung der verpassten Möglichkeiten.

»Darf ich fragen, wer Sie sind?«, sprach von Seelenthin den mageren Mann auf dem Sofa an. »Hm?«, erwiderte der, während er konzentriert auf seinem schmierigen Smartphone herumtippte.

»Das ist Tobias, mein Lebensgefährte«, antwortete Barbara Piontak. »Tobias Körner.«

Der Mann schaute kurz mit stumpfem Ausdruck zu den fremden Besuchern hoch und brummte dann etwas Zustimmendes, bevor er sich wieder seinem elektronischen Spielzeug widmete.

Jörg Jessen hatte sich einen Stuhl herangezogen und saß nun etwas erhöht an der Seite der Frau. Wie ein Schutzengel, dachte von Seelenthin, die noch immer in der Nähe der Tür stand und die Szene aus der Distanz beobachtete.

»Frau Piontak«, begann Pastor Jessen in diesem speziellen Tonfall, der sich immer etwas hölzern anhörte, »ich habe leider sehr traurige Nachrichten für Sie. Ihr Sohn, Robin Piontak, ist gestern Nacht tot aufgefunden worden.«

Eine halbe Minute geschah nichts, dann sprang die rote Katze vom Sofa, als Piontaks Mutter die Hand nach ihr ausstreckte. Sie sah zu dem Seelsorger auf, der einfühlsam eine Hand auf ihren Unterarm gelegt hatte, und Tränen liefen ihr aus den hellen Augen. Die Frau wischte sie nicht weg, zog nach einer Weile die Nase hoch und zeigte auf ein verblichenes Bild in einem hellen Holzrahmen, das an der Wand hing. Es zeigte eine auf aggressive Art gutaussehende Frau, die einen kleinen, schmächtigen Jungen an der Hand hielt, der verstockt wirkte und trotzig an der Kamera vorbeiblickte. Von Seelenthin erkannte in der Frau auf dem Foto eine jüngere Version derjenigen wieder, die vor ihr auf dem Sofa saß.

»Robin«, jammerte sie leise. »Womit habe ich das nur …«

»Frau Piontak, haben Sie verstanden, was Pastor Jessen Ihnen eben gesagt hat?«, fragte von Seelenthin und hörte den ungeduldigen Unterton in der eigenen Stimme.

»Alles kaputtgemacht hat der. Als Kind schon. Immer alles kaputtgemacht.« Die Frau auf dem Sofa zog die Schultern hoch und machte eine weit ausholende Geste, die einen Bogen durch den Raum beschrieb. »Das war nicht immer so. Ich war nicht immer so«, setzte sie an. »Früher war alles anders.

Mein Leben war nicht immer so, so kaputt.« Sie schluchzte kurz auf und blickte an sich hinunter, wischte sich mit dem Ärmel die laufende Nase.

Von Seelenthin fiel auf, dass die Frau, während sie sprach, ihren Sitznachbarn ansah, als seien ihre Worte direkt an ihn gerichtet. Ihr Lebensgefährte blieb jedoch von den Ausführungen völlig unberührt, starrte auf sein Handy und lächelte ab und zu über etwas, das vor ihm aufleuchtete. Von Seelenthin zwang sich dazu, ihre aufkommenden Ekelgefühle zu unterdrücken, und schluckte verkrampft. Hoffentlich guckt der sich nur tapsige Katzenkinder an oder irgendwelche hochglanzlackierten Männerträume auf vier breiten Reifen, dachte sie angewidert. Gerade, als von Seelenthin zu einer neuen Frage ansetzen wollte, schaute der Seelsorger zu ihr auf und legte einen Finger auf seine Lippen.

»Ich war ein wirklich hübsches Ding, früher«, führte die Frau aus, lauter jetzt, damit die Zuhörer auch alles mitbekamen, »alle haben sie das gesagt. Alle. Jeden hätte ich haben können. Doch ich wollte nur ihn«, fuhr sie in dem klagenden Ton fort, der von Seelenthin zunehmend auf die Nerven fiel, sie aggressiv machte.

»Frau Piontak«, fragte sie, »wann und wo haben Sie Ihren Sohn zuletzt gesehen?«

Die Frau auf dem Sofa zog erneut die Nase hoch, starrte umher, bis ihr Blick an der aufgeschlagenen Fernsehzeitung hängenblieb, die auf dem verklebten Couchtisch lag. Sie runzelte die Stirn. »Freitag. Vor drei Tagen, ja«, sagte sie, »da wollte Robin zu seinem Vater in die Agentur«, fügte sie an, während sie jede Silbe von Agentur einzeln betonte.

»War er dort häufiger und wissen Sie, was er dort wollte?«, fragte von Seelenthin.

Barbara Piontak stieß die Luft aus und verzog den Mund: »Was der wollte? Geld! Einen Vater! Dazugehören! Was weiß denn ich? Hennes Hesselbach. Ja, sein toller Vater, der die große Kohle verdient, der ist der Beste, klar. Hier ist ja nichts gut genug für ihn. Hinterhergerannt ist er diesem Arschloch, bewundert hat er ihn. Nur, der Alte wollte nichts von seinem Sohn wissen. Nichts von mir und nichts von ihm. Nach der letzten Sache schon mal gar nicht mehr. So sieht das aus.« Die Frau schickte ihren Worten ein gehässiges Schnauben hinterher und ein Rotzfaden hing anschließend aus einem Nasenloch.

Von Seelenthin erkannte den stieren Blick der Frau. Auch ohne die Geste des Seelsorgers wusste sie, dass ein Einhaken sinnlos gewesen wäre. Sie zwang sich, weiter zuzuhören. »Immer alles kaputtgemacht hat der Junge. Hennes wäre bei mir geblieben. Als Kind schon war Robin eifersüchtig auf alles. Als Hennes ging, hat er Bobbes hiergelassen«, schniefte die Frau und wischte sich mit dem Handrücken den Rotz aus dem Gesicht. Dann zeigte sie auf die rote Katze, die vor der fast blinden Terrassentür saß und auf den verbrannten Rasen hinausschaute. »Ihren Vorgänger.« Wieder ein abgehacktes Schnauben. »Hätte er nicht tun sollen. Eines Tages lag der Kater tot vor der Tür, erschlagen. Robin hat es nie zugegeben, nur frech angegrinst hat der mich. Aber ich habe den Stein mit dem Blut dran in seinem Zimmer gefunden, unter dem Bett.« Barbara Piontak war vom Sofa aufgestanden, kauerte vor einer Schublade und kramte darin herum, bis sie endlich gefunden hatte, was sie suchte. »Und dann das hier. Hennes liebt Tiere, besonders Pferde, weil sie so edel und teuer sind.« Mit zwei Zeitungsausschnitten, die sie in jeweils einer Hand hielt, steuerte sie unsicher auf die Hauptkommissarin zu. Barbara Piontak beugte sich näher heran und stellte sich dicht neben die Hauptkommissarin.

Geh' weg. Weg von mir! Von Seelenthin brach kalter Schweiß aus und unwillkürlich hielt sie die Luft an. *Hau' doch endlich ab!* Die Mischung aus ranzigem Schweiß, aggressivem Alkohol und Zigaretten auf leeren Magen stach in ihrer Nase und löste Bilder in ihrem Kopf aus, die sie seit langer Zeit in fest verschlossenen, gestapelten Kisten ganz hinten in ihrem Kopf abgestellt hatte.

»Hier. Das ist die neue Familie Hesselbach. Ehefrau Nummer zwei, noch reicher als die erste, und zwei gesunde Kinder, die keinen Ärger machen.«

Von Seelenthin blickte auf den Artikel, der mit »Agentur Hennes Hesselbach stiftet Großen Preis von Bremen« überschrieben war. Darunter war das Bild einer Siegerehrung zu sehen. Dampfende Pferdeleiber in einer Reihe. Ganz rechts der Reiter auf dem Siegerpferd. Es trägt eine Decke mit einem Firmenlogo und einen Kranz um den Hals. Der Reiter beugt sich zu einem Mann hinunter, der wie ein Katalogmodell für exklusive britische Herrenmode aussieht. Beide Männer lachen in die Kamera und halten jeweils einen Henkel eines großen Pokals in der Hand. Dann hielt ihr Frau Piontak den zweiten Ausschnitt hin, eine kurze Meldung. Von Seelenthin neigte sich darüber und sog scharf die Luft ein. »Jugendgericht verurteilt Pferderipper zu Sozialdienst und Geldstrafe«, las sie und erinnerte sich gleichzeitig. Vor zwei Jahren war auf einem Hof in der Nähe von Waakhausen eine Stute erstochen worden. Viele Pferdebesitzer hatten damals Angst um ihre Tiere gehabt und verschiedene Schutzmaßnahmen ergriffen. Clemens und sie hatten Kameras, Bewegungsmelder und starke Scheinwerfer auf dem Mooreichenhof installieren lassen, die den Stallbereich ausleuchteten. Von Seelenthins Hals zog sich zu und ihr Blutdruck schoss in die Höhe. Sie ballte beide Fäuste und fühlte die Wut in sich aufsteigen wie Wellen aus rotem Nebel. Plötzlich stand Pastor Jessen neben ihr und sah sie aufmerksam an.

»Ja. Das war auch Robin«, jammerte Barbara Piontak weiter. »Hesselbach hat damals die Geldstrafe übernommen, aber mit dem Jungen sprechen, das wollte er nicht mehr. Er hat den Kontakt danach völlig abgebrochen.«

Von Seelenthin wollte nur noch weg aus diesem dunklen und deprimierenden Haus; weg von dieser larmoyanten Versagerin und dem Bündel Elend daneben. Und auch weg von diesem Pastor, der sie mit seinem empathischen Seelsorgerblick die ganze Zeit aufmerksam musterte. »Frau Piontak, Sie sagten eben, dass Ihr Sohn Robin am letzten Freitag zu seinem Vater in die Agentur wollte, obwohl Hennes Hesselbach den Kontakt zu seinem Sohn nach dem Pferdemord gänzlich abgebrochen hatte. Haben Sie sich nicht gewundert?«

Barbara Piontak krauste die Stirn und legte den Kopf in den Nacken. »Ich sage doch, Robin ist dem Hesselbach hinterhergelaufen.« Geräuschvoll atmete sie aus, von Seelenthin hielt die Luft an und wich weiter zurück. Das Leder quietschte, als sich die Frau wieder auf das Sofa setzte und sich zu den beiden Besuchern umdrehte. »Vor ein paar Wochen hat er schon mal erzählt, dass der Alte ihn nicht so leicht loswerden würde. Er hat es eben immer mal wieder versucht.«

»Ich muss Sie das fragen: Wo waren Sie gestern am Abend zwischen 19.00 Uhr und Mitternacht?«, richtete die Hauptkommissarin ihre letzte Frage an das verwahrloste Paar, das eng nebeneinander auf dem Sofa saß.

»Wo sollen wir schon hin, ohne Auto? Ich war hier, die ganze Zeit«, beantwortete Barbara Piontak die Frage.

Der Mann hatte offenbar bemerkt, dass auch er gemeint war. Er schaute von seinem Handy auf und sagte schleppend: »Ich auch. Bin nur kurz zur Tanke an der Ecke einkaufen, so gegen 20.00 Uhr.«

»Wir gehen kaum noch aus dem Haus«, meldete sich Barbara Piontak noch einmal zu Wort, »unsere Gesundheit ist nicht stabil, außerdem schleicht hier komisches Pack herum. So ein Mädchen stand letzte Woche wieder direkt vor dem

Haus. Dünnes Ding, blonde Haare und so eine grobe schwarze Lederjacke. Sie hatte so ein Ding in der Lippe, wie die halt alle aussehen heute. Da geh' ich nicht mehr vor die Tür!«

Bevor von Seelenthin den trostlosen Ort verließ, betrachtete sie noch einmal das Foto an der Wand. Die Frau lächelte aufreizend denjenigen an, der sie fotografierte. Sie präsentierte sich selbst auf dem Bild. Das Kind war weniger als ein Fremdkörper. Ein Requisit, beiläufig ausgewählt, das ihr jemand buchstäblich in die Hand gedrückt hatte. Doch obwohl dieses Kind anscheinend von niemandem geliebt worden war, konnte von Seelenthin kein Bedauern über Robin Piontaks Tod empfinden.

11. KAPITEL

hennes hesselbach. Der Schriftzug aus poliertem Edelstahl, der auf die rot-blau geflammten Backsteine geschraubt war, warf einen weichen Schatten auf die Wand hinter dem stählernen Empfangstresen. Ein raffiniertes Arrangement aus einzelnen Spots und weichem, indirekten Licht verlieh dem hallenartigen Raum eine moderne und urbane Atmosphäre. Alles hier wirkte wertig, aber nicht vordergründig im Sinne von teuer, sondern eher auf eine ausgesuchte und feine Art. Von Seelenthin und Dremmler gingen über glattgezogenen Beton auf den Tresen zu und hielten der Mitarbeiterin, die in das fast obligatorische Schwarz der kreativen Szene gekleidet war, ihre Ausweise hin.

»Guten Tag, ich bin Hauptkommissarin Seelenthin und dies ist mein Kollege, Kommissar Dremmler. Wir möchten Herrn Hesselbach sprechen.«

Die junge Frau, deren Namensschild am Revers ihrer Jacke sie als Bianca Uhlmann auswies, nickte.

»Herr Hesselbach hat in einer halben Stunde den nächsten Termin. Ich führe Sie zu ihm. Bitte folgen Sie mir«, sagte sie und umrundete ihren Empfangsbereich. Sie wies mit der Hand den Weg durch die Halle und ging mit schnellen, raumgreifenden Schritten auf eine glatt verputzte Wand zu, hinter der mehrere Türen lagen. Sie klopfte an die erste der hölzernen Türen und wartete kurz.

»Ja, bitte«, kam es gedämpft von innen.

Bianca Uhlmann öffnete die Tür und informierte ihren Arbeitgeber über den Besuch der Kriminalpolizei. Von Seelenthin und Dremmler folgten der jungen Frau in den Raum, dann entfernte diese sich wieder und zog die schwere Tür hinter sich zu. Der etwa vier Meter hohe Raum war rund. Sie standen in einer Art Atrium unter einem verglasten Himmel. Die glatten, grauen Wände rechts und links verliefen in konvexer Linie und gaben hinter dem großen Tisch aus Beton den Blick auf ein Panoramafenster frei, hinter dem ein geharkter Garten nach Vorbild des japanischen Buddhismus lag.

»Irre«, entfuhr es Dremmler.

Der Mann, der vor der großen Fensterscheibe stand, wandte sich ihnen zu. »Eben nicht«, lächelte Hennes Hesselbach. »Wissen Sie, warum der Kopf rund ist?«, fragte er. »Damit die Gedanken kreisen und ihre Richtung ändern können. So ähnlich haben das Francis Picabia und Albert Einstein einmal gesagt. Wer es von wem hat, weiß ich allerdings nicht«, zuckte er entschuldigend die Schultern. »Ich habe den Aphorismus in ein Raumkonzept umgesetzt«, schloss er seinen philosophischen Kurzvortrag.

Dremmler schien angemessen beeindruckt; sein vogelartiger Schädel, der sich in der für ihn typischen ruckartigen Weise nach allen Seiten drehte, bezeugte das. Ein Raumkonzept nach philosophischem Vorbild.

Von Seelenthin betrachtete den Mann, der wie eine Skulptur in dem runden Raum stand. Hennes Hesselbach war der Typ Mann, der neben innenarchitektonischen Konzepten vermutlich auch ein Bild für den eigenen Körper nach griechischem Ideal entworfen und dann zielstrebig und kompromisslos umgesetzt hatte. Schlank und geschmeidig bewegte sich nun diese lebendige Skulptur durch den Raum auf die beiden Kommissare zu. Hesselbach schüttelte sich lässig eine sandblonde Haarsträhne aus dem makellosen Gesicht und anschließend den beiden Polizisten die Hand. Die leuchtend blauen Augen waren von sympathischen Lachfältchen umgeben und strahlten sie mit der professionellen Freundlichkeit an, mit der Hennes Hesselbach vermutlich sonst Kunden akquirierte. Eine etwas sehnigere, elegantere Variante von Kevin Costner. Man hätte ihn auf den ersten Blick für einen oberflächlichen Gecken in der beginnenden Midlife-Crisis halten können, wäre da nicht etwas in seinem Blick und der Körperhaltung des Geschäftsmannes gewesen, das auf eine gewisse Strenge und Unnachgiebigkeit sich selbst und anderen gegenüber schließen ließ. Sie stellten sich ihm vor und setzten sich dann an den grauen Tisch aus Beton, der sich angenehm warm und glatt anfühlte, als von Seelenthin die nackten Unterarme darauf ablegte.

»Herr Hesselbach«, begann sie, »leider kommen wir in einer traurigen Angelegenheit zu Ihnen. Ihr Sohn, Robin Piontak, wurde heute Morgen tot aufgefunden. Unser Beileid.« Hesselbachs Kopf ruckte vor, als habe er sich verhört. Er blickte hinunter auf den Tisch wie um sich zu fangen, sah wieder auf und nickte schließlich langsam, als habe er mit dieser Nachricht gerechnet. Hesselbach räusperte sich mehrfach hart und trocken.

»Tot? Das kann doch nicht sein. Wie und wann ist das passiert?« Er blickte sie abwechselnd an.

Da Dremmler auf seinen Block sah und begann, sich Notizen zu machen, fixierte der starre Blick des Geschäftsmannes nun die Hauptkommissarin.

»Herr Hesselbach, ich muss Sie fragen, wo Sie am gestrigen Abend zwischen 19.00 Uhr und Mitternacht waren.«

Der Mann nickte und stieß geräuschvoll die Luft aus. »Sicher. Das müssen Sie wohl. Sie machen nur Ihren Job, ich verstehe das.« Hesselbach blies die Backen auf und ließ die Luft wieder entweichen. »Wir sind erst gestern von einem Kurzurlaub zurückgekommen. Wir waren im Engadin, in der Schweiz. ›Sils-Maria, Hotel Waldhaus‹. Nur meine Frau und ich. Also, gestern Nachmittag bin ich dann hier gewesen und abends habe ich mich mit einem Geschäftsfreund in der Stadt getroffen. Was ist jetzt mit meinem Sohn? Wie ist er gestorben und wo?«

»Einen Moment, Herr Hesselbach.« Von Seelenthin sah zu Dremmler, der konzentriert mitschrieb. »Wie heißt Ihr Geschäftsfreund und wo waren Sie mit ihm zum Essen?« Hesselbach beantwortete bereitwillig und flüssig beide Fragen, bevor sie ihm die gewünschten Auskünfte gab.

»Ich hatte im Grunde kein Verhältnis zu meinem Sohn«, er zögerte, wälzte das Wort unglücklich im Mund, als sei es ein verdorbenes Stück Fleisch, bevor er es angewidert ausspuckte. »Seine Mutter und ich, das ist sehr lange her. Ich war ein junger Student und sie kellnerte in der ›Zwiebel‹, damals eine angesagte Bar.« Hesselbach lächelte verlegen. »Barbara hatte es auf mich abgesehen, von Anfang an. Ich war naiv, verliebt, dachte ich.« Der Mann blickte durch die hohe Glasdecke in den Himmel, dann sah er die Hauptkommissarin wieder an. In seinen Augen lag ein fast bittender Ausdruck, der intensiv um Verständnis warb. »Ich wollte dieses Kind nie, war geschockt, als sie mir sagte, dass sie schwanger sei. Sie wollte heiraten, Kirche, Festsaal, Kleid mit Schleier und Big Band, das ganze Programm.«

Dremmler zog die Brauen zusammen und spitzte die Lippen. »Aber das kam natürlich nicht infrage«, sagte er und sah dem überraschten Hesselbach ins Gesicht.

Dieser stand vom Tisch auf, sprach lauter jetzt. »Natürlich nicht! Aber nicht, wie Sie jetzt denken. Barbara war mehr oder weniger mittellos und ich war eine sogenannte gute Partie, ja gut, aber das war es nicht! Ich hätte sie geheiratet, aber ich habe gemerkt, zu spät gemerkt, dass es ihr nicht um mich ging.«

»Wie meinen Sie das?«, fragte von Seelenthin aufmerksam.

Hesselbach zog die Brauen zusammen, dachte kurz nach. »Immer, wenn wir irgendwo waren, was weiß ich, auf einer Party, im Restaurant. Barbara schaute mich dann nicht mehr an, sondern es war eher so, als zeige sie sich mit mir, verstehen Sie?«

Von Seelenthin dachte an das Bild in Barbara Piontaks Wohnzimmer. »Weiter«, sagte sie. »Barbara wollte pausenlos irgendwohin gehen, wo viele Leute waren«, fuhr Hesselbach fort. »Zuerst habe ich es toll gefunden, dass sie so unternehmungslustig war. Aber ihr war es nur wichtig, gesehen zu werden, bewundert zu werden.« Der sichtlich aufgewühlte Mann setzte sich wieder an den Tisch und begann, mit seinen sorgfältig manikürten Händen einen schweren silbernen Kugelschreiber auseinander- und wieder zusammenzuschrauben. Er blickte konzentriert auf die graue, glatte Tischplatte, als verfolge er darin eine unsichtbare Spur. »Sie dachte wahrscheinlich, dass ich einlenke, wenn erst das Kind da ist. Das denken ja viele Frauen. Von wegen: Ein Kind kittet die Liebe. Das Gegenteil ist der Fall, man kann es wirklich überall nachlesen! Als das Kind da war, wurde es schlimmer. Ich hatte ihr gesagt, dass ich sie nicht heiraten werde. Sie hat getobt, gedroht, sich etwas anzutun«, er seufzte. »Ich habe mich freigekauft, habe ihr das Haus in der Kirchbachstraße, das Elternhaus meiner Mutter, mietfrei überlassen, auf Lebenszeit. Für das Kind zahle ich übrigens noch heute, den Höchstsatz«, fügte er hinzu und seine Kiefermuskeln spannten sich unter der gebräunten Haut. Dann sah er von Seelenthin wieder direkt in die Augen und fuhr fort. »Nun ja. Ich besuchte sie und den Jungen regelmäßig, aber ich fühlte mich mehr als, ja, unwohl dort. Die Besuche wurden seltener, dann lernte ich Julia, meine erste Ehefrau kennen.«

»Und der Kontakt brach ab«, schloss die Hauptkommissarin den Satz für ihn.

Der Geschäftsmann breitete zustimmend die Arme aus, stützte sie dann auf dem Tisch auf. »Wir wohnen nach wie vor in einer Stadt. Inzwischen bin ich zum zweiten Mal verheiratet und habe zwei Töchter; Elisa studiert bereits, Nora steht kurz vor dem Abitur. Zwangsläufig begegnet man sich hier und dort, oder hört das eine oder andere, Barbara rutschte ab, hatte einen anderen Mann, dann den nächsten. Alles irgendwelche Verlierer, die sich ein schönes Leben mit der vermeintlich reichen Frau machen wollten.« Er stieß geräuschvoll Luft durch die Nase aus. »Der Junge war nur im Weg und merkte das wohl auch. Ich rief ihn manchmal an, aber er spürte irgendwann, dass da mehr schlechtes Gewissen als echtes Gefühl im Spiel war. Er war nicht dumm oder stumpf, sogar recht sensibel. Er …« Die Worte blieben in der Luft hängen, kalt und schwer wie Zigarrenrauch.

Dremmler zog die Brauen hoch, sein Stift unterstrich etwas.

»Warum haben Sie die Gerichtsstrafe übernommen?«, fragte von Seelenthin leise.

»Wer hätte die denn sonst zahlen sollen? Ihr neuer Lebensgefährte etwa?«, fragte Hesselbach zurück und sah sie durchdringend an. Der Körper des Mannes spannte sich, als wolle er Anlauf nehmen, ein Nerv zuckte in seinem Gesicht. »Meine Frau, Diana, sie leidet sehr unter der Situation. Manchmal wird sie angesprochen auf Barbara Piontak und den Jungen, bei Abendeinladungen, im Golfklub.« Hesselbach schüttelte den Kopf und stieß ein schnaubendes Geräusch aus, das wie ein böser Abklatsch eines Lachens klang. »Sie wissen ja, wie Menschen sein können.« Er umfasste den Kugelschreiber so fest mit der linken Hand, dass die halbrunden Abdrücke seiner Fingernägel blutunterlaufene Spuren in seinem Daumenballen hinterließen. »Ich habe das mit so wenig Aufhebens wie möglich in Ordnung gebracht, sonst wäre die ganze Angelegenheit für meine Familie garantiert noch unangenehmer geworden, als sie es ohnehin schon war. Der Junge hätte sonst ins Gefängnis gemusst. Und glauben Sie mir, da hätte der auch reingehört, ganz sicher.«

»Schuldgefühle?«, hackte Dremmler dazwischen.

Der Werber blickte auf seine angespannte Linke, als bemerke er erst jetzt den Kugelschreiber darin. Genervt rollte er mit den Augen und legte den Stift auf die Tischplatte. »Der Sohn von Hennes Hesselbach ersticht ein Pferd. Ausgerechnet! Ja, natürlich hatte ich Schuldgefühle, damit laufe ich herum, seit der Junge auf der Welt ist. Aber wissen Sie was? In erster Linie war es mir peinlich und ich wollte die Sache vom Tisch haben, nicht mehr Staub aufwirbeln als nötig. Ja, Sie haben richtig gehört: Mein Sohn war mir peinlich, mehr noch: Ich ekelte mich vor ihm, vor dem, was er tat und wie er war, geworden war und dass er überhaupt da war. So!« Die Stimme des Mannes war immer lauter geworden und brach dann plötzlich ab. Er starrte eine kurze Zeit ins Leere. Als ihm dann die Erkenntnis kam, dass dieser ungewollte Sohn nun für immer aus seinem Leben verschwunden sein würde, entspannten sich die Züge des Geschäftsmannes und zeigten einen Ausdruck, der dem der Erleichterung am nächsten kam. Es klopfte und die Mitarbeiterin vom Empfang lehnte kurz ihren Oberkörper in den Raum, während sie den nächsten Termin ankündigte.

Während Dremmler den Block in seine Jacke steckte, fragte von Seelenthin: »Wann haben Sie Robin zuletzt gesehen, Herr Hesselbach? Frau Piontak sagte, dass er am letzten Freitag zu Ihnen in die Agentur wollte.«

Hesselbach sah sie erstaunt an. »Nach der Verhandlung vor zwei Jahren habe ich ihn bis auf ein einziges Mal nicht mehr gesehen. Er kam mit einer jungen Frau hierher. Ich wollte ihn nicht mehr sehen und das habe ich sehr deutlich gemacht.« Ungeduldig winkte er die junge Frau vom Empfang heran. »Frau Uhlmann, hat Robin Piontak in den letzten Tagen hier angerufen, oder war er sogar in der Agentur?«

Die junge Frau lächelte unsicher. »Am Freitag, als Sie in Ihren Kurzurlaub fuhren, hat ein Robin Piontak hier angerufen und wollte Sie sprechen. Er wollte herkommen. Ich habe gesagt, dass Sie nicht mehr zu erreichen seien. Er war recht, äh, reagierte ungehalten darüber.«

»Wie äußerte sich das?« Von Seelenthin beobachtete diskret Hennes Hesselbach, der hinter den Empfangstresen getreten war und auf einen Bildschirm blickte. Die junge Frau zögerte. Hesselbach sah vom Bildschirm auf.

»Ja, was hat er denn nun gesagt, Frau Uhlmann? Hier steht übrigens, dass Robin Piontak zuletzt vor etwa drei Monaten, am 27. Mai gegen 14.00 Uhr hier in der Agentur war. Da war ich mit Diana nach München gefahren. Bayerische Staatsoper, Verdi, ›La Traviata‹. Da hat er hier wohl ein ziemliches Theater veranstaltet.« Hesselbach wandte sich an die beiden Kommissare. »Ich habe Frau Uhlmann angewiesen, Ihre Kollegen von der Schutzpolizei zu rufen, wenn er sich hier nochmals blicken lassen sollte.« Die junge Frau nickte.

»Diesmal, also letzten Freitag, hatte ich ihn ja nur am Telefon. Er hat wohl nicht geglaubt, dass Sie wirklich weg sind. Er ist sehr laut geworden, hat etwas geschrien wie Scheißfamilie und dass er sich nichts mehr gefallen lassen werde von Ihnen und dass Sie ihn nicht so einfach loswerden.«

Die beiden Kommissare fuhren in Richtung Präsidium. Dremmler, der seine Kollegin gerade noch rechtzeitig auf eine Rechts-vor-links-Situation aufmerksam gemacht hatte, nahm seinen Block aus der Tasche und blätterte darin, schlug Seiten vor und wieder zurück.

»Tja, und dann ist er den ungeliebten Sohn doch ganz schnell losgeworden, was?«, sagte von Seelenthin trocken.

Dremmler schüttelte den Kopf, beugte sich leicht vornüber und las. »Der Junge. Das Kind. Wieder der Junge oder mein Sohn mit diesem komischen Zögern. Er hat nicht ein einziges Mal den Namen gesagt. Höchstens Robin Piontak, als sei er eine offizielle Person, ein Geschäftspartner oder so etwas.«

»So schafft er die größtmögliche Distanz«, erwiderte von Seelenthin und schaltete mit der linken Hand, während die rechte nach etwas auf der Rückbank suchte. »Gib den Dingen einen Namen und sie bekommen ein Gesicht, eine Persönlichkeit«, sagte sie. »Er war ehrlich, denke ich, als er über Piontak sprach. Dieser aggressive Ausbruch, als es um seinen Sohn ging, wir hatten ihn noch gar nicht nach seinem Verhältnis zu Piontak gefragt. Haben Sie gesehen, mit welcher Kraft er diesen Stift hielt, in der linken Hand hielt, meine ich?«

Dremmler sah sie an.

»Ein Linkshänder. Bin gespannt, ob die Rechtsmedizin uns dazu etwas sagen kann. Und ein Motiv? Genervtsein von einem ungewollten Kind ist ein bisschen wenig, oder?« Hauptkommissarin Seelenthin nickte vor sich hin, als hake sie Bilder ab, die vor ihrem inneren Auge vorbeizogen. »Ich frage mich, warum er sich am Anfang so erschrocken hat, als wir die Todesnachricht überbrachten. Der wurde ja ganz blass. Dabei hat ihn die Tatsache als solche, *also dass sein Sohn tot ist*, nicht besonders berührt, oder? Was meinen Sie?«

Bevor Dremmler antworten konnte, tönten laute Eselrufe durch das Auto. Dremmler zuckte wie jedes Mal zusammen und starrte auf den speckigen, uralten Kloben in der Telefonhalterung, dann wandte er befremdet den Kopf nach vorn auf die Straße.

»Wir sind unterwegs, ja. Um 16.00 Uhr schon? Ja, bis gleich«, beendete von Seelenthin das Telefonat. Sie fuhr sich mit beiden Händen über den Kopf und zog dabei das Zopfgummi ab, das den halb aufgelösten Pferdeschwanz gehalten hatte. »Für 16.00 Uhr hat der Chef eine zusätzliche Dienstbesprechung mit der ganzen Mordkommission angesetzt. Die Presse macht wohl schon Druck. Heute soll noch eine Mitteilung rausgehen«, nuschelte sie mit dem Zopfgummi zwischen den Zähnen, während sie mit den Knien lenkte und sich gleichzeitig einen neuen Pferdeschwanz flocht.

»Und wir haben fast nichts«, stöhnte Dremmler, der die Beine steif nach vorne ausstreckte und den Oberkörper nach hinten lehnte, als er an der nächsten Kreuzung die Ampel von Gelb zu Rot wechseln sah. Seine Kollegin seufzte unwillig auf, sah aber ein, dass sie die bremsenden Vorgänger nicht mehr rechtzeitig überholen konnte, und brachte den Range Rover zum Stehen. Dremmler atmete in mehreren Etappen aus. Die Hauptkommissarin legte beide Hände an das Steuerrad und sprach halblaut, als sei sie alleine. Dremmler kannte dieses Verhalten schon und begab sich in die Rolle des stillen Zuhörers und Mitdenkers.

»Also, zunächst Piontak: Die Mutter des Opfers und ihr Lebensgefährte waren mehr oder weniger betrunken zu Hause, gegen 20.00 Uhr, wohl eher mehr. Der Vater des Opfers war in der Stadt zum Essen, übrigens habe ich den Namen dieses Restaurants schon einmal gehört. Ich weiß bloß nicht mehr, wo. Irgend so ein hippes Szeneding, wo man unbedingt hinmuss; irgendwas mit Abfluss, Überlauf, genau: ›ÜberFluss‹, das Designhotel an der Schlachte! Da war doch der Ingstedt auch Gast, hat seine Frau ausgesagt. Also weiter: Nadine Knaaß ist durch ihren Arm stark eingeschränkt und war bei ihrer Freundin Christine Rattke. Sie geben sich damit gegenseitig ein Alibi. Aber sie könnten ebenso gut zusammen bei Knaaß in der Wohnung gewesen sein, es kam zum Streit und die Rattke hat den Piontak erschlagen. Als Freundschaftsdienst, wenn man so will? Rache für die beste Freundin? Gut, noch wissen wir fast gar nichts. Was ist mit den Telefonverbindungen? Handyortung? Wenn die beiden Frauen zusammen waren, dürfte es keine gegenseitigen Anrufe geben. Außerdem hatte dieser Piontak kein Handy bei sich. Wo ist das Ding? Wir müssen mehr über das Umfeld dieses Mannes herausfinden: Hatte er einen Job, wovon hat er gelebt? Hatte er Schulden, gab es Abhängigkeiten? Was ist mit Bekannten, Freunden? Das Gleiche gilt für diesen Doktor Ingstedt: Freunde, Feinde. Enttäuschte Patienten? Vielleicht hat er irgendeiner Society-Lady die Visage vermurkst und nun hat sie ihm einen Killer auf den Hals gehetzt? Was ist mit seiner Frau los? Gab es da schon mal Anzeigen wegen häuslicher Gewalt? Was sagen die Nachbarn?«

Während von Seelenthin ihre Gedanken leise vor sich hinsprach, blätterte ihr Kollege Dremmler in seinem Notizbuch, strich etwas an, ergänzte Ausführungen, versah Zeugenaussagen mit Frage- oder Ausrufezeichen. »Oh, die ist aber schnell«, Dremmler schaute auf sein Handy. »Kollege Carstens schickt mir gerade den Termin für die Leichenschau von Robin Piontak. Wir müssen um 18.00 Uhr in der Rechtsmedizin sein. Doktor Todovic hat den Toten bereits obduziert.«

Von Seelenthin nickte. »Tüchtig und fleißig, unsere Frau Doktor Tod! Gut, sehr gut.« Die Ampel wurde grün und sie gab Gas.

12. KAPITEL

»Kann hier jemand bitte ein Fenster aufmachen?«, bat sie und ihre Stimme klang schrill und genervt in ihren eigenen Ohren. Im Raum war kaum noch Sauerstoff. Ein Dutzend atmende, schwitzende, denkende, durcheinander sprechende, vor sich hin stoffwechselnde Menschen. Zu viele auf zu engem Raum. Hauptkommissarin Seelenthin packte der Ekel im Genick. Mühsam widerstand sie dem Impuls, sich zu schütteln. Nur raus hier, dachte sie, eine kurze Auszeit. Abstand schaffen. Sie drehte sich zu Dremmler um und bedeutete ihm, dass sie pünktlich zur Leichenschau erscheinen werde. Ohne jemanden anzusehen, verließ sie den Raum, lief eilig die Treppen hinunter und aus dem Gebäude, bis zu ihrem Wagen. Erleichtert schloss sie die Autotür hinter sich zu. Sofort fühlte sie sich besser, atmete freier. Sie steuerte die Tankstelle an, die ihr der Lebensgefährte von Barbara Piontak, Tobias Körner, während ihres Besuchs am frühen Nachmittag beschrieben hatte. Der freundliche Mann im Tankstellenshop kannte die beiden recht gut. Er erzählte der Hauptkommissarin, dass er seit fünf Jahren Frührentner sei und als Minijobber hier arbeite. Die beiden *professionellen Alkis* seien schon vor seiner Zeit Kunden gewesen. Der buschige Schnäuzer des Rentners zitterte, als er schmunzelnd bestätigte, dass »Körnchen« und »Schnaps-Babsi« fast täglich ihren hochprozentigen Einkauf bei ihm erledigten. Während sie fuhr, sortierte von Seelenthin ihre Gedanken, fügte aufgenommene Informationen zusammen. Piontak hatte eine Katze erschlagen, ein Pferd erstochen, seine Lebensgefährtin schon mehrfach ins Krankenhaus geprügelt und deren Kind bedroht. Von Seelenthin dachte darüber nach, was Menschen wie Piontak dazu trieb, ihre Frustration und Wut an Unschuldigen und vor allem an Wehrlosen auszulassen. Wie immer, wenn sie das tat, krampften sich ihre Eingeweide zu einem schmerzenden Klumpen zusammen und ihre Atmung stockte und wurde unregelmäßig. Vor ihrem inneren Auge zogen Bilder vorbei, die sie weder stoppen konnte noch wollte. Diese Bilder kamen immer wieder und sie fürchtete sie und gleichzeitig rief sie sie herbei. Sie ergab sich ihnen.

Ein Mann von hinten, er geht über einen Feldweg … hält einen langen blitzenden Gegenstand in der Hand. Pferde, aufmerksam gespitzte Ohren, die sich nach vorne und nach hinten drehen. Gedämpftes Schnauben, weiße Atemwolken über der nebligen Wiese. Sie kommen näher, große schemenhafte Gestalten, langsam, zögernd. Eine Schimmelstute. Das weiße Fell leuchtet fahl unter dem Vollmond. Sie steht allein, dreht sich. Ein reißendes Geräusch, Stöhnen, schrilles Wiehern. Angst und Schmerz. Das Auge der Stute ist aufgerissen, die dunkle Iris rollt in Panik durch das Weiß. Die Stute wendet den Kopf zu ihrem Rumpf. Helles Blut, blasige Schlieren auf weißem Fell. Sie riecht die Angst des Tieres, hört sein Stöhnen. Zerreißende Haut, zerreißendes Leben. Nebel, eine Wiese und ein Graben voll Wasser, kein Graben, klaffende Wunden und fließendes Blut, aufgerissenes Fell, rot, rot! Die Augen des Pferdes verschwimmen, werden dunkel, tief unten in den Augen des sterbenden Tieres lange, helle Schlieren. Lange blonde Haare, die im Wind wehen. Eine Frau und ein Schatten, ein schwar-

zer Schuh, der auf der Wiese liegt. Er liegt auf dem Boden, nackt. Seine Hände sind gefesselt und er tritt mit den Beinen um sich, kann aber nicht aufstehen. Seine Augen zeigen, dass er begreift, was nun geschehen wird. Sie fasst fester um den stählernen Griff der Lanze. Sie schaut dem sich windenden Stück Mensch in die Augen. Kein Mitleid. Wie du mir, so ich dir – und jetzt stirb! Sie verspürt eine tiefe Genugtuung, als sie das erste Mal zusticht.

Lautes Hupen. Einmal, zweimal. Der Mann im Rückspiegel wedelte aufgebracht mit beiden Armen durch die Luft. Im Spiegel sah sie ihr nasses Gesicht, die aufgerissenen Augen. Von Seelenthin atmete zitternd ein. Schon wieder dieser Schluckauf. Angestrengt hielt sie die Luft an und versuchte anschließend, kontrolliert zu atmen. Sie blinkte und bog in die Straße zur Rechtsmedizin ein. Langsam verebbten die Bilder dieser rasenden, roten Wut; Traurigkeit schwappte in blauschwarzen Wellen heran, umspülte die Bilder in ihrem Kopf und zog sie in einem Strudel tief in ihr Innerstes hinab. Bis zur nächsten Flut. Von Seelenthin seufzte heiser. Wenn sie damals in der Nacht auf der Weide einem Pferdemörder gegenübergestanden hätte, sie hätte geschossen, ohne zu zögern. Das wusste sie ohne den geringsten Zweifel. Ihre Rachefantasien bezogen auf Tierquäler überschritten das gesellschaftlich vertretbare Maß an Empörung und Wut bei Weitem.

Tiere sind mir nah, ihr Leid trifft mich. Menschen sind mir fremd, sie berühren mich nicht. Bei dem Gedanken an Sitzungen in psychotherapeutischen Praxen verzog sie einen Mundwinkel zu einem selbstironischen Lächeln. Wie hatten die Therapeuten das damals genannt? *Ausgeprägte dissoziative Störung, sozialphobisches Verhalten.* Während einer ihrer zurückliegenden Streitigkeiten hatte Clemens sie als asoziale Misanthropin bezeichnet. *So what?* Sie war eher amüsiert als beleidigt gewesen. Mit einem Seufzen parkte sie den Wagen auf dem Parkplatz des rechtsmedizinischen Instituts in der Sankt-Jürgen-Straße. Nachdenklich schritt sie über den grau gepflasterten Platz und betrat das moderne Gebäude durch die Drehtür in der halbrunden Glasfront. Pathologie oder Rechtsmedizin. Diese Gebiete der Wissenschaft faszinierten sie. Wäre sie Medizinerin, dann hätte sie sich garantiert für einen dieser Bereiche entschieden. Vermutlich, weil man seine Ruhe hatte und weil einem zeitraubende Auseinandersetzungen mit lästigen Kollegen, oder Menschen generell, erspart blieben. Tote machen weniger Stress.

Sie schritt den Gang zum großen Sektionssaal entlang.

»Smrt! Chyt!«, hörte sie eine heisere Stimme, die in der fremdartigen Sprache trotz der Unmenge an Konsonanten überraschend zärtlich klang, »dobry chlapec! Chut'! Chut'!«

Als von Seelenthin durch die Tür in den Vorraum des Sektionssaales schritt, stoppte sie abrupt. Die Rechtsmedizinerin, die vornübergebeugt an einem Stahlregal mit zusammengeknüllten Handtüchern und blutbefleckten Kitteln darauf lehnte, warf einem struppigen schwarzen Hund rötliche kleine Bröckchen zu. Von Seelenthin hielt die Luft an. *Die wird doch nicht etwa?* Wieder langte die Frau hinter sich und nahm ein weiteres Bröckchen aus einer stählernen Schale.

»Ah, Hauptkommissarin von Seelenthin«, unterbrach die Ärztin das Gespräch mit ihrem vierbeinigen Gefährten, »kommen Sie. Ich kann Ihnen schon mehr sagen, nun. Wir haben eben Pause gemacht nach der Sektion von Piontak.« Freundlich neigte sie den Kopf hinunter und hielt dem Hund ihre kleine Hand hin. »Smrt, du gehst in unser Büro, warten.« Der schwarze, hochbeinige Hund stupste seine zweibeinige Gefährtin freundlich an und nahm ihr einen letzten Brocken aus der Hand. Dann drehte er sich um und trottete gehorsam durch eine offenstehende gelbe Kunststofftür mit Bullaugen, hinter der sich das Büro der Rechtsmedizinerin befand. Die streifte sich unterdessen mit einem quietschenden Geräusch Handschuhe und Plastikschürze ab, ging voraus in den großen Sektionssaal und wies mit der rechten Hand auf eine Stahlliege in der Mitte des großen Raumes. Von Seelenthin folgte ihr und stellte sich vor die Liege, auf der sich unter einem grünen Laken der Leichnam Piontaks befand. Während die Medizinerin sich einen frischen Kittel überzog und zum Händewaschen an das große Stahlbecken trat, war Dremmler mit zögerlichen Schritten von hinten nähergekommen und war neben von Seelenthin stehengeblieben. Wie immer blieb er im weitest möglichen Abstand zum Geschehen stehen und richtete die Augen auf die große Uhr, die in etwa drei Meter Höhe an der gegenüberliegenden Wand hing. Er schluckte trocken und wandte sich an die Hauptkommissarin:

»Nadine Knaaß war am Freitag um kurz nach 15.00 Uhr in der Paracelsusklinik, dort war sie bis um 15.30 Uhr. Da war sie aber nur wegen des verstauchten Arms. Danach war sie bis etwa 16.30 Uhr bei Frau Willomeit, dieser Sozialarbeiterin. Gegen 19.30 Uhr kam sie bei Frau Christine Rattke an. Die Aussage der Zeugin Rattke klingt erst einmal glaubhaft. Die beiden Frauen haben zusammen fast drei Flaschen Prosecco getrunken und Nadine Knaaß hat in der Wohnung ihrer Freundin auf der Couch übernachtet, am Samstag waren sie shoppen und abends wieder saufen, Sonntag saufen, ohne shoppen, dafür Spielkonsole«, quetschte er zwischen zusammengebissenen Lippen hervor, die Augen ohne zu blinzeln starr nach vorn gerichtet.« Er holte tief Luft und sah sie an. »Interessant ist: Am Sonntagabend gegen 19.30 Uhr war Nadine Knaaß wieder in der Klinik, Notaufnahme. Die Verletzung an der Stirn war frisch und wurde dort versorgt. Sie sagt, sie sei gefallen.« Dremmlers Betonung des Wortes *gefallen* zeigte deutlich, was er von der Aussage hielt.

Von Seelenthin nickte. »Sicher, die talentierteste Lügnerin ist sie nicht. Trotzdem, Dremmler, die Telefonverbindungen sind wichtig. Was ist mit dem Karabiner?«

»Ein gängiges Modell, schon älter. Wird viel von Kletterern benutzt, aber auch von Leuten, die Pferde oder Hunde halten.«

Von Seelenthin nickte nachdenklich und blickte dann ebenfalls an die Wand gegenüber. In schwarzer Schrift war dort der lateinische Ausspruch *media vita in morte sumus* an die Wand gemalt worden. *Mitten im Leben sind wir vom Tod umfangen,* übersetzte sie leise.

Die kleine, rabenhafte Medizinerin legte den Kopf schief und lächelte die beiden Kommissare von schräg unten freundlich an. »Gerade hier wird man sich bewusst, wie kostbar das Leben ist, nicht wahr?«

Dremmler verzog sein Gesicht zu etwas, das vermutlich ein Lächeln darstellen sollte, tatsächlich aber eher nach heftigen Blähungen aussah. Das Räuspern der Rechtsmedizinerin steigerte sich zu einem beeindruckenden Hustenanfall, der langsam verebbte. Immer noch rot im Gesicht, unterdrückte sie das Grollen in der Kehle, beugte sich über die Stahlliege und zog das grüne Laken mit beiden Händen zurück.

Schon vorher war ihr der unverkennbare Geruch einer Brandleiche in die Nase gestiegen, aber jetzt, da die Leiche frei dalag und die verheerenden Auswirkungen des Feuers auch für die Augen sichtbar waren, verschlimmerte sich die Wirkung. Von Seelenthin hielt die Luft an und nahm wahr, dass Dremmler neben ihr scharf Atem holte, leicht zurückwich und dann erstarrte. Der Geruch nach verbranntem Fleisch biss so stark in ihrem Hals, dass ihr Tränen in die Augen traten. Sie öffnete leicht den Mund und atmete so flach wie möglich. Obschon die Haut an Armen und Oberkörper der Leiche teilweise so verkohlt war, dass die rosafarbene Muskulatur darunter zu sehen war, konnte man die Gesichtszüge Piontaks noch sehr gut erkennen. Die Haut war hier lediglich dunkler, mittelbraun, die Haare bis auf unregelmäßige Büschel komplett verschmort.

»Wir haben Glück gehabt, dass die Feuerwehr so schnell am Tatort war. Die Leiche ist für ein Brandopfer noch gut erhalten geblieben im Kofferraum«, führte Doktor Todovic aus. »Wie ich schon gesagt habe, der Täter hat zwei Mal zugeschlagen.« Die Ärztin deutete auf den Schädel der Leiche mit den zwei unterschiedlichen Löchern darin. »Sehen Sie hier: ein Stanzbruch. Der zweite Schlag war tödlich: ein Terrassenbruch, eine Impressionsfraktur. Das heißt, die Bruchstücke der Knochen werden in Richtung des Hirns verschoben, weil der Gegenstand sich verkantet.«

»Woher wissen Sie, welcher Schlag zuerst kam?«, fragte von Seelenthin.

Die Ärztin lächelte. »Von Georg Puppe.«

»Wer zum …«

Doktor Todovic winkte ab und fuhr fort: »Die Puppesche Regel, benannt nach ihrem Entdecker: Später entstandene Bruchlinien enden an den zuerst entstandenen und noch etwas: Beide Löcher befinden sich über dem rechten Auge des Opfers. Nach dem Ort und dem Winkel des Schlages kann ich sagen, dass der Täter die linke Hand gebraucht hat.«

Von Seelenthin begegnete Dremmlers Blick.

»Was ist das für ein Gegenstand, den wir suchen? Ist es überhaupt ein Gegenstand, so unterschiedlich, wie diese Löcher aussehen?«, fragte von Seelenthin.

Doktor Todovic wiegte den Kopf hin und her. »Die Tatwaffe muss ein Gegenstand mit einer kleinen Aufschlagfläche sein. Als Faustregel gilt: je kleiner die Fläche und je größer die Energie, desto eher ein Bruch. Es sind noch Spuren von Bronze im Schädel gewesen. Also, ich glaube sicher: Die

Tatwaffe ist ein Gegenstand aus Bronze, schwer, spitz und mit Ecken sowie breiteren Flächen daran. Eine Skulptur vielleicht, eine Statue?«

Von Seelenthin hörte aufmerksam zu und sah plötzlich überrascht auf: »Könnten es auch zwei verschiedene Personen gewesen sein, die nacheinander auf das Opfer eingeschlagen haben?«

Die Rechtsmedizinerin dachte einen Moment nach, dann lächelte sie die Hauptkommissarin an wie eine stolze Lehrerin, deren Lieblingsschülerin soeben eine intelligente Bemerkung gemacht hatte. »Ja, sicher, das ist möglich. Die waren dann nur kurz nacheinander in der Wohnung des Opfers. Aber: Tödlich war nur der zweite Schlag.« Sie lächelte traurig und legte eine Hand ganz leicht auf den Brustkorb des Toten. »Er wäre aber bald sowieso gestorben. Herzinfarkt, ich würde sagen Piontak war sehr krank, süchtig. Mehrere Jahre, ja. Der Körper ist mager, teilweise kann man noch Abszesse sehen. Er war abhängig von Methylamphetamin, auf der Straße auch Crystal Meth, Ice, Crank oder Yaba, verrückte Medizin, genannt. Seine Zähne sind sehr schlecht schon, sehen Sie?« Die Gerichtsmedizinerin deutete auf Piontaks leicht geöffneten Mund.

Der Anblick des kahlen, dunklen Schädels mit den verfärbten Zähnen war grotesk. Von Seelenthin sah aufmerksam hin, Dremmler sah angestrengt weg.

»Die Nieren sind schon stark geschädigt wegen des oxidativen Stresses, es wäre nicht mehr lange gegangen, so. Er muss das Meth gespritzt haben, die Wirkung ist ungleich stärker. Die meisten schnupfen es. Der Tod trat ein zwischen 17.00 und 21.00 Uhr, wie schon gesagt. So. Gleich kommt der Präparator zum Assistieren. Wir werden uns gleich die zweite Leiche aus Oberneuland vornehmen, aber eines kann ich schon sagen«, meinte die Medizinerin, während sie Piontaks Leiche wieder zudeckte. »Der Mann aus Oberneuland, dieser Doktor Ingstedt, ist vor dem Auto weggelaufen. Der Wagen hat ihn von hinten angefahren. Das war kein Unfall.«

Nachdem von Seelenthin sich bedankt hatte, verließ sie zusammen mit Dremmler den Sektionssaal. Der schüttelte den Kopf. Nachdem er in den letzten 20 Minuten wie versteinert neben seiner Kollegin gestanden hatte, konnte er plötzlich nicht schnell genug aus dem Gebäude kommen, und sie hatte Mühe, mit ihm Schritt zu halten.

»Also die Frau ist wirklich schräg«, sagte er, »haben Sie diese Schale mit den Fleischbrocken gesehen? Was um Himmels willen war das? Und überhaupt, wer nennt seinen Hund Smart?«, fragte er und drehte sich zu seiner Kollegin um.

»Nicht Smart, Dremmler«, lächelte von Seelenthin, »Smrt.« In slowakischer Sprache ist es das Wort für den Tod.«

13. KAPITEL

»Ja, bitte, kommen Sie herein.« Uwe Mellinghaus war ein groß gewachsener Endfünfziger mit grauen, krausen Haaren, die modisch kurzgeschoren waren. Er trug eine randlose Brille, die er häufig abnahm, um die roten Druckstellen seitlich des Nasenrückens zu massieren. Er bat sie, Platz zu nehmen, und wies seine Sekretärin an, Kaffee zu bringen. Das Büro des Klinikleiters war von schlichter Funktionalität. Raumhohe Regale aus hellgrauem Holz mit medizinischer Fachliteratur, ein ebenso hellgrauer großer Schreibtisch und ein schwarzer

Ledersessel dahinter. Außer einem in Silber gerahmten Bild mit einer dunkelgelockten Frau, die ein Kleinkind auf dem Arm hielt, beinhaltete der Raum nichts Persönliches. Hier arbeitete jemand konzentriert und effizient. Keine Berge von Papier, die auf Unerledigtes hindeuteten; keine Pflanzen oder Bilder, die von der Arbeit ablenkten. Der Mann setzte sich und sah die beiden Polizisten aufmerksam an. »Feinde? Nein, soweit würde ich nicht gehen«, überlegte er. »Doktor Ingstedt war sehr ehrgeizig, konnte, nun, sehr bestimmend und dominant wirken.« »Wie meinen Sie das?«, fragte die Hauptkommissarin.

»So, wie ich es sage«, erwiderte Mellinghaus ungeduldig. »Wenn sich etwas nicht so darstellte, wie er wollte, dann brachte er es in die entsprechende Richtung. Notfalls auch sehr nachdrücklich.«

»Sie meinen, er war gewalttätig?«

Im Gesicht des Klinikleiters zuckte ein Muskel, er sah plötzlich angestrengt aus. Die Sekretärin brachte den Kaffee und der Klinikleiter schien dankbar für die Unterbrechung zu sein. Er hatte schon zu viel gesagt, ruderte nun zurück. »Ich weiß nichts über das Privatleben des Mannes«, wehrte er ab und presste die Lippen zu einer schmalen, waagerechten Linie zusammen.

Obwohl ihm der ermordete Arzt mit Sicherheit nicht sympathisch gewesen war, würde sich Uwe Mellinghaus nicht in Indiskretionen über verstorbene Mitarbeiter ergehen, dafür stand er dem Weserklinikum viel zu loyal gegenüber. Das Telefon auf dem Schreibtisch klingelte und Mellinghaus stand auf.

»Danke für Ihre Mithilfe. Wir werden jetzt die anderen Mitarbeiter befragen.«

»Frau Koschinek, meine Sekretärin, wird Ihnen eine Liste aller Mitarbeiter geben und Ihnen einen Raum zur Verfügung stellen.« Seine Hand griff nach dem Hörer, und die Polizisten verließen den Raum.

Die Befragungen zogen sich nicht lange hin. Die drei älteren Ärzte, ein Venerologe, der in den Ruhestand verabschiedete Chirurg Bernau und eine Anästhesistin, hatten kaum Berührungspunkte mit Ingstedt gehabt. Das Pflegepersonal ebenso wenig. Doktor Julius Ingstedt verschliss Menschen, die ihm seine Position nicht streitig machen konnten, mit professioneller Freundlichkeit. Menschen, die in der Hierarchie über ihm standen, bekämpfte er. Der medizinische Leiter des Klinikums, Professor Herbert Schrootens, befand sich nur noch selten in der Klinik. Momentan machte er Urlaub im Ausland. *Seychellen,* wie Frau Koschinek mit spitzen Lippen und nur schlecht verhohlenem Neid bemerkte. Die Sekretärin hatte außerdem vage Andeutungen bezüglich des immensen Alkoholkonsums des Seniorchefs gemacht und den jungen, talentierten Ingstedt schon als seinen Nachfolger gesehen. Offensichtlich war Ingstedt regelmäßig auf einen Plausch bei Frau Koschinek im Büro erschienen und hatte die dickliche Blondine hemmungslos bezirzt. Die beiden jüngeren Chirurgen, eine unscheinbare kleine Frau namens Doktor Schumacher und ein verstockt wirkender Mittdreißiger, Doktor Arnsfeld, hatten den Kollegen Ingstedt nicht gemocht. Bei Schumacher war das durchaus noch euphemistisch formuliert; sie hatte Ingstedt regelrecht gehasst. Die junge Ärztin erzählte, dass sie ihre jüngere Schwester durch Suizid verloren habe, nachdem diese durch einen Motorradunfall starke Verbrennungen davongetragen hatte und damit nicht leben konnte. Schumacher wollte helfen; ihr ging es nicht darum, *reichen gelangweilten Tussis die Brüste aufzublasen.* Arnsfeld wie auch Schumacher waren von Ingstedt regelmäßig schikaniert worden. Die Nachricht seines Todes rief bei niemandem, außer vielleicht bei der korpulenten Sekretärin, so etwas wie Bestürzung oder gar Trauer hervor.

»So, jetzt fehlt noch Frau Oppel, die Nachtschwester, dann sind wir durch«, sagte von Seelenthin und streckte sich.

»Die Schwester Oppel ist krankgeschrieben. Ein ganz liebes Mädchen.« Die Stimme von Frau Koschinek drang gedämpft durch die halbgeöffnete Tür.

»Und, hatten die beiden viel miteinander zu tun?«, fragte Hauptkommissarin von Seelenthin die Sekretärin, deren Mitteilungsdrang plötzlich nachzulassen schien.

»Frau Oppel war fast immer bei Operationen von Doktor Ingstedt eingeteilt.« Eine leichte Röte stieg der Sekretärin ins Gesicht, während sie konzentriert auf ein Schriftstück sah, das vor ihr lag. Die Kommissare schauten sich an.

»Na, das passt doch wunderbar. Da fahren wir vorbei.«

Sie ließen die Sekretärin in ihrem Büro zurück und erreichten kurze Zeit später die angegebene Adresse in der Nähe des Hauptbahnhofs. Das viergeschossige Mietshaus wirkte wertig und sehr ordentlich. Die Klingelschilder einheitlich in Edelstahl gefasst und maschinell beschriftet. Hier zog man nicht einfach so ein und wieder aus. Sie klingelten bei Oppel und nach kurzer Zeit tönte der Summton und sie betraten ein gepflegtes, weißgestrichenes Treppenhaus, in dem es angenehm frisch roch. Die junge, dunkelhaarige Frau, die ihnen öffnete, hatte rot geränderte Augen und federte nervös auf den nackten Füßen auf und ab. Sie bat die Kommissare herein und ging durch eine quadratische Diele in ein kleines Wohnzimmer mit gemütlichen Gauben. Alles war peinlich aufgeräumt, wirkte fast steril. Auf einem kleinen Tisch neben der Balkontür stand eine Glasvase mit einem großen Strauß langstieliger weißer Rosen. Von Seelenthin zählte auf die Schnelle. Vierundzwanzig Stück. Die junge Frau setzte sich auf einen Stuhl, den sie vom runden Esstisch wegzog. Sie zog einen Fuß unter den Po und ihr Oberkörper bewegte sich nervös hin und her.

»Frau Oppel, Sie haben sich gestern krankgemeldet, wie geht es Ihnen?«

»Es geht mir nicht gut. Ich bin, ich …, eine Virusinfektion wohl.« Sie sah gehetzt zwischen den beiden Kommissaren hin und her, ihre Hände hatte sie zu Fäusten geballt und vor dem Bauch in ihrem langen Pullover vergraben.

»Frau Oppel, uns führt eine traurige Nachricht her. Ein Kollege von Ihnen, Doktor Julius Ingstedt, ist gestern Nacht ermordet worden.«

Melanie Oppel atmete mehrmals angestrengt ein und aus, den Blick starr in ihren Schoß gerichtet. Sie nickte mehrfach. »Wie ist er gestorben?«, stieß sie mühsam hervor.

»Kann ich Ihnen ein Glas Wasser holen«, setzte von Seelenthin an.

Die mühsam aufrechterhaltene Selbstbeherrschung der jungen Frau barst wie zu stark erhitztes Glas. Melanie Oppel legte den Kopf auf die Brust und brach in langgezogenes Schluchzen aus. Die Krankenschwester sprang auf und stürzte auf die Balkontür zu. Im Lauf griff sie nach der Blumenvase und schleuderte sie mit Wucht auf den Boden. Dremmler war aufgestanden. Mit ruhigen, koordinierten Bewegungen war er Melanie Oppel durch den Raum gefolgt und kniete nun hinter der verzweifelten Frau, deren Schluchzen in ein heiseres Stöhnen übergegangen war. Er umfasste sie fest mit beiden Armen, sodass sie die große Scherbe, die sie in der Hand hielt, fallen ließ. Von Seelenthin war ebenfalls aufgestanden und langsam an die auf der Erde kauernde Frau herangetreten. Dremmler hatte mit dem Fuß die Scherben grob zur Seite gewischt und die Beine der Frau zur Seite geschoben. Er sah seiner Kollegin in die Augen, sein Blick führte den ihren unauffällig zu dem kleinen Tisch, auf dem ein gerahmtes Bild lag. Jemand hatte es umgestoßen, sodass die Bildseite auf dem Tisch lag. »Man hat Sie angerufen. Sie haben es schon gewusst, nicht wahr?«

Melanie Oppel nickte. Sie atmete stoßweise und wischte sich mit dem Handrücken über die laufende Nase.

»Er war hier, gestern, spät abends. Ich hatte Geburtstag. Eine ganze Stunde hatte er Zeit für mich, nach der Verabschiedung von Bernau.« Die junge Frau schluchzte, Tränen sprangen förmlich aus ihren Augen. Von Seelenthin nahm vorsichtig das Bild vom Tisch und stellte es wieder auf. Ein Paar am Strand, das sich gemeinsam zurücklehnte und einen Drachen steigen ließ. Der Mann auf dem Bild hatte längere, in die Stirn fallende dunkle Haare und ein selbstbewusstes Lächeln im Gesicht, ein Gewinner. Breitbeinig stemmte er sich gegen den Wind in den Sand. Die Pose wirkte eher überheblich als selbstbewusst, dachte von Seelenthin. Doktor Julius Ingstedt. Dremmler war es gelungen, die schluchzende Frau aufzurichten und wieder zum Sofa zu führen. Sie zitterte und das Schluchzen war in einen penetranten Schluckauf übergegangen.

»Sollen wir einen Arzt, einen Krankenwagen für Sie rufen?«, fragte von Seelenthin.

»Nein, es geht schon«, erwiderte die Krankenschwester. Es war, als habe der Ausbruch ihr alle Kraft geraubt. Ihren Kopf hatte sie weit zurückgelehnt, die Beine hingen über den Rand der tiefen Couch. Schlaff lagen die Arme in ihrem Schoß, die Handflächen zeigten nach oben. »Wie lange ging das schon mit Ihnen und Doktor Ingstedt?« Von Seelenthin blickte die Frau an, die ihre Augen so fest geschlossen hielt, als wolle sie nichts mehr mit der Welt zu tun haben, die um sie herum zerfiel.

Oppel schnaubte. »Zwei Jahre?« Die Augen der Frau öffneten sich, sie setzte sich aufrecht hin, wie um sich der Situation zu stellen. »Am Anfang, also ich wollte das nicht. Ich wusste ja, dass er verheiratet war, einen kleinen Sohn hatte, ach, verdammt.« Sie stand auf und ging durch einen Durchbruch in die offene Küche, kam nur einen Augenblick später mit einer Flasche Rotwein und einem Glas zurück. Ein

Barolo. Arié von Batasiolo. Genau solch eine Flasche hatte bei Ingstedts im Wohnzimmer auf dem kleinen Glastisch gestanden, registrierte von Seelenthin. Die Krankenschwester nickte den Polizisten auffordernd zu. »Auch ein Glas?« Beide schüttelten den Kopf. Melanie Oppel zuckte mit den Schultern, nahm einen großen Schluck und schüttelte sich. »Hat der ein Gewese um das Zeug gemacht! Lieber Gott! Genießen, Meli, den Wein auf der Zunge, im Mund spüren, dann langsam schlucken. Beschreibe mir ein Gefühl! Welche Aromen schmeckst du?« Die junge Frau ließ sich wieder auf das Sofa fallen. Sie schnaubte abfällig, während ihr die Tränen über das verquollene Gesicht rannen. »Wissen Sie was?«, fuhr sie fort, »ich glaube, Julius hat sich gar nichts aus Wein gemacht. Er hat ihn nur getrunken, um anzugeben. Ich bin der Superchirurg, der Supermann, das Super… Arschloch!« Sie schluchzte jetzt wieder.

Von Seelenthin und Dremmler ließen ihr Zeit, unterbrachen ihren Vortrag nicht, der inzwischen die ganze Bandbreite von Trauer, Wut, Resignation und Enttäuschung abbildete. »Er hat mich angebaggert, hat mir während der Nachtschichten erzählt, dass er und seine Frau längst getrennt sind, wissen Sie? Der Klassiker: die kalte Ehefrau, die den armen Mann nicht versteht. Wie dämlich kann man sein, was?« Mit dem Handballen, um den sie den Ärmel des Pullovers gefasst hielt, wischte sie sich über die Nase. »Alle meine Freunde, meine Schwester haben mir gesagt, dass er mich sowieso nie heiraten wird, nur ich habe ihm geglaubt. Ich hätte alles für ihn getan, wirklich alles. Und ich habe ja auch …« Sie brach ihren Monolog unvermittelt ab und holte tief Atem. Dann stand sie vom Sofa auf und setzte neu an. »Jedenfalls, irgendwann habe ich auch begriffen, dass er mich nur benutzt. Gestern habe ich ihm gesagt, dass er nicht mehr herzukommen braucht. Er ist total ausgerastet, hat mir ins Gesicht geschlagen und ist gegangen.«

»Wann war das?«, fragte die Hauptkommissarin und reichte der Frau auf dem Sofa ein Taschentuch.

»Keine Ahnung, so gegen 23.00 Uhr. Ja, das kommt hin. Ich habe danach noch bei Dana, meiner besten Freundin, angerufen und ihr gesagt, dass Schluss ist.«

Von Seelenthin blickte auf das Foto des Paares. »Sie sagten, dass Doktor Ingstedt Ihnen erzählt habe, dass er und seine Ehefrau getrennt sind. Woher wissen Sie, dass dem nicht so war? Hat Frau Ingstedt von Ihrem Verhältnis gewusst?«

Die Krankenschwester überlegte, sah auf ihre Hände. »Ich weiß es nicht genau. Eine Zeit lang hat hier öfter das Telefon geklingelt, wenn Julius hier war. Immer, wenn ich abnahm, wurde kurz gewartet und dann aufgelegt. Ich glaube, das war sie.«

Von Seelenthin blickte die junge Frau aufmerksam an. »Frau Oppel, Sie sagten eben, dass Sie alles für Julius Ingstedt getan hätten. Zumindest eine Zeit lang. Gibt es da vielleicht etwas, das Sie getan haben und uns erzählen möchten?«

Die Krankenschwester schluckte und stellte das Glas auf dem Tisch ab. »Nein, da gibt es nichts, es ist ja nun vorbei.«

Die Kommissare standen auf. »Danke, Frau Oppel, fürs Erste war es das. Wenn wir noch Fragen an Sie haben, kommen wir noch einmal wieder.« An der Haustür drehte von Seelenthin sich noch einmal zu der jungen Frau um. »Was für einen Wagen fahren Sie?« Melanie Oppel starrte sie verwirrt an. »Ich? Wieso ist das wichtig? Also einen Opel. Astra.« Die Hauptkommissarin zog ihre Jacke an. »Ich hatte Ihnen Ihre Frage nach der Todesart von Doktor Ingstedt noch gar nicht beantwortet. Julius Ingstedt wurde vor seinem Haus vorsätzlich überfahren. Mit einem Opel Astra.«

14. KAPITEL

Seit fast 36 Stunden war sie jetzt schon auf den Beinen. Kriminalhauptkommissarin von Seelenthin war müde, zunehmend unkonzentriert und gereizt. Außerdem zitterte sie inzwischen als Folge der gefühlten zwei Liter Automaten-, Tankstellen- oder Kantinenkaffee. Sie brauchte dringend eine Dusche, etwas Deftiges zu essen und ein paar Gläser Wein. Am liebsten in dieser Reihenfolge. Von Seelenthin entband Dremmler von der lästigen Pflicht, sie in die Rechtsmedizin zu begleiten, und setzte ihn am Präsidium ab. Er würde sich von Carstens im Innendienst ein Update geben lassen und das Alibi der Krankenschwester checken. Dann gab es noch ein paar Protokolle abzugleichen und dann würde Ralf Dremmler Feierabend machen. Sie wollte nur noch nach Hause, ausschlafen. Nur noch kurz im rechtsmedizinischen Institut vorbeischauen, motivierte sie sich, und dann schnell raus aus der Stadt. Der gekachelte Gang zu dem Hauptsektionsraum war in grünliches, kaltes Licht getaucht. Sie fror und kniff gegen die Müdigkeit die Augen mehrmals auf und zu. Kalter Schweiß klebte auf ihrem Körper. Während sie den Gang hinunterschlingerte, kam ihr die Assoziation vom Fährmann der Unterwelt in den Sinn. Rudernd über den Styx zum Hades. Apropos Hades, Reich der Toten: Offenbar war Doktor Tod nicht mehr an ihrem Platz. Von Seelenthin blinzelte, als das grelle Neonlicht ihr schmerzhaft in die Augen stach. Sie sah sich im Sektionssaal um. Piontaks Leiche musste inzwischen wieder in einer der stählernen Kühlkammern liegen. Stattdessen lag nun der schlanke dunkelhaarige Mann nackt auf der Stahlliege, den sie heute Morgen im Graben hatte liegen sehen. Der diensthabende Rechtsmediziner war derselbe, der mit am Tatort in Oberneuland gewesen war. Dieser magere Riese, wie hieß er noch gleich? Zahm? Lahm? Tran? Von Seelenthin unterdrückte ein Gähnen und schob sich die kalten Hände unter die Achseln. Der grün bekittelte Mediziner teilte ihr mit, dass sich seine Chefin auf einen Termin als Gutachterin bei Gericht vorzubereiten habe und heute auch nicht mehr an ihrem Arbeitsplatz erwartet werde. Was ja so überraschend nicht ist um diese Uhrzeit, dachte von Seelenthin ironisch. Doktor Fahms monotone Stimme wirkte wie ein auditives Sedativum, wurde aber während des letzten Satzes irgendwie lebendiger. Hörte sie da Erleichterung? Ob es Dremmler genauso ging, wenn sie nicht da war? Ingstedts Tod sei tatsächlich eine Sache von Sekunden gewesen, wie ihr der Rechtsmediziner versicherte. Von Seelenthin trat näher an die Liege heran.

Der Tote lag auf dem Bauch. »Keine Abwehrverletzungen, das Opfer ist von dem Auto von hinten quasi auf die Hörner genommen worden.« Fahm zeigte auf die Unterschenkel des Toten: »Messerer Brüche. Die typischen Frakturen beim Anfahren. Die Brüche haben die Form von Pfeilen, sehen Sie?«

Von Seelenthin betrachtete den zerstörten Körper. Immer wieder erstaunte es sie, wie schnell ein Leben von einem auf den anderen Augenblick beendet werden konnte. Noch vor ein paar Tagen hatte dieser Mann hier Angst und Schrecken verbreitet, in diesem kalten Raum jedoch, nackt auf der Stahlliege, wirkte der tote Körper weich und klein, harmlos.

»Der Kühlergrill hat den Hinterkopf getroffen. Er ist gestorben an einem Schädel-Hirn-Trauma.« Obwohl auch der Rücken der Leiche von Hämatomen übersät war, seien die durch den Stock zugefügten Wunden auffällig: »Da hat jemand mit großer Kraft zugestoßen. Die einzelnen Wunden erreichen eine Tiefe von bis zu drei Zentimetern. Erstaunlich!« Der Arzt bemerkte, dass er unangemessen beeindruckt klang, und fing sich wieder. »Also, da muss jemand schon sehr wütend gewesen sein, vermute ich. Außerdem hat der Tote kurz vor seinem Tod Geschlechtsverkehr gehabt. Und er hatte eine erhöhte Amphetaminkonzentration im Blut.«

»Sie meinen, Crystal Meth, er war abhängig?«, fragte die Hauptkommissarin interessiert und zog die Schultern hoch vor Kälte.

»Wenn, dann noch nicht lange. Seine Schleimhäute waren leicht gereizt, alle anderen Organe aber noch gesund«, erläuterte der Arzt. »Der ausführliche Bericht ist morgen fertig.« Sie dankte dem Rechtsmediziner für die Auskünfte und verließ erleichtert das Totenreich.

Auf der Fahrt aus der Stadt heraus dachte sie an die beiden Mordopfer, die sie in den letzten Stunden gesehen hatte. Auf der einen Seite ein fast mittelloser Student; vom Vater verstoßen, der Tiere und Menschen gequält und getötet hatte. Und dann ein wohlsituierter Mediziner mit vielversprechender beruflicher Perspektive, der vermutlich seine Frau und vielleicht sogar den kleinen Sohn misshandelt hatte. Keines der beiden Opfer war von seinen Angehörigen besonders beweint worden. Piontaks Mutter hatte lediglich um ihr eigenes Schicksal getrauert und der Vater von Robin hatte seinen Sohn als peinlich empfunden, als Last. Er war erleichtert gewesen, als er vom Tod seines Sohnes erfuhr. Die Lebensgefährtin war eher betäubt und erschöpft als traurig gewesen. Und Ingstedts Angehörige? Seine Schwiegermutter, die Richterin, schien nicht betroffen zu sein, eher besorgt um ihre Tochter und den Enkel. Seine Frau Berenice schien unter der Oberfläche aus Schock und Überraschung irgendwie, ja, überrascht zu sein. Worüber? Welche Verbindung gab es zwischen diesen beiden Männern, außer ihrer Gemeinsamkeit, Gewalt gegen Schwächere auszuüben? Gab es da überhaupt eine Verbindung? Schließlich waren beide Männer auf sehr unterschiedliche Weisen zu Tode gekommen, was nicht unbedingt für ein und denselben Täter sprach. Müde fuhr sich von Seelenthin über die Augen und unterdrückte ein Gähnen. Sie bog von der wenig befahrenen Landstraße in den Privatweg ein, der sie nach Hause führte. Als sie den gepflasterten Weg zum Mooreichenhof entlangfuhr, brannten die beiden schmiedeeisernen Laternen auf den Sandsteinsockeln schon. Die gelblichen Lichtkegel spendeten ein sanftes, warmes Licht und gaben ihr das Gefühl, sie willkommen zu heißen. Sie stellte den Range Rover in der Scheune ab, stieg aus und streckte sich. Auf der gegenüberliegenden Hofseite befand sich der großzügige Offenstall. Die beiden Kaltblüter streckten die mächtigen Schädel aus den Boxen und malmten Heu. Offensichtlich war Clemens schon da und hatte mit der abendlichen Versorgung der Tiere begonnen. Von Seelenthin ging über den gepflasterten Hof und blieb vor den Boxen stehen. Nacheinander streichelte sie die zufriedenen Tiere und flüsterte ihnen Koseworte in die großen, weichen Ohren. Der warme, würzige Geruch der Tiere zog sie an. Sie öffnete eine Box und schmiegte sich eng an die massige Schulter der Stute. *Was täte ich nur ohne euch? Ich brauche euch doch mehr als ihr mich.* Ihre verspannten Schultern sackten herab. Die gleichmäßige Bewegung des malmenden Pferdes übertrug sich zusammen mit seiner Körperwärme wie eine sanfte Massage auf ihren Körper. Sie atmete ruhiger und blickte durch die geöffnete Tür der Pferdebox über den Hof. Das milchige Licht des Mondes schimmerte auf dem Pflaster, die Blätter der mächtigen alten Eichen flüsterten sanft im Wind. Die Bäume standen schon so lange hier, verströmten ein Gefühl von Ruhe und Sicherheit. Zu Hause sein. Von Seelenthin schloss die Augen, und hinter ihren Lidern schoben sich Bilder vorbei wie bei einem altmodischen Diavortrag. Mächtige Türme und hohe Mauern aus riesigen Feldsteinen, efeuberankt und umgeben von einem breiten Graben. Ein Ort, der seine Bewohner beschützen sollte, und der ihr doch so wenig Schutz und Geborgenheit gegeben hatte.

Endlich Ferien! Der Wagen rollt durch das geöffnete Hofhaus auf die Burg zu und hält vor der großen Freitreppe. Es nieselt. Über ihren Köpfen hängt eine undurchdringliche Wand aus grauen Wolken. Immer näher rückt sie heran. Karel wuchtet den schweren Koffer aus der Heckklappe und setzt ihn auf dem nassen Pflaster ab. Sie blickt die Treppe hoch, wartet. Karel will den Koffer nehmen und die Treppe hinauftragen. Sie bedankt sich und schickt ihn weg. Sein betretenes Schweigen, diese mitleidigen Blicke von der Seite. Sie hält das nicht aus. Allein steigt sie die ausgetretenen Sandsteinstufen bis auf die Empore hinauf, bleibt kurz stehen und betritt die Eingangshalle von Burg Seelenthin. Am Ende der großen Halle, hinter der zweiflügeligen Tür sitzt ihr Vater hinter seinem imposanten Schreibtisch, wie immer in Unterlagen vertieft. Die Tür ist nur angelehnt. Darüber hängt der kapitale Zwölfender und schaut aus seinen toten Glasaugen auf sie herab. Unwillkürlich legt sie die Hand an ihre Wange. Wegen ihrer Bemerkung, genauso gut könne man ja Oma ausstopfen, hatte sie sich damals heftige Ohrfeigen eingefangen. Ein kurzes Zögern vor der Tür, vielleicht bemerkt er sie heute? Er schaut nicht auf, still geht sie an der Tür vorbei.

Hubertusjagd auf Burg Seelenthin! Stolz steckt sie sich den Bruch an das Revers ihres Jagdrockes. Die Meute der Foxhounds jault und bellt, als der Hundeführer endlich die großen Pansenlappen auf den Hof wirft. Die Hunde balgen sich, hinter ihnen knistert das hoch aufgeschichtete Feuer und schlägt Funken. Da hinten steht Vater in einer Gruppe von Männern in grünen und roten Jagdröcken. Er gestikuliert lebhaft, an seiner Seite steht eine schlanke Frau im dunkelgrünen Jagdrock mit Perlenohrringen und Haarnetz über dem sorgfältig frisierten Nackenknoten. Die Frau blickt zu Vater auf und legt ihm die Hand auf den Arm, lacht ihn an. Wütend dreht sie sich um und läuft zurück zum Pferdestall. Johannes soll mit Vater reden! Söhne können das besser als Töchter. Wenigstens an diesem Tag soll er seine Hände von fremden Frauen lassen! Das Strohlager liegt im Halbdunkel. Sie tritt durch die Tür. Die schwarzen Reitstiefel schaukeln auf Augenhöhe. Ihr Blick geht nach oben, sieht den Strick um den schweren Eichenbalken. Sein magerer Körper schwebt über der Stallgasse, er bewegt sich leicht hin und her, als schaukele er verträumt. Sie kann nicht atmen, fällt rücklings ins Stroh.

Abschied! Schwarz gekleidete Menschen sitzen eng gedrängt auf harten Holzbänken. Das Ave Maria, unterlegt von Geigen. Vereinzeltes Schnäuzen. Die Sonne blendet, als sie aus der dunklen Kapelle treten. Die Bläser der Jägerschaft am offenen Grab, hinter ihnen schwarz bandagierte Pferde und Reiter in roten Jagdröcken mit Trauerflor am Oberarm. Berge von Kränzen und Blumen. Links neben ihr Vater, auf der anderen Seite Mutter, schwankend und Alkohol ausdünstend unter dem schwarzen Spitzenschleier.

Von Seelenthin erwachte brüsk aus ihrem Tagtraum, als sie die charakteristischen, schweren Schritte ihres Exmannes auf dem Pflaster hörte. Sie öffnete die Augen. In diesem Moment bog er auch schon um die Ecke der Scheune und ein breites Lächeln erschien auf seinem großen Gesicht. Mit seinem Auftauchen verjagte Clemens all die düsteren Erinnerungen an ihre Kinder- und Jugendzeit. Es war, als könne er allein durch seine Anwesenheit ihre Welt heller machen, und alle Gedanken an ihre Familie mit all den unausgesprochenen Befindlichkeiten, uneingestandenen Schuldgefühlen und anderen ungesunden Gedanken lösten sich auf.

»Hier bist du! Wieso stehst du denn hier draußen?« Clemens, der wie fast immer von seiner mächtigen blauen Deutschen Dogge begleitet wurde, schob den Rüden sanft zur Seite und nahm seine ehemalige Frau beim Arm. »Komm mit ins Haus. Ich habe die ganzen Ungeheuer schon satt und zufrieden und eine perfekte Lasagne mit viel Sellerie und Möhren im Ofen!« Sie musste fast weinen vor lauter Müdigkeit, Erschöpfung und Hunger. Wohlig schmiegte sie sich in seine Armbeuge und ließ sich in Richtung Küchentür führen. Clemens steckte den Kopf in ihren Nacken und wühlte mit dem Gesicht in ihren Haaren.

»Respekt! Du riechst übrigens wie ein echter Waldschrat. Also ich persönlich mag Schrate ja sehr gern, aber …« Sie musste lächeln und sah zu ihm auf, da fuhr er bereits gut gelaunt fort: »Hör' zu, Waldmensch, du gehst jetzt nicht über Los, sondern sofort unter die Dusche, oder besser noch in die Badewanne. Danach verhüllst du dich mit einem dieser sogenannten Kleidungsstücke, die Frauen als *kuschelig* bezeichnen und die auf katholische Kleriker zölibatsverstärkend wirken.« Er sah mit strengem Blick auf sie herab. »Lach' nicht, Schrat! Karl Lagerfeld sagt, dass Menschen, die Jogginghosen tragen, die Kontrolle über ihr Leben verloren haben!« Ihr Lächeln war in ein Kichern übergegangen und sie boxte ihm spielerisch in den gewaltigen Bauch. Davon unbeeindruckt führte Clemens seinen Plan zu Ende aus: »Ich decke derweil die festliche Tafel und entzünde alles, was der Haushalt an Kerzen und Teelichtern zu bieten hat. Danach setzen wir uns gemütlich zusammen und dann gibt es einen hervorragenden Spätburgunder von der Ahr, Lasagne à la Clément und du erzählst mir, was bei dir los ist, ja?«

»Du bist einfach grandios«, erwiderte sie, während sie die Küche betraten. »Das ist ein hervorragender Plan. Aber erzählen solltest du lieber. Von Mord und Totschlag will ich heute nichts mehr hören.«

15. KAPITEL

»Das ist ja ein Hammer!« Dremmlers Kopf ruckte vor. »Nein, das ist ein Tell! Wilhelm Tell.« Von Seelenthin grinste schief und goss ihrem Kollegen den Rest Cola light aus der Flasche in sein Glas. »Aber ganz im Ernst. Gestern auf dem Nachhauseweg habe ich noch über eine Verbindung zwischen den beiden Fällen nachgedacht. So, und da ist sie nun.«

Die beiden Kommissare saßen nach der Besprechung mit den Kollegen vom Innendienst und der Rechtsmedizin in ihrem gemeinsamen Büro. In dem ausgebrannten Opel Astra, der auf Nadine Knaaß zugelassen war, konnten, wie befürchtet, keinerlei menschliche Spuren wie Blut, Hautreste, Fasern mehr gesichert werden. Allerdings hatte der Wagen eine starke Delle auf der Kühlerhaube. Alles sprach dafür, dass das Opfer, Julius Ingstedt, mit diesem Auto überfahren worden war. Den endgültigen Beweis würde die Rechtsmedizin in den nächsten Stunden liefern. Die eigentliche Sensation aber war, dass die Tatwaffe, mit der Robin Piontak erschlagen worden war, keine 300 Meter entfernt von dem ausgebrannten Wrack gelegen hatte! Der Schweißhund eines Jägers hatte sie im Moor aufgespürt: eine 35 Zentimeter hohe männliche Figur, die ein Kind an der Hand und eine Armbrust auf dem Rücken trug: Wilhelm Tell. Die schwere Bronzestatue war die Nachbildung des Wilhelm-Tell-Denkmals in Altdorf in der Schweiz. Auf den Schweißhund, der bezeichnenderweise auf den Namen Willi hörte, hatte das Objekt einen starken Reiz ausgeübt, da er menschliches Blut gerochen hatte. Willi hatte den Fund seines Lebens, das Mordwerkzeug, ordnungsgemäß bei seinem zweibeinigen Jagdpartner abgeliefert. Dieser hatte umgehend die Polizei gerufen und so war die Tatwaffe unverzüglich im rechtsmedizinischen Institut gelandet. Dort hatten Doktor Todovic und Kollegen die Statue untersucht und eindeutig nachgewiesen, dass der Mörder oder die Mörderin mit der Spitze der Figur das erste Loch in den Schädel geschlagen hatte. Der zweite, tödliche Schlag war mit dem schweren Sockel der Statue geführt worden. An der Statue waren winzige Blut- und Knochenspuren Robin Piontaks nachgewiesen worden, allerdings keinerlei Spuren anderer Personen, keine Fingerabdrücke. Da der Jäger Handschuhe getragen hatte, musste der Mörder die Statue zuvor gründlich abgewischt haben.

»Das Ding sollte garantiert gestern noch in der Weser verschwinden«, sinnierte Dremmler. Mit seinen überlangen Fingern gab er ihre neuesten Ermittlungsergebnisse in den Computer ein und las die Eintragungen der anderen Kollegen ihrer Mordkommission, um sich auf den neuesten Informationsstand zu bringen. »Das hätte da im Moor auch noch bis ans Ende aller Tage liegen können. Normalerweise kommt da niemand vorbei. Absolutes Naturschutzgebiet. Aber ich gebe Ihnen recht, Kollege Dremmler, der Täter oder die Täterin muss es verloren haben, als er oder sie mit dem Motorrad weggefahren ist.« Von Seelenthin streckte sich und griff nach einem Übertopf mit einer verdursteten Pflanze darin, der oben auf dem Schrank stand. *Wer schleppte dieses Zeug eigentlich immer an und ließ es dann sterben?* Sie entsorgte die verdorrte Pflanze in den Papierkorb und stellte den Topf zu den anderen auf die Fensterbank der angrenzenden Teeküche. »Wie bitte?« Dremmler hatte etwas zu ihr gesagt, aber die Höllenmaschine, wie der Kaffeevollautomat im Präsidium genannt wurde, übertönte fauchend und Dampf speiend jedes andere Geräusch. Als sie wieder an ihrem Schreibtisch war, klopfte ihr Kollege mit dem Zeigefinger auf eine Seite in seinem Bericht.

»Für die heutige Pressekonferenz haben wir schon mehr

vorzuweisen«, sagte er. »Beide Mordwerkzeuge sind mehr oder weniger am selben Ort aufgetaucht. Mit an Sicherheit grenzender Wahrscheinlichkeit haben wir es mit einem Täter zu tun. Oder einem Täter und einem Mitwisser, vielleicht sogar Komplizen.«

»Nicht vielleicht, sondern eher wahrscheinlich, Herr Kollege«, erwiderte die Hauptkommissarin, »überlegen Sie mal: Wie hat der oder diejenige das Motorrad ins Teufelsmoor geschafft? Wenn er oder sie, der Einfachheit halber der Mörder, den Wagen da abgestellt hat, muss er doch erst wieder nach Hause, um das Motorrad zu holen und die Kanister mit Benzin. Das dauert doch alles viel zu lange, oder? Trotzdem: Was hat die Recherche der Taxiunternehmen ergeben, um die ich gebeten hatte? War da etwas?«

»Leider nein. Keine Fahrt direkt ins Teufelsmoor oder von dort aus dem Niemandsland zurück in Richtung Stadt.«

Von Seelenthin sah auf. »Also ich fühle mich dort im Niemandsland sehr wohl«, sagte sie mit einem kleinen Lächeln. Dremmler lief rot an, räusperte sich, nickte zustimmend und tippte mit dem Finger auf die Schreibtischunterlage.

»Und dann gibt es ja da noch dieses Speed Ding«, sagte er, »beide Männer hatten eine hohe Konzentration von Methylamphetamin im Blut. Laut Bericht der Rechtsmedizin stammt das Zeug aus derselben Quelle. Es wurde mit Paracetamol in einem identischen Verhältnis gestreckt.«

Die Hauptkommissarin hörte ihrem Kollegen mit halbem Ohr zu, während sie anfing, sich die verschiedenen Stränge der beiden Mordfälle vor Augen zu führen. Sie zog den Collegeblock, der hinten auf ihrem Schreibtisch lag, zu sich heran. Während sie auf ein leeres Blatt starrte, verblassten die Gegenstände um sie herum, Stimmen wurden leiser. Ihre Gedanken flossen ineinander, in ihrem Kopf hörte sie nur noch ihre eigene Stimme.

Die meisten Morde geschehen im unmittelbaren Umfeld, der Familie. Also von innen nach außen arbeiten. Mit dem Kugelschreiber kritzelte sie wie bei einer genealogischen Darstellung Verästelungen auf das vor ihr liegende Papier und ließ ihre Gedanken der Zeichnung folgen. *Robin Piontak stirbt nur wenige Stunden vor Julius Ingstedt. Die Tat sieht nicht geplant aus, Totschlag also. Eine Tat im Affekt? In Notwehr? Alles möglich. Der Schlag kam spontan, unbeherrschte Wut, verlorene Kontrolle. Was ist das Motiv? Die Drogen oder die begangenen Misshandlungen? Eifersucht? Gab es eine Verabredung mit seiner Lebensgefährtin oder mit jemand anderem in Knaaß' Wohnung? Der Mörder muss Piontak und Knaaß zumindest so gut gekannt haben, dass er an den Autoschlüssel gelangen konnte, überhaupt das Auto kannte. Oder der Mörder hat Piontak auf der Straße getroffen und ist ihm spontan in die Wohnung gefolgt? Es kam zum Streit. Erst danach hat der Täter den Wagen gestohlen. Zu diesem Zeitpunkt handelt der Täter nicht mehr im Affekt, sondern geht gezielt vor. Aber warum den Wagen stehlen? Um eine falsche Spur zu legen? Danach geht es also auf die Jagd nach Oberneuland zu Julius Ingstedt. Es ist nun ungefähr Mitternacht. Keine übliche Zeit für eine Verabredung. Eher für ein heimliches Treffen. Der Mörder muss gewusst haben, dass Ingstedt um diese Zeit nach Hause kommt. Wo liegt hier das Motiv? Der Doktor hatte 8.000 Euro in der Tasche und den Mörder hat das nicht interessiert! Wer profitiert vom Tod der beiden Männer? Ingstedt hat seine Frau misshandelt. Und er war auf Speed. Cui bono? Wer profitiert von Ingstedts Tod? Seine Frau Berenice kommt infrage, sie kennt seine Gewohnheiten. Aber sie hat keinerlei Berührungspunkte mit dem Leben einer Nadine Knaaß. Oder gab es diese doch?* Sie blickte vom Blatt auf, wie um einem Gedanken zu folgen, der davonspringen will. *Beide Frauen waren von ihren Männern misshandelt worden, in Knaaß'*

Fall war der Sohn bedroht worden, befand sich in Gefahr. Die Frauen könnten sich in der Notaufnahme des Krankenhauses begegnet sein. Von innen nach außen. »denke ich also, dass das der nächste Schritt wäre. Hören Sie mir überhaupt zu?« Dremmlers freundliches Geiergesicht ruckte vor.

»Dremmler«, unterbrach die Hauptkommissarin ihre Überlegungen, ohne auf die Frage des Kollegen zu reagieren. »Wir müssen zunächst noch mehr über die beiden Frauen erfahren, Nadine Knaaß und Berenice Ingstedt. Sie stehen den ermordeten Männern am nächsten. Zuerst mal Nadine Knaaß: Eine der Tatwaffen ist in ihrer Wohnung gewesen und insgesamt kommt mir die Aussage der Frau ziemlich, sagen wir, krumm vor.«

»Welche Beziehung könnte Nadine Knaaß zu einer Wilhelm-Tell-Statue haben?«, fragte Dremmler.

Von Seelenthin zog die Brauen hoch. »Eher gar keine. Nach einem bildungsbürgerlichen Haushalt sieht die Wohnung ja nicht gerade aus«, sagte sie und hob sogleich den Zeigefinger, als sie Dremmlers empörtes Gesicht sah. »Aber keine voreiligen Diskriminierungen, Herr Kommissar, nicht wahr?«, mahnte sie den Kollegen ironisch. Dann wurde ihr Ton wieder sachlich. »Vielleicht hat ihr jemand die Statue mitgebracht, aus dem Urlaub zum Beispiel. Waren nicht die Hesselbachs vor Kurzem noch in der Schweiz?«

16. KAPITEL

Der Arzt ließ seine Hände kurz in einer nervösen Geste auf- und zuklappen, dann steckte er sie wieder in die Taschen seines Kittels und blickte unruhig über die Schulter. Eine rote Lampe über der Zimmertür, vor der sie standen, blinkte seit ein paar Minuten, und als schließlich eine gehetzt wirkende Krankenschwester auf quietschenden Gesundheitsschuhen den Gang hinunterkam, warf sie ihm einen vorwurfsvollen Blick zu.

»Nadine Knaaß war zuletzt am vorigen Sonntag hier, ja. Ich hatte Dienst, es war nicht viel los. Aber wie schon gesagt: Wenn sie sagt, sie sei gefallen, dann muss ich das akzeptieren. Sie ist ja volljährig.«

»Wie oft war Marlon Knaaß hier im Krankenhaus?«, fragte Dremmler, seine Kollegin hatte sich bereits zum Gehen gewandt.

»Was wollen Sie damit sagen? Dass wir unseren Job nicht ordentlich machen? Dass es uns egal ist, dass, wie gerade letzte Woche wieder, ein dreijähriges Kind hier an multiplem Organversagen fast stirbt, nachdem dem Kleinen da drin so ziemlich alles kaputtgeschlagen worden ist?«

Hauptkommissarin von Seelenthin hob beruhigend die Hand. »Der Kollege hat Ihnen nur eine Frage gestellt.«

»Ja, klar, nur eine Frage! Vielleicht hätten Sie von der Polizei diese ganzen Fragen einfach mal eher stellen sollen! Ihre Fragen kommen nämlich meistens zu spät!« Die Stimme des Arztes überschlug sich und brach dann ab. Er schluckte, atmete tief ein und aus. »Schon gut. Entschuldigung. Sie können ja nichts dafür. Ich habe selbst eine Tochter in dem Alter. Marlon Knaaß, ja. Marlon Knaaß' zwei Aufenthalte hier sind dokumentiert und an das Jugendamt weitergeleitet worden. Das ist jetzt ungefähr ein gutes Jahr her. Der Kleine hat Glück gehabt. Frau Willomeit heißt die zuständige Sachbearbeiterin. Die ist engagiert, war damals hier, mehrfach sogar. Entschuldigen Sie, aber ich muss jetzt weiter!« Er nickte ihnen zu und ging mit langen schnellen Schritten den Gang hinunter.

»Das ist so was von zum Kotzen. Alle haben wieder alles richtiggemacht, keiner ist schuld, nur diese Kinder, die sterben leider immer wieder! Der Arzt hat doch recht!« Dremmler hieb mit der Faust gegen das Parkverbotsschild, vor dem von Seelenthin den Range Rover geparkt hatte.

»Warten wir mal ab, was diese Frau Willomeit uns zu erzählen hat«, sagte sie betont ruhig, während sie in den Wagen stieg und den zusammengeknüllten Strafzettel in den Fußraum schnippte. »Schuldzuweisungen, unsachliche Bemerkungen und Vorwürfe helfen niemandem weiter. Im Gegenteil, die Fronten verhärten sich und konstruktives Arbeiten ist nicht mehr möglich.«

Dremmler nestelte an seinem Gurt herum. »Wie können Sie bloß so gelassen bleiben! Das ist doch wirklich zum Verrücktwerden!«, stieß er zwischen den Zähnen hervor.

Sie zuckte mit den Schultern. »Wir brauchen Antworten, um weiterzukommen.« Von Seelenthin startete den Wagen und sie fuhren in die Wilhelm-Leuschner-Straße zum zuständigen Amt für Soziale Dienste. Das rotgeklinkerte Gebäude mit Flachdach war viel kleiner, als von Seelenthin es sich vorgestellt hatte, dennoch sprach sie eine junge Frau an, die vor der Tür eine Zigarettenpause machte. Die Frau beschrieb ihnen freundlich den Weg zum Büro von Hedwig Willomeit. Auf den breiten Fluren saßen neben wenigen Männern und älteren Frauen zum großen Teil junge, erschöpft aussehende Frauen mit und ohne Kinder. Die Erwachsenen starrten zumeist auf ihre Mobiltelefone oder tippten darauf herum, oder sie blätterten lustlos in den abgegriffenen Magazinen und Zeitungen, die auf niedrigen Tischen auslagen. Die vielen Kinder unterschiedlichen Alters spielten mit dem bereitgestellten pädagogisch wertvollen Holzspielzeug, bevor sie sich langweilten und die Aufmerksamkeit ihrer Mütter, Väter oder der Großeltern einforderten. Einige Kinder saßen ganz still auf dem Schoß der jeweiligen Bezugsperson, während andere Geschichten in den Bilderbüchern lasen, an einem kleinen Tisch in Malbüchern Figuren ausmalten oder sich geräuschvoll stritten. Die Luft war sauerstoffarm und von negativen Gefühlen aufgeladen. Von Seelenthin und Dremmler betraten das Büro. An einem großen Schreibtisch aus hellem Birkenholz, der fast den gesamten Raum einnahm, saßen sich zwei Damen gegenüber. Die eine Frau war jung, schlank und farblos und führte mit beeindruckender Ruhe ein deeskalierendes Telefongespräch, indem sie stoisch die Phrasen »Wir verstehen das. Es findet sich eine Lösung. Jetzt noch nicht. Bald wieder«, wiederholte. Die andere, deutlich übergewichtige Frau war in ein schreiend buntes Kleid gewandet und um ihren starken Hals hing eine Kette aus dunklen Holzkugeln. Ihre kobaltblaue Kunststoffbrille hatte sie sich in einen Turm aus dunkelroten Locken geschoben und vermutlich bereits vor Tagen dort vergessen. Sie bewegte sich erstaunlich behände um den Schreibtisch herum, der mit unterschiedlichen Blumentöpfen, Bilderrahmen in verschiedenen Größen und Farben, bunten Steinmännchen und sonstigen mehr oder weniger infantilen Arrangements vollgestellt war, und bat die Polizisten in einen angrenzenden Raum. Die Sozialarbeiterin führte sie zu einer Sitzecke aus wildgemustertem Stoff in aggressiven Rottönen, vom Verkäufer vermutlich als fröhlich bezeichnet, neben der sich eine kleine Kaffeetheke befand. Der fast unvermeidliche Druck einer südländischen Landschaft mit bunten Blumen vor einer pastelligen Bergkette komplettierte das Ensemble.

»Ich bin Hedwig Willomeit. Wir hatten ja eben schon miteinander telefoniert, als Sie sich angekündigt haben.«

Von Seelenthin stellte sich und Dremmler ebenfalls vor und die beiden setzten sich über Eck auf die beiden Zweiersofas, während die Sozialarbeiterin einen Sessel wählte, der am weitesten weg von den Sofas platziert war. Betont umständlich ordnete sie die leuchtenden Stoffmengen ihres ausladenden Kleides, als wolle sie vor dem Gespräch ihre Gedanken in kontrollierte Bahnen lenken.

»Frau Willomeit, was können Sie uns über Nadine Knaaß und deren Sohn Marlon erzählen?« Die Sozialarbeiterin stutzte, der Ausdruck ihres runden Gesichts wechselte von vorsichtig freundlich zu wachsam.

»Frau Knaaß war am letzten Freitag hier, so um die Kaffeezeit herum, 16.00 Uhr? Sie hat nach ihrem Sohn gefragt, also wann sie ihn wiedersehen dürfe.« Sie sprach klar und akzentuiert, als taste sie sich über ein unsicheres Terrain.

Dremmlers Kopf ruckte hoch. »Wiedersehen? Haben Sie gesehen, wie die im Moment aussieht?«

Der Sozialarbeiterin, die auf den ersten Blick wie ein weiterer Farbklecks in dieser aufgesetzt bunt gestalteten Umgebung wirkte, wich die rosige Farbe aus dem Gesicht. Sie seufzte und sah auf einmal selbst aus wie ein sehr altes, trauriges Kind. »Ich war vor 18 Monaten zum ersten Mal bei Frau Knaaß. Nachbarn hatten die Polizei gerufen, die hatten uns informiert. Die Zusammenarbeit mit Polizei und Justiz klappt ausgezeichnet. Damals lebte Frau Knaaß noch mit ihrem heutigen Exmann, Norbert Stölting, zusammen. Wir waren mehrfach da, steht alles in der Akte. Ich mache Ihnen eine Kopie, wenn Sie wollen. Lange Rede, kurzer Sinn. Nachdem der Kleine zweimal im Krankenhaus war, haben wir Marlon geholt und in einer Pflegefamilie untergebracht.« Frau Willomeit schenkte sich einen Kaffee in einen Kaffeebecher mit dem Aufdruck *»Milchmäd-*

chen« und stellte auch den beiden Kommissaren zwei Becher mit Aufdrucken ähnlichen Kalibers hin.

»Aber wieso war der Junge wieder bei ihr? Der neue Lebensgefährte hat sie doch auch regelmäßig geschlagen!«, wandte Dremmler ein.

Hedwig Willomeit schüttelte den Kopf und hob resignierend die Hände, dann nahm sie den Becher zwischen ihre rundlichen und mit schweren Ringen geschmückten Hände, als suche sie Unterstützung, etwas zum Festhalten. »Darauf haben wir keinen Einfluss. Sie ist erwachsen und sucht sich ihren Partner selbst aus. Wir kümmern uns hier um die Kinder. Jedenfalls: Eine Zeit lang durfte Frau Knaaß Marlon nicht sehen, dann nur unter Aufsicht bei den Pflegeeltern, und schließlich stundenweise bei sich in der Wohnung, auch unter Aufsicht. Sie hat nie Drogen genommen. Sie hatte einen Job in einem Nageldesignstudio in der Nähe ihrer Wohnung. Sie erzählte davon, selbst eines aufzumachen.« Von Seelenthin zog fragend die Brauen hoch. »Das Geld kam von ihrem neuen Freund, einem wohl ziemlich betuchten Studenten.«

»Piontak?«, fragte Dremmler, ohne aufzusehen.

»Eben der. Machte zunächst einen guten Eindruck. Er hatte Spielzeug für Marlon gekauft, sich mit ihm beschäftigt. Ich habe es selbst gesehen, als ich die Familie besucht habe. Außerdem war endlich die älteste Tochter, Joelle, ausgezogen. Frau Knaaß ist schon einmal Mutter geworden, mit 16 Jahren.«

Dremmler stieß ein abfälliges Schnauben aus und schüttelte den Kopf. Die Sozialarbeiterin sah ihn kurz irritiert an und fuhr dann mit ihrem Bericht fort.

»Die Tochter, Joelle, wuchs auch zeitweise bei Pflegeeltern auf. Wie auch immer. Es kam regelmäßig zu Spannungen zwischen den beiden Frauen. Eifersüchteleien wegen der Männer und Ähnliches. Na ja, die Tochter hatte jedenfalls eine eigene

Wohnung bezogen. Wir haben uns darum gekümmert. Sie macht Abitur, jobbt in einer Parfümerie.«

»Steht das auch alles in Ihrem Bericht?«, fragte von Seelenthin und zuckte zurück, als sie sich die Lippen an dem heißen Filterkaffee verbrühte.

Frau Willomeit nickte. »Sicher. Irgendwann wollte sie Marlon ganz zu sich zurücknehmen. Das ist ja ihr Recht als Mutter. So weit war es zwar lange noch nicht, aber er durfte zeitweise bei ihr sein, unter Aufsicht. Frau Knaaß war nicht drogenabhängig, sie hatte einen festen Job, eine ordentliche Wohnung, und wie gesagt, der junge Mann machte auf den ersten Blick einen guten Eindruck. Man darf unter diesen Umständen einer Mutter nicht den Umgang mit ihrem Sohn verwehren.«

Von Seelenthin nickte und stellte ihre Tasse auf dem niedrigen Tisch ab. »Was war am 27. Mai los?«, fragte sie unvermittelt.

Hedwig Willomeit verschluckte sich an ihrem Kaffee. »An dem Tag war Marlon das letzte Mal bei seiner Mutter zu Besuch, unter Aufsicht selbstverständlich. Robin Piontak war ebenfalls da. Er war sehr aggressiv an diesem Tag und fing an, Nadine Knaaß und Marlon zu bedrohen. Ich habe umgehend die Polizei verständigt und seitdem war Marlon nicht mehr dort.« Hedwig Willomeit wischte sich die Lippen mit einem Taschentuch ab und zerknüllte das Papier in der Faust. »Wie gesagt, wir arbeiten eng mit der Justiz zusammen und es war alles geprüft und gerichtlich abgesegnet«, setzte die Sozialarbeiterin nach.

Die Hauptkommissarin nickte wieder, sah die Frau nun direkt an. »Nur leider wohl nicht eng genug, Frau Willomeit. Robin Piontak war vorbestraft. Einmal wegen Tierquälerei, ein weiteres Mal wegen Körperverletzung. Die Strafe wurde zur Bewährung ausgesetzt, und weil es sich in beiden Fällen um Jugendstrafrecht handelte, sind die Einträge nach drei

Jahren gelöscht worden. Nach Erwachsenenstrafrecht gab es eine Verurteilung wegen Urkundenfälschung.«

Die Sozialarbeiterin zuckte zusammen, schüttelte den Kopf und schlug mit der linken Hand auf die Sessellehne. »Ja! Ja! Seit letzter Woche weiß ich das! Am nächsten Tag habe ich einen Aktenvermerk gemacht. Und jetzt heißt es wieder, die Sozialarbeiter haben versagt. Klar!« »Wie würden Sie das denn nennen?«, fragte Dremmler und blickte die Frau mit hochgezogenen Brauen an.

»Hören Sie«, setzte Hedwig Willomeit an, »das soll keine Entschuldigung sein, aber wir sind hier stark unterbesetzt und ich habe im Moment mehr Fälle auf dem Tisch, als ich schaffen kann. Und ja, ich habe die Akten von Robin Piontak angefordert. Es stand nichts darin. Und selbst wenn: Wir hätten der Frau den Umgang mit ihrem Kind nicht verbieten können, nur weil der neue Lebensgefährte als Jugendlicher straffällig geworden war.«

»Nur?«, erwiderte von Seelenthin. »Er hat ein Pferd verstümmelt und es dann erstochen!« Ihre Stimme war immer lauter geworden und ihre Hände waren zu Fäusten geballt. Frau Willomeit blickte die Hauptkommissarin irritiert an. Die Sozialarbeiterin wuchtete ihren schweren Körper in dem kleinen Sessel hin und her. Sie sah aus wie ein riesiger, schillernder Fisch, der in einem zu engen Gefäß feststeckte, fand von Seelenthin.

»Woher haben Sie denn die Information aus dem Jugendstrafrecht?«, fragte die Hauptkommissarin und sah der fülligen Frau mitleidlos dabei zu, wie sie sich unbehaglich in ihrem Sesselgefängnis hin und her wand.

»Die Zusammenarbeit, von der ich vorhin sprach, die ist erst so eng, seit ich Frau Struckmann-Jarr kenne. Frau Struckmann-Jarr ist Richterin. Sie hat früher als Jugendrichterin gearbeitet. Eine sehr engagierte Frau. Eine, die sich wirklich kümmert. Sie hatte den Piontak erst am letzten Montag wiedervor Gericht, und ich war als Zeugin geladen. Wieder war nichts zu machen, weil er sich in der Nacht vor der Verhandlung verlobt hatte mit Nadine Knaaß, und die hat daraufhin jegliche Aussage verweigert.«

Dremmler schüttelte den Kopf, als könne er unliebsame Fakten daran hindern, in seinen Kopf zu dringen: »Wenn Frauen wie Nadine Knaaß sich immer wieder zusammenschlagen lassen von irgendwelchen Versagern, finde ich das schon schlimm genug. Aber gut, freies Recht auf ein selbstbestimmtes Leben. Dass die ihre Kinder diesen Gewaltattacken aussetzen dürfen, das ist ein Armutszeugnis für uns.«

Frau Willomeit hob resigniert die Hände. »Ich habe es Ihnen erklärt: Einer Mutter, die bestimmte Auflagen erfüllt, darf der Umgang mit ihrem Kind nicht völlig verboten werden. So traurig es ist, leider werden immer wieder Kinder misshandelt, trotz unserer Arbeit. In ganz seltenen Fällen sterben sie sogar, ohne dass wir ihnen helfen konnten.« Frau Willomeit bemerkte Dremmlers fassungslosen Blick und breitete die Arme aus. »Ja, jedes Kind, das wir nicht retten können, ist eines zu viel!«

Die beiden Kommissare standen auf, stellten ihre bunten Kaffeebecher auf die Theke und gingen mit Frau Willomeit zurück in das Büro, das sie mit ihrer Kollegin teilte. Die telefonierte schon wieder und nickte mit dem Kopf in Richtung einer Kommode. Frau Willomeit griff nach dem Pappordner und klappte ihn kurz auf und wieder zu.

»Ah, danke, Evelin. Die Akte Knaaß für Sie, vollständig. Bitteschön.« Auf der Kommode entdeckte die Hauptkommissarin mehrere Visitenkarten mit dem Namen der Richterin. Sie nahm eine der Karten und ließ sie in ihre Jackentasche gleiten.

Als die beiden Kommissare den Weg zurück über dieselben Flure gingen, schienen noch genauso viele Menschen auf den Plastiksesseln auszuharren und auf ihren Termin bei dem zuständigen Experten zu warten. Experten für das Leben anderer Menschen. Von Seelenthin rief sich das Bild der beiden Frauen aus dem Büro vor Augen. Die eine, die sich mit ihrer farblosen Aufmachung und der monotonen Automatenstimme schon optisch vor dem Leben und all seinen Widrigkeiten weggeduckt hatte und dabei mehr oder weniger unbehelligt und unberührt von den Schicksalen und Tragödien bleibt, die der Beruf ihr aufbürdet. Und Hedwig Willomeit, die sich mit all ihrer schrillen Farbigkeit gegen die tägliche Hoffnungslosigkeit und Resignation stemmt und die sich längst eingestanden hat, dass alle Farbe und die damit vorgetragene Fröhlichkeit nur eine Inszenierung für sich selbst ist, um den Alltag besser zu ertragen.

17. KAPITEL

Von Seelenthin sah ihren Kollegen von der Seite an, während sie in ihrer Handtasche kramte, die sie zwischen Lenkrad und Oberkörper geklemmt auf den Oberschenkeln balancierte. »Ah, da ist sie ja!« Sie fischte eine kleine, weiße Karte aus dem voluminösen Bauch der Handtasche und hielt sie sich dicht vor die Augen.

»Passen Sie auf, da kommt ein …«

Sie bremste scharf und der bunt behelmte Fahrradfahrer querte kurz vor ihnen die Straße. »Hui! Den habe ich gar nicht gesehen«, reagierte sie nicht übermäßig erschrocken, während ihr Kollege beide Hände im Gurt verkrallt hatte und verkrampft schluckte. »Ein richtig mieser Job, oder?«, fragte von Seelenthin in Richtung Dremmler. »Die Frau stand unheimlich unter Druck. Kein Wunder, dauernd dieses sich rechtfertigen müssen.«

Dremmler erwiderte nichts. Auf der weiteren Fahrt behielt sie vorschriftsmäßig beide Hände am Steuer und sah den Kollegen von Zeit zu Zeit unauffällig von der Seite an, während beide über die Ausführungen der Sozialarbeiterin nachdachten.

Als sie vor dem weißen Mehrfamilienhaus in der Bürgermeister-Reuter-Straße hielten, fasste Dremmler frustriert zusammen: »Irgendwie habe ich das erwartet. Solange es nur ein Verdacht ist, kann es keine offizielle Untersuchung geben. Es passiert also wieder nichts, solange der Kleine nicht dabei umkommt. Ich hasse diesen Beruf manchmal!«

Sie warteten lange und schwiegen, schließlich ging der Summer und sie betraten den Flur. Nadine Knaaß war sehr blass und wirkte noch schmächtiger als am Vortag. Sie hatte blutunterlaufene Augen und blaue Adern schimmerten durch die Haut an Stirn, Hals und Unterarmen. Die langen Haare hingen ihr in unnatürlich dicken Bahnen über den Rücken; unterhalb der Schläfen waren deutlich die transparenten rundlichen Plastikpunkte zu sehen, die das echte Haar der Frau mit den künstlichen Strähnen verknüpften.

»Was ist denn schon wieder? Mir geht es schlecht.«

»Guten Tag, Frau Knaaß. Wir müssen Ihnen dennoch ein paar Fragen stellen, da sich Unstimmigkeiten ergeben haben«, sagte von Seelenthin.

»Was für Unstimmigkeiten denn?« Nadine Knaaß' Blick ging unruhig zwischen den Polizisten hin und her, ihre Stimme klang gehetzt. Dennoch trat sie von der Tür zurück und ließ die Polizisten eintreten, die ihr in die kleine Küche folgten.

Eine Zigarette qualmte im Aschenbecher vor sich hin, daneben stand ein Becher mit Diddlmaus Motiv, in dem ein aufgeplatzter Teebeutel schwamm.

»Sie haben Ihren Wagen nicht als gestohlen gemeldet. Da war er schon über zwölf Stunden weg.«

Dremmler sah die Frau an wie ein Lehrer seine Schülerin, die ohne Hausaufgaben zum Unterricht erschienen war. Nadine Knaaß setzte sich an den Tisch, ohne den Kommissaren einen Platz anzubieten.

»Und?«, fragte sie, »ich habe halt nicht eher bemerkt, dass der Wagen weg war. Bei der Parksituation hier finde ich die Karre manchmal gar nicht auf Anhieb wieder. Das habe ich Ihnen aber schon gesagt.«

»Sie haben doch einen Anwohnerparkplatz«, setzte Dremmler nach.«

»Der gehört bei mir nicht dazu. Den muss man extra bezahlen«, erwiderte sie und blickte demonstrativ auf ihren Arm, der zwar nicht mehr in der Schlinge lag, aber immer noch verbunden war. »Ich brauche ihn ja auch nicht im Moment«, fügte sie mit einem Schulterzucken hinzu.

Dremmler nahm sich ungefragt einen der zierlichen weißen Stühle, rückte ihn heran und fragte weiter: »Wussten Sie, dass Robin Piontak noch Schlüssel für die Wohnung hatte?«

Die junge Frau rührte in ihrem Tee und blickte nicht auf. »Kann schon sein. Keine Ahnung.«

Von Seelenthin wurde ungeduldig, zwang sich zu einem ruhigen Tonfall. »Haben Sie nicht daran gedacht, das Schloss auswechseln zu lassen, nachdem Ihre Beziehung beendet war?«

Nadine Knaaß starrte sie aus trüben Augen an. »Wieso das denn? Er hat doch Schluss gemacht. Wieso hätte der zurückkommen sollen?«

»Und das Auto? Hat Robin Piontak den Wagen auch benutzt?«

Nadine Knaaß zuckte mit den Schultern. »Manchmal. Der hatte ja kein eigenes Auto, nur das Moped.«

Dremmler sah von seinem Block auf. »Was für ein Moped ist das?«

Nadine Knaaß umfasste ihren Becher und pustete vorsichtig hinein. »Eine BMW, irgendwas mit Wüste, genau, Dakar. Normalerweise parkt er das hier an der Straße, wenn er da ist.«

Die Hauptkommissarin stand im Türrahmen und schaltete sich in das Gespräch ein: »Haben Sie einen Führerschein für Motorräder?«

Nadine Knaaß schüttelte den Kopf. »Nee, zu teuer.«

»Wir haben bei Robin Piontak zwar seine Papiere, aber kein Handy gefunden. Er hat es am letzten Freitag sicher hier vergessen, als er Ihre Beziehung beendete, oder?« Von Seelenthin ignorierte Dremmlers vorwurfsvollen Blick angesichts ihrer Suggestivfrage, die ebenso unerlaubt wie unpassend euphemistisch formuliert war.

Nadine Knaaß stellte die Tasse auf dem Tisch ab und der Tee schwappte über den Rand. Mit einem Schmerzenslaut zog sie ihre Hand zurück. »Ich weiß nicht, wo sein Handy ist!«

Von Seelenthin nickte. »Frau Knaaß, jetzt noch etwas: Herr Piontak war seit Jahren sehr stark abhängig von Methylamphetamin, Crystal Meth, Ice, nennen Sie es, wie Sie wollen. Das können Sie unmöglich nicht gewusst haben.«

Nadine Knaaß langte hinter sich nach einem Spültuch, hob den Becher ungelenk vom Tisch und wischte den verschütteten Tee auf. Sie schaute die Hauptkommissarin teilnahmslos an. »Der eine säuft, der andere spielt und Robin hat gekokst, zuerst, später hat er mit diesem anderen Zeug angefangen. So war es halt. Das ging hier nicht ab wie in Ihrer heilen *Rama Familie*. Wir haben hier nicht alle zusammen gewohnt, so Mama, Papa, Kind, Golden Retriever. Das wissen Sie doch spätestens von der dicken Willomeit! Robin kam vorbei, wenn er wollte, und ging, wenn er wollte. Manchmal habe ich ihn wochenlang nicht gesehen. Ich habe nicht mitgekriegt, dass es so schlimm war. Nee, das habe ich nicht gewusst.« Der Redefluss versiegte und Nadine Knaaß schaute auf ihre linke Hand, die blass und mager auf der Tischplatte lag.

Von Seelenthin trat an den Küchentisch heran und schaute der jungen Frau von oben auf den blassen Scheitel. »Und Sie haben Ihren Lebensgefährten nie gefragt, woher er den Stoff hatte?«

Nadine Knaaß starrte auf die tanzende Diddlmaus auf dem rosafarbenen Becher und schüttelte den Kopf. Ein Schlüssel drehte sich im Schloss der Wohnungstür und kurz darauf betrat eine junge Frau die Küche, die auf den ersten Blick ein jüngeres Ebenbild von Nadine Knaaß darstellte. Allerdings unterschieden sich die Gesichter der beiden Frauen deutlich. Während Nadine eine Naivität ausstrahlte, die fast schon als dümmlich bezeichnet werden konnte, fand sich in den Zügen ihrer Tochter nichts Harmloses oder gar Unschuldiges. Kalt und wach sah sie die Kommissare an, als sie sich als Joelle Knaaß vorstellte. Dann trat sie hinter den Stuhl ihrer Mutter und legte die Arme um sie.

»Sei froh, dass das Arschloch tot ist, Nadine. Der macht hier keinen Stress mehr«, sagte sie und drückte ihrer Mutter einen Kuss auf die Wange. Dann richtete Joelle sich auf und griff nach den Zigaretten auf dem Küchentisch. Nadine Knaaß liefen jetzt Tränen über das gerötete Gesicht. Sie stand auf und wandte sich der Wohnungstür zu.

»Einen Moment, Frau Knaaß«, hielt von Seelenthin die Frau auf, indem sie ihr ein Foto der Tatwaffe zeigte. »Kennen Sie diese Figur oder gehört sie sogar Ihnen?«

Die Frau erstarrte, ihr Mund öffnete und schloss sich. Ihre Augen hingen wie festgesaugt an dem Bild. Es dauerte lange, die Antwort kam stockend. »Wilhelm Tell. Wer soll das sein? Keine Ahnung, hässliches Teil, nie gesehen.« Nadine Knaaß verließ mit schnellen Schritten die kleine Küche. Im Flur klickte der Schalter für das Badezimmer.

Von Seelenthin schaute nur kurz ihren Kollegen an, aber der war bereits auf dem Weg und folgte der Frau in den Flur. »Kannten Sie Herrn Piontak näher?«, fragte die Hauptkommissarin, die bereits wieder an der Küchentür stand.

Joelle Knaaß steckte sich eine Zigarette an und inhalierte tief. Sie legte den Kopf in den Nacken und blies den Rauch durch die Nase aus. »Näher? Also ich habe ihn nicht gevögelt, falls Sie das meinen. Oder wollten Sie es so genau gar nicht wissen?« Das Mädchen blickte die Hauptkommissarin herausfordernd an.

Die erwiderte den Blick unbeeindruckt und fragte: »Sie haben auch nicht gewusst, dass Herr Piontak stark drogenabhängig war?«

»Keine Ahnung«, antwortete Joelle Knaaß und inhalierte wieder tief, »war echt total daneben, der Typ. Drogen? Ja, wenn ich jetzt so darüber nachdenke. Schniefte dauernd vor sich hin, wie erkältet. Kann schon sein, dass der was genommen hat. So oft habe ich den aber auch nicht mitgekriegt hier. Bin meist sofort wieder weg, wenn der da war. Ich konnte den nicht ab.« Joelle richtete sich auf und drückte die Zigarette aus. »Leute wie Sie würden so etwas sagen wie: ›Diese Knaaß hatte bei der Wahl ihrer Männer kein allzu glückliches Händchen, nicht wahr?‹«, ahmte sie den affektierten Ton irgendwelcher Wohlstandszicken aus Billigsoaps nach. Dann lehnte sie sich weit zurück, sodass der Stuhl nur noch auf den hinteren Beinen stand, hob amüsiert die Brauen und pulte die nächste Zigarette aus der verbeulten Packung.

Von Seelenthin nickte nachdenklich. »Ihre Mutter ist eine denkbar schlechte Lügnerin, wie sie im Verlauf unseres Gespräches eindrucksvoll vorgeführt hat, zuletzt eben, als ich ihr die Tatwaffe zeigte, aber nun: Was haben Sie eigentlich am vergangenen Sonntagabend so zwischen 19.00 Uhr und Mitternacht gemacht?«

Joelles Körper versteifte sich kurz und der Stuhl landete krachend wieder mit allen vier Beinen vor dem Tisch. »Lassen Sie meine Mutter in Ruhe! Die hat schon genug Scheiße mitgemacht und hat mit dem Mord an diesem Piontak nichts zu tun!«, zischte sie aufgebracht. »Für euch Bullen ist schon wieder alles klar! Nur weil Nadine eine arme Sau ist, glaubt ihr, dass sie was mit dem Mord zu tun hat!«

»Wenn Ihre Mutter etwas mit Piontaks Tod zu tun hat, dann werden wir das herausfinden. Sie wird genauso behandelt wie jeder andere Zeuge auch. Wir leben in einem Rechtsstaat«, antwortete von Seelenthin.

Joelle schlug sich mit der flachen Hand auf den Oberschenkel. »Ja! Und vor dem Recht und Gesetz sind alle Menschen gleich! Sehr geil! Sie kotzen mich so was von an mit Ihrem selbstgefälligen Oberschichtgequatsche!«

Das Mädchen hatte die Hände zu Fäusten geballt und die Augen zu schmalen Schlitzen zusammengekniffen. Von Seelenthin sah sich kurz zu ihrem Kollegen um, der die Wohnungstür bereits geöffnet hatte, und wandte sich dann wieder Joelle zu. Die hatte sich in der Zwischenzeit eine neue Zigarette angezündet und saß mit verschränkten Armen, die Zigarette im Mundwinkel, zurückgelehnt am Tisch. »Also, was war Ihr Sonntagabendprogramm?« Das Mädchen blies Rauch durch die Nase aus, die Lippen zusammengepresst. Dann legte sie die Zigarette auf dem Rand des übervollen Aschenbechers ab und blickte zur Wand.

»Keine Ahnung, mit Freunden abhängen. Bei mir in der Wohnung.«

Von Seelenthin griff nach Block und Stift, den Dremmler ihr liegen gelassen hatte, und klickte auffordernd mit dem Kugelschreiber.

18. KAPITEL

Berenice Ingstedt wandte sich nervös in Richtung der Stelle um, wo Julius überfahren worden war. Das Gras neben dem Graben war immer noch plattgetreten von den vielen Menschen, die sich hier aufgehalten hatten. Wenigstens hatte irgendwer inzwischen die Kreideumrisse und das Blut entfernt. Es war ihr in den letzten zwei Tagen kaum möglich gewesen, die Stelle anzusehen, geschweige denn darüber zu laufen oder zu fahren. *Julius ist tot. Du bist jetzt seine Witwe.* Eine große Frau mit modisch verstrubbeltem Kurzhaarschnitt in Jeans und Sneakers, die einen kleinen Jungen an der Hand hielt, winkte ihr freundlich zu. Wer war das? Eine neue Nachbarin? Weiß die denn nicht, was hier passiert ist? Die junge Frau hatte letzte Woche geklingelt, wohl um sich vorzustellen, aber Berenice hatte nicht aufgemacht wegen ihres Gesichts. Sie setzte die große Sonnenbrille nur im Haus ab. Die Narbe spannte und verheilte schlecht, sie war immer noch geschwollen und stark gerötet. Berenice steuerte den großen SUV eben die Einfahrt hoch, als sie die beiden Kommissare entdeckte. Der große dünne Mann mit den überlangen Gliedmaßen und dem vogelartigen Schädel und seine kleinere, schlanke Kollegin, die bei ihrer ersten Begegnung gestern so nachlässig gekleidet gewesen war. Ungeachtet der Tatsache, dass Berenice erst gestern die Nachricht von Julius' Tod erhalten hatte, war ihr die Kommissarin aufgefallen. Obwohl die Frau auch heute nur unwesentlich besser angezogen war, strahlte sie eine natürliche Selbstsicherheit und Unabhängigkeit aus. Das war keine, die unbedingt dazugehören wollte, um sich gut oder von irgendeiner Gruppe angenommen zu fühlen. Julius hätte sie, seine Ehefrau, niemals in so einer legeren Aufmachung aus dem Haus gehen lassen!

Sie verzog das Gesicht wie unter Schmerzen, als die Bilder an den Abend im letzten Mai aus ihrer Erinnerung auftauchten und vor ihr inneres Auge trudelten.

Sie steht im Ankleidezimmer: Das weiße Etuikleid hängt auf dem samtbeschlagenen Kleiderbügel an der geöffneten Schranktür. Sie hat es extra gekauft und wird es anlässlich des Jubiläums des Golfklubs tragen. Julius steht plötzlich hinter ihr. Fest legt er die Arme um sie, sagt: Zieh' das rote enge Kleid mit den langen Ärmeln an, das ich dir zu Weihnachten geschenkt habe! Sie lacht, obwohl seine Arme sie so festhalten, dass ihr das Atmen schwerfällt. Aber das Weiße ist doch neu und so schön! Und ihre Arme, sie hat sie in den letzten Wochen besonders hart trainiert! Sie versucht, sich aus seiner Umklammerung zu befreien, um vor dem großen Spiegel zu posieren, wie sie es manchmal für ihn tut. Julius lässt sie plötzlich los, verlässt den Raum. Er kommt wieder, hält etwas hinter seinem Rücken versteckt. Ganz langsam, in einer geduckten Haltung, den Körper angespannt, kommt er auf sie zu und lächelt. Sie lächelt zurück, vielleicht eine Überraschung? Plötzlich ein glühender Schmerz auf ihrem rechten Unterarm. Julius' Gesicht über ihr. Sie riecht verbranntes Fleisch, ihr Fleisch, dann wird sie endlich ohnmächtig. Als sie zu sich kommt, trägt sie das rote, langärmlige Kleid.

Berenice Ingstedt atmete keuchend aus. Sie weiß bis heute nicht, womit er sie verbrannt hatte. Fast hätte es ein schlimmer Traum sein können. Nur die verdickte weiße Narbe auf der Innenseite ihres rechten Unterarms beweist ihr, dass es keiner war. Obwohl es ein milder Spätsommertag war, fröstelte Berenice. Sie stellte den Wagen ab und stieg aus.

»Guten Tag, Frau Ingstedt. Es haben sich noch ein paar Fragen ergeben. Dürfen wir hereinkommen?« Die Kommissarin sah sie aufmerksam mit ihren dunkelblauen Augen an. »Ist Ihnen nicht gut?«

Berenice fühlte sich tatsächlich schlecht. Sie rieb über die Narbe an ihrem Unterarm. Ihr war schwindelig, aber sie glaubte auch, dass es an dieser Kommissarin lag. Berenice glaubte zu spüren, dass die Frau sie lesen konnte, und das ließ sie unsicher werden. »Nein, mir geht es nicht gut. Das verstehen Sie sicher? Aber kommen Sie doch kurz mit hinein.« Berenice schloss die schwere Haustür auf und führte die beiden Polizisten in die offene Küche neben dem Wohnzimmer. »Kann ich Ihnen etwas anbieten? Kaffee? Tee? Ein Glas Wasser? Ich muss kurz nach meinem Sohn sehen. Er schläft oben.«

Die Kommissare lehnten das Angebot ab und die Hausherrin verließ die Küche. Von Seelenthin blickte ihr hinterher.

»15.00 Uhr am Nachmittag. Das ist eine seltsame Schlafenszeit für einen Vierjährigen, oder?« Von Seelenthin, die sich mit den verschiedenen Entwicklungsstufen von Kindern überhaupt nicht auskannte, sah ihren Kollegen an.

Dremmler wiegte den Kopf hin und her. »Meine Schwester hat drei Kinder, alles Jungs. Heute sind sie schon in der Schule, aber mit vier Jahren muss ein Kind nicht mehr regelmäßig am Nachmittag schlafen. So ungewöhnlich ist es aber auch nicht.« Er bewegte seinen Kopf ruckartig in Richtung Treppe und lauschte konzentriert. Ein gedämpftes Wimmern von oben. »Vor allem aber lässt man ein so kleines Kind nicht über Stunden alleine im Haus.« Sie verständigten sich stumm.

Während von Seelenthin der Hausherrin leise ins Obergeschoss folgte, sah sich ihr Kollege Dremmler in der Küche und in den angrenzenden Räumen um. Von Seelenthin stoppte vor der weißen Tür, aus der die greinenden Geräusche kamen. Sie vernahm die leise Stimme von Berenice Ingstedt:

»Jetzt ist die Mama ja da, Philipp. Hör' auf zu weinen, ja?«

War da eine unterschwellige Ungeduld in der Stimme der Frau auszumachen? Von Seelenthin horchte konzentriert. Wahrscheinlich war es nur die Anwesenheit der Polizei, die

die Hausherrin nervös machte. Von Seelenthin räusperte sich und öffnete die Tür zum Kinderzimmer. »Alles in Ordnung, Frau Ingstedt?«

Die Frau zuckte zusammen. Sie kniete vor dem abgezogenen Bett ihres Sohnes. Der kleine Junge war nackt und kauerte an der Heizung. Er hatte einen Daumen im Mund und hielt einen Stoffaffen mit roter Latzhose fest an sich gedrückt.

»Philipp macht momentan eine schwierige Phase durch. Sekundäre Enuresis. Bettnässen.«

Die Körperhaltung der Frau war steif, und von Seelenthin beobachtete, dass sie sich von innen auf die Wangen biss. Das nasse Bettzeug in der Hand drängte sie sich an von Seelenthin vorbei aus dem Raum. Die betrachtete den Jungen, der immer noch an der Heizung saß und sich nicht bewegte. Er war auffallend blass und wirkte teilnahmslos, reagierte nicht auf sie. Plötzlich fühlte sie sich hilflos. Sie wusste nicht, was sie reden oder tun sollte und lehnte steif am Türrahmen. Wäre sie doch bloß unten geblieben und hätte Dremmler nach oben geschickt! Dremmler hatte schließlich Kontakt zu kleinen Kindern; er hätte sich garantiert souveräner verhalten! Von Seelenthins Magen rumorte, nervös drehte sie den Oberkörper und blickte in den Flur. Endlich! Berenice Ingstedt kam zurück und ging an ihr vorbei. In der Hand hielt sie trockene Sachen für ihren Sohn.

»Bitte«, hob sie an, »ich brauche hier keine Hilfe. Philipp mag keine fremden Menschen. Wir kommen gleich zu Ihnen nach unten und ich beantworte Ihre Fragen.«

Von Seelenthin nickte der Frau zu und stieg ins Untergeschoss hinab. Als sie dort ankam, entdeckte sie ihren Kollegen im Wohnzimmer. Er stand vor dem zierlichen Glastisch, auf dem bei ihrem letzten Besuch der Rechner von Berenice Ingstedt gestanden hatte. Der Rechner war nicht dort und sie hätten auch nichts damit anstellen dürfen, wäre es anders gewesen. Dremmler zeigte auf ein paar Fotos, die in Edelstahlrahmen an der Wand hingen. Ein Hochzeitsbild, aufgenommen im eigenen Garten. Das lachende Brautpaar im Sonnenschein, beschirmt von einer mächtigen Eiche. Eine zierliche Frau mit riesigem Hut in einem für ihr Alter zu kurzen Kostüm, die einen Täufling auf dem Arm hält. Vermutlich die Mutter des Bräutigams. Julius in Freiherr-zu-Guttenberg-Pose in New York auf dem Rockefeller Place vor der gigantischen Tanne, die, von Tausenden Lichtern erhellt, in allen Farben leuchtet. Christmas Shopping zum Jahrestag? Berenice Ingstedt als ganz junges Mädchen, noch deutlich fülliger als heute. Einmal auf einem Geländemotorrad, irgendwo im Süden auf einer bergigen Straße. Einmal bei einer Siegerehrung auf einem Reitturnier. Mit Zylinder und glänzenden Stiefeln, ein breites Lächeln im Gesicht, auf einem eleganten Fuchs mit silberner Schleife am Kopf. Eine lebendige, aktive und fröhliche Frau. Was war davon übriggeblieben? In diesem Moment kam Berenice Ingstedt zu ihnen ins Wohnzimmer. Ihre Haut sah kalkig blass aus, der Mund eine starre, waagerechte Linie. Sie war zu höflich, um die Kommissare offen des Schnüffelns zu bezichtigen, aber nicht kontrolliert genug, um sich ihren Ärger nicht anmerken zu lassen.

»Was kann ich denn noch für Sie tun?«, fragte sie betont freundlich.

»Haben Sie das Motorrad noch?«, fragte Dremmler und deutete hinter sich auf die Fotos an der Wand.

Die Frau schaute auf das Foto, ihr Blick wurde glasig. »Eine Yamaha 600 XT. Julius wollte nicht, dass ich Motorrad fahre. Er hat sich Sorgen um mich gemacht und er fand es irgendwie prollig. Er hat die Maschine letztes Jahr weggebracht, zu einem Händler oder so, ich weiß es nicht. Dort sollte sie stehen, bis sie verkauft ist.«

»Und, ist die Maschine inzwischen verkauft?«, setzte Dremmler nach.

Berenice Ingstedt zuckte die Schultern. »Ich habe ihn nicht mehr danach gefragt.«

»Ist Ihnen in der letzten Zeit ein verändertes Verhalten an Ihrem Ehemann aufgefallen, Frau Ingstedt? Wirkte er ängstlich, nervös, oder auch aggressiv?«, fragte von Seelenthin.

Berenice war bei dem letzten Wort der Kommissarin leicht zusammengezuckt und diese hatte das registriert.

»Nein. Nein, er war nicht anders als sonst auch. Vielleicht etwas aufgeregt wegen der anstehenden Veränderung beruflich. Er sollte leitender Oberarzt werden.«

»Haben Sie gewusst, dass Ihr Mann ein Verhältnis mit einer Krankenschwester der Klinik hatte?«

Berenice Ingstedt schluckte, ihr Gesicht lief rot an. »Was hat das mit seinem Tod zu tun?«, fragte sie betont kühl. »Aber ja, ich habe geahnt, dass da etwas war. Eine Krankenschwester, sagen Sie?« Plötzlich verzog sie die Lippen zu einem überheblichen Lächeln. »Kennen Sie noch den uralten Ausdruck *Karbolmäuse*? So nannte er Krankenschwestern.« Das falsche Lächeln verschwand, wie aus dem Gesicht gewischt. Als sei nun alles gesagt, schloss sie: »Keine Angst, mein Mann wusste, wo er hingehörte. Er hat, hatte diesen stressigen Beruf und brauchte eben ab und zu eine kleine Ablenkung.«

»Was hat Ihre Mutter eigentlich schon so früh am Morgen hier gemacht, als wir gestern hier ankamen?«

Einen Moment lang sah die Witwe verwirrt aus, dann fing sie sich wieder. »Ich werde sie wohl angerufen haben, mein Mann lag tot vor dem Haus! Ja, sicher, ich habe meine Mutter angerufen. Ist das wichtig?«

»Im Moment ist alles wichtig«, antwortete die Hauptkommissarin. Dremmler klappte ein Blatt seines Blockes um und sah Berenice Ingstedt direkt an.

»Frau Ingstedt, nehmen Sie zurzeit Medikamente?«

»Wie kommen Sie darauf? Nein.«

Dremmler nickte langsam und steckte den Block in die Jackentasche seines Leinenjacketts. »In Ihrer Küche steht ein starkes, verschreibungspflichtiges Schlafmittel. Noctamide.«

»Ach, das«, erwiderte die Hausherrin und man sah ihr die Wut darüber an, dass dieser Kommissar in ihrer Küche die Spüle und wahrscheinlich auch noch sämtliche Schränke inspiziert hatte. »Ja, ich schlafe sehr schlecht im Moment. Das ist ja nicht so ungewöhnlich in meiner Situation. Übermorgen ist die Beerdigung meines Mannes, und Philipp verkraftet den Tod seines Vaters auch sehr schlecht. Er weint viel, ist verwirrt. Es ist alles sehr anstrengend.« Sie hob die Arme und drehte die Handflächen nach oben. »Ja, gut. Ich habe mir das Mittel verschreiben lassen.«

»Haben Sie für Philipp auch Tabletten?«, fragte Dremmler unvermittelt.

Berenice Ingstedt schluckte, ihr Gesicht verfärbte sich rot. »Ich weiß nicht, was Sie das angeht, aber ja, ich war mit meinem Sohn beim Kinderarzt! Philipp ist ein schwieriges Kind, ich …«

Aus der Küche hallte wie zur Bestätigung wütendes Gebrüll und Berenice Ingstedt hastete an ihnen vorbei in Richtung des Lärms. In der Küche saß Philipp am Küchentisch. Vor ihm war ein Operationssaal mit einer großen weißen Lampe, einer Bahre und vielen Figuren in grünlicher Kleidung aufgebaut. Eine der Figuren war vom Tisch gefallen. Dremmler ging in die Hocke und stellte die gefallene Figur wieder zu den anderen auf den Küchentisch. Augenblicklich lehnte sich Philipp zurück, sein Gesicht lief rot an. Er griff die Figur und schleuderte sie vom Tisch. Dabei schrie er lauter als zuvor. Seine Mutter, die dabei war, ein Glas Kakao zuzubereiten, drängte sich hinter den Kommissaren vorbei und umfing den Jungen von hinten mit den Armen. Das Kind versteifte sich und versuchte, sich aus der Umarmung seiner Mutter zu winden. »Sie sehen doch, dass es meinem Sohn nicht gut geht. Bitte gehen Sie jetzt!«

19. KAPITEL

»Ach, Mutter! Hättest du das nicht eher sagen können?«, stöhnte Berenice Ingstedt genervt, »jetzt habe ich Philipp gerade hingelegt!«

Die junge Frau schritt mit dem Telefon in der Hand die Treppe hinab und blickte kurz prüfend in den großen Spiegel in der Diele. Die Schwellungen in ihrem Gesicht waren fast gänzlich verschwunden, die Narbe über dem linken Jochbein und die gelblichen Schatten unter dem Auge vom Make-up nahezu unsichtbar gemacht. Sie stellte den Apparat auf der Festnetzstation ab und hastete die Treppe wieder nach oben. In Philipps Zimmer zog sie zunächst eilig die Stoffrollos wieder nach oben und anschließend die Decke von seinem Bett. »So, mein Schatz! Aufstehen! Es geht zu Omakat! Da darfst du bleiben bis morgen. Ist das nicht toll?«

Der Junge blinzelte seine Mutter verschlafen an und richtete sich verwirrt in seinem schmalen Bett auf. »Mein Kopf tut weh! Ich bin so müde, schlafen.«

Berenice spürte, wie ihre Ungeduld wuchs und sie wie mit spitzen Nadeln in die Fußsohlen stach. Unruhig trat sie auf der Stelle. Wenn sie ihren Sohn jetzt zu sehr antrieb, dann würde er wieder einen dieser Wutanfälle bekommen und mit Gegenständen um sich werfen oder nach ihr treten. Sie sprach in dem betont geduldigen Tonfall einer Kindergärtnerin.

»Nein, Philipp, wir müssen jetzt los. Du kannst dich ja dort noch ein bisschen ausruhen, wenn du so müde bist, ja? Komm jetzt!«

Mühsam beherrscht beobachtete sie, wie ihr Sohn sich langsam aus dem Bett bewegte und sich umständlich seine Jeans anzog, während sie ihm ungeduldig schon den Sweater hinhielt. »Ich muss Pipi«, sagte der Junge und blickte seine Mutter an.

Berenice spürte ein Brummen wie von einer einzelnen Hornisse in ihrem Bauch. Sie zwang sich, die Mundwinkel hochzuziehen, und blickte ihren Sohn an. Philipp stand langsam auf und trottete durch den offenen Durchgang in das angrenzende Badezimmer, während Berenice nervös nach einem weiteren Sweatshirt, einer Jacke, Unterwäsche und Socken griff und alles in eine kleine, lederne Tasche stopfte. Zusammen gingen sie kurze Zeit später in die Küche, wo Philipp noch ein großes Glas Cola trinken durfte, dann verließen sie das Haus.

Berenice Ingstedt stieß rückwärts aus der Einfahrt. Sie biss sich auf die Lippen, als sie das leise Quengeln ihres Sohnes vernahm. Nur nicht zu schnell durch den Wendehammer, sonst wurde Philipp wieder schlecht. Die Sonne blendete und sie kniff die Augen zusammen, bog die Blende herunter. Auf der Rockwinkeler Heerstraße gab sie Gas und fuhr in Richtung Schwachhausen. Sie hatte es eilig, sah kaum in den Rückspiegel. Den großen Range Rover, der ihr während der gesamten Zeit folgte, nahm sie nicht wahr. In der breiten Einfahrt der elterlichen Villa parkte ein japanischer Kleinwagen, der fast vollständig mit Aufklebern tapeziert war, sodass die ursprüngliche Farbe kaum noch zu erkennen war. Offenbar hatte ihre Mutter Besuch. Während sie Philipp losschnallte und ihn aus dem Auto hob, hielt hinter ihr der Range Rover. Mit ihrem Sohn zusammen betrat Berenice Ingstedt das Haus.

»Omakat?« Philipp ging durch die Diele in das große Wohnzimmer.

»Hallo mein Schatz!« Die dunkle Stimme von Katharina Struckmann-Jarr hallte ihnen entgegen. Der Junge lief seiner Großmutter entgegen. Seine Bewegungen wirkten unkoordiniert, er schwankte leicht, aber bevor er fallen konnte, bückte sich die Richterin und schloss ihren Enkel in die Arme. Sie zögerte irritiert, dann blickte sie zwischen ihrer Besucherin und ihrer Tochter hin und her.

»Berenice, das ist Frau Willomeit vom Amt für soziale Dienste. Frau Willomeit, dies ist meine Tochter Berenice Ingstedt und dieser junge Mann hier ist mein Enkelsohn, Philipp!«

Hedwig Willomeits Blick ruhte aufmerksam auf dem Jungen, der sich wie ein kleiner Affe an den Hals seiner Großmutter gehängt hatte und dort mit geschlossenen Augen verharrte. Dann nickte sie der jungen Frau verhalten zu und deutete dann auf die Unterlagen auf dem Tisch. »Wenn Sie noch weitere Informationen brauchen sollten, Frau Struckmann-Jarr, dann rufen Sie kurz durch oder schicken mir eine Mail, in Ordnung? Und bitte denken Sie über meinen Vorschlag nach und geben mir zeitnah Bescheid.« Sie wedelte kurz mit der Akte, die sie vor der Brust hielt.

»Die Akte Piontak nehme ich wieder mit. Dieses traurige Kapitel kann ja nun geschlossen werden.«

Die Sozialarbeiterin sah die Richterin an, dann Berenice. Ihre Stimme klang eindringlich: »Niemand möchte, dass sich so etwas wiederholt, wenn es zu vermeiden ist.«

Die Richterin nickte ihr beipflichtend zu und begleitete die Sozialarbeiterin dann aus dem Raum. Berenice warf einen flüchtigen Blick auf ihren Sohn, der sich auf dem langen Sofa ausgestreckt hatte. Sie trat nervös von einem Fuß auf den anderen. *Was will diese dicke, bunte Frau schon wieder hier? War die nicht letzte Woche auch da, als sie Philipp hierhergebracht hatte?* Berenice folgte den beiden Frauen in die Diele.

»Mutter, ich habe gleich einen Termin beim Dermatologen und wollte dann noch bei einer Freundin vorbeifahren. Ist es ein Problem, wenn Philipp bis morgen bei dir bleibt?«

»Du hast doch seinen kleinen Weekender nicht umsonst schon mitgebracht«, erwiderte ihre Mutter in gespielt überraschtem Tonfall. »Aber nein, das ist kein Problem, Berenice. Ich muss heute nicht mehr weg. Frau Willomeit war so nett und hat mir ein paar wichtige Unterlagen vorbeigebracht, sodass ich auch morgen von zu Hause aus arbeiten kann.«

Berenice küsste ihre Mutter im Vorbeigehen auf die Wange. »Danke, Mutter.«

Die junge Frau drehte sich eilig um und war schon fast die Eingangstreppe heruntergesprungen, als die Stimme ihrer Mutter ihr in den Nacken schnitt: »Berenice! Nicht ganz so schnell, bitte! Ich hatte dich angerufen, um dir etwas zu sagen! Schon vergessen?« Widerwillig blieb Berenice auf der Sandsteintreppe stehen, stieg zögerlich zwei der Stufen wieder hinauf.

»Was gibt es denn, Mutter?«, fragte sie und unterdrückte das wütende Summen in ihrem Bauch.

»Ich habe den Eindruck, dass mit Philipp etwas nicht stimmt, Berenice. Trotz der momentan sehr schwierigen Situation erscheint mir sein Verhalten in den letzten Wochen nicht normal.« Die Richterin senkte die Stimme ein wenig, als wolle sie etwaige Zuhörer ausschließen. »Mir ist bekannt, dass du schon seit Längerem nicht ohne deine Tabletten auskommst, Berenice, aber der Junge sollte nicht unter einer Mutter leiden müssen, die mit ihrem Leben nicht zurechtkommt! Du wirst dich ab nächste Woche regelmäßig bei Frau Willomeit zu einer Gesprächstherapie einfinden.«

Berenice klappte der Unterkiefer auf, die Hornissen in ihrem Bauch brummten und schwirrten umeinander, prallten wütend gegen ihre Magenwände. Sie presste sich die Faust auf den Magen. »Das hast du dir ja schön ausgedacht, Mutter! Aber ich werde mir ab jetzt nichts mehr vorschreiben lassen!« Die Stimme der blassen Frau kam zischend aus ihrem verzerrten Mund. »Ich habe mein Leben im Griff, besser, als du glaubst, Mutter. Und zu Philipp: Es kann sein, dass er etwas müde ist. Er ist sehr durcheinander und schläft sehr schlecht in den letzten Tagen. Ich habe ihm ein leichtes Beruhigungsmittel gegeben, das mir der Kinderarzt verschrieben hat.« Berenice drehte sich um, entriegelte mit dem Sender ihren Wagen. »Berenice«, hielt ihre Mutter sie zurück, »ich glaube nicht, dass du dir über deine Situation im Klaren bist.« Katharina Struckmann-Jarr stand jetzt neben ihrer Tochter vor der geöffneten Fahrertür. »Ich habe mir gar nichts ausgedacht. Hedwig Willomeit war zufällig bei mir. Diese Kommissarin hat sie eben angerufen. Die haben den Verdacht, dass du mit deinem Sohn nicht zurechtkommst. Du hast Glück gehabt. Da ich seit Längerem mit Frau Willomeit zusammenarbeite, vertraut sie mir. Sie hat mir persönlich die Lösung mit der Gesprächstherapie angeboten. Berenice, wenn du nicht auf das Angebot eingehst, geht die Sache seinen offiziellen Gang und das Jugendamt steht bei dir vor der Tür. Das möchte ich vermeiden.«

Berenices Körper verkrampfte sich. »Also schön, Mutter. Du fühlst dich jetzt bestimmt wieder richtig gut. Euer Ehren Struckmann-Jarr hat die Dinge wieder geradegerückt!«

Die Richterin legte ihrer Tochter hart die Hand auf den Arm. Die Jüngere stieß den Arm weg und glitt hinters Steuer. Ohne ein weiteres Wort schlug sie die Tür zu und startete den Wagen. Zitternd vor Wut atmete sie aus. Speicheltropfen trafen ihre Hände auf dem Lenkrad. *Na und? Dann ging sie halt zu dieser dicken Sozialdiensttante. Hauptsache, die ließen sie sonst in Ruhe und sie konnte endlich einmal wieder sie selbst sein!*

Der Stadtverkehr war dicht; im Auto neben sich beobachtete sie einen Mann, der wütend auf das Lenkrad seines Autos einhieb. Vereinzelt nahm sie nervöses Hupen wahr, es berührte sie jedoch nicht. Das Autofahren tat ihr gut. Sie fühlte sich sicher und beschützt in der Stille ihres blechernen Kokons. Bewusst konzentrierte sie sich nur auf das Geräusch ihres eigenen Atmens und wurde mit jedem Atemzug ruhiger. Im Grunde war es besser gelaufen, als sie gedacht hatte. Da Philipp über Nacht bei ihrer Mutter blieb, hatte sie sogar noch mehr Zeit, als erwartet. Den ganzen Abend und die ganze Nacht noch dazu! Vielleicht konnten sie sogar Morgen noch zusammen frühstücken, wenn er nicht so früh in die Klinik musste! Herrlich! Die Vorfreude auf das, was sie gleich erwartete, flutete ihren Körper wie eine Welle aus kleinen, sprudelnden Bläschen. Sie spürte das Prickeln der Gänsehaut auf ihrem ganzen Körper. Lächelnd schaute sie auf den Beifahrersitz, auf dem sie die Flasche Champagner deponiert hatte. Gleich war es soweit, ein paar Minuten noch, und sie würde endlich wieder in seinen Armen sein; alles Traurige und Triste für eine Weile vergessen können und einfach nur leben, atmen und frei sein! Nur sie beide und niemand anders, der störte! Sie parkte den SUV in der angemieteten Tiefgarage. Er parkte seinen Wagen immer an der Straße, wenn sie ihn besuchte. Auch so eine große Stadt war ja bekanntlich ein Dorf und ein paar Kollegen aus der Klinik wohnten ganz in der Nähe. Sie bestieg den Fahrstuhl und klingelte wenig später bei Doktor Matthias Arnsfeld. Den Range Rover, der hinter ihr an der Einfahrt der Tiefgarage vorbeifuhr, bemerkte sie nicht.

20. KAPITEL

23. August 2016

Mein lieber Robin, mein Bruder,

obwohl wir uns noch nicht lange kannten, warst du mir sehr nah. Jetzt bist du auf der anderen Seite und wartest auf mich. Ich vermisse dich, denke die ganze Zeit an dich und an unser Wiedersehen, dort in der anderen Welt, wo es besser ist als hier. Wir hätten noch so viel Zeit haben sollen, unser ganzes Leben! Und sie haben dich mir weggenommen, lange vor der Zeit! Alle, die dich verletzt haben. Alle, die dich nicht gewollt und abgelehnt haben. Alle, die dich benutzt und ausgenutzt haben. Sie alle haben dich getötet. Sie werden dafür bezahlen. Alle! Ich werde immer für dich da sein. Ich werde dich rächen! Und dann, ganz bald schon, sehen wir uns wieder und werden für immer zusammen sein.

In Liebe, deine kleine Schwester
Nora

Sie las die Zeilen wieder und wieder, bis sie zu einer Art Gebet oder einem Mantra geworden waren. Dann schloss sie die Datei und klappte ihren Laptop zu. Früher hatte sie ihre geheimsten Gedanken aufwendig gestalteten kleinen Büchern anvertraut, die ihre Mutter ihr geschenkt hatte. Reiner Selbstzweck. Wahrscheinlich hatte Mama ihre Einträge regelmäßig gelesen, übervorsichtig und neugierig, wie sie war! Das war einmal. Nun war sie nicht mehr so leicht zu manipulieren! Seit ihr Bruder da war, da gewesen war, hatte ihr Leben sich verändert. Zum ersten Mal in ihrem Leben hatte sie jemand ernst genommen und wie eine Erwachsene behandelt. Und jetzt war er tot. Sie stand vor dem Badezimmerspiegel und kontrollierte den Sitz des Piercings in ihrer Unterlippe. Seit zwei Wochen trug sie den schweren Ring jetzt, und ihre Eltern hatten bis jetzt nichts mitgekriegt. Sie überklebte ihn regelmäßig, wenn sie zu Hause war. Mama hatte sie etwas von Herpes erzählt und Papa guckte sie sowieso in letzter Zeit nicht richtig an. Wahrscheinlich hatte er mal wieder etwas nebenbei am Start. Zuerst hatte die frische Wunde unangenehm gespannt, und sie hatte pausenlos daran herumgefingert. Mittlerweile gehörte der Schmuck zu ihr wie das Tattoo auf der Innenseite ihres Oberschenkels. Joelle hatte es ihr geschenkt, am Tag der Party, auf der sie später ihren Halbbruder kennengelernt hatte. Mama und Papa machten bestimmt Stress, wenn sie es sahen, aber noch hatten sie auch von dieser Veränderung nichts bemerkt. So ein eigenes Bad war Gold wert. Dann zog sie den breiten Lidstrich mit schwarzem Kajalstift nach, griff ihre Lederjacke, steckte den eingewickelten länglichen Gegenstand in die Innentasche und lief die Treppe hinab.

»Nora?«, die Stimme ihrer Mutter kam gedämpft aus dem Wohnzimmer.

Wahrscheinlich wühlte sie schon wieder in ihrem Beet vor der Terrasse nach irgendwelchen Kräutern für ein *leichtes mediterranes, leichtes thailändisches oder leichtes irgendetwas Essen*. Jetzt bloß schnell weg, bevor das Muttertier noch hinter ihr herkam! Nora fingerte ihren Schlüssel aus der großen Tonschale, die in der Diele auf der antiken chinesischen Truhe stand:

»Ich treffe mich noch mit Clara und Jette!«, rief sie und schlug die Haustür hinter sich zu. Dann rannte sie bis zur Ecke und sprang als Letzte in die Stadtbahn.

Sie warf sich in die letzte Sitzreihe, die sie ganz für sich allein hatte, und schloss die Augen. Das zischende Bremsgeräusch, das Rumpeln und tiefe Brummen beim Anfahren ließ sie langsam ruhiger werden. Die Bahn war wie ein riesiges Tier, das sie in ihrem gläsernen Bauch mitnahm auf eine Reise. Der regelmäßige Wechsel von roten und grünen Ampeln, den sie aus halbgeschlossenen Lidern verfolgte, versetzte sie in einen tranceartigen Zustand und Bilder schaukelten vor ihrem inneren Auge vorbei. Erinnerungen, das erste Treffen mit Robin auf Joelles Housewarming-Party. Leider war ihr auf einmal so schlecht geworden, dass sie keine Erinnerung mehr an den Abend hatte. Am nächsten Morgen war sie aufgewacht mit Mörderkopfschmerzen! Außerdem hatte sie mehrmals kotzen müssen! Peinlich! Robin war wieder in der Wohnung gewesen, oder er hatte auch dort übernachtet, so genau wusste sie das nicht. Auf jeden Fall war er sehr lieb und verständnisvoll gewesen. Er hatte ihr erzählt, wer er war, und sie hatte ihm zuerst nicht geglaubt: Ihr Vater, der erfolgreiche Geschäftsmann und berühmte Schöngeist, Hennes Hesselbach, sollte ein Kind haben mit einer abgewrackten Alkoholikerin? Sorry, im Leben nicht! Als sie dann die Fotos sah, die er ihr zeigte, warf es sie fast um. Kein Zweifel, sie hatte einen Bruder, einen Halbbruder. Danach hatten sie lange geredet. Zuerst in Joelles Wohnung, später auf dem Parkplatz hinter der Schule, der Raucherecke der Oberstufenschüler. Dann hatten sie sich in der Stadt getroffen, waren Burger essen zu McDonald's gegangen oder sie waren zusammen mit seinem Bike herumgefahren. Das war das Beste gewesen. Auf einem Feldweg im Teufelsmoor hatte sie zum ersten Mal alleine fahren dürfen. Heute war die BMW das Einzige, das ihr von Robin geblieben war. Die Maschine stand versteckt hinter dem Garagengebäude auf dem weitläufigen Parkplatz, der zur Agentur ihres Vaters gehörte. Sie lächelte bei dem Gedanken an ihre erste Fahrstunde bei ihrem Bruder. Zuerst konnte sie die schwere Geländemaschine kaum gerade halten, geschweige denn fahren, aber Robin war sehr geduldig gewesen mit ihr. Nach ein paar Versuchen fühlte sie sich richtig gut auf dem Bike. Sie war diesen kleinen Feldweg gefühlte Stunden auf und ab gefahren. Irgendwann war es ihr dann zu langweilig geworden und Robin hatte auch nicht mehr zugeschaut. Er war weg. Sie hatte die Enduro am Wegrand abgestellt und sich umgeblickt. Nichts außer knorrigen Gewächsen und diesem struppigen Heidekraut am Boden. Robin ging nirgendwo zu Fuß hin, weit weg konnte er also nicht sein. Sie rief seinen Namen, schirmte die Sonne mit der Hand ab. Keine Antwort, nur das Flügelschlagen eines Vogels über ihr wie ein Fingerzeig: Da, endlich, ganz in der Nähe, halb in einem Graben liegend, entdeckte sie ihn. Er lag auf dem Rücken, die Beine ausgestreckt mit nackten Füßen. Wie dünn er war, wie blass! Sie setzte sich neben ihn auf die warme Erde. Langsam öffnete er seine dunklen, grünen Augen, die ihren eigenen so ähnlich waren, und sah sie lange an. »Du wirst mich auch nur ausnutzen und dann fallen lassen, was, Schwesterherz?« Verwirrt schaute sie ihn an. »Robin, warum sagst du das? Ich bin deine Schwester, natürlich stehe ich zu dir!« Er setzte sich langsam auf, hielt plötzlich einen dünnen schwarzen Gummischlauch in der Hand. »Ach wirklich? Warum hast du mich denn noch nicht eingeladen in die heiligen Hallen der Familie? Du behandelst mich wie einen Straßenhund! Draußen füttern ist okay, aber bloß nicht mit nach Hause nehmen, der bringt nur Ungeziefer mit!« Er band sich den Schlauch um sein Fußgelenk, dann erhitzte er das Pulver auf einem Löffel. Stumm sah sie zu, wie er weiteres Pulver auf einem kleinen Spiegel zerstieß. »Verdammt, Robin! Ich liebe dich, du bist mein Bruder!« Er zog das flüssige Pulver in eine Spritze. »Du wiederholst dich und das langweilt mich! Hau' ab, oder zeig' mir endlich, wie weit deine Liebe wirklich geht, Schwester!« Dann hielt er ihr den Spiegel mit dem Pulver hin, dazu einen zusammengerollten 20 Euro Schein. Sie schluckte verkrampft, in ihrem Bauch rollte sich die Angst wie eine Schlange zusammen und reckte drohend den Kopf nach oben. Die ganzen Drogenpräventionsaktionen, Theaterstücke und Diskussionen in der Schule, die ständigen Ermahnungen der Eltern. Sie hatte nie an einer Zigarette gezogen, war nie neugierig gewesen, einen Joint zu probieren. Sie war stark, stärker als Robin. Sie würde nicht abhängig werden. Das musste sie ihm beweisen! Robin war ihr Bruder. Alle hatten ihn alleingelassen. Nur seine kleine Schwester würde immer zu ihm stehen, ihn nicht auch verraten. Sie nahm den gerollten Schein, führte das eine Ende in ihr rechtes Nasenloch ein und beugte sich über den Berg aus den gehackten weißen Kristallen. Den Blick hielt sie dabei starr auf ihren Bruder gerichtet, der lächelte ihr zu und dann zog sie. Sie zog trotzig, mit aller Kraft und in dem Bewusstsein, dass die Entscheidung endgültig war. Ihre Blicke verflossen ineinander. Das Gift schoss wie eine Fontäne aus flüssigem Eis in ihren Körper und flutete jede Faser mit einer flirrenden Energie, die sie unbesiegbar machte. Jetzt konnte sie nichts mehr auseinanderbringen. Sie waren Blutgeschwister. Nächster Halt, Riensberg. Endstation. Hier war Robin also aufgewachsen. Gar nicht weit weg von ihrem Elternhaus und doch Welten entfernt. Sie war es ihrem Bruder schuldig, dass sie die Frau kennenlernte, die seine Mutter gewesen war. Denn auch Barbara Piontak hatte sich schuldig an Robin gemacht. Sie fühlte in die Innentasche ihrer Jacke, strich vorsichtig den Stoff zur Seite und befühlte das kalte und glatte Metall, bevor sich ihre Finger fest um den Griff des Messers schlossen.

21. KAPITEL

Diana Hesselbach blickte durch die Glasscheibe auf die Straße. Der Nachhall der schwungvoll zugeworfenen Tür klang unangenehm in ihren Ohren nach. Warum hatte Nora es so eilig gehabt? Sie war ja geradezu aus dem Haus geflohen! Nachdenklich legte Diana die Schere, mit der sie eben noch frische Kräuter aus dem Hochbeet geschnitten hatte, auf der untersten Treppenstufe ab. Bedächtig schritt sie die Treppen bis zum Dachgeschoss hinauf, das die Schlafzimmer der beiden Töchter beherbergte. Lange schon war sie hier nicht mehr gewesen. Beide Mädchen waren ja inzwischen fast erwachsen. Seit Elisa studierte und eine kleine Wohnung in direkter Nähe der Universität bezogen hatte, schlief sie nicht einmal mehr an Weihnachten in ihrem »*Kleinmädchenzimmer*«, wie sie es nannte. Als die beiden Mädchen in die Pubertät kamen, war Diana des Öfteren in den Räumen ihrer Kinder gewesen. In den Schubladen der Nachtschränke hatte sie regelmäßig nach Antibabypillen gesucht und in den sorgfältig verschlossenen und versteckten Tagebüchern hatte sie regelmäßig gelesen. Häufig hatte sie auch einfach nur an den abgelegten Kleidungsstücken von Elisa und Nora gerochen, bevor sie die Taschen der Jeans und Jacken nach Resten von weißem Pulver oder ähnlich Unheil bringenden Dingen durchsucht hatte. Hennes hatte das *Spionieren*, wie er es nannte, immer verurteilt. Er hatte ihr vorgeworfen, den Mädchen nicht zu *vertrauen*. Aber sie wusste es besser: Kindern konnte man nicht vertrauen, Kinder musste man beschützen! Was wusste ein Mann wie Hennes schon von Kindern? Und wohin sein naives Vertrauen geführt hatte, war ja nun offensichtlich: geradewegs in die Katastrophe. Nicht genug, dass er sich damals mit dieser billigen Proletenschlampe eingelassen hatte, nein, er hatte sie auch noch geschwängert! Volltreffer! Und was für ein missratenes Stück Mensch war dabei buchstäblich herausgekommen! Noch heute spürte sie manchmal im Klub die Blicke der Frauen und Männer, die Hennes damals schon gekannt hatten. Jedes Mal brach ihr vor Scham und unterdrückter Wut der Schweiß aus, wenn diese Blicke sie trafen wie Geschosse aus geheucheltem Mitleid, offener Schadenfreude und schlecht verhohlener Neugier. Sie öffnete die Tür zu Noras Zimmer. Das übliche Chaos aus auf links gezogenen Jeans, Shirts, aufgeschlagenen Büchern und dem ungemachten Bett bot sich ihrem forschenden Mutterblick. Roch es hier nach Zigarettenrauch? Energisch zog sie die Jeansjacke, die auf der Lehne des Schreibtischstuhls hing, zu sich heran. Nora hatte sie in den letzten Tagen mehrfach getragen, bevor sie mit dieser scheußlichen schwarzen Motorradjacke aufgetaucht war. Billiges Ding. Wo kaufte man so etwas? Sie erschauerte und schnaubte heftig aus, als der beißende Geruch ihr in die Nase drang. Desinfektionsspray, Wundheilsalbe. Wozu brauchte Nora diese Sachen, direkt auf dem Nachttisch? Hatte sie nicht etwas von Herpes erzählt? Diana Hesselbach schalt sich, nicht genauer hingesehen zu haben, und ein nervöses Flattern machte sich in ihrem Inneren breit. Viel zu lange war sie nicht mehr hier oben gewesen. Hier stimmte etwas ganz und gar nicht mehr. Ihr Blick glitt über Regale, Tische und blieb schließlich auf der mattgrauen Oberfläche des Laptops hängen. Sie klappte das Gerät auf und dachte nach. Noras Geburtstag? Der Hochzeitstag der Eltern? Nein. Kein glückliches Datum, eher ein trauriges. Bedeutungsschwer. Teenager sind Egomanen, prätentiös, neigen zur Theatralik. Nora bildete da keine Ausnahme. Der 11. November vor drei Jahren. Das musste es sein! An diesem Tag war Caspar, ihr Labrador, überfahren worden und Nora gab sich die Schuld daran, weil sie die Eingangspforte zur Straße nicht richtig geschlossen hatte. Diana hielt die Luft an, tippte 11112013. Das konnte nicht sein! Der dumpfe, ablehnende Ton und das kurze Erzittern der acht weißen Punkte in der Mitte des schwarzen Bildschirms frustrierten sie so, dass sie hart mit der Faust auf die Tischkante schlug. Hatte sie sich geirrt? Diana Hesselbach atmete kontrolliert, zwang sich zur Ruhe. Sie stand auf, verließ das Zimmer ihrer Tochter und eilte die Treppen hinab bis in ihr eigenes Schlafzimmer. Im Nachtschrank ihres Mannes lag sein Notebook. Hier standen in einem Familienkalender alle wichtigen Geburtstagstage, Familienfeiertage, aber auch Todestage. Wie viele Menschen war Hennes ziemlich einfallslos, was seine Passwörter anging. Sie kannte sie alle. Also tippte sie 14051995. Hochzeitstag. Warme Wellen der Erleichterung durchspülten ihren Körper und lockerten ihre Muskeln, als die bekannten Töne erklangen. Der Bildschirm öffnete sich. Zunächst kontrollierte sie den Todestag Caspars. Ärgerlich, sie hatte einen Zahlendreher eingegeben, egal, sie würde sich Noras Computer gleich noch einmal vornehmen. Auf dem Bildschirm leuchtete ihr ein bekannter Name entgegen. Robin. Angst und Wut sprangen sie an wie unsichtbare Ungeheuer und legten sich schwer auf ihre Brust. Was hatte dieser Abschaum hier zu suchen? Diana Hesselbach öffnete die Datei.

22. KAPITEL

Hauptkommissarin von Seelenthin nahm eine Hand vom Lenkrad und spreizte ihre Finger. »In Ordnung, fassen wir die Dinge kurz zusammen: zunächst zu Nadine Knaaß. Sie hatte ein Motiv, Piontak umzubringen. Er hat sie geschlagen und ihren Sohn bedroht. Sie hatte die Gelegenheit. Wir können nicht beweisen, dass sie nicht von Freitag bis Montag früh um 7.00 Uhr bei ihrer Freundin war. Sie haben sich nicht gegenseitig angerufen, hat der Check ergeben. Spricht alles dafür, dass sie zusammen waren. Mit den Mitteln wird es schon schwieriger: Robin Piontak hat ein Motorrad, genauer gesagt, eine Geländemaschine, aber Frau Knaaß hat keinen Führerschein dafür.«

»Die Maschine hätte sie aufgrund ihrer Verletzung sowieso nicht fahren können. Die Reifenspuren helfen uns auch nicht weiter, solange wir das Motorrad nicht finden!«, wendete Dremmler durch zusammengebissene Zähne ein, während sie sich rasant einer Kreuzung näherten.

»Außerdem hat sie gelogen«, referierte von Seelenthin konzentriert weiter, »die ist fast hintenübergekippt, als sie die Skulptur gesehen hat! Und sie hat laut und deutlich Wilhelm Tell gesagt, also kennt sie die Tatwaffe! Außerdem bin ich mir ziemlich sicher, dass Piontak irgendwo noch Meth in der Wohnung von Nadine Knaaß versteckt hatte. Deswegen ist er auch zurückgekommen und nicht, weil er jemals rasend verliebt in die Knaaß gewesen wäre.« »Sie meinen, der hatte sich in der Wohnung mit jemandem verabredet, und bei dieser Verabredung ist es zu einem Streit gekommen?«, fragte Dremmler.

»Zum Nachteil von Robin Piontak. Genau«, fügte sie mit einem ironischen Ton in der Stimme an. Von Seelenthin zupfte sich wieder Hautfetzchen von ihrer Unterlippe, während Dremmler sie von der Seite musterte. »Berenice Ingstedt hat angeblich nichts gehört. Die gesamte Nachbarschaft auch nicht. Ein Motiv, das gleiche wie Nadine Knaaß, hätte auch sie gehabt. Ebenso die Gelegenheit, denn auch ihr Alibi lässt sich nicht bestätigen und …«

»… und einen Motorradführerschein hat sie auch, toll, aber keine Maschine mehr. Außerdem hat sie einen Liebhaber, wie wir seit unserer kleinen Verfolgungsfahrt wissen. Einen Kollegen ihres Mannes. Der könnte ihr auch geholfen haben, den lästigen Ehemann loszuwerden. Das könnte sogar ganz ohne ihr Wissen passiert sein. Der edle Ritter, der seine Prinzessin aus den Händen des Peinigers befreit. Der Kavalier aus dem Hinterhalt oder so ähnlich.«

Der Kommissar schnaubte: »Was jetzt? Eine Hausdurchsuchung bei der Knaaß mit Drogenhund? Damit wir vielleicht das Meth finden und zumindest schon mal nachweisen können, dass beide denselben Stoff konsumiert haben, um eine weitere Verbindung herzustellen? Die kriegen wir genehmigt. Das veranlasse ich sofort!«

Er versteifte den Oberkörper und streckte die langen Beine nach vorn, als wolle er bremsen. Seine Kollegin brachte den Wagen jedoch vorschriftsmäßig am Zebrastreifen zum Stehen und winkte freundlich eine Frau mit Kinderwagen über die Straße, als tue sie dies zum ersten Mal. Vermutlich traf das sogar zu. Dremmler atmete aus und schaute die Kollegin leicht irritiert von der Seite an.

Von Seelenthin sagte: »Ja, ich hoffe nur, dass es nicht schon zu spät sein wird. Wir sollten auch noch einmal mit der Tochter, Joelle, reden. Ich hatte den Eindruck, dass sie da deutlich mehr weiß als ihre Mutter. Zumindest scheint sie alles andere als naiv zu sein. Und aus irgendeinem Grund, den wir noch nicht kennen, ist sie uns gegenüber sehr aggressiv eingestellt.«

»Die Wohnung von Joelle Knaaß ist gleich um die Ecke vom Präsidium, Kurt-Schumacher-Allee. Da lassen Sie den Wagen am besten gleich hier stehen«, sagte Dremmler eifrig.

Irritiert registrierte von Seelenthin, wie eilig der Kollege es auf einmal hatte. Sie stellte den Wagen auf dem Parkplatz des Präsidiums ab und hastete hinter ihm her. Zusammen querten sie eine Fußgängerampel und standen bald darauf vor einem schmucklosen, grau verputzten Bau aus den 50er-Jahren. Die Haustür aus billigem Kunststoff hatte einen Einsatz aus geriffeltem Glas, den man versucht hatte, einzutreten. Sie war nur angelehnt und so betraten die Kommissare das dunkle Treppenhaus. Es roch nach Katzenurin, Mikrowellenessen und zu vielen Menschen auf zu engem Raum. Vor zwei Wohnungstüren im Erdgeschoss standen mehrere Paar bunte Kinderschuhe, Sneakers und Crocs; ein Fahrrad und ein Rollator lehnten an der speckigen Wand. Der übliche Krawall des Nachmittagsprogramms aus der rechten und wütendes Kindergebrüll aus der linken Wohnung lagen in einem ehrgeizig geführten Wettstreit um den höchsten Dezibelwert des Tages. Die dritte Tür zierte ein Tonschild mit zwei Katzenköpfen und der Aufschrift: »Hier wohnen Morle, Mucki und Elfriede Versmold«. »Auf gute Nachbarschaft!«, grummelte von Seelenthin in einem Tonfall, der das komplette Gegenteil ausdrückte. Sie stiegen in den zweiten Stock hoch und hier bot sich ein ähnliches Bild, nur leiser und mit weniger Schuhen, dafür aber mit mehr Müll vor den Türen. Unter der Mansarde gab es nur noch zwei Wohnungen; eine davon bewohnte Joelle Knaaß, wie das gedruckte Namensschild neben der Tür zeigte. Dremmler betätigte die Klingel.

»Die Tür ist auf, du musst nur drücken, Kleines! Komm rein!«, kam es von innen.

Die Kommissare traten in den kleinen Flur. Obwohl es erst früher Nachmittag war und draußen die Sonne schien, war es dämmerig in der Wohnung. Eine kleine Lampe auf dem schmalen Brett über der Heizung streute funzeliges Licht in den Flur. Links lag die Küche; auch hier kein Licht und halb heruntergelassene Rollläden. Von Seelenthin erkannte schemenhaft einige zusammengewürfelt wirkende Küchenmöbel. Hinter der nächsten Tür schien sich das Wohnzimmer zu befinden. Leise Musik drang aus dem Raum.

»Was machen Sie hier?« Die junge Frau hatte mit angezogenen Beinen auf einem kleinen Sofa in einem Meer aus Kissen und Tüchern gesessen und in einem dünnen gelben Buch gelesen, bevor sie die Eindringlinge bemerkt hatte. Dann war sie aufgesprungen, das Büchlein fiel herunter auf den Boden und sie blickte die Polizisten feindselig an.

»Entschuldigen Sie die Störung, Frau Knaaß, aber wir haben noch ein paar Fragen und die Tür war ja auf«, stellte die Hauptkommissarin fest, ging in die Hocke und hob das Buch auf. »Dürrenmatt. Interessante Lektüre. Für die Schule?«

Joelle riss ihr das Buch aus der Hand. »Ja, ja. Was wollen Sie?«

»In der Wohnung Ihrer Mutter sind Reste von Drogen sichergestellt worden, die kürzlich entfernt wurden. Was können Sie uns darüber sagen?«

»Gar nichts. Was für Drogen denn?«, antwortete Joelle Knaaß, während sie schon zum wiederholten Mal zur Tür blickte.

»Hat Kleines auch einen richtigen Namen?«, fragte die Hauptkommissarin.

»Was? Woher? Eine Freundin, die gleich vorbeikommt. Das geht Sie nichts an! Sie will nur kurz etwas abholen und ich muss dann auch weg.«

»Schön, dann beantworten Sie doch bitte zügig unsere Fragen, umso schneller sind Sie uns auch wieder los.«

Joelle Knaaß sah auf ihre geballten Fäuste herab und knackte mit den Gelenken. »Hören Sie, wenn da irgendwelches Zeug war, dann stammt das von diesem Arschloch, Piontak. Ich weiß nichts davon und habe garantiert nichts damit zu tun!«

Dremmler hob den Kopf und nickte in Richtung Zimmerecke zur Shisha Pfeife. Joelle Knaaß, die den Blick bemerkt hatte, stöhnte genervt auf. »Wie sind Sie denn drauf? Ab und zu eine Pfeife, selten mal eine Pille zur Party. Das macht doch nun wirklich jeder heute. Völlig harmlos, das alles. Ich bin kein Junkie und mit dem Zeug habe ich nichts zu tun.« Wieder ein nervöser Blick zur Tür. »Meine Freundin müsste jeden Moment hier sein.«

»Haben Sie einen Schlüssel für die Wohnung Ihrer Mutter?«

Die junge Frau starrte sie an. »Ja natürlich, wieso?«

Von Seelenthin nickte ihr zu. »Danke, Frau Knaaß, dann lassen wir es mal gut sein für heute.«

Sie verließen das Haus. Von Seelenthin winkte Dremmler zur Bushaltestelle, die fast direkt vor dem Haus lag und sie taten so, als warteten sie auf den Bus, während sie die Haustür beobachteten. Die Sonne wärmte angenehm und einen Moment lang schloss sie die Augen und legte den Kopf in den Nacken. Wieder einmal dachte sie an eine Zigarette. Sie rauchte seit zwei Jahren schon nicht mehr, aber noch heute holte sie die Sucht manchmal ein und sie hatte Lust auf eine Rauchpause.

»Das mit dem Meth in der Wohnung ihrer Mutter war ein Testballon«, murmelte sie.

»Da ist was dran, ganz bestimmt. Das kriegen wir heute noch raus«, erwiderte Dremmler.

Als sie die Augen wieder öffnete und aufblickte, näherte sich ein junges, sehr schlankes Mädchen mit wippendem blonden Pferdeschwanz. Sie trug eine schwarze Lederjacke, in der sie fast versank, und hatte ein auffälliges Piercing in der Unterlippe. Unter ihrem rechten Arm klemmte etwas, das aussah wie eine Rolle, in die etwas eingewickelt war. Das Mädchen blickte sich noch einmal um und verschwand kurze Zeit später im Haus von Joelle Knaaß.

»Haben wir die schon mal gesehen?« Dremmler runzelte die Stirn. »Also irgendwie kommt sie mir bekannt vor, aber ich weiß nicht, wo ich sie schon einmal gesehen habe. Auf einem Bild?«

Von Seelenthin stand auf. »Kommen Sie. Nein, ich warte hier, falls das Mädchen wieder herauskommt, und Sie holen das Auto, falls die gleich zusammen weggehen.«

Erschrocken drehte sich Dremmler um, als er die lautstarken Rufe eines Esels an der Bushaltestelle vernahm. Von Seelenthin fischte ihr Handy aus der Jackentasche.

»Carstens, was ist? Interessant. Danke!« Sie pfiff leise durch die Zähne. »So langsam kommt Bewegung in die Sache, Dremmler. Vor einer Stunde hat ein Mädchen, auf das die Beschreibung unserer Spaziergängerin hier passt, einen schweren Stein durchs Wohnzimmerfenster von Barbara Piontak geworfen und dann hat das Mädchen die Piontak noch mit einem Messer bedroht. Piontak hat das Mädchen dort schon öfter gesehen, kennt sie aber nicht. Was halten Sie davon?«

Dremmler stutzte kurz. »Erst mit einem Messer bei der Piontak und jetzt bei der Knaaß. Sieht aus, als sei da jemand auf einem Rachefeldzug. Wir sollten sehen, dass wir da reinkommen!« Dremmler war bereits auf der Straße, als das Mädchen wieder vor das Haus trat. Es wirkte auf den ersten Blick unauffällig.

»Wir brauchen den Wagen, Dremmler, ich folge ihr.«

Mit einem auffordernden Nicken warf sie ihm den Wagenschlüssel zu. Erst, als von Seelenthin dem Mädchen um die nächste Ecke gefolgt war, nahm sie leichte Abweichungen von der Normalität wahr. Auch aus zehn Metern Entfernung beobachtete von Seelenthin, dass das Mädchen stark zitterte und nervös wirkte. Sie bewegte sich unkoordiniert und ruckartig. Hatte sie diese Tasche eben bei sich gehabt, oder hatte Joelle ihr die gegeben? Als das Mädchen die Tasche an sich presste, sah von Seelenthin das Blut. Verdammt, wo blieb Dremmler bloß mit dem Auto? Das Mädchen lief jetzt in Schlangenlinien. Schließlich stolperte es, fiel auf die Knie und kippte nach vorne. Sie lag auf dem Rücken und krampfte. Von Seelenthin rannte die letzten paar Meter und ging neben dem Mädchen in die Hocke. »Hallo! Hallo, was ist los mit dir? Was hast du genommen?«

Das Mädchen zitterte jetzt noch stärker, Schweiß stand auf der Oberlippe und lief in Strömen den Hals hinab. Die Wunde an der Hand des Mädchens war nicht tief, blutete aber stark. Von Seelenthin fingerte das Handy aus der Tasche und rief den Notarzt. In diesem Moment kam Dremmler um die Ecke gefahren und parkte am Straßenrand. Sie legten das Mädchen in die stabile Seitenlage, und einen Augenblick später kam der Notarztwagen. »Sie hat keine Papiere dabei«, sagte von Seelenthin, »dafür ist das hier aus der Tasche gefallen.«

Sie hielt ihrem Kollegen ein kleines Päckchen mit weißem Pulver hin und Dremmler pfiff anerkennend durch die Zähne. »Von wegen ›Ich weiß von nichts!‹ Wir gehen da jetzt rein. Vielleicht ist die Knaaß auch verletzt! Ich kümmere mich darum.«

Von Seelenthin nickte ihm zu. »Ich fahre mit ins Krankenhaus.«

23. KAPITEL

»Oh, Schatz! Die ist total schön! Ehrlich! So was Schönes habe ich noch nie gehabt!«

Die junge Frau hielt mit einer Hand ihr langes, dunkles Haar hoch und legte sich mit der anderen die schwere Goldkette um. Selbstverliebt drehte sie ihren Kopf hin und her, um sich aus jeder Perspektive besser sehen zu können. Der nackte Mann auf dem Bett beobachtete sie bei ihren narzisstischen Verrenkungen und stellte zum wiederholten Mal fest, dass er Frauen wie sie verachtete, sich vor ihnen ekelte, sobald der Geschlechtstrieb befriedigt war. Er nahm noch einen Schluck Champagner und drehte das Glas in der Hand, betrachtete die feine Perlage. Bei Speisen, Getränken, Kunst und Kleidung sowie bei der Auswahl seiner jeweiligen Ehefrau ließ ihn sein ausgeprägtes Gespür für Stil und Klasse niemals im Stich. Bei seinen Geliebten suchte er etwas anderes: Bei ihnen wollte er sich fallen lassen, nur Mann sein und kein Gentleman. Er wollte nicht darauf achten müssen, ob er ihnen wehtat, ob er rücksichtsvoll und aufmerksam war. Ihre individuellen Neigungen, die jeweilige Persönlichkeit oder ihre Gefühle interessierten ihn nicht. So lange, wie sie ihm gut taten, benutzte er sie, dann schickte er sie weg. Das Vulgäre, *der Geruch der Gosse*, wie sein Vater es vermutlich zusammengefasst hätte, erregte ihn. Nachdenklich nahm er einen letzten Schluck aus seinem Glas und verzog angewidert die Mundwinkel nach unten, als wolle er die schmerzhafte Erkenntnis abwehren, die wie Sodbrennen in seine Speiseröhre hinaufschoss: Im Grunde genommen verachte ich nicht sie, sondern mich selbst. Die Wievielte war das jetzt? Sie hießen Yvonne, Sandy oder Jacqueline und waren höchstens so alt wie seine Töchter. Er nannte sie alle »Schatz«; auch so ein Unwort. In regelmäßigen Abständen fand er sie, oder sie fanden ihn; so sicher war er sich da inzwischen nicht mehr. Auf jeden Fall erkannte er eine Frau ihres Kalibers auf den ersten Blick. Die ganz primitiven Exemplare bewunderten ihn, den erfolgreichen Geschäftsmann, auf eine derart naive Art, die ihn peinlich berührte. Die etwas raffinierteren Exemplare amüsierten ihn eher, gerade weil ihre Durchtriebenheit so leicht zu durchschauen war und seine Intelligenz beleidigte. Gemeinsam war allen der Ehrgeiz, *nach oben zu kommen*, und bei Frauen ihrer Art hieß das: teure Schuhe, Uhren, Schmuck, Kleider und ab und an ein Wochenende im Ausland. Die anderen Frauen des gleichen Kalibers beneideten sie darum und genau das war das eigentliche Ziel, brachte es sie doch auf der Leiter der sozialen Hackordnung ein paar Sprossen weiter nach oben. Genauso war sie gewesen, die Frau, die er seit über zwanzig Jahren nicht gesehen hatte und die ihn trotzdem niemals losgelassen hatte. *Barbara. Die Fremde.* Das leise Geräusch riss ihn aus seinen Gedanken. Er legte sich ein Handtuch über den Schoß und nahm das Smartphone vom Nachttisch.

»Schatz, was sagst du denn?«, das Mädchen auf dem Hocker vor dem Spiegel drehte sich lächelnd zu ihm um. Er beachtete sie nicht.

Seine Augen starrten wie unter Hypnose auf das Display des Smartphones, auf dem sich ein Film in einer Endlosschleife abspielte. Das konnte doch nicht sein! Nicht noch einmal! Dieses erbärmliche Stück Dreck, das ihn penetrant *Vati* genannt hatte, war doch tot! *Du bist tot, Robin! Tot, tot, tot!* Verdammt! Er hätte es wissen müssen. Diese kranke Ratte hatte ihn beschissen, noch im Tod! Ungläubig starrte er auf die Bilder, die sich wie ätzende Säure durch seine Netzhaut bis in sein Gehirn fraßen. *Von wem kamen die Bilder? Wer bist du?* An den Film war eine Nachricht gehängt. Er sollte noch heute Abend, 20.00 Uhr, mit 10.000 Euro zum Vahrer See kommen. Das war ganz in der Nähe dieser Wohnung, in der er beim letzten Mal gewesen war. Heute Abend! Was glaubte diese Dreckszecke? Dass er Geld in kleinen Türmchen überall herumliegen hatte und es wie Onkel Dagobert hin und her schob? Im Tresor in der Agentur lag noch Schwarzgeld, etwas mehr als 10.000. Er zwang sich, die Augen vom Bildschirm zu lösen. Während er von dem wuchtigen Boxspringbett rutschte und ins Bad ging, rief er ihr über die Schulter zu: »Zieh' dich an jetzt, ja? Ich habe noch etwas zu erledigen und muss sofort weg!«

Nach der Dusche stieg er in seinen Anzug und trat an die kleine Spiegelkonsole, um seine Manschettenknöpfe anzulegen. Die hatte sie dagelassen. Im ersten Moment überraschte ihn das. Nur die Kette hatte sie mitgenommen. Ein Abschiedspräsent, bitte, gern geschehen! Er würde sie nie wiedersehen, konnte sich schon jetzt kaum mehr an ihr Gesicht erinnern. Hennes Hesselbach steckte sein Portemonnaie ein und nahm die Autoschlüssel vom Tisch, dann verließ er das Hotel und fuhr in die Innenstadt zur Agentur. Er musste nachdenken. Nachdenken und dann schnell handeln. Dieses Mal würde er gründlicher sein und das Problem ein für alle Mal aus der Welt schaffen. Auf gar keinen Fall durfte seine Ehefrau Diana etwas von der Sache erfahren.

24. KAPITEL

Die offizielle Feierstunde im Präsidium war wegen der laufenden Mordermittlung auf einen späteren Zeitpunkt verschoben worden, stattdessen war eine kurze und schlichte Amtseinführung, beziehungsweise Verabschiedung, für 17.00 Uhr angesetzt. Der Polizeipräsident der Stadt Bremen samt seiner Stellvertreterin würde dann den neuen Leiter der Direktion der Kriminalpolizei und des Landeskriminalamts offiziell vorstellen. Kriminaldirektor Winfried Pösse, der bisherige Leiter des Stabs, würde gleichzeitig in den Ruhestand verabschiedet werden. Von Seelenthin sah auf die Uhr. Ihr blieb genug Zeit, um noch einmal ins Krankenhaus zu fahren. Vielleicht war das Mädchen schon ansprechbar? Dremmler saß am Computer und auf ihre Frage nach einer Fahrt zum Krankenhaus verwies er darauf, noch einiges an Schreibkram nachholen zu müssen. Von Seelenthin sah den Kollegen aufmerksam an. Sie beschlich nicht zum ersten Mal das Gefühl, dass er Autofahrten mit ihr vermied, wann immer das möglich war. Nun, da war er nicht der Einzige. Sie musste laut geltender Vorschrift allerdings jemand mitnehmen. Ihr Blick wanderte durch den Raum und blieb an dem neuen Kollegen hängen, der an seinem ersten Tag noch etwas unbeholfen mit einem Becher Kaffee in der Ecke stand. Der Mann war noch keine 30 Jahre alt und hatte bereits die Körperhaltung eines Fragezeichens, was weder der modische Blazer noch der lässig darüber geknotete Schal kaschieren konnte. Er erinnerte von Seelenthin an diese blassen dicklichen Typen ihrer Kindheit, die im Sportunterricht zuverlässig versagten, aber vor jedem Computer aufblühten. Er war ihr vom ersten Moment an unsympathisch. Der Neue hatte sich ihr mit servilem Augenaufschlag und laschem

Händedruck als Kommissar Anwärter Stevie-Jim Markensen vorgestellt. *Stevie-Jim!* Solchen Menschen sollte eine Kommission für verbale Ästhetik das Recht entziehen, Namen zu vergeben, dachte sie fassungslos. Schlecht gelaunt ging sie vor dem jungen Anwärter die Treppe hinunter und auf den Parkplatz. Sie zwang sich zu einem Lächeln, angesichts dessen der junge Kollege erschreckt zurückzuckte. Neue Menschen kennenzulernen, gehörte nicht zu ihren Lieblingsbeschäftigungen. Neue Kollegen oder gar Vorgesetzte kennenzulernen, noch sehr viel weniger. Allerdings wusste Kommissar Anwärter Markensen das zu diesem Zeitpunkt noch nicht. Tapfer streute er zunächst ein paar harmlose Wetterfloskeln aus, bevor er zu Bemerkungen über seine Hobbys überleitete, nach den ihren fragte und sich schließlich nach ihrer Familie erkundigte. Insgeheim bewunderte von Seelenthin ihn für die Hartnäckigkeit, mit der er versuchte, ihr eine Kommunikation aufzuzwingen. Ratlos angesichts ihrer fast unhöflichen Einsilbigkeit kapitulierte der Mann schließlich. Das Schweigen zwischen ihnen breitete sich aus wie ein schlechter Geruch. Schließlich erreichten sie das Krankenhaus. »Warum sind wir eigentlich sofort hergefahren?«, fragte Markensen, während er ungeschickt die Tür von sich wegdrückte und umständlich aus dem Auto herauskletterte. »Hätte man nicht erst mal telefonisch klären können, ob die Patientin überhaupt vernehmungsfähig ist?«

Im Grunde gar keine so dumme und unberechtigte Frage, dachte von Seelenthin. Trotzdem reizte sie der Mensch schon durch seine bloße Anwesenheit, besonders seine penetrante Fragerei in diesem latent vorwurfsvollen Tonfall. Ihr kam es vor, als fragte er nicht aus Interesse, sondern um sie zu überprüfen, oder um ihr einen Fehler nachzuweisen.

»Wenn man unangekündigt direkt vor Ort erscheint, erreicht man meistens mehr, vor allem aber gelangt man so schneller an relevante Informationen. Es ergeben sich manchmal neue Möglichkeiten und ...«, erwiderte von Seelenthin, aber Markensen hatte sich weggedreht und hörte ihr nicht zu. Sie folgte seiner Blickrichtung. Auf der anderen Straßenseite wurde gerade ein Austin Healey in dem klassischen dunklen Grünton eingeparkt, dem kurz darauf eine stattliche Mittfünfzigerin in kariertem Tweedkostüm entstieg.

Markensen pfiff durch die Zähne. »Für die geile Karre nähme ich die Dicke glatt dazu!«, kicherte er und strich sich mit der Hand seine Tolle aus der Stirn.

Von Seelenthin sah den Mann angewidert an und wunderte sich einmal mehr, woher manche Menschen ihr Selbstbewusstsein nehmen. Sie fragte am Empfang nach der unbekannten Patientin. Station 3, Zimmer 245. Von Seelenthin steuerte zielstrebig auf die Treppe zu und sah aus den Augenwinkeln, dass Stevie, *Pee Wee*, wie sie ihn insgeheim nannte, wehmütig zum Fahrstuhl schielte. Auf der Station stießen sie auf eine Ärztin, die ihnen erklärte, dass die Patientin nicht in Lebensgefahr schwebe, an eine Befragung zu diesem Zeitpunkt allerdings nicht zu denken sei.

»Können Sie mir etwas über den Allgemeinzustand der Patientin sagen?«, fragte von Seelenthin in dem Wissen, dass die Ärztin eben dies nicht durfte. Die Anfrage wurde wie erwartet abschlägig beschieden. Auf der Fahrt zurück ins Präsidium fiel wiederum kein Wort. Als von Seelenthins Blick den Kommissar Anwärter streifte, bemerkte sie, dass der junge Mann vor sich hin grinste, ganz so, als freue er sich darüber, dass sie keinen Erfolg gehabt hatten.

Als sie im Treppenhaus auf Staatsanwältin Teschner trafen, hakte von Seelenthin den Tag endgültig für sich ab. Die Frauen ignorierten sich so gut wie möglich, Stevie-Jim Markensen blieb jedoch demonstrativ stehen und stellte sich der Juristin, die angesichts der heutigen Veranstaltung in ein dunkelrotes Seidenkostüm und turmhohe Lackpumps gekleidet war, formvollendet vor:

»Guten Tag. Ich bin Kommissar Anwärter Stevie-Jim Markensen. Ich komme aus Stuttgart und dies ist mein erster Tag hier im hohen Norden.«

Er hielt der überraschten Staatsanwältin seine speckige kleine Hand hin.

»Ja, dann herzlich willkommen in Bremen. Ich bin Staatsanwältin Doktor Monika Teschner«, stellte diese sich ihrerseits vor und ergriff die Hand des Mannes. »Es ist so wichtig, dass man gleich zu Anfang angenehme Begegnungen in seiner neuen Heimatstadt hat. Da hatten Sie offenbar heute noch nicht allzu viel Glück«, stellte Teschner mit einem gehässigen Seitenblick auf die Hauptkommissarin fest, die ungerührt geradeaus schaute und ging. Während sie sich weiter die Treppe hinaufbewegten und über den langen Flur in den Sitzungssaal schritten, waren Teschner und Markensen schon in eine angeregte Plauderei über die beliebtesten Szene-Restaurants, Shoppingmalls und Freizeitmöglichkeiten der Stadt vertieft. Sofort an der Tür des großen Raumes entdeckte von Seelenthin ihren Kollegen Dremmler, der sich bereits einen Platz am hinteren Rand der Stuhlreihen gesichert hatte. Sie bevorzugte ebenfalls diese Gangplätze. Allein die Vorstellung, inmitten einer Stuhlreihe zwischen lauter schwitzenden, atmenden und sich räuspernden Menschen festzusitzen, verursachte ihr Herzrasen und Übelkeitsgefühle. Sie biss fest die Zähne zusammen. *Je eher daran, je eher davon.* Von Seelenthin nahm eben auf dem äußersten Platz in der letzten Reihe Platz, als der Polizeipräsident das Podium betrat und die Veranstaltung eröffnete. Die verschiedenen Reden der geladenen Laudatoren anlässlich des Abschieds des einen und des Neuanfangs des anderen Chefs rauschten durch den Raum wie das entfernte Brummen eines Insektenschwarms. Von Seelenthin hörte nicht zu, sie dachte an ihr Zuhause. Seit Tagen schon war Clemens ihr aus dem Weg gegangen, immer auf dem Sprung, wenn sie nach Hause kam, oder anderweitig beschäftigt. Oder täuschte sie sich und bildete sich etwas ein? Schließlich hatte er gestern Abend gekocht und sie hatten zusammen in der Küche gesessen. Allerdings war sie direkt nach dem Essen ins Bett gegangen, weil sie in der Nacht davor überhaupt nicht geschlafen hatte. Damals hatte es auch so angefangen und sie hatte es viel zu spät gemerkt. War sie es gewesen, die sich wieder einmal so in sich selbst zurückgezogen hatte, dass niemand es wagte, sie anzusprechen? Vermutlich war es so. Sie hatte sich nicht ernsthaft bemüht, das Gespräch mit ihm zu suchen. Im Gegenteil, im Grunde war sie froh gewesen, dass er sie in Ruhe ließ. Das sollte sich heute ändern, befand sie. Auf dem Rückweg würde sie im Biosupermarkt frische Zutaten für ein indisches Curry einkaufen und dann würden sie gemeinsam kochen und über alles reden, was zwischen ihnen stand und es aus dem Weg räumen. Bei dem Gedanken an den bevorstehenden Abend hellte sich ihre Stimmung gleich auf. Ein Applaus riss sie aus ihren Gedanken, dieses Mal lauter als die vorangegangenen. Offenbar hatte sich der neue Chef vorgestellt. Sie hatte den größten Teil seiner Rede verpasst und konnte nur noch feststellen, dass er eine sehr angenehme Stimme besaß. Nicht allzu tief, ein bisschen grollend. Sie betrachtete den großen, hageren Mann, den sie auf etwa 50 schätzte, und unmittelbar kam ihr, wie fast immer, die Assoziation mit einem Tier in den Sinn. Oben auf dem Podium stand für sie ein Wolf: glattes, schwarzes Haar, das ihm bis weit über die Nasenwurzel in das schmale Gesicht fiel, von einzelnen weißen Fäden durchzogen. Helle, graue Augen; aufmerksam und suchend, wie auf der Jagd. Seine Bewegungen wirkten fließend und unangestrengt, gleichzeitig nahm sie eine große Körperspannung wahr. Der Mann bewegte sich in seinem Maßanzug so selbstverständlich und geschmeidig wie Isegrim in seinem Pelz. Er beobachtet und hält sich abseits. Ein Außenseiter, und das will er auch sein, dachte sie. Nach den Reden gab es einen abgespeckten Empfang mit zu warmem Sekt und den üblichen, leicht matschigen Lachshäppchen, die auf versilberten Tabletts herumgereicht wurden.

Von Seelenthin und Dremmler verließen mit als Erste ihre Plätze und schoben sich zur Tür. Dremmler berichtete ihr, dass es in der Wohnung einen Kampf gegeben haben musste. Ein blutbeflecktes mittelgroßes Küchenmesser hatte vor dem Sofa auf dem Boden gelegen. Außerdem habe er eine kleine Menge Blut auf der Lehne des Sofas und im Bad gefunden. Vermutlich waren die Abwehrverletzungen an der Hand des unbekannten Mädchens stärker als die, die Joelle davongetragen hatte. Neben den Kampf- und Blutspuren hatten sie zudem noch eine beträchtliche Menge Crystal Meth sicherstellen können. Es hatte, verpackt in Plastikbeutel, in einem schwarzen Aktenkoffer gelegen. Joelle Knaaß selbst war allerdings noch nicht wiederaufgetaucht, sodass es auch von dieser Seite keine Hinweise auf die Identität des unbekannten Mädchens gab. Von Seelenthin nickte.

»Ich fühle mich nicht wohl dabei, dass das Mädchen da allein im Krankenhaus liegt, Dremmler. Wenn sie aufwacht, möchte ich, dass sie unmittelbar befragt wird.«

Ihr Blick fiel auf Markensen. Vielleicht hatte sie ihn falsch eingeschätzt und er war gar nicht so verkehrt? Ihr Bauchgefühl widersprach heftig und sie seufzte laut auf.

»Ich kann jetzt nicht noch einmal ins Krankenhaus fahren! Gleich ist noch eine einführende Besprechung mit dem neuen Chef angesetzt, dienstverpflichtend für mich.«

Fragend sah sie zu Dremmler hoch, doch der schüttelte den Kopf. »Ich habe einen Pflegeplatz für meine Mutter gefunden, also, eventuell. Es geht zu Hause nicht mehr. Als ich gestern nach Hause kam, war meine Mutter dabei, den Teppich zu bügeln! Den Termin im Heim habe ich schon zweimal verschoben. Wenn ich da heute nicht auflaufe, ist der Platz weg!«

Von Seelenthin nickte wieder. »Verstehe. Wissen Sie was? Schicken Sie den Neuen, Markensen, dahin. Er soll meinetwegen Carstens mitnehmen und mir sofort Bescheid geben, wenn das Mädchen aufwacht.«

»Carstens ist krank«, erwiderte Dremmler schulterzuckend.

Von der anderen Seite des Raums winkte eine Kollegin und zeigte auf ihre Uhr am Handgelenk. Von Seelenthin wedelte ungeduldig mit beiden Händen und setzte sich in Bewegung. »Ich muss da jetzt rein. Ihnen viel Erfolg, Dremmler.«

25. KAPITEL

Es war bereits dämmerig, als sie den Mooreichenhof erreichte. Sie bog durch das offene Tor und bemerkte als Erstes den fremden Wagen auf dem Hof. Ein hellblauer Renault, der so unglücklich abgestellt worden war, dass er gleich zwei Parkplätze in der Scheune versperrte. Wer war das? Ein Computerexperte, den Clemens bestellt hatte, weil der Rechner wieder einmal nicht tat, was er sollte? Irgendein Handwerker? Da der Mooreichenhof im Außenbereich liegt, meldeten sich Besucher normalerweise an und kamen nicht einfach so vorbei. Auf jeden Fall kann der Typ nicht Auto fahren, schimpfte sie innerlich. Ärgerlich ließ sie ihr Auto mitten auf dem Hof stehen und stieg aus. Von Weitem entdeckte sie die beiden

Kaltblüter und den Esel. Das Grüppchen graste friedlich auf der Weide hinter dem Hofgelände. Da die Besprechung doch länger gedauert hatte, als sie angenommen hatte, war sie nicht mehr in den Supermarkt gefahren. Sie hoffte darauf, dass Clemens eingekauft hatte. Vielleicht hatte er ja auch wieder gekocht? Von Seelenthin, müde und hungrig nach einem Tag, der trotz vieler Gespräche und Ereignisse keine durchschlagenden Ergebnisse erbracht hatte, schloss die Tür auf. Sie lauschte einen Moment, dann rief sie: »Edda! Enno! Wotan! Wo seid ihr denn?« Keine Hunde. Dafür stand Clemens so in der Tür, dass er den gesamten Rahmen ausfüllte. Sein für gewöhnlich gutmütig blickendes Gesicht war rot angelaufen, die braunen Augen huschten hin und her wie getrocknete Rosinen, die man in einer Schüssel schwenkte.

»Clemens«, hob sie an, während sie sich am Türrahmen abstützte, ihre Boots von den Füßen streifte und in ihre Hausschuhe schlüpfte, »haben wir Besuch? Wo sind die Hunde?«

Clemens räusperte sich, seine sonst so ruhige Stimme klang außer Atem und eine Oktave heller. »Oh! Eija! Ich hatte noch gar nicht mit dir gerechnet. Ja, ich, äh … Gitte ist hier. Eine, äh, Kollegin von mir. Ich hatte dir doch erzählt, dass ich da jemand kennengelernt, also …«

Der große Mann hielt ein Glas Rotwein in der Hand und fuhr damit durch die Luft, als wolle er Wogen aufhalten, die auf ihn zugerollt kamen. »Ja, also, Gitte hatte etwas Angst vor so großen Hunden und da habe ich sie in den Stall gesperrt.«

Hinter Clemens tauchte das herzförmige Gesicht einer etwa 30-jährigen Frau auf. Sie hielt ebenfalls ein Glas Wein in der Hand und hatte schon leicht gerötete Wangen. Die Frau hatte langes, dunkelbraunes Haar, einen hellrot geschminkten Mund und einen ganz leichten Silberblick. Obwohl sie mehr als vollschlank war, drängte sie sich geschmeidig wie eine Tänzerin mit gezierten Minischrittchen an Clemens vorbei und stellte sich vor der Hausherrin auf.

»Hallo, ich bin die Gitte. Du musst die Eija sein. Clemens hat mir schon ganz viel von dir und eurem Paradies hier erzählt!«

Nachdem Gitte ihren Text aufgesagt hatte, drückte sie den Rücken durch und präsentierte von Seelenthin keineswegs unfreiwillig einen tiefen Einblick in ihr beeindruckendes Dekolleté. Mit einer zierlichen manikürten Hand und langen roten Fingernägeln hob sie ihr Glas mit den zahlreichen Lippenstiftabdrücken an: »Also wir beiden trinken gerade ganz gemütlich ein Weinchen zusammen. Magst du nicht auch ein Glas mit uns trinken?«

Von Seelenthin blickte die pralle Erotikbombe vor sich fassungslos an und sah dann zu ihrem Exmann hinüber, der ihrem Blick konsequent auswich. Sie nahm die Schultern zurück. »Mein Name ist Elisabeth Maria von Seelenthin und das hier ist ganz offensichtlich ein großes Missverständnis!«

Damit drehte sie sich brüsk um und ging auf Hausschuhen über den Hof zum Stall. Als sie die Tür öffnete, sprangen ihr die drei Hunde stürmisch entgegen. Sie begrüßte die Tiere liebevoll und ging mit ihnen zurück zum Haus. Gitte und ihr unglücklicher Galan Clemens hatten sich wieder in die Küche zurückgezogen, als von Seelenthin mit den Hunden erneut das Haus betrat. Wortfetzen wie »… warum denn nichts gesagt? … darauf erst einstellen«, drangen an ihr Ohr, während sie die Küchentür öffnete. Gitte verstaute eben eine Packung extra langer Zigaretten in ihrer voluminösen Handtasche, als die aufgeregten Hunde die Küche enterten. Die überraschte Frau in ihrem eleganten Wickelkleid stieß einen ängstlichen Laut aus und fuchtelte panisch mit der Hand in der Luft herum, sodass ihr Glas zu Boden fiel und auf dem Steinboden zerbrach.

»Huuhh! Nein! Geht weg! Nein! Weg!«, rief sie außer Atem, während Clemens den eifersüchtigen Rüden am Halsband fasste. Er führte den Hund weg von den Scherben um den Tisch herum, auch um den größtmöglichen Abstand zwischen Gitte und dem Tier herzustellen.

Von Seelenthin stand mit den anderen beiden Hunden, die das Interesse an der hysterischen Gitte bald verloren hatten, an der Kücheninsel und schenkte sich in aller Ruhe ein Glas Wein ein. Mit schlecht verhohlener Schadenfreude sah sie zu, wie ihr ehemaliger Mann angestrengt versuchte, Herr der Lage zu bleiben.

»Tja, das ist, glaube ich, heute etwas unglücklich gelaufen. Es ist wohl besser, wenn wir uns ein anderes Mal treffen«, sagte Clemens gerade an Gitte gewandt. Die unangenehme Situation ließ seine Stimme heiser klingen, und er musste sich mehrmals räuspern, bevor er die Sätze zum Ende brachte.

Fast tat er von Seelenthin leid. Gitte hatte sich etwas gefangen und schien nicht so schnell aufgeben zu wollen:

»Ich denke, du bist auch hier zu Hause!«, ereiferte sie sich. Die inzwischen wütend gewordene Frau klammerte sich stehend an die Tischkante, als könne allein der Atem der Hunde sie aus der Küche wehen.

Als sie merkte, dass sich Clemens in dieser Situation nicht mehr als Ritter ohne Furcht und Tadel erweisen würde, wandte sie sich in anklagendem Ton an die Hausherrin.

»Ganz ehrlich: Ich verstehe ja, dass du, dass Sie eifersüchtig sind, weil Clemens Ihnen noch nicht von uns erzählt hat. Das ist aber nicht meine Schuld. Ich bin freundlich auf Sie zugekommen. Und apropos freundlich: Ich finde es nicht besonders gastfreundlich, dass hier keinerlei Rücksicht auf Menschen genommen wird, die Angst vor diesen, vor Hunden haben!«

Von Seelenthin zog die Augenbrauen hoch: »Eifersüchtig?«, fragte sie amüsiert. Dann nahm sie einen großzügigen

Schluck Wein und setzte ihr Glas vorsichtig auf der Kücheninsel ab. »Ich fürchte eher, dass Sie sich überschätzen, Frau Mistenberg.«

»Vissenberg!«

Von Seelenthins Mundwinkel zuckten. »Wie auch immer. Dass Herr Fahnenstedt mir nichts von Ihnen erzählt hat, mag vielleicht daran liegen, dass Sie Ihrer Beziehung zu Herrn Fahnenstedt eine Bedeutung zumessen, die so nicht geteilt wird. Und apropos Beziehung: Diese Hunde bedeuten mir mehr als die allermeisten Menschen, die ich kenne. Sie sind meine Freunde und gehören zu mir und in dieses Haus. Sie werden genauso wenig weggesperrt, wie man zweibeinige Familienmitglieder, Kinder etwa, wegsperrte. Wem das nicht passt, der soll bitte hier wegbleiben. So einfach ist das!«

Gitte stieß ein abfälliges Schnauben aus und nickte, als habe sie eine Bestätigung für etwas erhalten. »Clemens hatte schon recht. Er sagte, du, Sie seien eine Eigenbrötlerin, die am liebsten allein mit ihren Tieren in der Einöde herumspaziere.«

Clemens sah bei Gittes Worten aus, als litte er unter heftigen Zahnschmerzen. Sein Blick flackerte nervös zwischen den beiden Frauen hin und her und er schien sich an einen anderen Ort zu wünschen.

»Na, da hat er doch mal völlig recht, der liebe Clemens«, erwiderte von Seelenthin gutgelaunt.»Guten Abend, Frau Misfitberg.«

»Vissenberg«, zischte Gitte und ihr Mund verzog sich zu einer zuckenden roten Linie, »und es war nicht schön, Sie kennengelernt zu haben!«

Von Seelenthin erhob ihr Glas und prostete der vor Wut bebenden Frau zu. Gitte krallte ihre Autoschlüssel vom Tisch und drückte sich, ohne die Hunde aus den Augen zu lassen und ohne sich von Clemens zu verabschieden, um den Tisch herum und verließ eilig die Küche. Das Stakkato ihrer hoppelnden Schritte hallte durch das offene Fenster, ebenso wie das Knallen der Autotür und das Aufheulen des Motors. Nachdem das Motorengeräusch verklungen war, blieb es eine Zeit lang still in der Küche.

»Es tut mir leid«, sagte Clemens schließlich, »ich hätte früher mit dir reden sollen.«

Von Seelenthin schenkte sich Wein nach und nahm ihr Glas mit in Richtung Wohndiele. An der Tür drehte sie sich noch einmal um. »Ja, das hättest du wohl.«

Plötzlich entwich alle Energie aus ihrem Körper. Sie ging wie betäubt durch den weitläufigen Raum und setzte sich schließlich steifbeinig auf das ausladende Sofa vor dem mannshohen Kamin. Seufzend legte sie den Kopf in den Nacken. Was hatte sie eigentlich geglaubt? Dass sie und Clemens auf ewig harmonisch als platonische Wohngemeinschaft zusammenleben? Zwar geschieden, aber trotzdem glücklich und zufrieden zusammen alt werden? Clemens: ihr bester oder besser einziger Freund. Ihr geschiedener Mann. Ihr Lebensmensch. Und jetzt besaß dieser Mensch die Frechheit, sich neu zu verlieben! Hatte diese »Igittegitt« Gitte etwa recht in dem Punkt, dass sie eifersüchtig war? Mehrmals ballte sie die Fäuste und öffnete sie wieder. Sie musste jetzt laufen, springen, irgendetwas Schweres durch die Gegend werfen, Holz hacken, die Ställe ausmisten oder … Aufgewühlt zog sie ihr Handy aus der Tasche und wählte die bekannte Nummer.

»Hallo Fips, ich bin es, Eija.«

»Oh, Eija! Du hast Glück, meine Liebe! Ich komme gerade wieder nach Hause. Habe soeben meine gesamte Brut im Ferienlager entsorgt!«

»Clemens hat eine Freundin!«, platzte es aus ihr heraus.

»Na, das sind doch großartige Neuigkeiten! Dann kannst du den Dicken ja in die Wüste schicken und dich endlich dazu durchringen, das Gästehaus an einen jungen, knackigen Verwalter zu vermieten, der dir Haus und Hof in Ordnung hält und ab und zu mal die Garage ausfegt!«

Von Seelenthin verschluckte sich am Wein und musste husten. »Lass' das, Fips. Ich meine es ernst. Als ich heute nach Hause kam, saß er hier mit so einer vollbusigen Lehrerin mit sexy Silberblick, die mich am liebsten gleich als beste Freundin adoptiert hätte und erst mal ein ›Weinchen‹ mit mir trinken wollte. Stößchen, du, ich bin die Gitte! Und immer schön mit Artikel. So eine Komikerin eben.« Ihre Freundin stieß ein ungeduldiges Schnauben aus. »Du erinnerst dich doch hoffentlich noch an euren Scheidungsgrund, oder? War das nicht auch so ein schielendes Tittenmonster, von dem er dir aus ›irgendeinem‹ Grund« nichts erzählt hatte, obwohl die Geschichte schon ein halbes Jahr lief?«

Von Seelenthin stöhnte gequält auf, aber ihre Freundin fuhr gnadenlos fort. »Ich habe den Dicken nie gemocht, zugegeben. Aber ihr seid getrennt und offensichtlich hat er das eher verinnerlicht als du. Daraus kannst du ihm keinen Vorwurf machen. Irgendwann solltest du dich auch neu orientieren. Das kann ja nicht ewig so weitergehen. Du bist doch noch zu jung, um allein zu bleiben, oder?«

Allein. Bei Philippa klang das Wort wie ein Stigma. Von Seelenthins Gedanken schweiften ab, während Philippa sich langsam in Form redete. Sie hatte das Alleinsein immer als Privileg empfunden. Wenn die Spielkameraden ihrer Kindheit sie nach einem gemeinsamen Nachmittag wieder verließen, musste sie oft aufatmen und verspürte ein Gefühl der Erleichterung, wenn sich die Haustür ihres Elternhauses hinter ihnen schloss. In Gegenwart anderer Menschen wurde sie oft zu einem Spiegel, der die Bedürfnisse und Wünsche anderer Menschen abbildete. Sie las diese Erwartungen ihres Gegenübers, erfüllte sie und trat selbst hinter den Spiegel zurück. Einzig Clemens konnte sie immer um sich haben, ohne dass seine Anwesenheit ihr die Luft nahm. Der Gedanke, dass Clemens weggehen könnte, lähmte sie. »Eija? Hörst du mir zu?«, kam Philippas Stimme aus dem Hörer.

»Ja, sicher. Irgendwelche komplizierten Verstrickungen in Liebesaffären mit verheirateten Männern oder andere unglückliche Beziehungen ohne Perspektive vermisse ich jedenfalls nicht. Wie geht es denn Georg und den Kindern?«, schob sie nach, um den Redefluss der Freundin zu stoppen.

Philippa lachte laut auf: »Du meinst, wo wir doch gerade über unglückliche Beziehungen ohne Zukunft reden? Der normale Wahnsinn im Leben einer berufstätigen Mutter: Schorse ist dauernd unterwegs, ich überlege schon, ihn zu siezen. Wir haben den Holzbock im Dachstuhl! Momentan sehe ich zu, dass uns der alte, zugige Kasten nicht über dem Kopf zusammenbricht. Von Ferdinand und Freya höre ich nur, wenn sie Geld brauchen. Kinder! Die fühlen sich ausgesprochen wohl im Internat, und der kleine Fritz wird von mir den ganzen Nachmittag von A über B nach C kutschiert. Ansonsten die üblichen Veranstaltungen, du kennst das ja.«

Bald darauf verabschiedeten sich die beiden Freundinnen voneinander und von Seelenthin ließ die Hunde aus der Terrassentür zum Sandpaddock laufen. Sie schaute über die weiten Wiesen und den Birkenwald, der den Blick am Ende des Horizonts begrenzte. Die Sonne ging unter und zog die letzten Strahlen wie eine rotgoldene Schleppe hinter sich her. Sie schloss die Augen und sah das stupsnasige Gesicht mit den vielen Sommersprossen vor sich. Fips. Philippa Gräfin Seidlitz verwaltete zusammen mit ihrem Ehemann Georg den großen Familienbesitz in Schleswig-Holstein. Georg, dessen heimliches Vorbild Prinz Charles war, hatte sich ganz auf die Land- und Forstwirtschaft kapriziert. Philippa nannte ihn deshalb gerne »Schnittlauch Schorse«, was durchaus liebevoll gemeint war. Das schicke Schlosscafé hatte sich unter

Philippas Regie in den letzten Jahren zu einer überregionalen Attraktion entwickelt und im Schlossgarten fanden mehrmals im Jahr Gartenausstellungen, Mittelaltermärkte und ähnliche Veranstaltungen statt, die den begeisterten Besuchern die Illusion vom idyllischen Landleben vorgaukelten. Sie lächelte, als sie an ihren letzten Besuch eines solchen Festivals dachte. Clemens hatte sich über die verklärten Gesichter der Schlossgartenbesucher lustig gemacht. Dabei hatte sein bösartiger Humor nicht ganz den Geschmack der Gastgeber getroffen und sie waren frühzeitiger abgereist, als ursprünglich vorgesehen war. Fips und Eija, Eija und Fips. Lange waren ihre Leben, zumindest was die äußerliche Struktur anging, ähnlich verlaufen: Kindheit auf dem Familiengut, Internat, Studium. Dann hatten sich ihre Lebenswege getrennt. Nach einer kurzen Zeit, die Philippa in einer Praxis für Psychotherapie gearbeitet hatte, heiratete sie Georg von Seidlitz. Kaum war der Hochzeitsmarsch verklungen, hieß es bei Philippa: Promotion? Praxis? Patienten? Bitte wenden! Schloss Seidlitz und eins, zwei, drei Kinder. Sie haben Ihr Ziel erreicht! Von Seelenthin seufzte. Ihre Eltern wären so stolz gewesen! Eine Hochzeit mit einem vorzugsweise adeligen Mann, den sie im Idealfall schon seit ihrer Kindheit kannte. Zur Not hätte es auch ein Akademiker aus bürgerlich konservativem Haus getan. Und selbstverständlich Kinder. Möglichst viele wohlgeratene Kinder, die das Erbe ihrer Eltern in die nächste Generation tragen, um es an die nächstfolgende zu übergeben und so weiter und so fort bis zur nächsten Steinzeit. Circle of life. Das ist doch das biologische Programm und gleichzeitig der Herzenswunsch einer Frau! Ihrer nicht, nie gewesen. Ein Leben zwischen Restaurierungsarbeiten am Schloss, Kindererziehung, Wohltätigkeitsveranstaltungen, kommunaler Politik und ständig irgendwelche Taufen, Hochzeiten, Jagdgesellschaften, Beerdigungen. *Brust raus, Bauch rein, Kleidchen an und Haare hoch. Hut auf und ab.* Sie schüttelte unwillkürlich den Kopf und verschränkte die Arme vor der Brust. Die Sonne hatte den Rest ihrer Schleppe über das Wäldchen gezogen und Wärme und Licht mitgenommen. Mittlerweile war es dunkel und sie fröstelte in der kühlen Abendluft. Sie rief die Hunde zu sich, schloss die Terrassentür und drehte sich um. Unter der Küchentür schimmerte ein blasser Lichtstreifen durch. Ob Clemens noch dort saß? Ihr Magen knurrte und erinnerte sie daran, dass sie nichts gegessen hatte. Aber jetzt in die Küche gehen und auf einen reuigen, traurigen oder gar wütenden Clemens treffen? Nein. Sie stieg die Treppe hinauf, ging ins Bett und fiel in einen unruhigen Schlaf.

Etwas hatte sie geweckt. Angestrengt lauschte sie in die Dunkelheit. War das ein Auto gewesen, jetzt, mitten in der Nacht? Ein unangenehmer Druck legte sich auf ihre Brust. Sie ging nach unten in die Küche, noch immer brannte das Licht. Die Hunde liefen unruhig hin und her, hatten den Wassernapf umgestoßen und hechelten nervös. Der Druck auf ihrer Brust verstärkte sich und wurde heiß, sie atmete flacher. Immer drei Stufen auf einmal nehmend, rannte sie die Treppe hinauf und über die offene Galerie zu den hinteren Räumen, in denen sich Clemens seit ihrer Scheidung eingerichtet hatte. Sie verlangsamte ihre Schritte, als wolle sie nicht sehen, was offensichtlich war. Der sengende Druck auf ihrer Brust dehnte sich aus und nahm ihr die Luft. Sie zog die Tür zu seinem Schlafzimmer auf und blieb stehen. Eine Weile lehnte sie an der offenstehenden Tür zu Clemens' Schlafzimmer. Sie atmete keuchend aus. Das Bett war gemacht, die Schranktüren ordentlich geschlossen. Sie musste sie nicht öffnen, um zu wissen, dass er gegangen war.

26. KAPITEL

Vor mehr als drei Menschen zu sprechen, hatte Dremmler seit jeher nervös gemacht. In seiner Hosentasche zerrieb er das ohnehin schon zerknüllte Taschentuch. Einzelne Papierbrösel, die wie kleine weiße Maden aussahen, klebten in seinen schweißfeuchten Handflächen, als er die Hand aus der Tasche nahm. Markensen zog angeekelt die Mundwinkel nach unten.

»So. Nachdem Hauptkommissarin von Seelenthin die Tathergänge der beiden Morde zusammengefasst hat, kommen wir nun zu den neuesten Entwicklungen. Das gestern in der Kurt-Schumacher-Allee kollabierte Mädchen heißt Nora Hesselbach. Sie ist die jüngere Tochter von Diana und Hennes Hesselbach. Nora war gestern zunächst in der Kirchbachstraße am Haus von Barbara Piontak. Dort hat sie eine Scheibe eingeworfen und außerdem Barbara Piontak mit einem Messer bedroht. Die wird allerdings keine Anzeige erstatten. Sie sagte, dass sie keinen Ärger mit den Hesselbachs wolle. Nur die Scheibe will sie ersetzt haben.« Dremmler rieb die Finger der rechten Hand aneinander, schaute nach unten und entdeckte die weißen Papiermaden. Augenblicklich schoss ihm die Röte ins Gesicht. Er schluckte und räusperte sich. »Danach ist Nora Hesselbach zu Joelle Knaaß in die Kurt-Schumacher-Allee gefahren und hat dort gegen 15.00 Uhr das Meth geschnupft, etwas weniger als ein Gramm in einer Viertelstunde. Dem Zeug war allerdings noch ein Beruhigungsmittel beigemischt und dieser Giftcocktail hat dann zum Kreislaufkollaps geführt. Glück für sie, dass wir vor Ort waren und sofort reagiert haben.«

Die Staatsanwältin hob den Blick von ihren Unterlagen. »Wie haben Sie die Identität des Mädchens ermittelt? Ich denke, sie liegt noch im Krankenhaus und ist nicht ansprechbar?« Von Seelenthins Blick suchte Kommissar Anwärter Markensen. Der reckte das Kinn und schaute auf einen Punkt über ihrem Kopf. »Ich hatte den Kollegen Markensen gestern Abend nach der Feierstunde gebeten, solange im Krankenhaus zu bleiben, bis das Mädchen aufwacht, und mir dann Bescheid zu geben«, setzte von Seelenthin an, als Markensen sie unterbrach. »Ich war in der Klinik!«

»Aber ja doch! Das hat man mir auch gesagt, als ich heute Morgen dort war«, schnitt von Seelenthin ihm das Wort ab und ihre Stimme klang wie klirrendes Glas, als sie fortfuhr: »Sie haben in der Cafeteria gesessen, während Nora Hesselbach von ihrer Mutter abgeholt wurde und das Krankenhaus verlassen hat!«

»Das ist unfair! Ich habe mir nur kurz einen …«

»Jetzt ersparen Sie mir um Himmels willen Ihr peinliches Gewinsel!«, unterbrach von Seelenthin den Kommissar Anwärter grob. »Der Kollege Dremmler und ich werden die Familie Hesselbach unmittelbar im Anschluss an diese Besprechung aufsuchen.«

»Woher kennen die beiden Mädchen sich eigentlich?«, fragte Lars Carstens.

»Aus der Schule«, antwortete von Seelenthin, die auf das Whiteboard rechts und links die Namen der beiden Mordopfer geschrieben und alle anderen Personen aus dem Umkreis um sie herum gruppiert hatte. Sie verband die Namen der Mädchen durch eine Linie. »Obwohl Joelle zwei Jahre älter ist, besuchen sie beide die Oberstufe des Hermann-Böse-Gymnasiums in Schwachhausen.« Von Seelenthin zeigte mit dem Laserpointer auf den Namen Robin Piontak und fuhr die Verbindungslinien zwischen den Namen ebenfalls mit dem Pointer ab. Sie drehte sich zu den Zuhörern um. »Unser erstes Mordopfer, Robin Piontak, kannte Joelle Knaaß, weil sie die Tochter seiner Lebensgefährtin Nadine ist. Die beiden Mädchen kennen sich, wie gesagt, aus der Schule, und Joelle muss herausgefunden haben, dass Piontak und Nora Hesselbach Halbgeschwister sind.«

Dremmler ergänzte: »Piontak hat in regelmäßigen Abständen versucht, Kontakt zu seinem Vater aufzunehmen. Er muss gewusst haben, dass sein Vater, Hennes Hesselbach, noch zwei Töchter hat. Spätestens durch Joelle Knaaß hat er erfahren, dass Nora seine Halbschwester ist.«

Nachdenklich sah von Seelenthin auf das Board mit den vielen Namen und Pfeilen. »Piontak war ein Junkie und ein verurteilter Tierquäler, außerdem hat er seine Lebensgefährtin geschlagen und deren Sohn bedroht. So ein Mensch will nicht einfach mal so seine Halbschwester kennenlernen. Ich bin mir sicher, dass Piontak und Joelle Knaaß von Anfang an den Plan hatten, diese Verbindung in ihrem Sinn zu nutzen.«

»Wie, nutzen?«, fragte Carstens.

»Hesselbach zu erpressen, zum Beispiel«, antwortete von Seelenthin.

»Ach, echt jetzt? Und mit welchen lustigen Spekulationen wollen Sie uns als Nächstes langweilen?« Staatsanwältin Teschner lehnte sich auf ihrem Stuhl zurück und schlug die langen Beine publikumswirksam übereinander. »Sie haben außer dem wirren Dickicht aus Namen kaum etwas Handfestes geliefert. Viele Spekulationen. Wenig Ergebnisse.«

Der enge Rock der Staatsanwältin war nicht ganz zufällig hochgerutscht und hatte einen Teil ihres schlanken Oberschenkels freigelegt. Während die Augen der Juristin unter einem Vorhang aus seidigen Haaren Kriminaldirektor Härmter fixierten, brachte sie sich anmutig wieder in eine neue Sitzposition. Die Vorstellung verfehlte bei den meisten männlichen Teilnehmern ihre Wirkung nicht. Während Stevie-Jim Markensen verzückt lächelte, fiel der zappelige Carstens fast von seinem Stuhl, auf dem er seit Beginn der Besprechung herumkippelte.

Von Seelenthin verzog einen Mundwinkel zu einem kalten, unechten Lächeln und sah der Juristin direkt in die Augen. »Angesichts zweier Morde weiß ich nicht, was hier lustig oder gar langweilig sein sollte, Frau Doktor Teschner. Für Piontak kommen als Motive, Kontakt zu Nora Hesselbach aufzunehmen, mehrere infrage: Rache an seinem Vater, Hass und Neid in Bezug auf die Halbschwester, Zerstörungswut. In seinem Stadium der Abhängigkeit waren kaum noch rational erklärbare, *normale zwischenmenschliche Reaktionen* möglich. Und Joelle Knaaß hat die Wut und den Hass Piontaks kanalisiert und mit einem ökonomischen Aspekt verbunden. Weniger subtil formuliert: Erpressung. Ich bleibe dabei: Piontak hat von seinem Vater zwar Geld bekommen, den Höchstsatz der Düsseldorfer Tabelle, weil er studierte und die Mutter, Barbara Piontak, nie gearbeitet hat. Das reichte aber nicht für den Lebensstil, den er führte.« Sie spreizte die Finger und zählte auf. »Auf dem Schreibtisch in Nadine Knaaß' Schlafzimmer steht ein Apple MacBook Pro 2016. Das Motorrad ist eine BMW F 650 GS, Dakar. Vor einem halben Jahr gekauft. Er hat Nadine Knaaß großzügig bei der Mietzahlung unterstützt, hat Designerkleidung für sie und sich gekauft, die Ausstattung für das Nageldesignstudio finanziert und nebenbei hat er noch viel Geld für den eigenen Drogenkonsum gebraucht.« Sie ließ die Hand sinken, atmete aus.

Kriminaldirektor Härmter, der bislang mit verschränkten Armen ganz hinten im Raum an einen Pfeiler gelehnt stand, blickte mit einem undurchdringlichen Ausdruck zwischen den beiden Frauen hin und her und fixierte dann von Seelenthin: »Frau Hauptkommissarin, Sie sagten zu Beginn Ihrer Ausführungen, dass wir von einem Täter in beiden Fällen ausgehen müssen. Wo könnte eine Verbindung zwischen beiden Opfern liegen?«

Unwillkürlich wich sie einen Schritt zurück und stieß dabei gegen das Pult, sodass der Laserpointer herunterfiel. Sie bückte sich und legte den Stift wieder auf das Pult. »Der offensichtlichste Punkt sind die Drogen«, sagte von Seelenthin und klemmte sich eine Strähne hinter das Ohr. »Ingstedt und Piontak haben identischen Stoff konsumiert. Das hat die Durchsuchung der beiden Wohnungen von Nadine und Joelle Knaaß ergeben. Bei Joelle Knaaß haben wir einen schwarzen Aktenkoffer sichergestellt. Eine größere Menge der Substanz, die zuvor bei Nadine Knaaß gelagert war, deutet darauf hin, dass Piontak selbst dealte. Vielleicht hat Ingstedt bei ihm gekauft oder sie kannten beide die Quelle des Stoffs?«

Carstens klopfte mit einem Kugelschreiber auf den Tisch. »Da gibt es noch etwas«, sagte er. »Die Familien Hesselbach und Ingstedt müssen sich kennen. Sie sind im selben Golfklub und die Damen treffen sich regelmäßig zum Damengolf. Frau Hesselbach und Frau Ingstedt sind außerdem im Lions Club. Eine dieser Einladungskarten, die Frau Ingstedt am Vorabend des Mordes an ihren Mann geschrieben hat, war auch an Diana Hesselbach adressiert.«

»Gute Arbeit, Carstens. Danke.« Von Seelenthin, die diese Verbindungen gleich auf das Whiteboard notiert hatte, breitete die Arme aus: »Warum war Nora Hesselbach gestern bei Joelle Knaaß? Wieso hat sie Joelle angegriffen? Ich bin mir sicher, dass Nora nicht nur dort war, um das Meth zu schnupfen! Was könnte der Grund für eine Erpressung sein? Um jetzt weiterzukommen, brauchen wir Einsicht in die Smartphones beziehungsweise in die Computer von der gesamten Familie Hesselbach und wir müssen Joelle finden. Wir brauchen jetzt einen Durchsuchungsbeschluss für Hesselbachs Wohnhaus.«

Kriminaldirektor Härmter sah zu Staatsanwältin Teschner, die ein paar Sekunden intensiv auf ihre polierten Fingernägel blickte und dann aufsah. »Ich sehe noch keinen ausreichend begründeten Verdacht für eine Hausdurchsuchung. Eine Verbindung zwischen Nora Hesselbach und Joelle Knaaß ist durch die Schule gegeben. Mit dem Messer hat sie nur diese Piontak bedroht. Und in dem Zustand, in dem sie durch die Droge war, kann sie sich auch selbst mit dem Messer verletzt haben. Zurzeit sehe ich keine Möglichkeit für eine Hausdurchsuchung.«

Von Seelenthin nickte knapp. Ohne erkennbare Reaktion wendete sie sich zu den einzelnen Mitgliedern der Mordkommission »Enduro« um. Der Kriminaldirektor dankte in knappen Worten für die prägnante Zusammenfassung der bisherigen Ermittlungsergebnisse. Die Staatsanwältin tat durch ein kurzes, abfälliges Schnauben kund, dass sie völlig anderer Meinung war, stand auf und strich sich den Rock glatt. Während Teschner die Strecke zwischen ihrem Sitzplatz und der Tür des Raumes durchstöckelte und erst kurz vor der Tür beeindruckend in der Hüfte einknickte, schwang selbige plötzlich auf und verfehlte die Staatsanwältin nur knapp. Eine kleine Person, die so prall in ihrer Uniform steckte wie ein rosarot glänzender Backschinken im Netz, stand unvermittelt im Türrahmen. Irgendwer pfiff leise die ersten Töne von »Hier kommt die Maus« und als die Polizistin dann ihre Augen so auffällig öffnete und schloss wie die gleichnamige Figur im Fernsehen, erinnerte von Seelenthin sich an die Nacht im Teufelsmoor, als sie das Tatfahrzeug gefunden hatten. Polizeimeisterin Poppe, fiel es ihr wieder ein. Die Uniformierte und die Staatsanwältin standen einander gegenüber wie Maus in Uniform und Kobra mit Brille und gaben ein witziges Bild ab, wäre es ohne Ton geblieben. Außer Atem gab die kleine Polizistin bekannt, dass soeben der Fund einer weiblichen

Leiche gemeldet worden sei. Die Tote habe Papiere bei sich gehabt, die sie als Joelle Knaaß auswiesen.

»Damit stellt sich eine völlig andere Situation dar«, sagte Kriminaldirektor Härmter und blickte Monika Teschner an, die stocksteif stehengeblieben war.

»Kommen Sie umgehend in mein Büro. Ich stelle Ihnen sofort den Durchsuchungsbeschluss aus.«

27. KAPITEL

Seit sie Nora gestern Abend aus dem Krankenhaus abgeholt hatte, konnte sie an nichts anderes mehr denken. *Methylamphetamin. Crystal Meth.* Die Worte des Arztes waren wie Bomben in ihr Leben eingeschlagen. Das war doch nicht ihre Welt? So etwas war weit weg, verbreitet in der Unterschicht Amerikas, die in Trailern herumvagabundierte und schon seit Generationen keine Chance auf ein sinnerfülltes Leben mehr hatte. Oder vielleicht bei verwahrlosten Jugendlichen, die aus lauter Langeweile einmal in eine andere Welt abtauchen wollten und dann merkten, dass das Auftauchen nur noch schwer möglich war. Aber doch nicht hier in Bremen Schwachhausen, in ihrer Familie! Sie saß in Noras Zimmer und rief sich das Gesicht ihrer Tochter in Erinnerung, wie sie blass und zusammengesunken auf dem Krankenhausbett gesessen hatte. Der behandelnde Arzt hatte sie nicht gehen lassen wollen, da sie ihre Volljährigkeit nicht nachweisen konnte. Nur deshalb hatte sie diese furchtbaren Dinge überhaupt erfahren!

Diana betrachtete ihre schlafende Tochter. Das blasse kindliche Gesicht wirkte fast durchscheinend, der silberne Ring hatte ein hässliches Loch in ihrer Unterlippe hinterlassen. Als sie an das Tattoo auf der Innenseite des Oberschenkels ihrer Tochter dachte, liefen ihr die Tränen über die Wangen. Warum war das geschehen und vor allem wann? Sie war doch immer da gewesen für ihre Töchter, vor allem für die sensible Nora. Hennes war heute Morgen in die Stadt gefahren. Er war wieder einmal unabkömmlich in der Agentur gewesen, da eine wichtige Präsentation anstand. Allerdings hatte er versprochen, so bald wie möglich zurück nach Hause zu kommen. Es klingelte und sie schrak zusammen. Aber Diana Hesselbach hatte früh gelernt, sich zusammenzureißen, wenn es darauf ankam. Nora murmelte etwas im Schlaf und drehte sich zur Wand. Diana stand auf und betrachtete sich aufmerksam in dem weiß lackierten Wandspiegel. Mit einem Papiertaschentuch tupfte sie leicht über die Tränenspur, die sich durch ihr Make-up gezogen hatte. Die zwei langen Kratzspuren an ihrem Hals hatten sich entzündet und leuchteten hellrot. Auf der Kommode vor ihr lag ein schmales weißes Seidentuch. Geschickt band sie sich das Tuch um ihren Hals und prüfte den Sitz im Spiegel. Ihr Blick suchte Noras Bett. Wie sehr sie ihre Töchter liebte! Noch einmal drehte sie sich um und trat an das Bett ihrer jüngsten Tochter. Zart strich sie die weiße Bettwäsche glatt und steckte ihre Nase in das rote, herzförmige Kuschelkissen, dann legte sie sich ihren wollenen Poncho um und ging die Treppe hinunter, um die Haustür zu öffnen.

Die Frau mit dem langen Zopf stellte sich als Hauptkommissarin Seelenthin und ihren großen Kollegen mit dem schütteren Haarflaum als Kommissar Dremmler vor. Diana Hesselbach bat die Polizisten in die Küche und bot ihnen einen Kaffee an, den beide ablehnten. Sie war gerade dabei, sich einen doppelten Espresso aufzubrühen, als sich ein Schlüssel in der Haustür drehte. Der Hausherr betrat kurz darauf die offene Küche und sein Blick ging mehrmals angespannt zwischen seiner Frau und den beiden Beamten hin und her.

»Guten Morgen«, begrüßte er die beiden Kommissare und legte eine lederne Aktenmappe auf die hohe Theke aus Edelstahl. »Ich nehme an, Sie sind Noras wegen hier?«

Hesselbach vermied den Handschlag, er nickte den Kommissaren lediglich zu. Dann ging er um die Kücheninsel herum und auf seine Frau zu. Die Bewegungen des Geschäftsmannes wirkten nicht mehr ganz so geschmeidig und souverän wie bei ihrer letzten Begegnung, fiel der Hauptkommissarin auf. Obwohl er in seiner eigenen Küche war, wirkte sein Gang steif und seine Augen suchten den Raum unruhig nach etwas ab, um Halt zu finden. Schließlich fixierte er einen Punkt oberhalb der Tür.

»Meine Frau hat Ihnen sicher schon mitgeteilt, dass unsere Tochter Ruhe braucht. Wir haben selbst noch nicht ausführlich mit ihr sprechen können«, stellte der Hausherr klar und baute sich dann demonstrativ neben seiner Frau auf, als wolle er sie durch seine bloße Nähe abschirmen.

»Heute Morgen wurde am Vahrer See die Leiche eines jungen Mädchens gefunden«, unterrichtete von Seelenthin das Ehepaar Hesselbach. »Es handelt sich um die 20-jährige Joelle Knaaß. Sie war eine Mitschülerin von Nora.«

Diana Hesselbach drückte den Rücken durch, sie räusperte sich und griff sich an den Hals. Dann zuckte ihre Hand zurück, als habe sie sich an etwas verbrannt. Als sie zu sprechen anfing, klang ihre Stimme rau: »Das ist das Mädchen, bei dem unsere Nora gestern war, nicht? Da hat sie dieses Zeug genommen.«

Die Frau war rot angelaufen und hielt sich am Ärmel ihres Mannes fest. Hesselbach sagte nichts. Er runzelte die Stirn, und von Seelenthin bemerkte, dass sich ein feiner Schweißfilm auf seiner Oberlippe bildete. Gleichzeitig wurde der Mann blass und blickte hinunter auf seinen Arm. Die weißen Finger seiner Frau mit den tomatenrot lackierten Nägeln waren regelrecht in den schwarzen Wollstoff seines Jacketts verkrallt und bildeten so einen scharfen Kontrast.

»Was haben Sie gestern Abend zwischen 18.00 und 22.00 Uhr gemacht?«, fragte die Hauptkommissarin.

Hesselbachs Kopf ruckte in Richtung seiner Frau. »Ja, was glauben Sie?«, fragte Diana Hesselbach mit schriller Stimme. »Unsere Tochter war im Krankenhaus! Ich habe sie um etwa 18.00 Uhr abgeholt, etwas früher vielleicht. Danach waren mein Mann und ich hier in der Küche und haben geredet. Nora hat sich nach oben zurückgezogen und geschlafen.«

Hennes Hesselbach hob den Blick und nickte beipflichtend, dann legte er eine Hand auf die seiner Frau und löste ihre Finger behutsam von seinem Arm.

»Hat Nora nie etwas über Joelle erzählt? Die beiden müssen sich häufiger getroffen haben«, fragte von Seelenthin und schaute beide Ehepartner abwechselnd an.

»Nora hatte zwei enge Freundinnen. Henriette, Nora nennt sie Jette, Schettmer und Clara Munziger«, ergriff die Hausherrin energisch das Wort. »Sie wohnen hier gleich in der Nachbarschaft, besuchen die gleichen Kurse in der Schule. Manfred Schettmer ist Rechtsanwalt und Notar, ein enger Freund der Familie, und den Munzigers gehören allein in Bremen mehr als 200 Wohnungen.«

»Also alles ordentliche Leute«, warf Dremmler ein, der die Angaben, ohne aufzusehen, in sein zerfleddertes Notizbuch schrieb.

Diana Hesselbach kniff uncharmant die Lippen zusammen, was sie in Sekundenschnelle 15 Jahre altern ließ. Dann sah sie den Polizisten an wie etwas, das man sich mit einem spitzen Stock aus den Profilsohlen kratzt. »Davon können Sie ausgehen, Herr?«

»Kommissar Ralf Dremmler«, antwortete der freundlich und schob seinen großen Kopf nach vorne und wieder zurück wie ein Vogel, der aus seinem Nest lugt, um die Wetterlage zu prüfen.

»Nora muss auch Kontakt zu Robin Piontak gehabt haben«, schob von Seelenthin nach. »Hat sich Ihre Tochter in der letzten Zeit verändert?«

Frau Hesselbach überlegte angestrengt. Tief sog sie die Luft ein und wollte soeben antworten, als ihr Mann sie am Arm fasste und mit bemüht ruhiger Stimme antwortete: »Wie ich Ihnen bei Ihrem letzten Besuch in der Agentur schon gesagt habe: Ich, wir wollten keinen Kontakt zu diesem …«

»Sohn«, fiel Dremmler ein,

»Subjekt«, beendete Diana Hesselbach den Satz.

»Diana! Bitte!«

Hesselbachs Griff um den Arm seiner Frau wurde fester, aber sie sperrte sich gegen die schützende Geste und schlug seine Hand weg.

»Es ist doch wahr! Dieser Abschaum! Nora und Elisa, unsere Töchter, haben nichts von seiner Existenz gewusst! Sie hätten auch nicht einen Augenblick geglaubt, dass er und sie verwandt sein könnten! Eine Zumutung ist das alles!«, fügte sie aufgebracht hinzu. Wiederum griff sie sich an den Hals und blinzelte die Tränen weg.

»Meine Frau ist stark erkältet«, erklärte Hesselbach, als sei dies ein Grund, die Befragung zu beenden.

Von Seelenthin hörte eine Autotür zuschlagen und nickte ihrem Kollegen zu. Bereitwillig ließen sich die Kommissare hinaus in die Diele komplimentieren. Das Ehepaar Hesselbach hatte sich soeben gegenseitig ein Alibi gegeben. Es gab für die beiden Polizisten im Moment nichts mehr zu erfragen. Es klingelte an der Tür und Dremmler öffnete schon, bevor der Hausherr protestieren konnte. Hauptkommissarin von Seelenthin wandte sich zu Hennes Hesselbach um.

»Herr Hesselbach, das sind die Kollegen mit dem Durchsuchungsbeschluss. Die leitende Staatsanwältin, die die Durchsuchung angeordnet hat, wird sofort hier sein. Ich werde Sie jetzt im Vorfeld belehren, damit alles seine Richtigkeit hat. Nach der Auswertung der entsprechenden Daten werden wir wieder auf Sie zukommen. Ah, da ist der Kollege schon mit der Kopie für Sie.«

Von Seelenthin reichte das Schriftstück, das Dremmler ihr gab, an Hesselbach weiter. Zusammen blieben sie in der Diele stehen; Diana Hesselbach lehnte in der offenen Küchentür wie festgenagelt, einzig die Finger ihrer rechten Hand bewegten sich und nestelten an dem Seidentuch um ihren Hals.

Die beiden Kommissare gingen die Einfahrt hinunter.

»So eine blasierte Kuh!« Dremmler steckte sein Notizbuch in die Tasche seiner weiten Jacke. »Diese Frauen meinen tatsächlich, dass sie mit ihrem ganzen Geld zu besseren Menschen werden! Der ganze Dreck, die Drogen, Misshandlungen; das passiert doch nur denen, die es nicht anders verdienen. Dem Prekariat, dem Mob!«

»Die waren beide ziemlich von der Rolle, finde ich, als die Staatsmacht einmarschierte«, bemerkte von Seelenthin, während sie unablässig an ihrer Unterlippe herumknibbelte.

»Es sollte mich wundern, wenn wir da jetzt nichts finden! Aber vorher, Dremmler, während des Gesprächs in der Küche. Es hat sich unterschiedlich gezeigt, aber beide waren unheimlich betroffen vom Tod Joelles. Nicht, dass ihr Tod einem von beiden leidgetan hätte.«

Der Satz schwebte und die unausgesprochenen Gedanken segelten wie Notizzettel in der Luft herum, bis Dremmler einen davon erhaschte. »Ich verstehe, was Sie meinen. Diese Aggressivität der Frau. Es schien fast so, als finde sie den Tod des Mädchens völlig in Ordnung.«

»Oder als wolle sie ihn sogar rechtfertigen, genau. Während

er eher überrascht war oder verunsichert. Und eine Erkältung bei dem Wetter finde ich auch eher seltsam. Haben Sie gesehen, wie sie sich pausenlos an den Hals gefasst hat? Autsch!«

Das permanente Knibbeln hatte schließlich dazu geführt, dass sie sich eine tiefe Kerbe in die Lippe gerissen hatte. Sie schaute in den Spiegel und leckte sich über die Wunde, die hartnäckig blutete. Während sie nach einem Taschentuch suchte, schielte sie auf ihr Handy, das ihr den Eingang einer SMS anzeigte. Eine Nachricht von Clemens? Aus dem Augenwinkel entzifferte sie seine Nachricht. *Für Notfälle, oder falls du mit mir reden willst.* Was glaubte dieser Mensch eigentlich? Dass sie ihm jetzt auch noch hinterhertelefonierte, nachdem er sich wieder einmal so heimlich, still und leise verabschiedet hatte? Ganz sicher nicht! Wie es ihm wohl gehen mochte? Seit seinem Nacht-und-Nebel-Auszug hatte sie nichts von ihm gehört, nicht einmal einen Zettel auf dem Küchentisch hatte er hinterlassen. Ob er tatsächlich übergangslos bei dieser »Igittegitt« Gitte untergekrochen war?

28. KAPITEL

Bevor die Kommissare zum zweiten Mal an diesem Tag vor dem Haus von Nadine Knaaß standen, blieben sie still einen Moment im Wagen sitzen, wie um sich zu wappnen. Da sie die Frau bei ihrem ersten Versuch gleich nach der morgendlichen Besprechung nicht angetroffen hatten, waren sie zunächst zu den Hesselbachs gefahren. Das Überbringen von Todesnachrichten war immer ein schwieriger Teil ihrer Arbeit. Einer Mutter sagen zu müssen, dass ihr Kind gewaltsam zu Tode gekommen war, stellte eine Aufgabe dar, der sich niemand freiwillig stellte. Hinzu kam, dass ausgerechnet heute keiner der Seelsorger verfügbar gewesen war, der sie sonst zu diesen Besuchen begleitete. Von Seelenthin und Dremmler klingelten und betraten das Haus. Nadine Knaaß stand in der offenen Wohnungstür. Sie trug die frisch gewaschenen Haare offen, hielt eine Zigarette in der Hand mit den überlangen, spitz gefeilten Nägeln und war stark geschminkt.

»Oh. Sie sind das.« Die Frau ließ enttäuscht den Arm am Türrahmen herabsinken und das Lächeln verschwand aus ihrem Gesicht.

»Ja, Frau Knaaß«, sagte von Seelenthin und fragte, ob sie kurz hereinkommen dürften.

Nadine Knaaß aber hatte sich bereits umgedreht und ging ihnen voran in die kleine Küche der Wohnung.

»Also, das ist etwas schlecht gerade, der Norbert, also mein Ex ist zu Besuch gekommen und …« »Frau Knaaß«, unterbrach von Seelenthin die Frau bestimmt, »bitte setzen Sie sich.« Die nahm auf einem der Küchenstühle Platz und zündete sich eine neue Zigarette an der alten an. »Wir haben leider eine traurige Nachricht für Sie. Ihre Tochter Joelle wurde heute Morgen gegen 6.30 Uhr am Ufer des Vahrer Sees tot aufgefunden. Es tut mir sehr leid.«

Von Seelenthin beobachtete Nadine Knaaß, während die aufsprang, ein Glas aus dem Oberschrank nahm und es mit Leitungswasser füllte.

»Was? Aber das ist ja gleich hier vor dem Haus. Warum?«

Die Frau schaute abwechselnd zwischen der Hauptkommissarin und der Küchentür hin und her. Die heisere Stimme eines Mannes, die durch den schmalen Flur hallte, ließ die beiden Frauen auffahren. Dremmler war bereits aufgestanden und nahm den angekündigten ehemaligen Lebensgefährten in Empfang. Als die Stimme des Mannes immer lauter wurde und Nadines Namen rief, sprang diese auf und rannte ihm entgegen. Sie warf sich in die Arme des Mannes und heulte und schluchzte. Nach wenigen Minuten beruhigte sie sich jedoch und ließ sich von dem Mann, der sich ihnen als Norbert Stölting vorgestellt hatte, ins Wohnzimmer führen und auf die Couch setzen. Knaaß erzählte den Kommissaren, dass Norbert Stölting der leibliche Vater von Joelle sei und dass sie sich während der letzten Tage wiedergefunden und einen Neuanfang beschlossen hätten, in den sie auch Joelle miteinbeziehen wollten.

»Unser kleines Mädchen!«, schluchzte Nadine immer wieder. »Unser armes kleines Mädchen!«

Norbert Stölting, der bei seiner Ankunft in der Wohnung bereits eine beachtliche Bierfahne gehabt hatte, war inzwischen aufgestanden und hatte auf den Schrecken und wegen der Nerven für Nachschub gesorgt. Von Seelenthin zählte vier leere Halbliterflaschen neben dem Sofa und hätte ihn gern gebeten, mit dem Trinken aufzuhören. Aber dies war keine offizielle Vernehmung und sie befanden sich in der Wohnung einer Zeugin.

»Wann haben Sie denn Ihre Tochter zuletzt gesehen?«, fragte von Seelenthin den Mann, der immer wieder auf Nadines Dekolleté starrte, wenn sie sich vorbeugte, um die Asche ihrer Zigarette abzustreifen. Der Blick des Mannes war schon nicht mehr klar fokussierend, als er die Hauptkommissarin ansah.

»Keine Ahnung. Also, nicht so oft. Letzten Monat vielleicht. Aber, das sollte ja wieder was werden, jetzt, mit Familie und so.«

Nadine, die die Beziehung zu ihrer Tochter als »früher manchmal schwierig, aber eigentlich total schön« bezeichnet hatte, wirkte trotz der Todesnachricht schon wieder erstaunlich klar und gefasst. Die Anwesenheit des biertrinkenden Stöltings schien sie zu stabilisieren. Immer wieder griff sie nach seiner Hand, als suche sie Halt ausgerechnet bei dem alkoholisierten Schläger, als den ihn das Gericht schon mehrfach verurteilt hatte. Von Seelenthin beobachtete ihren Kollegen, der sich tief über das Notizheft beugte. Sein Rücken war ganz steif unter der Jacke, und sie registrierte, dass er mit dem Kugelschreiber an mehreren Stellen das Papier durchstoßen hatte.

»Ist Ihnen am Verhalten von Joelle in letzter Zeit etwas aufgefallen? Hat sie etwas erzählt?«

Nadine Knaaß dachte kurz nach, runzelte dabei angestrengt die Stirn. »Sie war sehr gut drauf, hatte wohl 'nen neuen Job oder so. Richtig geile Klamotten und teure Schuhe hat sie angehabt, als ich sie gesehen hab die letzten Wochen. Frauen haben ja 'nen Blick für so was.«

Ein wenig verlegen lächelte sie von Seelenthin an, die in ihrer üblichen Montur aus Fleecejacke, Jeans und Jodhpur-Stiefeletten an der Tür stand. Die lächelte unbeeindruckt zurück.

»Ich wollte Joelle gestern Abend noch mit zu mir nehmen, bisschen quatschen und so. Sie hatte mir beim Einkaufen geholfen und eine Flasche Champagner für mich gekauft. Keine Billigmarke, etwas richtig Gutes.« Bei der Erinnerung daran drehte sie den Kopf in Richtung der weißen Anrichte, auf der eine Flasche Taittinger stand. Die Tränen flossen und versiegten bei Nadine Knaaß so unvermittelt wie bei einem Kleinkind. »Gönn' dir mal was, Nadine, hat sie gesagt!«, presste sie nun hervor, bevor sie sich die Nase schnäuzte. »Aber Joelle hatte keine Zeit. Sie hatte ein Date um 20.00 Uhr, geschäftlich. Kein Stress, fett Kohle. Mehr hat sie nicht gesagt. Um kurz vor ist sie gegangen.«

»Und Sie haben auch nicht weiter gefragt«, stellte Dremmler durch zusammengepresste Zähne fest.

Von Seelenthins Blick ging noch einmal zu der Flasche auf der Anrichte zurück. An der Wand lehnte eine kleine weiße Visitenkarte, bedruckt mit schwarzer Schrift und einem geprägten Emblem, rot. Das kleine Stadtwappen mit dem Bremer Schlüssel. Beiläufig hatte sie die Karte vom Regal heruntergenommen und hielt sie nun zwischen Zeige- und Mittelfinger in Richtung des Sofas. Aus dem Augenwinkel nahm sie wahr, dass Nadine Knaaß sich mit der Hand an den Hals griff.

»Frau Knaaß«, begann von Seelenthin bedächtig, »als wir Ihre Tochter Joelle heute Morgen fanden, hatte sie kein eigenes Smartphone dabei, aber dafür das Handy von Robin Piontak. Es befindet sich zurzeit in der kriminaltechnischen Untersuchung. Wir konnten bereits feststellen, dass von diesem Handy ein Anruf getätigt wurde, am Sonntagabend um 19.12 Uhr. Die gewählte Nummer gehört der Richterin Struckmann-Jarr.« Bei ihren letzten Worten hatte sie die Karte wieder angehoben. »Dies ist die Visitenkarte von Frau Struckmann-Jarr. Ich habe so eine Karte aus dem Büro von Frau Willomeit mitgenommen. Können Sie mir etwas dazu sagen?« Von Seelenthin wartete ein paar Augenblicke.

Plötzlich erhob sich der angetrunkene Norbert Stölting vom Tisch und stieß dabei die halbvolle Bierflasche um. »Das ist hier kein Verhör! Das dürft ihr Bullen gar nicht!«, grölte er, während Nadine nach einer Serviette griff und versuchte, das verschüttete Bier aus dem kleinen Teppich zu reiben, der vor dem Sofa lag.

»Wir können Sie auch vorladen«, sagte von Seelenthin und schaute demonstrativ auf ihre Armbanduhr, »das klappt ganz kurzfristig. Allerdings dauert das dann länger und so gemütlich wie hier ist es auch nicht. Also?«

Nadine Knaaß räusperte sich. »Ich bin am Sonntag, so 19.30 Uhr abends kurz hier gewesen, wollte noch Prosecco und Zigaretten holen und mit zu Tine nehmen. Die Tür war auf und ich bin rein. Robin saß da auf dem Sofa.« Sie räusperte sich erneut und zeigte auf das gegenüberliegende Ende des Möbels.

»Haben Sie bei der Gelegenheit auch die Wilhelm-Tell-Statue gesehen, an die Sie sich gestern noch nicht so richtig erinnern konnten, obwohl Sie sie beim Namen nannten?« Von Seelenthins Stimme klang wie Fingernägel auf Styropor und Nadine Knaaß wurde rot und starrte auf ihre ineinander verkrampften Hände.

»Er hat sie in der Hand gehalten. Erst hab' ich noch gelacht und gefragt, was er mit dem hässlichen Teil will. Dann hab' ich gesehen, dass der geblutet hat wie ein Schwein!«

»Haben Sie ihn gefragt, was passiert ist?«

Nadine Knaaß schnaubte: »Hab ich versucht. Der ist voll auf mich los!« Sie tippte sich an die Stirn. »Den konnte man nichts fragen! Ich hatte so eine Panik! Mein Handy war ja noch bei Tine in der Wohnung. Robins Handy lag im Flur. Die Visitenkarte lag daneben. Ich habe bei der Struckmann-Jarr angerufen, aber ich hab' die nicht erreicht! Da war nur die Mailbox dran!« Sie fing an zu schluchzen. »Das ist so typisch! Erst die große Fresse von wegen: *»Sie können mich anrufen!«* Wenn man dann Hilfe braucht, dann ist keiner da!«

»Warum haben Sie uns nicht erzählt, dass Sie am Sonntagabend noch mal hier waren?«, fragte von Seelenthin.

Nadine Knaaß zog die Nase hoch. »Weil ich Panik hatte! Robin ist doch in der Nacht gestorben.« Mit dem Ärmel ihrer Bluse wischte sie sich über Mund und Nase. »Ich bin die Treppe runter, aus der Tür und da war Joelle. Ich war so fertig! Sie hat mich beruhigt, wollte mit Robin reden. Sein Handy habe ich vor lauter Aufregung in der Hand behalten. Joelle hat es mir abgenommen. Sie wollte es ihm zurückgeben«, antwortete die Frau und lehnte sich erschöpft an Norbert Stölting, der mit weit zurückgelegtem Kopf auf dem Sofa saß und inzwischen eingeschlafen war.

»Sie haben direkt nach Ihrem Anruf um 19.12 Uhr bei Richterin Struckmann-Jarr die Wohnung verlassen. Piontak starb kurze Zeit später. Am Dienstag haben Sie Joelle noch gesprochen. Was hat Joelle Ihnen erzählt? Ist sie noch in der Wohnung gewesen? Was wollte sie überhaupt von Ihnen an dem Abend?«

Nadine schloss die Augen, legte die Fäuste an den Kopf. »Jetzt lassen Sie mich doch endlich in Ruhe! Mein Kind ist tot! Ich habe sie nicht gefragt und sie hat nicht erzählt, ob sie noch in der Wohnung war oder nicht.«

Auf der Fahrt zurück zum Präsidium sagte zunächst keiner von ihnen ein Wort. Als sie an einem Bistro vorbeifuhren, entschied von Seelenthin spontan, die Mittagspause draußen zu verbringen und sich und ihrem Kollegen einen Milchkaffee zu gönnen. Sie suchten sich einen Tisch in der Sonne, nahmen Platz und gaben ihre Bestellung auf.

»Ich kann damit nicht umgehen!«, Ralf Dremmler zog sein Notizbuch aus der Tasche und knallte es auf den kleinen, schmiedeeisernen Tisch. »Ihre Tochter ist tot. Den kleinen Sohn hat man der schon weggenommen, weil sie nur mit Typen rumvögelt, die Frauen und Kinder schlagen, und dann sitzt diese Flachbirne da mit eben diesem Typen und faselt was von Neubeginn! Das geht doch einfach nicht! Und nebenbei kommt sie dann noch damit aus der Ecke, dass sie doch noch am Mordabend in der Wohnung war!«

So aufgewühlt hatte sie den Kommissar noch nie erlebt. Sein Kopf war krebsrot geworden, und während er sprach, sprühte Speichel in winzigen Tropfen durch die Luft.

»Ich wette mit Ihnen: In spätestens einem Jahr hat die wieder ein Kind! Und wenn nicht mit diesem Vollidioten, dann mit dem Nächsten!«

Von Seelenthin trank einen Schluck Kaffee und wischte sich mit der Serviette den Milchschaum von der Oberlippe. »Und wir werden nichts daran ändern«, sagte sie, »nur wieder hinfahren, wenn es einmal mehr zur Katastrophe kommt.«

Obwohl die Luft in der Wohnung eben fast blau vom Zigarettenrauch gewesen war, verspürte von Seelenthin das Bedürfnis, eine Zigarette zu rauchen. Sie unterdrückte den Impuls und steckte sich stattdessen mehrere Kaugummidragees in den Mund. Obwohl sie sich in Gesellschaft von Menschen nicht wohlfühlte, hatte sie ein ausgeprägtes Gespür für deren Befindlichkeiten. *»Karma Radar«*, nannte ihre Freundin Philippa das. Im Moment war dieses Radarsystem auf Empfang. Von Seelenthin spürte, dass der Mann neben ihr etwas sagen wollte.

»Ich war verheiratet, hatte, also habe eine Tochter«, brachte Ralf Dremmler mühsam hervor. »Charlotte wird nächsten Monat sechs Jahre alt, kommt zur Schule.« Seine Stimme klang gepresst und er sah nach vorne, wo ausgerechnet eine junge Frau einen Kinderwagen über den Bürgersteig schob und ein kleiner, gefleckter Hund lebhaft an seiner Leine zerrte und neben ihr herlief. »Heute lebt Kerstin, meine geschiedene Frau, mit Charlotte in Kanada. Ich habe sie zuletzt vor drei Jahren gesehen.« Er schluckte schwer und sah vor sich auf den Tisch. »Ich habe nie an Scheidung gedacht. Sicher, wir hatten unsere Schwierigkeiten. Polizisten arbeiten eben viel und oft gibt es keinen geregelten Feierabend. Kerstin war mit dem Kind oft allein, aber, Herrgott noch mal! Meine Eltern waren 34 Jahre verheiratet. Wenn man Kinder hat, ein Haus abbezahlt, man kann doch nicht so egoistisch sein!« Fassungslos blickte er von Seelenthin an, als könne er selbst kaum glauben, dass er ausgerechnet mit ihr über seine private Situation sprach. »Ich dachte, wir seien glücklich, alles in allem.« Der Kommissar sprach ohne Pause jetzt, als wolle er den Rest seiner Lebensbeichte so schnell wie möglich loswerden: »Durch Scheidung und Unterhalt bin ich fast völlig ruiniert. Pfändungsgrenze 1.100 Euro. Unser Haus musste verkauft werden. Ich bin wieder zu meiner Mutter in mein Elternhaus gezogen. Damals ging es Mutter noch besser.« Er nahm den letzten Schluck Kaffee und behielt die Tasse in der Hand, umschloss sie mit seinen langen Fingern und sah hinein, als könne er dort die Lösung für sein Problem finden. »Sie haben sie ja gesehen. Das ging zu Hause wirklich gar nicht mehr. Die Nachbarin hat bestimmt zehn Mal im letzten Monat den Herd ausgemacht oder Mutter von der Straße geholt, wenn sie wieder in Unterwäsche draußen herumlief. Im Moment habe ich noch etwas von dem Ersparten meiner Eltern. Aber, so ein Heim, wissen Sie, was das kostet?« Er unterbrach sich, schnaubte druckvoll Luft durch die Nase aus und stellte die Tasse auf den Tisch. »Tut mir leid, dass ich Sie so zugemüllt habe, aber das da eben«, er machte eine Geste in die Richtung, in der die Wohnung der Zeugin Knaaß lag. »Macht Sie das nicht fertig?«, fragte er unvermittelt und sah seine Kollegin von der Seite an.

Von Seelenthin dachte nach. »Meine Großmutter mütterlicherseits stammte aus Wien. Dort sagt man: Ich glaube an das Gute im Menschen, ich verlasse mich aber lieber auf das Schlechte in ihm.« Sie zuckte mit den Schultern und seufzte. »Das trifft es ganz gut, finde ich. Um es also kurz zu machen: Nein, es macht mich nicht fertig. Menschen überraschen mich nicht, zumindest nur sehr selten positiv.« Die Hauptkommissarin hob abermals die Schultern und drehte die Handinnenflächen nach oben. »Sozialarbeiter wie Frau Willomeit oder Polizisten können vielleicht manchmal eingreifen und Schlimmeres verhindern. Darum geht es. Mehr kann man nicht tun.«

Er nickte. »Das klingt zynisch. Wollten Sie deshalb nie Familie?«

Sie unterdrückte ein Stöhnen. »Um so ein Familienglück zu erleben wie Sie, oder wie da eben, oder wie bei Ingstedts?«, fragte sie und zog eine Augenbraue hoch. Dann winkte sie der jungen Studentin, die auf der anderen Seite der Terrasse einen Tisch abwischte, und kramte ihr Portemonnaie aus der großen Umhängetasche, die unter dem Tisch stand. Während die junge Frau lächelnd auf sie zusteuerte, zog die Hauptkommissarin ihre Jacke wieder an, die sie hinter sich auf die Stuhllehne gehängt hatte. »Schon als Kind wurde ich Eija genannt. Das ist keine Abkürzung für Elisabeth Maria. Er ist mein erstes Wort und sozusagen Programm. Immer, wenn ich als Kleinkind ein Tier sah, egal welches, wollte ich sofort hin und es streicheln. Eija machen. Eija. Das mit den Tieren ist bis heute so.«

29. KAPITEL

»24. August 2016, 16.35 Uhr. Ich erkläre die Sektion der Joelle Knaaß für abgeschlossen.« Nachdem Doktor Todovic die letzten Sätze in das Diktiergerät gesprochen hatte, legte sie das Gerät vor sich auf die stählerne Liege, auf der die Leiche von Joelle Knaaß lag. Die Rechtsmedizinerin nickte mehrmals nachdenklich und sah die beiden Kommissare schließlich mit schief gelegtem Kopf von unten herauf an.

»Schwierige Arbeit für Sie. Ich fasse noch einmal zusammen: Die oberflächliche Schnittwunde am Unterarm ist ihr kurz vor ihrem Tod zugefügt worden. Es war definitiv eine Abwehrverletzung. Sie selbst kann sich die Wunde so nicht zugefügt haben. Dann die Hämatome auf Brust und Bauch:

Das Mädchen ist vor seinem Tod mehrfach geschubst und gestoßen worden. Sie ist nach hinten gefallen und hat sich den Kopf aufgeschlagen an einem Stein. Auch daran ist sie aber nicht gestorben. Der Tod kam durch das Wasser. Jemand hat sie bewusstlos in das Wasser gezogen und da ist sie dann ertrunken. Es handelt sich um ein atypisches Ertrinken, das läuft ziemlich symptomarm ab. Wir haben sehr flüssiges Leichenblut und Wasser in der Keilbeinhöhle sichergestellt. Das Wasser in der Lunge wurde zunächst resorbiert, ist aber später wieder zurückgeflossen. Der Tod trat gegen 21.00 Uhr ein.«

Von Seelenthin fiel es schwer, sich auf die Ausführungen der Medizinerin zu konzentrieren. Es ärgerte sie, dass sie ihre Jacke im Präsidium gelassen hatte. Inzwischen fror sie so sehr, dass sie die Gänsehaut auf ihren Armen wie grobes Schleifpapier durch ihr Shirt spürte. Hier unten in der Gerichtsmedizin war es wie immer kalt wie in der sprichwörtlichen Gruft und sie standen jetzt bereits eine Stunde neben der Edelstahlliege, auf der die obduzierte Leiche der jungen Frau lag.

»Sie muss auf den Mörder gewartet, ihn gekannt haben. Sie muss Vertrauen oder jedenfalls keine Angst gehabt haben, weil sie sich in einer überlegenen Position glaubte«, überlegte von Seelenthin laut und bemerkte dabei, dass ihre Zähne unkontrolliert aufeinanderstießen. Dremmler schaute sie kurz von der Seite an und nahm den Gedanken auf: »Richtig. Was hat sie da sonst gemacht? Hätte sie Angst gehabt, hätte sie ihn oder sie nicht so nah an sich herangelassen und wäre schon vorher weggelaufen.«

Doktor Todovic fuhr sich mit der Hand über ihren akkurat gestutzten, blauschwarzen Pagenkopf. »Das müssen Sie herausfinden. Ich habe alles gesagt, was ich sagen kann.«

Neben Hauptkommissarin Seelenthin und Kommissar Dremmler hatte auch Kriminaldirektor Härmter der Sektion beigewohnt. Die kleine Gruppe verließ den Sektionssaal.

»Sie hatte Piontaks Handy bei sich, in einer unauffälligen kleinen Tasche ihrer Jacke und wir haben diese komische Kette bei ihr gefunden. Vielleicht hatte sie ihr eigenes Handy in der Hand und der Mörder hat es ihr abgenommen, deswegen das Gerangel. Wer rechnet schon damit, dass jemand mit zwei Handys unterwegs ist?«, fragte von Seelenthin und legte sich die Arme um den schlotternden Oberkörper.

»Aber wenn die Kette nicht Joelle, sondern unserem Täter gehört, dann hätte er sie doch nicht da liegen lassen!«, überlegte Kommissar Dremmler, während er die transparente Tüte hochhielt, in die das Schmuckstück verpackt war. »Es sei denn, er oder sie ist gestört worden«, schloss der Kommissar seine Überlegung ab und betrachtete aufmerksam das Schmuckstück in seiner Hand.

Es handelte sich um eine stilisierte Frauenfigur, die einen Arm nach vorne streckte und den anderen gewinkelt nach hinten zog. Um die Arme herum verlief eine Art Halbkreis mit einer Einbuchtung in der Mitte. Dieser Halbkreis war aus Diamanten gestaltet. Die Figur endete keilförmig und stand auf einem Mondstein. Dremmler blickte ratlos auf das Schmuckstück. »Was soll das sein? Wer hängt sich so etwas um?« Er wog den ungewöhnlichen Schmuck in seiner geöffneten Hand. »Auf jeden Fall niemand, der gezwungen ist, von Hartz IV zu leben, nehme ich mal an.«

Die Hauptkommissarin blickte auf die elegante hochgewachsene Silhouette von Staatsanwältin Teschner, die sich mit schnellen Schritten auf sie zubewegte. Neben ihr schritt Kommissar Anwärter Markensen. Teschner hätte heute auch bei der Sektion anwesend sein sollen, hatte sich aber wegen dringender Gerichtstermine entschuldigen lassen. Es war ein offenes Geheimnis, dass die Staatsanwältin Obduktionen vermied, wann immer es ihr möglich war.

»Guten Morgen«, grüßte sie und blickte dabei nur den

Kriminaldirektor an. Markensen nickte dem Kriminaldirektor unterwürfig zu. Teschner fasste sich an den Hals und befreite ihn von einem roten Seidentuch, das sie in ihre Handtasche gleiten ließ. In diesem Moment wurde von Seelenthin schwindlig, als ob sich zu schnell ein Vorhang vor ihren Augen öffnete und schloss.

»Und«, fragte die Staatsanwältin mit dem Blick auf die Hauptkommissarin, »hier herrscht wieder einmal kollektive Ahnungslosigkeit?«

Die lächelte die Staatsanwältin betont freundlich an. »Ganz im Gegenteil, Frau Doktor Teschner, ganz im Gegenteil!«

Die Staatsanwältin stutzte und verschränkte abwartend die Arme.

»Das hier ist Diana, die Göttin der Jagd und des Mondes und die Beschützerin der Kinder«, hob von Seelenthin an.

Dremmler unterbrach seine Kollegin. »Der weiße Stein, auf dem die Figur steht, ist ein Mondstein. Ich habe meiner Frau vor einigen Jahren einmal einen zum Geburtstag geschenkt.«

Bei den letzten Worten war der Kommissar immer leiser geworden. Aus Teschners Richtung war ein abfälliges Schnauben zu hören. Von Seelenthin nickte ihm auffordernd zu und fuhr die Linie aus Diamanten mit dem Finger nach.

»Und der Bogen, ja. Eine Frau, die einen Bogen spannt.«

»Richtig, Kollege Dremmler«, erwiderte sie, »und wenn mich nicht alles täuscht, heißt Frau Hesselbach nicht nur mit Vornamen Diana, sondern hat vor Kurzem auch noch diesen Schmuck um den Hals getragen. Sie erinnern sich, Dremmler?«

Der Kommissar dachte nach. Er stülpte die Lippen nach innen, was seine gebogene Nase noch mehr hervortreten ließ, dann nickte er nachdenklich. »Das Halstuch, ja. Sie trug ständig ein Halstuch und zupfte daran herum. Wie früher die Mädchen, wenn sie einen Knutschfleck am Hals hatten, den sie verbergen wollten.«

Noch ein Schnauben der Staatsanwältin, etwas lauter diesmal, und Dremmler wurde rot.

»Ich wette mit Ihnen, dass sie Abwehrverletzungen am Hals hat, weil ihr die Kette abgerissen wurde. Das könnte am Tatort während des Gerangels passiert sein. Die Gerichtsmedizin sprach von drei verschiedenen DNA-Spuren am Tatort. Die von Herrn Hesselbach ist bereits nachgewiesen. Die von Diana Hesselbach müsste sich ebenfalls nachweisen lassen.«

»Und die dritte?«, neben der Staatsanwältin stand Kriminalanwärter Markensen und schaute herausfordernd, »Sie sprachen eben von drei Spuren.«

»Richtig. Ich denke, das bleibt alles in ein und derselben Familie«, erwiderte die Hauptkommissarin ruhig.

»Sie meinen also, dass alle drei Hesselbachs entweder nacheinander oder sogar zusammen am Tatort waren?«, fragte Markensen und zog die Stirn in Falten.

Von Seelenthin breitete die Arme aus. »Möglich ist das. Die DNA von Nora stammt von dem Kampf, der in Joelles Wohnung stattfand. Danach ist Nora kollabiert und lag bis gestern Abend im Krankenhaus.«

Bei von Seelenthins Worten sah Markensen zu Boden. »Aber Diana Hesselbach wird dort gewesen sein. Entscheidend für uns ist nur, ob sie nach, vor oder mit ihrem Mann am Tatort war.«

»Gut. Das werden wir hoffentlich schnell herausfinden«, setzte Kriminaldirektor Härmter an. »Das ist jetzt der dritte Todesfall in nicht einmal einer Woche, und auch dieses Mal ist es ein Mord. Der Tod von Joelle Knaaß steht auch in unmittelbarem Zusammenhang mit den beiden anderen Morden. Bisher hat sich die Presse mit der ersten Pressekonferenz und zwei Mitteilungen nach den beiden Morden zufriedengegeben, die dazu veröffentlicht wurden. Das wird nun nicht mehr ausreichen. Um eine größere Pressekonferenz kommen wir jetzt nicht mehr herum.« Härmter machte eine Pause und sah nacheinander allen Anwesenden in die Augen. »Für heute werde ich die Presse nochmals um Geduld bitten, da die Auswertung des Laptops von Hennes Hesselbach noch aussteht und wir uns einiges davon versprechen. Einen letzten Aufschub sozusagen.« Wieder machte er eine Pause und dieses Mal traf sein Blick die Hauptkommissarin ganz direkt. »Ich werde die Pressekonferenz für morgen Nachmittag um 16.00 Uhr ansetzen. Bis dahin erhoffe ich mir von Ihnen weitere Ergebnisse. Mit dem Handy von Joelle haben Sie recht. Der Mörder muss es ihr abgenommen haben. Ich stimme Ihnen zu, es ist unsere wichtigste Spur im Moment neben dem kaputten Laptop. Hesselbach oder seine Frau haben das Ding vorsätzlich zerstört, da muss was drauf sein! Machen Sie der Technik Druck. Im besten Fall liefert es uns ein Motiv zur Aufklärung!«

»Eine Verhaftung wäre zur Abwechslung ja auch nicht verkehrt«, flötete die Staatsanwältin mit affektiert gespitzten Lippen, während sie auf ihr Smartphone schaute.

Von Seelenthin fing einen durchdringenden Blick des Kriminalrats auf, und sie verstand auch das, was er nicht gesagt hatte. Die Staatsanwältin hatte leider recht: Wenn sie der besorgten Bürgerschaft nicht bald einen Täter oder eine Täterin präsentierten, würde die Presse sie gnadenlos hetzen und am Stuhl des neuen Chefs sägen, bevor der seinen Platz überhaupt richtig eingenommen hätte. Aber was zur Hölle sollten sie denn noch mehr tun, als zu arbeiten? Von Seelenthin registrierte, dass Teschners Blick ihren Oberkörper fixierte, und wurde unwillkürlich rot.

Mit einem maliziösen Lächeln auf den rot geschminkten Lippen bemerkte die Staatsanwältin: »Sie sollten sich zur Pressekonferenz nicht nur im übertragenen Sinn warm anziehen, verehrte Frau Hauptkommissarin.«

Markensen kicherte und sah dabei aus wie ein fettes Frettchen. Damit drehte sie sich um und stöckelte zu ihrem Mini

Cabrio, das am Straßenrand geparkt war. Von Seelenthin schoss noch mehr Blut in die Wangen. Härmter beugte den Kopf seitlich nach unten und suchte im Inneren seines Jacketts nach irgendetwas. Wenigstens tat er so, als habe er nichts gehört. Dremmler, der kurz zurück in das Gebäude gegangen war, um zur Toilette zu gehen, war noch nicht zurück. Irgendwann hatte der Kriminaldirektor auch den letzten Quadratmillimeter seiner Innentasche gründlich durchsucht und sah wieder auf. Die hellen Wolfsaugen blickten sie abwartend an und sie hatte, wie schon bei der Amtseinführung das Gefühl, den Mann zu kennen. Nicht im Sinne von bekannt vorkommen, sondern grundsätzlicher. Da war etwas in seinem Blick, in der Art, wie er sprach und sich bewegte, das sie berührte. Sie blickten beide in die Richtung, in der die Staatsanwältin eben mit ihrem Cabrio davongerauscht war. Von Seelenthin sah auf das Halbprofil des Kriminalrats. Die Krähenfüße am äußeren Augenrand waren deutlich zu sehen, und ein Mundwinkel war leicht eingekniffen. Blendete ihn die Sonne oder war das ein Lächeln, das sie da aus den Augenwinkeln wahrnahm? Ein Taxi kam die Straße herunter und hielt am Bürgersteig. Offenbar hatte Härmter den Wagen bestellt. Er knöpfte sich sein Jackett auf, öffnete die hintere Tür und drehte sich noch einmal kurz zu ihr um. »Wir sehen uns dann spätestens morgen um 16.00 Uhr.« Bevor sie etwas erwidern konnte, nickte er ihr knapp zu und verschwand im Innern des Autos. Weg war er.

Von Seelenthin kam sich dumm, dick und ungelenk vor, wie sie da auf dem Pflaster stand und dem Taxi hinterherblickte: abgestellt an der Straße wie ein Sack Zement. Frustriert blickte sie sich um und entdeckte ihr Spiegelbild in der gläsernen Fassade des gerichtsmedizinischen Instituts: Das verwaschene Shirt saß tatsächlich ein wenig knapp, böse Menschen würden es wohl *zu klein* nennen. Gleiches galt für die Jeans.

Wann war sie eigentlich das letzte Mal in der Stadt gewesen? Shoppen. Allein das Wort machte sie aggressiv. Sie dachte an anorektisch aussehende Frauen, die sich stundenlang auf ihren Stockbeinchen durch Kaufhäuser und Boutiquen schoben und angesichts lächerlich teurer Stofffetzen hysterisch kreischend umeinander herumhopsten. Nichts interessierte sie so wenig wie Mode! Oder beim Friseur? Sie erinnerte sich nicht, aber es musste sehr lange her sein: Das blonde Haar mit den grauen Fäden fiel ihr in dicken naturkrausen Strähnen weit über den Rücken bis zur Taille hinab. Es war so dick und schwer, dass man problemlos eine ganze Krötenfamilie darin verstecken könnte. Das passte, dachte sie und streckte der Figur im Fenster die Zunge heraus. Ein weiblicher »Catweazle«, der seine »Kühlwalda« auf dem Kopf mit sich trug! Kein Wunder, dass der Chef sie einfach so am Straßenrand stehen ließ. Wer wollte schon mit so jemandem im Taxi herumfahren? Hinter sich hörte sie Dremmlers schnellen, raumgreifenden Schritt und drehte sich zu ihm um. Seit seinem Mitteilungsausbruch im Straßenbistro war der Kommissar wieder zu seiner üblichen Zurückhaltung zurückgekehrt und sie begrüßte das ausgesprochen. Wenigstens nicht noch einer, der ihr auf die Nerven ging.

30. KAPITEL

Der Regen hatte aufgehört und von den Wiesen, die den Mooreichenhof umgaben, stieg leichter Nebel auf. Eine milde Wärme erfüllte die Luft und die Sonne schickte als letzten

Gruß dieses Spätsommertages ein paar weiche, goldene Strahlen über das Birkenwäldchen am Horizont, bevor sie sich in ihr orangerotes Wolkenbett sinken ließ. Sie schob die Hände in die Taschen ihres leichten Parkas und betrachtete von der Seite ihre Freundin, die neben ihr ging. Wie unterschiedlich sie waren! Philippa von Seidlitz schlenkerte mit raumgreifenden Schritten wie ein Fohlen den schmalen Weg am Waldrand entlang. Sie glich mit ihren kurzen dunklen Haaren, den Sommersprossen auf der Stupsnase und den überlangen Gliedmaßen eher einem schlaksigen Jungen als dem klischeehaften Bild einer Gräfin, die sie war. Alles an ihr schien ständig in Bewegung zu sein und sie strahlte eine Energie aus, die auf die meisten Menschen mitreißend wirkte. Eine Menschenfängerin, die mit ihrer Neugier und Begeisterungsfähigkeit andere ansteckte.

»Was würde ich nur ohne dich machen, Fips?«, lächelte von Seelenthin und fingerte Leckerli aus der Tasche, um sie nacheinander an die Hunde zu verteilten, die hechelnd und miteinander raufend um die beiden Frauen herumsprangen.

Die Angesprochene drehte sich zu ihr um und winkte ab. Sie verzog die Mundwinkel zu einem ironischen Grinsen: »Das Gleiche wie sonst auch: zu viel essen, noch mehr Wein trinken, tüchtig rauchen, schlecht gelaunt sein und nicht klarkommen.«

»Ich rauche schon seit über zwei Jahren nicht mehr!«, protestierte von Seelenthin. »Aber im Ernst: Es tut gut, dass du da bist, und danke für alles.«

Ein so großer Haushalt mit vielen Tieren funktionierte nicht ohne fremde Hilfe, schon gar nicht, wenn die Eigentümerin im Polizeidienst arbeitete. Heute hatte Frau Henrichs, die langjährige Haushaltshilfe, die Pferde auf die Weide gebracht und war mit den Hunden spazieren gegangen. Eine Dauerlösung war das aber nicht. Gleich heute Morgen hatte von Seelenthin ihre Freundin um Hilfe gebeten und Philippa war prompt angereist, um für ein paar Tage auf dem Mooreichenhof zu bleiben. Als Eigentümerin eines riesigen Besitzes hatte Philippa ihr organisatorisches Talent und ihre Fähigkeiten als Verwalterin in den letzten Jahren zu wahrer Meisterschaft ausbauen können. Irgendwie hatte sie es möglich gemacht, dass sich in den nächsten zwei Tagen gleich drei junge Frauen und ein Mann vorstellen würden, die ausgebildete Fachkräfte in den Bereichen Hauswirtschaft und Tierhaltung waren, sodass das Leben auf dem Mooreichenhof auch ohne Clemens funktionieren konnte. Sie waren nun seit über einer Stunde unterwegs und inzwischen war die Sonne untergegangen. Mit der Dämmerung hatten sich lange, bläuliche Schatten in den Wald geschlichen, die sich nun zwischen den Bäumen ausbreiteten. Ganz langsam war der Nebel den Schatten gefolgt und hatte sich zu ihnen auf den Waldboden gelegt. Nach und nach hatten die Schatten das Licht und der Nebel alle Geräusche geschluckt, die zu Beginn ihres Spazierganges noch zu hören gewesen waren. In der feuchten und milchigen Luft gingen die beiden Frauen schweigend nebeneinander her; auch ihre Gespräche waren im Verlauf der Dämmerung langsam verebbt und jede war in eigene Gedanken versunken. Plötzlich schallte dumpf das Bellen der Hunde durch den Wald und riss beide Frauen aus ihren Gedanken. Die drei Doggen waren vorausgelaufen, wie sie es immer taten, und die Freundinnen waren so mit sich selbst beschäftigt gewesen, dass sie nicht mehr auf die Tiere geachtet hatten.

»Wotan! Enno! Edda! Hier her!« Von Seelenthin wunderte sich noch darüber, wie gedämpft ihr Rufen klang, als sie Philippas Stimme neben sich hörte.

»Eija, schnell! Das ist kein normales Bellen, das sind Hetzlaute!«

Die Freundin hatte recht. Ihr Puls schoss in die Höhe und ihr Magen verkrampfte sich schmerzhaft, als sie das laute Aufheulen eines Hundes vernahm. Wotan! Sie wusste sofort, dass es der blaue Rüde war, und sprang die letzten Meter aus dem Wald hinaus, um auf den Weg einzubiegen, der wieder zurück zum Mooreichenhof führte. In 100 Meter Entfernung sah sie geradeaus auf dem Weg zwei Tierkörper, die ineinander verkeilt waren und heftig kämpften.

»Los!«, rief sie Philippa über die Schulter zu, »wir müssen die auseinanderbringen! Treib' die anderen Hunde weg von hier!«

Laut schreiend rannte von Seelenthin auf die Tiere zu. Der Abstand zwischen ihr und den Kämpfenden betrug noch etwas mehr als 50 Meter. Philippa folgte ihr, sie hörte den Atem der Freundin dicht hinter sich. Von Seelenthin spürte keine Angst, das Adrenalin strömte durch ihren Körper und machte sie schneller. Aus dem Augenwinkel nahm sie den gestreiften Körper eines Frischlings wahr, der am Waldrand unruhig hin und herlief. Seine Mutter, eine gewaltige Bache, kämpfte mit dem großen Doggenrüden. Auch Philippa schrie, um die Bache zu vertreiben. Als sie auf zehn Meter herangekommen war, sah von Seelenthin, dass Wotan stark aus einer tiefen Wunde am Hals blutete. Sie bückte sich und warf einen schweren Stein auf die ineinander verbissenen Tiere. Das Geschoss schreckte die Bache auf und plötzlich löste sich der schwere Körper des Wildschweins aus der Umklammerung mit dem Rüden. Der Blick des Muttertieres suchte den Frischling und fand ihn nicht. Die Bache atmete stoßweise und stand einen Augenblick unschlüssig mitten auf dem Weg, dann stob das Tier auf von Seelenthin zu. Sie stand wie paralysiert auf dem Waldweg. Die Bache kam schnell näher, sie vernahm das Schnauben des wütenden Muttertieres und sah Blut auf dem braunen borstigen Rücken nass glänzen. Gleichzeitig nahm sie einen Schatten wahr, der von der Seite auf sie zukam. Enno, der zweite Rüde rammte die Bache und drängte sie zur Seite. Sie schlingerte und blieb stehen, als wolle sie sich für einen neuen Angriff bereitmachen. Ein Geräusch ließ sie innehalten: Der Frischling schrie und endlich reagierte das aggressive Muttertier. Seine kurzen Beine kratzten auf dem sandigen Weg und wirbelten Staub auf, als es sich zur Seite warf und auf seinen Nachwuchs zurannte und mit ihm im Wald verschwand. Von Seelenthin zog sich im Lauf den Parka aus. Wotan war auf dem Weg zusammengebrochen und lag auf der Seite. Sie kniete neben dem Rüden nieder und presste die Jacke auf die Wunde am Hals, aus der das Blut stoßweise austrat. Tränen liefen ihr über die Wangen und immer wieder murmelte sie beruhigend auf den Hund ein, der ganz still dalag und sie aus seinen grünbraunen Augen ansah. Von Seelenthin drehte sich zu Philippa um und reichte ihr das Smartphone, das sie aus der Tasche gezogen hatte.

»Schnell, Fips, ruf' Doktor Musendorff an. Er soll sofort hierherkommen! Der Sandweg hinter dem Mooreichenhof auf der Höhe der Wildschweinkirrung.«

Die folgenden Minuten verschwammen. Von Seelenthin konzentrierte sich darauf, ruhig zu atmen und den Hund zu stützen und zu wärmen. Sie hatte sich auf den Weg gelegt und presste gleichmäßig die Jacke auf die Wunde, während sie leise Worte sprach. Nach einer gefühlten Ewigkeit näherte sich endlich der Transporter der Tierklinik mit Gerald Musendorff selbst hinter dem Steuer. Der Tierarzt wendete und parkte den Wagen direkt neben ihnen. Schnell sprang er aus dem Fahrzeug und zusammen mit einer Helferin, die hinten im Transporter mitgefahren war, leisteten sie eine Erstversorgung und hoben das verletzte Tier vorsichtig in den Wagen. Von Seelenthin stand neben dem Wagen und fasste den Veterinär am Arm. Der blickte sie kurz an und verstand die stumme Frage.

»Ich melde mich, sobald wir durch sind mit der Operation.«

Stumm gingen die beiden Frauen quer über die Wiesen zum Mooreichenhof zurück. Von Seelenthin fror ohne ihren

Parka und zitterte. Philippa legte ihr den Arm um die Schulter. »Ein starker Instinkt, dieser Mutterinstinkt«, sagte von Seelenthin. »Sie hätte sterben können.« Philippa zuckte mit den Schultern. »Ich würde dasselbe für meine Kinder tun.«

Von Seelenthin schossen Gedanken an ihre eigene Mutter durch den Kopf. *Nicht alle Mütter sind so.* Sie schob die Terrassentür auf und die beiden Frauen setzten sich an den großen Holztisch in der Küche. Von Seelenthin legte das Gesicht in ihre offenen Handflächen.

»Ich muss jetzt Clemens anrufen. Wotan ist sein Ein und Alles.«

Sie streckte die Hand aus und sah ihre Freundin mit hochgezogenen Brauen an. Philippa, die das Handy nach dem Notruf eingesteckt hatte, zögerte. Sie runzelte die Stirn und zischte durch zusammengepresste Zähne: »Sein Ein und Alles! Träum' weiter, Eija! Deswegen lässt er ihn ja auch alleine, kümmert sich um nichts und zieht sofort zu seinem Betthasen. Das zeigt doch wieder einmal Format, wirklich!« Philippa stand auf und holte einen Grauburgunder aus dem Weinschrank. Sie goss den Wein in zwei Gläser und reichte eines an die Freundin weiter. »Der Dicke hat nur ein Interesse: Clemens. Und abgesehen davon machst du ihn nur verrückt. Warte ab, bis der Arzt anruft. Vielleicht ist es ja nicht so schlimm, wie es aussah.«

»Ach, hör schon auf damit«, presste von Seelenthin hervor und unterdrückte das Schluchzen. »Du bist schlecht im Lügen. Das sah so schlimm aus, er hat so viel Blut verloren. Er wollte uns beschützen, genau wie die Bache ihren Frischling. Und Clemens«, sie schluckte schwer und schnäuzte sich, »der wäre so und so in den nächsten Tagen wieder hier aufgetaucht.« Sie zögerte lange, bevor sie der Freundin in die Augen sah. »Den Hund liebt er nämlich wirklich.«

31. KAPITEL

Ein Tier schrie, anhaltend und laut, immer wieder. Unruhig wälzte sie sich herum. Wieder dieser gequälte Laut, wie ein Hilferuf. Ein Schreien jetzt. Lauter, es hörte nicht auf. Sie fühlte, dass etwas Nasses sie berührte, und wachte keuchend auf. Die Hunde standen vor ihrem Bett und stupsten sie mit ihren feuchten Nasen an. Das lange Shirt hatte sich in scharfen Knicken eng um ihren Körper gewickelt. Wieder das Schreien und endlich begriff sie und langte nach dem Handy auf ihrem Nachttisch. Weit nach Mitternacht. Der Schmerz landete mit der Gewalt einer Kanone in ihrer Magengrube, als sie die Nummer der Tierklinik erkannte und instinktiv erfasste, was man ihr nun mitteilen würde. In den folgenden Stunden dieser Nacht schlief sie nicht mehr. Sie weinte, bis ihr ganzer Körper krampfte, und fiel schließlich erschöpft in einen Zustand zwischen Wachen und Dösen. Wirre Bilder von Blutfontänen, die vor ihr aus dem Boden schossen, jagten wie Albträume durch ihren Kopf. Sie stand am Ufer eines Sees und schrie verzweifelt, während ihre drei Hunde auf einem Floß über ein Meer aus Blut davontrieben. Sie musste derart laut geschrien haben, dass irgendwann gegen 4.00 Uhr Philippa in ihr Schlafzimmer gekommen war. Den Rest der Nacht hatten sie in der Küche gesessen, geredet, geschwiegen und Philippa hatte regelmäßig frischen Kaffee gekocht. Gegen 7.00 Uhr hatte von Seelenthin entschieden, zur Arbeit zu fahren. Sie sah entsetzlich aus und ständig kamen neue Tränen, wenn sie an ihren toten, vierbeinigen Freund dachte, aber zu Hause hielt sie es nicht aus. Kurz bevor sie sich in den Wagen setzte, hatte sie Clemens angerufen, und während sie nun den Weg zum Präsidium zurücklegte, dachte sie noch einmal an das Telefonat. Verstört und traurig hatte er reagiert, als sie ihm von Wotans Tod berichtete. Über ihre persönliche Situation hatten sie nicht geredet. Sie hatte den Eindruck gehabt, dass Gitte direkt hinter ihm stand, und wenig Lust verspürt, persönliche Dinge zu erörtern, während auf der einen Seite Gitte und auf der anderen Philippa mithörte. Als sie das Büro betrat, bemerkte sie sofort die aufgeladene Atmosphäre. Heute Nachmittag begann die Pressekonferenz und bis dahin mussten sie neue Ergebnisse liefern! Markensen starrte mit konzentrierter Miene auf seinen Schreibtisch und schien sie nicht zu bemerken, als sie an ihm vorüberging. Auch gut. Carstens winkte sie zu sich heran. Auch er wirkte aufgekratzt und seine Stimme überschlug sich fast, dann sah er ihr ins Gesicht und wich irritiert zurück. Sie musste wirklich furchtbar aussehen. Carstens räusperte sich und murmelte etwas davon, dass momentan eine schlimme Sommergrippewelle grassiere.

»Sie haben den Laptop gestern spät noch geknackt. Die Festplatte war nicht kaputt genug. Jedenfalls haben die Jungs darauf einen Film gefunden«, berichtete der junge Kommissar und seine anfänglich unsichere Stimme fand schnell zu ihrer normalen, leicht atemlosen Tonlage zurück. »Auf dem Handy von diesem Piontak war der gleiche Film. Jedenfalls: Piontak schläft darauf mit der Tochter von Hesselbach, oder tut zumindest so. Detailaufnahmen gibt es zum Glück nicht. Trotzdem krass ekelig der Film. Hesselbach wurde mit dem Film erpresst, genau, wie Sie gesagt hatten! Jedenfalls, Hesselbach und seine Frau werden abgeholt. In einer halben Stunde sind die hier.«

Von Seelenthin schoss das Blut in den Kopf, in ihrem Magen blubberte heiße Säure. »Warum weiß ich davon nichts und erfahre das jetzt von Ihnen?«

Carstens schluckte und wischte sich verlegen über seine neun Millimeter kurzgeschorenen Haare. »Ich bin selbst erst seit einer Viertelstunde da. Der Kollege Markensen hat die Nachricht von der Spurensicherung entgegengenommen und sofort Staatsanwältin Teschner informiert. Man hat wohl, äh, vergessen, Sie anzurufen.«

Die Stimme des Kommissars war zum Ende seiner Ausführung immer leiser geworden, als glaube er seiner lahmen Erklärung selbst nicht. Aus den Augenwinkeln nahm von Seelenthin Stevie-Jim Markensen wahr, der betont unauffällig Papiere auf seinem Schreibtisch ordnete, während er sich hinter seiner langen Haartolle versteckte und sorgfältig jede Bewegung der Hauptkommissarin registrierte. Vermutlich würde er seiner neuen Freundin und Förderin bei der nächsten Gelegenheit jede noch so kleinste Regung brühwarm erzählen.

»Um den kümmere ich mich später. Sonst hält der sich noch für wichtig«, murmelte sie und blickte kurz in Richtung Markensen.

Carstens machte eine Geste, aus der Mitleid für den neuen Kollegen sprach. In seinen Augen hingegen zeigte ein ironisches Lächeln, dass auch er dem neuen Kollegen keine große Sympathie entgegenbrachte.

»Ich habe Ihnen den Film schon auf den Rechner geschickt.«

»Danke, Carstens«.

Sie fuhr den PC hoch. Während sie wartete, suchten ihre Augen die vielen gelben Post-its ab, mit denen sie die Oberfläche ihres Schreibtisches tapeziert hatte. Fragmente, Telefonnummern und Adressen, einzelne Fragen und Namen fanden sich hier zu einem Wust an Informationen zusammen, der langsam immer undurchdringlicher wurde. Sie runzelte ärgerlich die Stirn und riss den Zettel mit dem Namen Willomeit, Sozialarbeiterin im Fall Nadine Knaaß, ab, knüllte ihn zusammen und schnippte ihn in den Papierkorb unter dem Tisch. Endlich! Ein flackerndes Bild erschien. Das Mädchen, Nora

Hesselbach, lag auf einer dunklen Matratze, um die unzählige große Kerzen und kleine Teelichter platziert waren. Joelles Wohnung, erkannte von Seelenthin sofort. Nora Hesselbach rekelte sich, als sei sie völlig allein im Raum, hemmungslos und frei. Sie lächelte zunächst in keine bestimmte Richtung, dann schloss sie mehrfach die Augen, als folge sie einer bestimmten Regieanweisung und öffnete sie wieder. Bei näherem Hinsehen erkannte von Seelenthin, dass die Bewegungen des Mädchens unkoordiniert und fahrig waren und ihre Augen ins Leere blickten. Seitlich kam kurz eine Hand ins Bild, die einen schwarz-silbernen Flakon hielt, aus dem Parfum unmittelbar vor Noras Gesicht versprüht wurde. Ein männlicher Arm umschlang Nora von hinten und zog sie hoch, sodass sie direkt in die Kamera blickte. Das Mädchen umschlang den männlichen Arm und rieb ihre Nase daran; sie schien sich wohlzufühlen. Sie rief etwas und warf dann den Kopf zurück und lachte. Von Seelenthin schaute sich die Stelle mehrmals an und konzentrierte sich auf die Lippenbewegungen des Mädchens. Zwei Silben, den Mund weit geöffnet. *Mama? Papa? Aua?* Das sollte sich ein Lippenleser ansehen, dachte sie und machte sich eine entsprechende Notiz. Die Kamera wackelte erneut, wahrscheinlich hatte Joelle sie selbst gehalten und nebenbei Anweisungen an Piontak gegeben. Sie sah den ausgemergelten Unterkörper eines Mannes. Er kniete und sein Penis hing schlaff zwischen seinen Beinen. Dann zoomte die Kamera auf das Gesicht des Mannes. Robin Piontak zog die Oberlippe hoch und legte dabei seine völlig zerstörten Zähne frei, dann zeigte die Kamera Nora, die mit halbgeschlossenen Augen auf dem Rücken lag und wieder etwas zu sagen schien. Die gleichen Lippenbewegungen wie zuvor. Jetzt legte sich Piontak zu Nora auf die Matratze, auch er war angeschlagen, aber lange nicht so weggetreten wie Nora. Von Seelenthin schauderte. Es war seltsam, einen Menschen im Nachhinein atmend und in Bewegung zu sehen, den man vorher nie lebendig gekannt hatte. Es waren schwer zu ertragende Bilder. Alle Bewegungen und Gesten Piontaks waren überzeichnet und zielgerichtet. Die Textzeile mit der zynischen Widmung an den Vater war eindeutig. Den Lippenleser können wir uns hier sparen, dachte sie angeekelt. Das Gefühl, sich selbst, aber vor allem sein Kind als Opfer so einer schäbigen Erpressung zu sehen, musste in den Eltern Verzweiflung und Wut auslösen. Genug für einen Mord oder sogar mehrere?

»Krass eklig, was?«

Von Seelenthin zuckte zusammen. Carstens war von hinten an ihren Schreibtischstuhl herangetreten und nickte mit dem Kopf zum Bildschirm, während er herzhaft in sein Brötchen biss und ein Krümelregen auf ihre rechte Schulter niederging. Sie schloss die Augen und seufzte unhörbar, um sich dann mit den Füßen seitlich vom Schreibtisch abzustoßen. Einmal, um mehr Abstand zu diesen widerlichen Bildern zu bekommen, aber auch, um mehr Raum zwischen sich und Carstens zu bringen. Der junge Kommissar hatte die unschöne Angewohnheit, die natürliche räumliche Distanz zwischen sich und seinen Mitmenschen ständig zu unterschreiten.

»Vor allem macht ihn das zum Tatverdächtigen, zusammen mit seiner Frau«, überlegte von Seelenthin laut. »Mit diesem Film hat ihn sein Sohn Robin schon erpresst, zumindest hat er es versucht, bevor jetzt Joelle als Erpresserin auftrat.«

Carstens hatte sich herumgedreht und lehnte, ein Bein in der Luft baumelnd und weder sitzend noch stehend, am Schreibtisch der Hauptkommissarin. Eine glitschige Tomatenscheibe war zwischen verschiedenen Lagen aus Schinken, Käse und Salatscheiben bis ganz nach vorne gerutscht und hing jetzt bedrohlich weit aus dem Brötchen heraus.

»Sie meinen, er hat erst Robin Piontak und dann Joelle Knaaß umgebracht?«

Carstens vollführte einen Bogen mit der Hand, die das Brötchen hielt, und mit einem unangenehm klatschenden Geräusch landete die Tomatenscheibe auf von Seelenthins Oberschenkel.

»Oh! Entschuldigung«, sagte der junge Kommissar erschrocken und kam schon auf sie zu, um das Gemüse eigenhändig von ihrem Bein zu klauben, als sie ihm zuvorkam. Etwas in ihrer Gestik und Mimik veranlasste Carstens dazu, sein schmales Hinterteil unmittelbar von ihrem Schreibtisch zu heben, das restliche Brötchen wieder in die Tüte zu packen und an seinen Arbeitsplatz zurückzukehren.

Von Seelenthins Gedanken fuhren Karussell. War Hennes Hesselbach der Rächer seiner Tochter, oder ging es ihm eher darum, die eigene Ehre zu schützen und seine Autorität wiederherzustellen, indem er den Erpresser tötete? Konnte er diesen Schatten aus der Vergangenheit, diesen unerwünschten und ungeliebten Sohn, nicht mehr länger ertragen? War der Tod von Joelle nur ein Unfall gewesen oder ein notwendiges Mittel zur Schadensbegrenzung? Plötzlich musste sie an ihre Freundin Philippa denken und an das, was diese ihr über den mütterlichen Instinkt erzählt hatte. Vielleicht war nicht Hennes Hesselbach, sondern seine Frau, Diana, die Täterin? Aber woher wusste die überhaupt von dem Video? Es war doch explizit an den Vater gerichtet gewesen. Sicher war nur, dass einer von beiden Hesselbachs das Handy von Joelle an sich genommen haben musste. Einer von beiden oder sogar gemeinsam hatten sie den Tod des Mädchens verschuldet. Oder war Joelle vielleicht schon tot gewesen und Hennes oder Diana Hesselbach hatten sie so gefunden und niemanden informiert? »Wer sich in Gefahr begibt, der kommt darin um.« Das Handy Joelles hatte in Dianas Handtasche gelegen. Gut, dass das Ehepaar Hesselbach so überrascht worden war von der Hausdurchsuchung. Nur wenig später hätte das Ding längst auf dem Grund der Weser gelegen oder wäre auf der Ladefläche eines Lkws in Richtung Ukraine unterwegs gewesen. Im Kopf der Hauptkommissarin kreiste ein Strudel aus Gedanken, Eindrücken und Erinnerungen. Wie passte der Mord an Julius in diese Reihe? Das Motiv kann nicht allein die Erpressung sein. Es muss darüber hinaus etwas geben, das Julius als weiteres Opfer rechtfertigt. Und ausgerechnet heute Morgen war der Kollege Dremmler nicht da. Mit ihm konnte sie sich Knäule von Gedanken zuwerfen, verschiedene Fäden aufnehmen und alles wieder aufribbeln, bis schließlich der sprichwörtliche Ariadnefaden gefunden war, der sie aus dem Labyrinth aus Falschaussagen, Lügen und noch mehr Lügen herausführte. Von Seelenthin sah auf die Uhr. 8.30 Uhr inzwischen. Dremmler hatte heute einen Termin in dem Seniorenheim seiner Mutter, außerdem wollte er ihr einige persönliche Dinge und Möbel bringen, um ihr das Einleben dort zu erleichtern. Sie schickte noch eine SMS an ihn ab. Vielleicht konnte er den Aufenthalt bei seiner Mutter ja unterbrechen oder nochmals verschieben? Laute Stimmen auf dem Flur ließen sie aufhorchen. Sie erkannte den trompetenhaften Tenor von Promi-Anwalt Manfred Schettmer und erinnerte sich an die Aussage von Diana Hesselbach. Ein enger Freund der Familie. Mit dem »Who is Who« auf Du und Du. Sie nahm die Schultern zurück und ging in Richtung Tür. Im selben Moment erhob sich auch Kommissar Anwärter Markensen und folgte ihr wie selbstverständlich.

»Sie bleiben hier«, erklärte von Seelenthin kühl, ohne sich umzudrehen. »Carstens, würden Sie mich bitte begleiten und den Kollegen Dremmler vertreten?«

Der Angesprochene ruckte aus seiner bequemen Haltung hoch, fing sich aber sofort und stürzte übereifrig wie ein unterforderter Border Collie auf sie zu. Vermutlich will er den Tomatenschaden ausbügeln, dachte sie grimmig.

»Aber Staatsanwältin Teschner wünscht ausdrücklich, dass ich bei der Befragung …« Markensens Stimme bekam den metallisch hohen Klang eines Kindes im Supermarkt vor dem Regal mit den Süßigkeiten. Sie blieb stehen und wandte sich zu ihm um.

»Welchen Teil von ›*Sie bleiben hier*‹ haben Sie nicht verstanden, Markensen?«

Der Kommissar Anwärter wurde rot und atmete hörbar ein. Er wollte eben zu einem Protest ansetzen, als sie bereits fortfuhr.

»Was Frau Doktor Teschner wünscht oder nicht, ist mir völlig egal. Ich leite die Ermittlung in diesem Fall und Kommissar Carstens begleitet mich als der diensthöhere Beamte zur Vernehmung des Ehepaares Hesselbach.« Sie hatte sich bereits wieder umgedreht, blickte sich an der Tür aber noch einmal um. »Sie können sich in der Zwischenzeit noch einmal mit dem Basiswissen der Polizeiarbeit vertraut machen: Wichtige Informationen werden umgehend und ohne Ausnahme an den leitenden Ermittlungsbeamten weitergeleitet. Dienstanweisungen werden befolgt. Ohne Wenn und Aber. Und den Unterschied zwischen einer Befragung und einer Vernehmung könnten Sie auch noch einmal recherchieren.«

Mit diesen Worten ließ sie den jungen Mann stehen und wusste im selben Moment, dass sie einen Fehler begangen hatte. Vielleicht hätte sie das angespannte Verhältnis zwischen ihnen beiden auflockern können, indem sie den Kollegen Markensen mit zu den Vernehmungen genommen, ihn miteinbezogen hätte. Diese Chance war nun vertan. Mit Stevie-Jim Markensen hatte sie eine weitere Person der Liste ihrer Feinde hinzugefügt.

32. KAPITEL

»Ich wollte das in Ordnung bringen, verstehen Sie? Ich bezahle, er löscht diese unsäglichen Bilder, und dann wollte ich den nie mehr sehen und einfach nur weg da!«

»Herr Hesselbach«, setzte von Seelenthin an: »Sie sind Kaufmann, Geschäftsmann. Das Verhandeln ist Ihr täglich Brot, und ganz sicher haben Sie überdurchschnittlich viel Erfahrung mit Menschen in, sagen wir, angespannten Situationen. Hinzu kommt noch, dass Sie sich als Inhaber einer Agentur für Werbung mit Neuen Medien auskennen. Wie kann es sein, dass Sie so naiv waren zu glauben, dass Ihr Sohn diesen Film wirklich unwiederbringlich vernichtet, dass der nicht längst im Netz ist, dass es Kopien gibt, was auch immer?«

Sie lehnte sich nach vorne und sah Hennes Hesselbach direkt in die Augen. Er hielt ihren Blick angestrengt fest wie jemand, der beweisen will, dass er standhält. Von Seelenthin ließ sich in den Blick fallen, tauchte ein und suchte. Es war nichts Verschlagenes in diesem blauen Blick, eher war eine tiefe Verunsicherung und Verzweiflung eines Mannes spürbar, der weiß, dass ihm niemand glauben wird. Sie ließ ihren Blick wandern. Von der souveränen Gewandtheit des Mannes war im Moment nicht viel zu spüren. Hesselbachs Haut sah fleckig aus, oberhalb des Hemdkragens bemerkte die Hauptkommissarin einen kleinen, verkrusteten Schnitt. Als eitler Selbstdarsteller, der er war, bemerkte er ihren forschenden und entlarvenden Blick und reagierte entsprechend verunsichert. Seine Augen suchten immer wieder den Kontakt zu seinem Anwalt. Er wischte sich mit fahrigen Bewegungen Haarsträhnen aus der Stirn. Sie bemerkte die gezackt eingerissene Nagelhaut auf den geschwollenen und rot entzündeten Nagelbetten.

Hesselbach räusperte sich und atmete hörbar ein. »Ich habe geglaubt, dass er zumindest ein bisschen Selbstachtung hat! Schließlich war er doch auch auf dem Film! Wie hätte der denn jemals noch irgendwo ruhig arbeiten und leben können? Erpressung! Inzest mit der Schwester und das als Film bei YouTube? Das ist doch das Letzte! Das ist so erbärmlich alles. Aber der war so kaputt, dem war alles egal!« Hesselbach schluckte schwer und lockerte dann seine Krawatte. Seine Hände zitterten leicht, als er das Glas Wasser zum Mund führte und es in einem Zug leerte. »Er hatte mich in diese Wohnung bestellt. Es war alles so schlimm. Ich wusste ja, warum ich da war. Den Film hatte er mir ja schon geschickt, sonst hätte ich mich gar nicht mit ihm getroffen! Dann kam er mit dieser Skulptur an: Wilhelm Tell! So müsse ein Vater sein, sagte er. Ein Vater, der für seinen Sohn kämpft und ihn rettet und immer unterstützt, den habe er sich gewünscht! Keinen Vater, der sich für seinen Sohn schämt und ihn zurückstößt.« Wieder nahm Hesselbach das Glas zur Hand, drehte es mit seinen Fingern. »Hennes«, setzte der Anwalt an und legte seinem Freund die Hand auf den Unterarm, »es besteht keine Veranlassung, dass du hier Interna deiner persönlichen Familiensituation …«

»Lass' es gut sein, Manfred«, ungeduldig schüttelte Hesselbach die Hand seines Rechtsbeistands ab. »Jedenfalls kam er mit dieser Skulptur, *diesem Geschenk für mich* an und schwafelte da herum, wie denn ein Vater zu sein habe. Wilhelm Tell! Der Vater als Held!« Hesselbach schnaubte abfällig und stellte das Glas hart auf dem Tisch ab.

Von Seelenthin sah ihn an und nickte zustimmend, während sie nach der Flasche griff und das Glas auffüllte. »Und da sind Sie wütend geworden und haben Robin erzählt, dass Sie genauso enttäuscht von ihm als Sohn sind wie er von Ihnen als Vater?« Die Hauptkommissarin verschränkte die Arme vor der

Brust, lehnte sich zurück und fuhr fort. »Und daraufhin gab ein Wort das andere, es kam zum Streit und schließlich haben Sie Robin die Skulptur weggenommen und ihn damit erschlagen.«

»Was? Nein!« Hesselbach sah überrascht auf und schüttelte den Kopf, als sei die Vorstellung völlig abwegig.

Doktor Schettmer beschwerte sich lautstark über diese Unterstellung, nachdem sein Mandant doch schließlich so konstruktiv und offen an der Klärung der verschiedenen Tathergänge mitgearbeitet habe. Das Gesicht des Anwalts hatte die ungesunde, rötlich violette Färbung eines Menschen mit Bluthochdruck angenommen. Der Anwalt schüttelte frustriert den Kopf, griff nach seiner Aktentasche und stand auf.

Hesselbach stützte sich mit den Händen auf der Tischplatte ab und beugte sich nach vorne. »Er hat mit dem Ding nach mir geschlagen, nur deshalb habe ich es ihm weggenommen. Aber er hat nicht aufgehört, er hat mich getreten und herumgeschrien. Wichser, Arschloch, solche Sachen. Ich wurde wütend. Dann habe ich auf einmal zugeschlagen. Er taumelte, fasste sich an die Stirn, aber er brüllte immer weiter. Er war wie tobsüchtig, völlig außer Kontrolle! Ich habe mich furchtbar erschrocken, das wollte ich nicht! Das müssen Sie mir glauben!« Der Geschäftsmann atmete schwer, Tränen standen in seinen Augen und hinter seiner Stirn pochte eine dicke Ader. »Robin hielt sich den Kopf, er blutete. Dann, er war noch immer völlig außer sich vor Wut, stieß er mich weg. Ich solle endlich verschwinden aus seinem Leben. Ich wollte mir die Wunde ansehen, einen Krankenwagen rufen wollte ich! Aber er ließ mich nicht, sagte, er dürfe eigentlich gar nicht in der Wohnung sein und ich solle endlich abhauen.«

Doktor Schettmer sah aus, als wolle er seinen Freund wie ein ungezogenes Kind maßregeln, überlegte es sich dann aber anders und blies in einer ratlosen Geste die Wangen auf und ließ die Luft stoßweise entweichen.

Hesselbach rutschte indessen nach hinten auf seinem Stuhl und rieb sich die Hände auf den Oberschenkeln. Er seufzte schwer. »Ich schwöre, als ich dann ging, lebte Robin. Ich habe meinen Sohn nicht umgebracht!«

»Herr Hesselbach, wie viel Geld war in dem Koffer und wo war es, als Sie die Wohnung verließen?«

Hesselbach sah einen Moment ratlos aus, griff sich dann an die Stirn. »10.000. Das Geld war in einem kleinen schwarzen Aktenkoffer, Montblanc. Als ich ankam, habe ich den Koffer an das Sofa gelehnt. Robin hat ihn sofort genommen und hinter das Sofa gestellt.« Hesselbach lächelte bitter. »Er hat wohl gedacht, ich wolle ihn wieder mitnehmen. Das habe ich aber nicht. Er stand noch dort, als ich ging.«

Von Seelenthin blickte sich zu der undurchdringlichen schwarzen Wand um und wusste, dass Kriminaldirektor Härmter hinter der Wand stand und sie beobachtete. Wieso dachte sie jetzt ausgerechnet an ihn? Da standen schließlich eine ganze Menge Menschen hinter der Wand. Resigniert hob der Anwalt die Handflächen in die Höhe und wischte sich anschließend über die Augen, bevor er sich wieder auf seinen Stuhl niederließ. »Mein Mandant hat Ihnen alles gesagt, was er weiß. Er war über die Maßen offen und ehrlich und hat sich selbst mit seiner Aussage schwer belastet. Mit dem Tod von Robin Piontak hat mein Mandant aber nichts zu tun. Hier geht es allenfalls um Körperverletzung. Eine Tat im Affekt. Mit dem Tod des Mädchens, Joelle Knaaß, hat Hennes Hesselbach ebenfalls nichts zu tun. Sie war bereits tot, als mein Mandant am verabredeten Treffpunkt erschien. Aus Angst, verdächtigt zu werden, hat mein Mandant es versäumt, die Polizei zu benachrichtigen. Das war ein Fehler, den Herr Hesselbach selbstverständlich einräumt und zudem aufrichtig bedauert, aber wie gesagt, das Mädchen war ja tot.« Die Stimme von Doktor Schettmer hatte fast zu ihrem gewohnt selbstgefälligen Klang zurückgefunden.

»Es ist wirklich ganz erstaunlich, dass Herr Hesselbach hier nun bereits über die zweite Leiche gestolpert sein soll, mit deren Tod er aber nichts zu tun haben will«, sagte die Hauptkommissarin und blickte den Anwalt in gespieltem Erstaunen an. »Und noch etwas: Wenn uns Ihr Mandant rechtzeitig über den Erpressungsversuch informiert hätte, dann wäre es vermutlich gar nicht zum Tod von Joelle Knaaß gekommen, Herr Doktor Schettmer!«, fuhr sie ruhig fort und blätterte die vor ihr liegende Mappe auf. »Herr Hesselbach, Ihre Fingerabdrücke befinden sich in der Wohnung von Frau Knaaß. Sie haben laut eigener Aussage mit der Skulptur zugeschlagen und zwei Menschen sind nun tot, die unmittelbar vorher Kontakt zu Ihnen hatten. Die Auswertung der in Ihrem Haus sichergestellten Mobiltelefone und des Laptops zeigen, dass Sie sowohl von Robin Piontak als auch von Joelle Knaaß angerufen worden sind. Das dritte Mordopfer, Doktor Julius Ingstedt, ist Ihnen ebenfalls bekannt. Und den Film, mit dem man Sie erpresst hat, haben wir ebenfalls gefunden. Das sind die Fakten, und die sehen nicht gut für Sie aus. Zum letzten Mal: Wo sind Sie gewesen, nachdem Sie Robin Piontak mit der Skulptur geschlagen haben? Und wie, im Detail, lag Joelle Knaaß da, als Sie sie fanden?«

Hesselbach zog die Schultern zusammen, als friere er plötzlich. »Nachdem ich aus der Wohnung ging, bin ich ins Hotel gefahren und habe mich mit einer Frau getroffen.« Er fuhr sich über die Augen.

»Welches Hotel und wie heißt die Frau?«, fuhr sie ihn ungeduldig an. »Ich weiß nicht, ob es Ihnen schon aufgefallen ist, Herr Hesselbach, aber Sie werden momentan verdächtigt, mindestens ein Verbrechen mit Todesfolge verschuldet zu haben. Dass Sie Ihre Frau betrügen und dass die Arme das nun auf diesem Weg erfahren wird, dürfte im Moment Ihr kleinstes Problem darstellen!«

Hesselbach hob abwehrend eine Hand. »Das ›Maritim Hotel‹ am Bürgerpark. Yvonne Nadelberg. Sie arbeitet als Friseurin und Kosmetikerin in der Schwachhauser Heerstraße, Ecke Heinrich-Heine-Straße.«

Die Hauptkommissarin nickte. »Endlich!«, seufzte sie genervt auf und ließ die Handfläche auf die Tischplatte klatschen, sodass Hesselbach zusammenfuhr. »Wir überprüfen das selbstverständlich sofort. Und wie genau haben Sie nun die Leiche von Joelle Knaaß vorgefunden?«

Hesselbach runzelte die Stirn, öffnete und schloss mehrmals hintereinander die Fäuste. »Ich bin nicht so nah rangegangen. Es war schrecklich. Sie lag auf dem Rücken, ein Bein angewinkelt, irgendwie verdreht. Ihr Kopf lag zur Seite geneigt, die Haare über dem Gesicht. Sie sahen verklebt aus. Da war Blut, viel Blut.«

»Wo lag sie genau, Herr Hesselbach?«

»Nur ein paar Meter vom Weg entfernt, direkt am Ufer auf dem Boden, der Kopf zum See gedreht. Da steht so eine Gruppe aus Büschen und Bäumen. Der Boden ist fest, die Stelle ziemlich uneinsehbar, obwohl sie nicht weit vom Weg entfernt liegt.« Hesselbachs Augen starrten geradeaus, er zog konzentriert die Brauen zusammen. »Das Ufer fällt ja nicht flach ab dort, ist eher so eine Uferkante.«

»Herr Hesselbach, es wurden Haare von Ihnen auf der Kleidung des Opfers gefunden. Ihre Fußabdrücke wurden, zusammen mit denen Ihrer Ehefrau übrigens, direkt neben dem Opfer gefunden. Woher wussten Sie, dass Joelle Knaaß tot war, wenn Sie sie nicht berührt haben wollen?«

Hesselbachs Körper verkrampfte sich wie unter starken Schmerzen, als der Name seiner Frau fiel. Keuchend atmete er ein. »Ich sagte doch, ich habe *gedacht*, dass sie tot ist. Ich habe mich über sie gebeugt, geguckt, aber sie lag so still, das ganze Blut an ihrem Kopf, in den Haaren, die Körperhaltung. Also ich habe angenommen, dass sie tot sein müsse.«

Ein Klopfen unterbrach die Vernehmung und Dremmler schob seinen langen Schädel durch die Tür, bevor auch der Rest des schlaksigen Kommissars den Raum betrat. Mit einer dünnen Mappe und seinem Block in der Hand winkte er sie heran. Als sie direkt vor ihm stand, stutzte er kurz, als er ihr immer noch verquollenes Gesicht mit den geröteten Augen sah.

»Was ist denn mit Ihnen?«, begann er, aber sie schüttelte nur den Kopf und hob fragend die Augenbrauen.

»Was machen Sie denn hier? Ich denke, Sie sind unterwegs mit Ihrer Mutter?«

Er winkte ab. »Ich habe ihre Sachen dort hingebracht, eine Nachbarin ist jetzt bei ihr. Sie hat gar nicht gemerkt, dass ich …, ist auch egal jetzt. Jedenfalls: Diana Hesselbach sagt, der Laptop sei ihr *heruntergefallen*. Klar doch. Von einem Film weiß sie angeblich nichts. Sie bleibt dabei, zwischen 17.00 und 22.00 Uhr mit ihrem Mann zu Hause gewesen zu sein. Damit ist das gestern gegebene Alibi schon mal hinfällig.«

Von Seelenthin lehnte sich aus der Tür heraus, damit Doktor Schettmer und der tatverdächtige Hesselbach sie nicht hören konnten. »Hesselbach ist nicht unser Mann, Dremmler. Er war da, bevor der Mörder kam. Joelle lag noch nicht im Wasser! Ich komme gleich mit dem Film rüber, Dremmler«, sagte sie leise. »Auf die Reaktion von Frau Hesselbach bin ich wirklich gespannt.«

Dremmler zog die Oberlippe über den Zähnen straff und lächelte verhalten. »Tja, was die Technik heute so alles möglich machen kann, ist in der Tat beeindruckend.«

Von Seelenthin ging zurück in das Vernehmungszimmer und bedeutete dem Anwalt, ihr in den Nebenraum zu folgen. Diana Hesselbach saß steif auf einem Stuhl, die Hände verkrampft vor sich auf dem Tisch gefaltet. Nachdem der Anwalt ebenfalls Platz genommen hatte, stellte Hauptkommissarin von Seelenthin unvermittelt den Beamer an und nur Augenblicke später flimmerten die pornografischen Bilder, dilettantisch unterlegt mit übertriebenen Stöhngeräuschen, auf der großen Leinwand. Diana Hesselbach sprang auf und stürzte auf das Gerät zu. Erst im letzten Moment gelang es dem anwesenden Beamten, die tobsüchtige Frau zu umfassen und festzuhalten. Der Anwalt war ebenfalls aufgesprungen, drohte damit, das Verhör abzubrechen, und kündigte Konsequenzen an. Ruhig stoppte Hauptkommissarin Seelenthin den Film. Schwer atmend und mit wirren Haaren wiegte sich die Frau auf dem Stuhl vor und zurück.

»Bitte beantworten Sie meine Frage, Frau Hesselbach. Wann genau sind Sie am Vahrer See gewesen?«

Doktor Schettmer schaltete sich erneut ein, inzwischen standen ihm Schweißperlen auf der Oberlippe und die dunklen Ränder unter seinen Achseln wuchsen stetig. »Meine Mandantin sagte doch bereits mehrfach, dass …«

Wortlos legte von Seelenthin die Kette vor Diana Hesselbach auf den Tisch. Dazu legte sie eine im Hause Hesselbach sichergestellte Fotografie. Diana unter dem Weihnachtsbaum, in der Hand die Kette. »Diese Kette, Ihre Kette, haben wir bei dem Opfer gefunden, Frau Hesselbach. Das Handy von Joelle Knaaß befand sich in Ihrer Handtasche. Ebenso wie Ihre DNA unter den Fingernägeln von Joelle Knaaß sichergestellt wurde. Die Kratzspuren an Ihrem Hals sind eindeutig. Also, es ist besser in Ihrer Situation, wenn Sie jetzt kooperativ werden. Ihr Anwalt wird Ihnen das bestätigen.«

33. KAPITEL

Hauptkommissarin von Seelenthin saß an ihrem Schreibtisch, hatte den Kopf in die Hände gestützt und die Augen geschlossen. Vor sich auf dem Tisch lagen die Protokolle der Vernehmungen, außerdem eigene Notizen, die sie mit immer neuen Pfeilen und Unterstreichungen versehen hatte, wie es von jeher ihre Gewohnheit war. Ihr Kopf dröhnte und als sie eben auf der Damentoilette in den Spiegel gesehen hatte, erschrak sie bei ihrem Anblick. Ihre Augen waren entzündet und blickten leer. Die Haut sah gelblich aus, stumpf, wächsern. Kein Wunder, dass Dremmler ihr gegenüber so unsicher war. Er hatte vorsichtig versucht zu fragen, das hatte sie gemerkt. Mehrmals hatte er angesetzt und sich dann wohl doch nicht getraut. Im Moment war er im Nebenzimmer und versuchte, der Höllenmaschine zwei Tassen Kaffee abzutrotzen. Sie dachte an Wotan und fast automatisch zog sich ihr Hals zu und Tränen wie heiße Pfützen standen in ihren Augen. Sie drückte die Pfützen weg, öffnete die Augen und las weiter. Diana Hesselbach war um 20.00 Uhr am Tatort gewesen. Joelle Knaaß habe zwar nicht mit ihr gerechnet, sei über ihr Erscheinen aber nicht erschrocken gewesen. Knaaß habe sie höhnisch angegrinst und respektlos angesprochen: »Gib' Kette, Alte! Yalla, Yalla! So 'ne Bonzenmuddi kann sich doch morgen 'ne Neue holen, ey!« Joelle Knaaß habe nach ihrem Hals gegriffen, sie gekratzt und ihr die Kette schließlich vom Hals gerissen. Daraufhin seien Frau Hesselbach dann die Nerven durchgegangen und sie habe Joelle Knaaß mehrfach mit den Fäusten vor die Brust gestoßen und sie geschubst. Knaaß sei nach hinten auf einen Stein gefallen und habe sich nicht mehr bewegt, sodass Frau Hesselbach dachte, sie sei tot. Frau Hesselbach habe ihr dann das

Handy entwendet, weil sie fürchtete, darauf weitere Kopien des Films zu finden. Plötzlich sei ihr Mann am Tatort aufgetaucht. Von Seelenthin blätterte in der Aussage von Hennes Hesselbach. Die Zeiten deckten sich. Um 20.25 Uhr verließen die Eheleute Hesselbach den Tatort. Die Kette blieb dort zurück. Diana wollte sie gerade aufheben, als sie das Geräusch eines herannahenden Motorrads gehört habe. Hesselbachs fürchteten, entdeckt zu werden, und haben sich dann zusammen ohne die Kette vom Tatort entfernt. Beide stimmen darin überein, dass sich das Motorrad in unmittelbarer Nähe vom Tatort befunden haben muss. Sie haben aber aus Angst vor Entdeckung nicht weiter darauf geachtet. Hennes Hesselbach sei dann mit seinem und Diana Hesselbach mit ihrem Auto nach Hause gefahren. Erschöpft lehnte von Seelenthin sich zurück und rieb sich die Schläfen. Joelle Knaaß war gegen 21.00 Uhr gestorben, ertrunken. Der Mörder kam also nach dem Ehepaar Hesselbach und hat die bewusstlose Joelle Knaaß in das Wasser des Vahrer Sees gezogen, wo sie schließlich starb. Wieder ein Motorrad. Verwertbare Reifenspuren konnten am Tatort Vahrer See sichergestellt und mit den Reifenabdrücken aus dem Teufelsmoor verglichen werden. Damit war klar, dass es unterschiedliche Motorräder waren. Vermutlich war es also auch ein anderer Fahrer als derjenige, der im Teufelsmoor gewesen war. Oder verfügte er über mehrere Motorräder? Sie stöhnte auf und rieb sich energisch über die Stirn.

Dremmler kam mit zwei Tassen Kaffee in den Raum. Zaghaft lächelte er sie an und stellte eine Tasse vor sie auf dem Tisch ab. »Hesselbachs sind zwar wegen Körperverletzung und unterlassener Hilfeleistung dran, und zwar alle beide, den Mord an Joelle haben sie aber nicht begangen und er kann auch Robin nicht getötet haben. Er war auch nicht der Letzte, der die Skulptur angefasst hat. Da waren ja gar keine Abdrücke mehr drauf.«

»Richtig, die sind vom Motorradmörder vorher abgewischt worden«, unterbrach von Seelenthin den untypischen Redefluss ihres Kollegen. »Nora Hesselbach sagt aus, dass sie geschlafen habe, nachdem ihre Mutter sie aus dem Krankenhaus geholt und nach Hause gebracht habe.« Von Seelenthin zuckte mit den Schultern. »Ihre Eltern waren nicht zu Hause. Bezeugen kann das also niemand. Das wäre aber sowieso schwierig, selbst wenn die Eltern zu Hause gewesen wären. Das Mädchen wohnt im Dachgeschoss und die Küche liegt im rückwärtigen Teil des Hauses. Nora kann unbemerkt kommen und gehen, wann sie will.«

»Sie hat aber keinen Führerschein und auch kein Motorrad, kommt gerade aus dem Krankenhaus, eher unwahrscheinlich, oder? Und was nun?«, fragte Dremmler.

»Wir müssen uns noch mal um Julius Ingstedt kümmern. Er passt irgendwie nicht in die Reihe.«

»Krankenhaus?«, fragte Dremmler.

Sie nickte, griff nach ihrer Jacke auf der Stuhllehne und ging voraus.

Am Empfang des Klinikums erfuhren die beiden Polizisten, dass Doktor Arnsfeld heute keinen Dienst habe. Krankenschwester Oppel hingegen trafen sie im Schwesternzimmer an. Die junge Frau wischte sich immer wieder über die Augen. »Ich fand ihn doch toll, zuerst. Ich hätte nie gedacht, dass er so mit mir umgeht!«

»Meinen Sie nicht, Sie hätten sich nicht später noch jemandem anvertrauen können, Frau Oppel?« Von Seelenthin reichte der jungen Krankenschwester ein weiteres Taschentuch.

»Die hätten mich abmahnen, vielleicht sogar entlassen müssen! So etwas darf einfach nicht passieren, verstehen Sie? Egal, wie müde man ist oder wie anstrengend die Schicht war.«

»Also noch mal«, Kommissar Dremmler blätterte eine Seite

zurück. »Sie haben ein gemörsertes Medikament verabreicht und gleich danach gemerkt, dass es das falsche Medikament war. Daraufhin haben Sie sofort einen Arzt angesprochen und das war Doktor Ingstedt.«

Die junge Krankenschwester presste die Lippen zusammen. »Er war total nett am Anfang, hat mich getröstet und er hat den Patienten auch sofort behandelt. Es ist gutgegangen.«

»Und danach hat er Sie dann erpresst und Sie gezwungen, Medikamente zu stehlen und für ihn zu dealen?«

Schwester Oppel zerknüllte das Taschentuch in ihrer Hand und fummelte ein weiteres aus der Packung. »Nicht sofort. Das kam erst später.«

»Nachdem Sie eine Affäre mit ihm begonnen hatten«, stellte von Seelenthin sachlich fest. Melanie Oppel nickte und wand sich unbehaglich, als spüre sie einen kratzenden Wollpullover direkt auf der Haut. »Die hätten mir nicht geglaubt, also die Klinikleitung. Dann hätte ich das mit dem Verblistern, also das mit dem falschen Medikament, gleich zugeben müssen. Da steckte ich schon viel zu tief drin.« Sie fuhr sich durch die kurzen Haare. »So haben viele schon geahnt, dass da was läuft zwischen uns. Julius, also Doktor Ingstedt, hat sich nicht viel Mühe gegeben, es zu verheimlichen. Die hätten gedacht, er hat Schluss gemacht und jetzt kommt diese kleine Krankenschwester und will dem zukünftigen Oberarzt die Karriere versauen.« Oppel stand auf und trat ans Fenster.

Von Seelenthin stellte sich hinter die junge Frau und zeigte ihr das Foto von Robin Piontak. »Ja, der kam regelmäßig. Fieser Typ, trotzdem eine arme Sau.«

Die beiden Polizisten sahen sich an. »Wann haben Sie zuletzt Stoff verkauft, Frau Oppel?« Die junge Frau sah zu Boden. »In der Nacht, als Julius starb. Ich habe eine Nachricht bekommen, ob ich was hätte. Vom Handy dieses Typen da. Zeit und Treffpunkt wie immer. 21.00 Uhr am Hauptbahnhof.«

Von Seelenthin zog ein weiteres Bild aus der Tasche und zeigte es der Krankenschwester.

Die schaute nur kurz darauf und nickte. »Ja, die war das. Ich bin mit dem Geld sofort zurück in meine Wohnung und dann kam Julius auch schon.« Sie verzog die Mundwinkel zu einem traurigen Lächeln. »Zuerst hat er sich gefreut über das viele Geld. 8.000 für ihn, 2.000 für mich. Als ich ihm sagte, dass ich nicht mehr mitmachen will, ist er dann ausgerastet.«

»Aber Ihren Anteil an dem Geld haben Sie schon noch genommen, ja?«

Melanie Oppel ballte die Fäuste.

Von Seelenthin schüttelte den Kopf und winkte ab. »Waren Sie jemals an dem Ort, wo Julius Ingstedt das Crystal Meth herstellte?«

Die Krankenschwester nickte. »Ja, einmal waren wir zusammen dort, ganz am Anfang. Es ist ein Campingplatz, nördlich von Bremen. Der Wohnwagen, ein ganz altes Ding, gehörte seiner Familie.«

34. KAPITEL

»Als Joelle mit Piontaks Handy telefonierte, war der schon tot«, überlegte von Seelenthin laut, während sie mit den Fingern nervös auf dem Holm der Tür herumtrommelte. »Sie hat es ihm also nicht zurückgegeben, obwohl sie in der Wohnung gewesen sein muss. Schließlich hatte sie ja Hesselbachs Koffer mit dem Geld mitgenommen. Nun fahren Sie doch, Dremmler, sonst ist es dunkel, bis wir da ankommen!«

Der runzelte nur kurz die Stirn und nickte mit dem Kopf auf das Schild mit der Geschwindigkeitsbegrenzung, ohne die Hände vom Lenkrad zu nehmen.

Von Seelenthin seufzte ergeben und legte den Kopf in den Nacken. Dremmler hatte, für sie völlig überraschend, darauf bestanden, selbst zu fahren. Als sie eine halbe Stunde später den versteckt gelegenen Campingplatz hinter Rekum erreichten, war von Seelenthin in den zweifelhaften Genuss gekommen, einer lehrbuchmäßigen Autofahrt beizuwohnen, und fühlte sich wie gemartert. Am Eingangstor des Campingplatzes hatte irgendwer in weiser Voraussicht einen uniformierten Beamten abgestellt, der den beiden Kommissaren den Weg zum Tatort beschrieb. In den vorangegangenen Nächten hatte es mehrfach geregnet und der Boden war entsprechend aufgeweicht. Während der letzten Minuten hatte es wieder zu nieseln begonnen und Dremmler, der vermutlich Angst hatte, mit dem Wagen steckenzubleiben, parkte direkt am Eingangsbereich auf dem gepflasterten Hof. Von Seelenthin seufzte innerlich, verkniff sich aber jeglichen Kommentar. Sie stieg aus, schlüpfte in ihre leichte Jacke, die sie vor der Fahrt aus ihrem Büro geholt hatte, und stapfte schweigend hinter ihrem Kollegen her. Bei jedem Schritt quatschte das zertrampelte Gras unter ihren Füßen und missmutig registrierte sie, dass sich das Leder ihrer Stiefeletten bereits dunkel färbte. Dremmler hatte mit seinen langen Beinen bereits einen ansehnlichen Abstand herausgeholt. Sie joggte ein paar Schritte, um zu ihm aufzuschließen. Von Seelenthin, die nie zuvor einen Campingplatz besucht hatte, war angenehm überrascht: Bislang hatte sie Campen immer mit *Möwenschiss,* trinkenden Menschen in kurzen Hosen und Trekkingsandalen verbunden, die auf Plastikmöbeln zwischen Gartenzwergen unterm Vorzelt saßen, umgeben von einem Jägerzaun. Hier bot sich ein anderes Bild: Das weitläufige Vordeichgelände bot einen schönen Blick über von Schilf gesäumtes Wasser. Gruppen von schlanken Pappeln, Weiden und dichte Holunderbüsche wechselten sich mit großzügigen Grünflächen ab, auf denen eine Handvoll Dauercamper ihre Wohnwagen abgestellt hatte. Alle anderen Wohnwagen waren bereits verschwunden, da die Saison beendet war. Die Flächen auf dem Campinggelände seien um diese Zeit regelmäßig von Hochwasser bedroht, hatte ihnen der ortskundige Beamte am Eingang erklärt. Also viel Natur und Ruhe und keine Nachbarn. *Sehr sympathisch*, dachte von Seelenthin, die bei einem Blick auf ihre Schuhe feststellte, dass die komplett durchweicht und ihre Füße entsprechend nass waren. Der Wohnwagen, ein älteres Modell des Fabrikats »Knaus Südwind«, war der letzte Wagen, ganz am Ende des Geländes. Er stand abseits wie ein ausgestoßenes Tier und wurde von drei Seiten durch dichte Hecken aus Buchen und Holunder abgeschirmt. Die vierte, einsehbare Seite zeigte zum Wald. Mehr ein Versteck als ein Platz, an dem man Urlaub macht, dachte von Seelenthin. Ein verschatteter, düsterer Ort. Sie sah sich um und zog ihre Jacke fester um sich. Das Gefährt wirkte ungepflegt. Großflächig hatte sich Moos auf der ehemals weißen Kunststoffverkleidung abgelagert und die Felgen waren vom Rost zerfressen.

Ein schmächtiger junger Mann in weißer Schutzkleidung kam auf sie zu und stellte sich als Doktor Culmbacher vor. »Hier hat jemand regelmäßig größere Mengen Drogen aus Methamphetamin hergestellt. Das war, wenn ich mich nicht täusche, und das tue ich nur ungern«, lächelte er affektiert mit bloßgelegten gelben Hasenzähnen, »eine ganz große Nummer, wenn nicht die größte, in der Bremer Methszene.«

Von Seelenthin nickte ihm zu und stieg die Stufen zum Wohnwagen hoch. Der Blick in das Gefährt bot ein unmissverständliches Bild: Auf der verkratzten Küchenablage aus braunem Eichenholzfurnier befand sich ein buntes Gewirr aus Flaschen und Gläsern, Kolben und Plastikkanistern. Kleine, transparente Tüten lagen in ordentlichen Stapeln an der Seite. Teilweise waren sie bereits mit grob zerstoßenem weißem Pulver oder blauen Pillen befüllt worden. Das Waschbecken war schon seit Jahren nicht mehr für den Abwasch von Haushaltsgeschirr benutzt worden. Völlig verkrustet von den Ablagerungen der ätzenden Batteriesäure diente es ausschließlich dem Zweck, das Crystal Meth herzustellen. Offenbar war der Nebenerwerb des Doktor Ingstedt an diesem Ort außerordentlich lukrativ gewesen. Auf jeden Fall aber war das hier eine Verbindung zwischen allen drei Opfern. Eine traurige Reihe.

Dremmler unterbrach die Gedanken der Hauptkommissarin. »Da draußen sind die Zeugen, die uns das hier gezeigt haben.«

Rückwärts kletterte sie die Stufen hinab und wäre fast mit einer massigen Mittsechzigerin in einem bunten Freizeit-Outfit zusammengestoßen. Sweatshirt, Weste und Hose der Frau schienen nur aus Taschen, Reiß- und Klettverschlüssen zu bestehen, sodass es pausenlos raschelte, wenn sie sich bewegte. Schwere Fettwulste zogen die Wangen nach unten und sammelten sich unterhalb des Kopfes zu einem beeindruckenden Mehrfachkinn, das halslos in den gewaltigen Oberkörper überging. Von Seelenthin sah augenblicklich einen überfütterten Bullmastiff vor sich. Hinter der Frau stand ein mageres kleines Männchen mit struppigem Schnäuzer. Der passende Pinscher dazu, dachte sie. Die Personalien der beiden waren bereits von den Kollegen erfasst worden. Es handelte sich um das Ehepaar Walburga und Erich Stellmakowski. Die beiden waren erst vor zwei Monaten vom Eigentümer des Campingplatzes als Hausmeisterehepaar eingestellt worden und betrachteten die neue Arbeitsstelle offensichtlich als Herausforderung, der sie sich mit großem Eifer stellten.

»Wir passen da schon auf, wissen Sie. Die Miete ist für diesen Monat nicht mehr überwiesen worden und telefonisch konnten wir niemanden erreichen.«

Mit einem Ausdruck im Gesicht, der unmissverständlich klarmachte, dass sie sich korrekt verhalten hatte, blickte Walburga Stellmakowski die Hauptkommissarin an.

»Wir hätten Sie mit Sicherheit bald benachrichtigt. Da hätte ja wer weiß was passiert sein können, wissen Sie? Also ist ja auch. Ein Mord! Wir haben gleich gewusst, dass das ein komischer Kerl ist da, wissen Sie!«, sagte sie und drehte sich zu ihrem Erich um, der sofort pflichtschuldig nickte.

Von Seelenthin fragte sich, was wohl passierte, wenn der kleine Mann seiner Frau die Zustimmung verweigerte? Sofort tauchten vor ihrem inneren Auge die Tom und Jerry-Zeichentrickfilme ihrer Jugend auf: ein gewaltiger Bullmastiff, der nur aus Oberkörper bestand und mit schief gelegtem Kopf drohte, während ein zierlicher Rehpinscher mit hängenden Ohren im Schatten des gewaltigen Brustkorbes vor sich hin zitterte.

»Das lief im letzten halben Jahr immer als Bareinzahlung, auch ganz pünktlich jeweils zum Ersten«, riss Walburga die Hauptkommissarin aus ihren wenig charmanten Gedanken.

»Seit wann ist der Platz gemietet?«, fragte von Seelenthin.

Wie auf ein Stichwort zückte Erich Stellmakowski nun eine Plastikmappe und reichte sie an seine Frau weiter, die schon ungeduldig die Hand danach ausstreckte. »Der Platz ist seit Mai 1992 gemietet von Doktor Werner Ingstedt, ab 2002 nur noch von seiner Frau, Christiane.« Dremmler, der sich mit seinem Block an den Wohnwagen gelehnt hatte und mitschrieb, kam heran. Er fotografierte die entsprechenden Unterlagen in Stellmakowskis Mappe mit dem Smartphone und schickte sie gleich weiter ins Präsidium zur Überprüfung.

»War eine Person regelmäßig hier in diesem Wohnwagen?«, fragte von Seelenthin. Stellmakowskis schauten sich an, dann schüttelte Walburga ihren massigen Schädel, während Erich überlegte und schließlich zögernd nickte. Er ergriff zum ersten Mal das Wort: »Dieser junge Mann, doch. Komischer Kerl, wie meine Frau schon sagte. So ein Schnösel mit Sonnenbrille und zurückgekämmten Haaren. Wir dachten, das ist der Sohn von der Frau Ingstedt. Unser Vorgänger, Herr Moormann, hat uns nämlich zu allen Dauercampern etwas gesagt.« Sichtlich stolz auf seine Kombinationsgabe, verschränkte Erich die dürren Ärmchen vor der knochigen Brust und blickte zu seiner Frau hoch.

Walburga nickte ihm zu und ergänzte: »Man muss schließlich wissen, mit wem man es zu tun hat. Aber, wie gesagt, wir sind ja auch erst seit zwei Monaten hier angestellt und deshalb haben wir den jungen Mann auch nicht angesprochen. Neugierig sind wir nämlich nicht.«

Nein, natürlich nicht. Alles andere als das, dachte von Seelenthin ironisch und sah in Gedanken vor sich, wie das ungleiche Gespann, mit Taschenlampen und Pfefferspray bewaffnet, nachts um die Wohnwagen schlich und *aufpasste*, dass den friedlich schlafenden Campern nichts geschah.

Sie nickten, als Dremmler ihnen ein Foto von Julius Ingstedt zeigte. Erich tippte mit einem nikotingelben Finger mehrmals auf das Foto: »Ja, den haben wir gesehen. Von Weitem, so zwei, drei Mal vielleicht. Gegrüßt hat der aber nicht. Und über Nacht war der nie hier.«

Der Nieselregen war inzwischen in einen stetigen Landregen übergegangen und die beiden Kommissare rutschten mehr, als dass sie gingen, über den matschigen Weg zu ihrem Wagen zurück.

»Also gut, Ingstedt hat das Zeug hergestellt und Melanie Oppel hat es für ihn verkauft. Piontak war mit Sicherheit der beste Kunde, vor allem mit dem Geld aus der Erpressung. Hesselbach hatte ja schon einmal bezahlt. Und die clevere Joelle wollte nach dem plötzlichen Ableben Piontaks dessen Geschäft übernehmen und das ist gründlich schiefgegangen«, nuschelte von Seelenthin vor sich hin, während sie auf einem Bein neben dem Wagen stand und mit einem Taschentuch die gröbsten Schlammspritzer von den Stiefeletten wischte.

Dremmler, der bereits angeschnallt auf dem Fahrersitz saß, beugte sich zu ihr herüber: »Was ich nicht verstehe: Joelle hatte doch das Geld von Hesselbach. Sie hat den Montblanc Koffer aus der Wohnung ihrer Mutter mitgenommen an dem Abend, als Piontak sich dort mit Hesselbach getroffen hat. Soweit komme ich mit. Aber wieso tauscht sie das Geld und kauft bei Melanie Oppel neues Meth?«

Von Seelenthin drehte sich zu ihm um. »Die Gier nach Geld, Dremmler. Sie war selbst nicht süchtig, kann das Meth also ohne Probleme bei sich lagern. Wenn Sie reinen Stoff konsumieren, ist das Zeug gar nicht so katastrophal. Das Problem ist das Panschen. Man kann das Zeug strecken, mit Paracetamol zum Beispiel, aber auch mit so exquisiten Zutaten wie beispielsweise Batteriesäure. Googeln Sie mal Methgesichter. Dann wird's richtig schlimm. Joelle hatte doch Milchpulver in der Küche liegen. Garantiert wollte sie das Zeug strecken und dann nach und nach verkaufen. Das bringt dann noch mehr Geld.«

Sie schüttelte ihre nasse Jacke aus und warf sie auf die Rückbank. »Wir sollten trotzdem noch einmal wegen Ingstedt mit dem ehemaligen Hausmeister des Campingplatzes sprechen«, sagte sie, während sie sich seitlich auf den Beifahrersitz setzte und die Füße gegeneinanderschlug.

Dremmler saß aufrecht hinter dem Steuer und wartete geduldig, bis die Kollegin sich ruhig hingesetzt und ordnungsgemäß angeschnallt hatte. Von Seelenthin warf ihm einen genervten Seitenblick zu, den er nachsichtig lächelnd quittierte.

»Das habe ich mir gedacht und schon möglich gemacht«, antwortete Dremmler, »Herr Herbert Moormann wohnt hier zwei Straßen weiter mit seiner Schwester zusammen in deren Haus. Er erwartet uns bereits.«

Mit einem zufriedenen Lächeln startete der Kommissar den Motor. Dann beugte er sich konzentriert vor und setzte den Wagen in Bewegung, als sei der ein hochsensibles Gefährt zur Erkundung der Mondoberfläche. Von Seelenthin sah den Kollegen von der Seite an. Sie meinte, die Zungenspitze des Kommissars in dessen Mundwinkel zu sehen, und schloss resigniert die Augen. Das Haus der Familie Moormann war ein sauber verputztes, weißes Reihenendhaus aus den 60er-Jahren mit gepflegtem kleinem Vorgarten, in dem einzelne blauviolette Stauden von Eisenhut inselförmig aus dem kurz geschorenen Rasen herausstanden. Ein etwa 70-jähriger Mann mit stark gebeugtem Rücken knipste mit einer Gartenzange einzelne kleinere Äste ab, die vom Nachbargrundstück über den Zaun ragten. Als er seinen Namen hörte, drehte er sich langsam um und kam mit wachem Blick lächelnd zu ihnen an das schmiedeeiserne Gartentor. Das Gesicht des Mannes war von einem Leben in der Natur gezeichnet. Braun und ledern spannte und wellte sich die Haut zwischen Augen, Nase und Mund wie das Watt der Nordsee und seine Augen blitzten so blau wie das Meer bei schönem Wetter.

»Sie sind die von der Polizei, ja?«, fragte der alte Mann, während er ihnen schon gleichzeitig das Törchen öffnete. Als Dremmler seinen Ausweis aus der Jacke holte und hochhielt, winkte der Alte bloß ab. »Ordentliche Leute erkenne ich gleich«, meinte er und grinste wie ein Schuljunge. »Berufserfahrung. Na, dann kommen Sie mal mit. Else, meine Schwester, ist bei ihrer Freundin drei Häuser weiter, aber sie hat schon Kaffee aufgesetzt für uns. So oft hat man ja auch keinen Besuch von der Polizei, was?« Der Mann schien sich wirklich über ihren Besuch zu freuen und bat sie mit schwungvoller Geste ins Haus. »Da haben die lieben Nachbarn doch auch gleich wieder was zu erzählen«, amüsierte er sich und unterstrich seine ironische Bemerkung, indem er den runzligen Hals übertrieben nach oben reckte und sich mit aufgerissenen Augen umsah.

Die beiden Polizisten folgten dem alten Herrn durch eine schmale Haustür in einen noch schmaleren Flur.

»Immer schön hintereinander hergehen, sonst bleiben Sie stecken«, sagte Moormann lächelnd über die Schulter.

Immerhin, Humor hatte der Alte, dachte von Seelenthin, als ihr Ohr fast einen Pierrot streifte, der als Marionette an der Wand hing. An den Flur schloss sich ein Wohnzimmer mit Blick in den hinteren Garten an. Moormann bat sie, Platz zu nehmen. Der runde Kaffeetisch war liebevoll mit Porzellan mit Streublumenmuster gedeckt, eine Kanne Kaffee und Marmorkuchen auf einer Glasplatte stand bereit.

»Herr Moormann«, begann von Seelenthin und lächelte, »Sie wirken ungemein agil und fit und wie wir sehen, arbeiten Sie sehr gern im Garten und halten hier alles tadellos instand. Wieso haben Sie Ihre Arbeit auf dem Campingplatz aufgegeben?«

Der Alte schenkte erst ihr und Dremmler und schließlich sich selbst eine Tasse Kaffee ein und reichte dann die Kuchenplatte an Dremmler, der schnell seinen Block weglegte und die Aufnahmefunktion des Handys aktivierte. »Ich wäre gerne noch dortgeblieben«, erwiderte Moormann und seine Augen verloren etwas von dem fröhlichen Blitzen. »Ich hatte mein eigenes Reich dort, vor allem viel Platz. Hier ist ja alles ziemlich eng.« Seine Augen wanderten durch den mit unzähligen Blumentöpfen und Figürchen aus Porzellan und Glas vollgestellten Raum.

»Aber Elses Mann, Werner, der ist letztes Jahr verstorben. Sie ist depressiv geworden, nimmt Tabletten und hat Angst alleine hier im Haus.« Er zuckte die Schultern und seufzte, spießte ein dickes Stück Kuchen auf und betrachtete es, dabei begann er zu reden.

Er erzählte anschaulich und amüsant von skurrilen Begegnungen im Laufe seiner fast 45-jährigen Tätigkeit als Hausmeister und man merkte, dass der Mann geradezu aufblühte, nur, weil ihm zugehört wurde. Vor allem aber verfügte er über ein ausgezeichnetes Gedächtnis und eine ebensolche Beobachtungsgabe. Ein hervorragender Zeuge. Herbert Moormann zeichnete ein unschönes Bild von Julius' Mutter, die sich auf dem Campingplatz nie so recht wohlgefühlt habe, weil ihr das Ambiente und vor allem das Publikum wohl zu kleinbürgerlich gewesen seien.

»Madame wäre wohl lieber in Nizza oder auf Capri gewesen«, fasste Herr Moormann es zusammen und wischte sich Schokoladenkrümel mit der geblümten Papierserviette ab. Leider habe der alte Doktor Ingstedt seine Ehefrau nie als die berechnende Person erkannt, die sie war. »Niemand mochte sie«, sagte er und zeigte mit der leeren Kuchengabel in die Luft auf verschiedene imaginäre Personen, die damals Gäste auf dem Campingplatz gewesen waren. »Sie hat ihn immer mehr isoliert, ging nicht mit zu den Versammlungen, schlug Einladungen aus und lud ihrerseits niemanden ein.« Moormann breitete die Hände aus. »Und irgendwann saß er dann auch ziemlich alleine da. Aber da war er auch schon krank und starb kurz darauf.«

»Wieso hat Frau Ingstedt denn den Standplatz behalten, wenn sie doch nicht gerne herkam?«, fragte von Seelenthin, die den letzten Bissen des Kuchens aufgegessen hatte.

Moormann überlegte, während er den Rest des zweiten Stücks in den Mund schob, schließlich schluckte er und setzte zu einer Antwort an: »Für ihren Sohn, Julius, nehme ich an. Der kam in den folgenden Jahren immer mit der Schwester von Doktor Ingstedt, also seiner Tante. Inge Ingstedt hieß die. Ist aber auch verstorben inzwischen, genau wie Frau Ingstedt selbst. Aber die, also Julius' Mutter, habe ich nie mehr gesehen hier seit dem Tod ihres Mannes. Und den Julius auch nur sporadisch.« Jetzt lächelte Moormann wieder. »Pfiffiges Kerlchen war das, damals schon. Aber wie seine Mutter, nicht ganz sauber.«

Die Polizeibeamten sahen sich an. Eine seltsame Formulierung zur Charakterisierung eines Menschen. »Können Sie uns ein Beispiel geben?«, fragte von Seelenthin.

Der alte Mann nickte und lächelte. »Hier war mal ein Feriencamp für Pfadfinder, da müsste Julius so zehn, elf Jahre alt gewesen sein. Alle Kinder kauften natürlich sofort Süßigkeiten ein, bis ihr Taschengeld alle war. Besonders ein Junge, Paul. Sein Vater war ein wohlhabender Reeder aus Hamburg und der kleine Paul war sehr großzügig und verteilte seine Schokolade, als gäbe es kein Morgen!« Hier wurde Moormanns Lächeln wehmütig, als erinnere er sich selbst an längst vergangene Sommertage seiner eigenen Jugend. »Und natürlich war das Zeug spätestens am Ende des zweiten Tages aufgegessen«, erzählte der alte Herr und spielte mit der Kuchengabel in der rechten Hand. »Nur nicht Julius. Der hatte Süßkram von zu Hause mitgebracht und hortete das. Geld hat er keins ausgegeben«, erzählte Moormann und das wehmütige kleine Lächeln umspielte seine Mundwinkel. »Die Süßigkeiten, die er noch hatte, bot er dann zum doppelten Preis an und Paul für das Dreifache.«

»Wirklich ganz schön clever für einen Elfjährigen, was?«, fragte Dremmler, als sie kurze Zeit später wieder auf dem Weg zurück in die Stadt waren.

Von Seelenthin nickte nachdenklich vor sich hin. »Eher fies, oder? Passt aber zu dem Bild, das wir von ihm haben«, überlegte sie laut.

Während der Fahrt zurück zum Präsidium hing sie ihren Gedanken nach. Ein Junge, der unter den eingeschränkten Möglichkeiten litt, der unbedingt nach oben wollte. Daran ist nichts verwerflich, aber, machte einen das zwangsläufig so skrupellos? Eine halbe Stunde später erreichten sie die Innenstadt und das Präsidium. Im Büro trafen sie auf Lars Carstens, der die telefonisch durchgegebenen Informationen bezüglich des Campingplatzes und der Begegnung mit Herrn Moormann bereits verschriftlicht hatte. Von Seelenthin sah auf ihre Uhr; in einer Stunde sollte die Pressekonferenz beginnen. Allein zog sie sich in ein Besprechungszimmer zurück, um sämtliche Notizen, Aussagen einzelner Zeugen und Auszüge aus verschiedenen Protokollen noch einmal zu lesen. Noch zehn Minuten. Sie griff nach ihrer Tasche. Vorsorglich hatte sie einen dunkelblauen Blazer und ein frisches weißes Shirt mitgebracht. An den nassen Schuhen konnte sie nichts ändern, aber die sah man ja auch nicht, hoffte sie. Auf der Damentoilette zog sie sich um. Vor dem kleinen und unzureichend beleuchteten Spiegel trug sie ein wenig Make-up auf, puderte sich das Gesicht und tuschte sich die Wimpern, als Staatsanwältin Teschner eintrat. Prüfend warf die einen Blick auf die Kosmetikutensilien.

»Oh! Ich hätte nicht erwartet, dass Sie derlei Dinge überhaupt kennen, geschweige denn benutzen! Meine Güte! Sie sehen ja aus wie durch die Weser gezogen. Haben Sie sich so zugerichtet?«, flötete sie. Dann stellte sie sich neben die Hauptkommissarin und drehte den Wasserhahn auf.

35. KAPITEL

Der große Konferenzraum des Polizeipräsidiums summte vor Betriebsamkeit. Hinter dem Podium waren als Kulisse für die Fernsehkameras hohe Stellwände mit dem Bremer Polizeiwappen aufgebaut worden, außerdem spannte sich eine riesige Leinwand über die gesamte Seitenwand, um per Beamer einzelne Beweisstücke zeigen zu können. Ungefähr in der Mitte des langen Tisches klemmten schon jetzt mehr als 15 Mikrofone, ständig kamen weitere hinzu und wurden von emsigen Händen in Stellung gebracht. Wie bunte, anklagende Arme zielten sie auf die Position hinter dem Tisch, ihre Position. Auf diesem Platz würde sie gleich sitzen. Von Seelenthin blickte in den Raum. Vor dem Podium standen Tische, auf denen Pressemappen ausgelegt waren. In mehreren Reihen drängten sich die Vertreter lokaler Zeitungen, aber auch das regionale und überregionale Fernsehen sowie das Radio hatten Journalisten geschickt. *Pressemeute.* Von Seelenthin betrachtete sie. Zumeist waren es Männer in bedruckten Shirts oder karierten Hemden mit hippen Bärten und speckigen Sneakers. Frauen waren auch dabei. Sie erkannte die magere Journalistin eines überregionalen TV-Senders mit den schmutzig blonden Haaren wieder. *Hyäne.* Sie konnte ihre Jagdlust riechen. Ihre verschwitzten Körper, die sich aneinander rieben, sich gegenseitig wegdrängelten, um selbst das beste Foto, die entscheidende Frage abzuschießen. Papier raschelte, Stimmen murmelten und Gummisohlen quietschten. Jemand zog einen Stuhl über den Boden und die Beine aus Metall schlitzten das Linoleum auf. *Sie sammeln sich.* Dann nahm sie ihn wahr. Kriminaldirektor Thomas Härmter stand kurz hinter der Tür vor dem Podium. Den Rücken sehr gerade, den Blick fest auf sie gerichtet. *Stellst du dich vor mich? Oder gibst du mich zum Abschuss frei? Was denke ich hier eigentlich?* Sie drückte den Rücken durch, bog die Schultern zurück und schritt auf ihn zu. Zusammen bestiegen sie das Podium und blieben hinter dem Tisch stehen. Von Seelenthin blickte in Richtung Tür. Stöckelnden Schrittes näherte sich Staatsanwältin Teschner. Mit ihrer Handtasche versuchte sie vergeblich, den frisbeescheibengroßen Wasserfleck auf ihrem Rock zu verdecken. Bevor sie das Podium erreichte, schoss sie mehrere säurehaltige Blicke in Richtung der Hauptkommissarin ab. Die drei setzten sich. Der Kriminaldirektor tippte mit dem Finger an das Mikrofon.

»Willkommen zur Pressekonferenz am heutigen Donnerstag, dem 25. September. Neben mir sind von der Staatsanwaltschaft Bremen als leitende Staatsanwältin Frau Doktor Teschner anwesend sowie als leitende Ermittlerin unserer Mordkommission ›Enduro‹ Hauptkommissarin von Seelenthin. Wir werden zunächst die einzelnen Tathergänge nochmalig kurz zusammenfassen und Ihnen dann einen Überblick über die neuesten Ermittlungsergebnisse geben. Im Anschluss werden Sie die Gelegenheit haben, Ihre Fragen an Hauptkommissarin Seelenthin zu richten.«

Anblasen zur Jagd! Treiber in den Kessel! Er nickte der Staatsanwältin zu und die rückte ihre Brille zurecht.

»Alle Informationen bezüglich der bisherigen Ermittlungsergebnisse, sowie Namen und Altersangaben der Opfer und der bislang Tatverdächtigen finden Sie zusammengefasst in den ausliegenden Pressemappen. Zu den bislang ermittelten Fakten: Am 21. August gegen 20.00 Uhr wurde der 24-jährige Robin Piontak in der Wohnung seiner Lebensgefährtin, Nadine Knaaß, erschlagen. Zuvor hatte er sich dort mit seinem Vater, Hennes Hesselbach, getroffen, um diesen mit einem Video zu erpressen. Es kam zu Handgreiflichkeiten, in deren Folge Piontak verletzt, nicht aber getötet wurde. Piontak starb an einem zweiten Schlag durch einen bisher unbekannten Täter, der in der Wohnung war, nachdem Hesselbach diese bereits wieder verlassen hatte. Der Täter fuhr mit der Leiche im Wagen von Nadine Knaaß nach Oberneuland und überfuhr direkt vor dessen Haus Doktor Julius Ingstedt. Die Leiche des Robin Piontak wurde dann samt Auto ins Teufelsmoor verbracht und dort verbrannt. Joelle Knaaß war zusammen mit Piontak an der ersten Erpressung beteiligt. In ihrer Wohnung wurde auch der Koffer von Hennes Hesselbach gefunden, außerdem Reste des Geldes aus der vorangegangenen Erpressung sowie sechs Gramm Methamphetamin. Dazu an späterer Stelle mehr. Joelle Knaaß muss also auch am Abend des 21. Augusts in der Wohnung ihrer Mutter, Nadine Knaaß, gewesen sein. Nach Piontaks Tod hat Joelle Knaaß Hennes Hesselbach ein zweites Mal mit demselben Video erpresst und sich mit ihm am Vahrer See, dem späteren Tatort, verabredet. Diana Hesselbach, seine Ehefrau, die auch Kenntnis von dem Film hatte, befand sich bereits am Vahrer See, als Hesselbach dort eintraf. Zwischen Diana Hesselbach und Joelle Knaaß kam es zu Handgreiflichkeiten. Joelle Knaaß schlug mit dem Kopf auf einen Stein und blieb bewusstlos liegen. Hesselbachs sind vom Tatort geflohen, da sie das Opfer für tot hielten. Soweit die bisher ermittelten Fakten zu den einzelnen Morden. Bei der Wohnungsdurchsuchung der Familie Hesselbach konnten tatrelevante Beweise sichergestellt werden, so zum Beispiel das Handy von Robin Piontak, welches Frau Hesselbach zuvor der ohnmächtigen Joelle Knaaß abgenommen, eingesteckt und mit nach Hause genommen hatte. Das Ehepaar Hesselbach galt zunächst als tatverdächtig, den Tod von Joelle Knaaß verschuldet zu haben. Beide Eheleute kommen jedoch nicht als Mörder an Joelle Knaaß infrage. Diana Hesselbach ist geständig, das Opfer geschubst zu haben. Das Ehepaar befindet sich derzeit auf freiem Fuß, da sich ein weiterführender Tatverdacht durch die Obduktion als haltlos erwiesen hat. Zur Todesursache der Joelle Knaaß kann hier nichts gesagt werden, da es sich um Täterwissen handelt. In der Wohnung von Joelle Knaaß wurden, wie bereits erwähnt, sechs Gramm Methamphetamin gefunden. Dieses Methamphetamin hat sie am Abend ihres gewaltsamen Todes gekauft, vermutlich, um es zu strecken und dann selbst mit Gewinn weiterzuverkaufen. Große Mengen Milchpulver, die in ihrer Wohnung sichergestellt werden konnten, sprechen dafür.« Die Staatsanwältin sah von ihren Unterlagen auf und nahm ihre Lesebrille ab. Sofort erhob sich Gemurmel im Konferenzraum.

Von Seelenthin hob die Hand. »Gerade heute, vor wenigen Stunden ist es uns gelungen, den Ort ausfindig zu machen, wo das Crystal Meth hergestellt wurde.« Sie legte den Journalisten die Ergebnisse ihrer Arbeit dar. »Ich habe eine Bitte bezüglich der ermittelten Spuren: Sowohl im Teufelsmoor als auch am Vahrer See ist in unmittelbarer Nähe der Tatorte und zur jeweiligen Tatzeit eine Geländemaschine gewesen. Daher der Name der Mordkommission ›Enduro‹. An beiden Tatorten entnommene Reifenspuren zeigen, dass es sich um zwei unterschiedliche Maschinen handelt. Berenice Ingstedt hat eine Yamaha, Modell XT 600 besessen. Laut ihrer Aussage wollte Doktor Julius Ingstedt die Maschine schon vor einem Jahr verkaufen. Frau Ingstedt kann aber leider weder Angaben dazu machen, ob ihr Mann die Maschine verkauft hat, noch dazu, wo sich das Motorrad derzeit befinden könnte. Kontenprüfungen der Ingstedts weisen keinen entsprechenden Zahlungseingang auf. Noch etwas: Wir gehen davon aus, dass unser Täter den Opel Astra, mit dem Julius Ingstedt überfahren wurde, im Teufelsmoor abgestellt hat und dann erst das Motorrad zum Tatort gebracht hat. Anfragen bei Taxiunternehmen haben nichts ergeben. Es gab keine offizielle Fahrt aus oder in das Teufelsmoor in der Nacht vom 21. auf den 22. August. Wenn es Zeugen gibt, die einen Motorradfahrer in der Nähe des Tatorts gesehen haben, dann mögen die sich bitte melden! Der ermordete Robin Piontak hat eine BMW F 650 GS Dakar besessen, die seit seinem Tod verschwunden ist. Eine Maschine dieses Typs könnte am Tatort gewesen sein. Leider konnten wir bis zum jetzigen Zeitpunkt keines der beiden Motorräder wiederfinden. Der Täter geht sehr umsichtig und konzentriert vor. Wir müssen davon ausgehen, dass er über Fachwissen bezüglich polizeilicher Ermittlungsarbeit verfügt.« Von Seelenthin lehnte sich zurück. Aus der zusammengerückten Menge stieß eine Stimme vor.

»Was ist mit dem Mädchen, der Tochter der Hesselbachs?«

»Nora Hesselbach ist vorgestern aus dem Krankenhaus entlassen worden. Das Mädchen ist von unseren Beamten befragt worden. Wir bitten Sie, die gesamte Familie Hesselbach nicht zu kontaktieren. Es sind bereits Fotos des Hauses der Familie gemacht worden. Diese Fotos kursieren zusammen mit völlig haltlosen Gerüchten in sozialen Netzwerken. Ich kann nur davor warnen, sich an diesen Spekulationen zu beteiligen und hier eine Hexenjagd zu veranstalten!«

Die Hyäne fixierte die Hauptkommissarin, schlich näher heran. »Fast alles, was hier von der Frau Staatsanwältin verlesen wurde, stand doch nun schon in den Zeitungen. Es gibt keinerlei Verdächtige nach vier Tagen Ermittlungsarbeit?« Staatsanwältin Teschner lächelte entschuldigend und wies mit einer eleganten Handbewegung auf die Hauptkommissarin.

»Leider verhält es sich so. Die Ermittlungen gestalten sich durch die miteinander verwobenen Aspekte sehr umfangreich und komplex. Wir ermitteln auf der Ebene der Drogen und der Erpressung. Das gesamte Filmmaterial und die Auswertung der einzelnen Mobiltelefone von der Familie Hesselbach und Joelle Knaaß dauern allerdings noch an. Vielleicht gibt es noch eine weitere Ebene, die wir noch nicht kennen.«

Die Hyäne schlug hart ihre Zähne ein.

»Kurz gesagt: Die Spuren führen Sie selbst in die Irre und nun ersetzt operative Hektik die geistige Windstille?«

»Ich sehe keinen Grund für eine derartige Polemik. Obschon unsere Personaldecke dünn ist, wird allen Spuren gewissenhaft nachgegangen, aber wo keine sind, kann man keine finden.«

Von Seelenthin zwang sich dazu, ruhig zu atmen, die Stimme nicht anzuheben. »Wie ich bereits sagte, unser Täter geht äußerst umsichtig vor.«

Die Zähne der Hyäne gruben sich ins Fleisch, packten und schüttelten sie.

»Sie sagten, dass Nora Hesselbach bis zum Abend des Mordes an Joelle Knaaß in der Paracelsiusklinik gewesen sei, die ja direkt gegenüber dem Polizeipräsidium liegt.«

Von Seelenthin grub unter dem Tisch ihre Fingernägel in den Handballen. Sie spürte, wie ein Tropfen kalter Schweiß von ihrer Achselhöhle an ihrer Seite hinunter rann, und zwang sich, still sitzen zu bleiben. »Ja. Ein Mitglied unserer Mordkommission ist in der Klinik gewesen und hat dort diese Auskunft bekommen.«

Die Hyäne stieß ein Geräusch aus, das wie ein Kichern klang.

»Nun, Frau Kriminalhauptkommissarin von Seelenthin. Von Ihren Mitarbeitern war niemand in der Klinik. Ich war selbst im Krankenhaus. Nora hat zusammen mit ihrer Mutter das Krankenhaus gegen 19.00 Uhr verlassen. Ich habe sie selbst gesehen. Mir scheint, als wüssten Sie nicht so genau Bescheid, was Ihre Mitarbeiter tun?«

Von Seelenthin sah der Journalistin ins Gesicht. Ihr war leicht schwindlig.

»Unsere Mordkommission arbeitet unter Hauptkommissarin von Seelenthin bereits seit Jahren höchst erfolgreich. Ich bin sehr zuversichtlich, dass wir auch diesen Fall lösen werden, wenn wir uns gegenseitig unterstützen und nicht von außen bekämpft werden. In dem von Ihnen angesprochenen Fall handelt es sich um ein Missverständnis zwischen zwei Mitarbeitern. Weitere Angaben kann ich dazu im Moment nicht machen«, grollte die Stimme des Kriminaldirektors.

Die Hyäne zog sich zurück, die Staatsanwältin lächelte noch immer, allerdings schmaler als zuvor.

»Was ist mit der Methküche? Können Sie da Genaueres sagen zu der Zeugin, die Julius Ingstedt geholfen hat?«

Von Seelenthin hob die Schultern. »Es handelt sich um eine junge Frau aus dem beruflichen Umfeld von Doktor Ingstedt. Diese Zeugin hat uns auf die Spur der Methküche gebracht. Doktor Ingstedt hat in einem Wohnwagen, der seinen Eltern gehörte, auf dem Campingplatz ›Schönfrieden‹ das Methamphetamin hergestellt und die Zeugin hat es für ihn regelmäßig verkauft.«

Eine Zeit lang kamen noch Fragen aus dem Pulk vor dem Tisch, allerdings hatte Härmters Intervenieren dazu geführt, dass die Atmosphäre sachlich blieb. Schließlich ebbten die Fragen ab und der Kriminaldirektor schloss die Pressekonferenz. Die Meute zog ab. Von Seelenthin nahm einen Schluck Wasser. Ihre Hand, die das Glas hielt, zitterte leicht.

»Da sind Sie ja noch einmal davongekommen, was?«, lächelte die Staatsanwältin säuerlich. Der Blick des Kriminaldirektors ruhte auf ihr. *Halali.*

36. KAPITEL

Sie standen sich gegenüber. Philipp im Sandkasten und sie außerhalb, auf dem Rasen. Vom Regen schwere, graublaue Wolken trieben wie eine Herde schmutziger Schafe am Himmel und rotteten sich dort über ihren Köpfen zusammen, um sich zu entleeren. Philipp schrie und tobte jetzt seit einer Viertelstunde fast ununterbrochen. Sein Gesicht war dunkelrot vor Wut und Tränenspuren zogen unregelmäßige Bahnen über seine schmalen Wangen. Sie spürte, dass die Wut durch ihren Mund in sie hineinglitt. Dieses heiße und brennende Gefühl verstopfte ihr die Kehle und rutschte dann ihren Hals hinunter, bevor es sich wie ein stacheliges Tier in ihrem Bauch festkrallte. Automatisch versuchte sie es mit dem Mantra, das die Familientherapeutin ihr für solche Situationen geraten hatte. *Ruhig atmen, Berenice. Kinder schreien, haben Wutanfälle, das ist alles ganz normal. Du darfst auch wütend sein, aber du wirst damit fertig, weil du dich nicht aus der Ruhe bringen lässt. Du bist eine gute Mutter, du bist in Ordnung so, wie du bist.* Sie sah auf die schmale, goldene Uhr an ihrem Handgelenk. Wenn sie nicht in fünf Minuten losfuhr, würde sie zu spät kommen. Aus dem Augenwinkel nahm sie einen rot-grauen Gegenstand wahr, der auf sie zuflog. Das schwere, scharfkantige Metall des Spatens traf sie am Schienbein, schlitzte die Nylons auf und hinterließ eine lange, blutende Schramme. Die Wut in ihrem Bauch riss an ihren Eingeweiden und ätzende Magensäure schoss ihr in Wellen die Speiseröhre hinauf. Reflexartig machte sie zwei Schritte nach vorne und schlug hart mit der flachen Hand zu. Einen kurzen Moment hielt sie inne und betrachtete ihre Hand wie einen Fremdkörper, dann sah sie auf ihren Sohn herab. Er hatte kurz geschwankt und stand nun vor Schreck ganz still, hielt sich eine Hand an sein Ohr und holte zitternd Luft. *Verdammt, Berenice! Kannst du dich nicht einmal im Griff haben? Aber Philipp ist auch dermaßen ungezogen. Irgendwann ist auch einmal Schluss mit dem Theater!* Einen kurzen Moment beobachtete sie angewidert, wie sich der Mund ihres Sohnes zu einer schwarzen, schiefen Öffnung verzog und wartete, ebenso hilflos wie ängstlich, auf den Schrei. Ein Geräusch in ihrem Rücken ließ sie zusammenfahren.

»Hey! Was ist denn hier los?«

Eine große, sportliche Frau mit blondem Kurzhaarschnitt kam mit schnellen Schritten näher. Am Gartentor neben der Ligusterhecke stand ein kleiner Junge in Philipps Alter und hielt einen Plastikbagger in der Hand. Die neue Nachbarin mit ihrem Sohn. Die hatte sie ja komplett vergessen! Irgendwann letzte Woche hatte Susanne Menke, so hieß die Frau, schon wieder vor der Tür gestanden und Berenice wollte sie nicht ein weiteres Mal abweisen. Genervt und um die hartnäckige Frau für den Moment loszuwerden, hatte sie daher einem Treffen in ihrem Garten zugestimmt. Jetzt kniete diese fremde Frau neben Philipp im Sand und nahm ihn in den Arm, während sie böse und vorwurfsvoll zu ihr hochsah.

»Was ist denn los mit Ihnen? Sie haben dem Kind mit voller Wucht ins Gesicht geschlagen! Das kann doch wohl nicht wahr sein!«

Immer wieder sah die Nachbarin zwischen Philipp und ihr hin und her. Während diese Fremde ihren Sohn im Arm hielt und schaukelte, schien der sich allmählich zu beruhigen. Der Rotz lief ihm aus der Nase und ein hartnäckiger Schluckauf hatte das Schluchzen und Schreien abgelöst. Inzwischen war auch der Sohn der Nachbarin – *Leon, Liam, Lenny?* herangekommen und hatte sich zu seiner Mutter und Philipp in den Sand gesetzt. Ihr Sohn Philipp saß auf dem Schoß dieser Frau und schien sich dort ganz wohlzufühlen, während sie, Berenice, wie ein Holzklotz danebenstand und unfähig war, sich zu bewegen. Die Wut machte sich erneut bemerkbar und feuerte kleine, spitze Geschosse gegen ihre Magenwände ab. Erneut näherten sich Schritte von hinten. Berenice drehte sich um. Julia, dem Himmel sei Dank! Soll die sich doch mit der anderen Tussi in den blöden Sandkasten setzen und dem albernen Gebrabbel zuhören. Sie, Berenice, brauchte endlich einmal wieder Zeit für sich. Das war ja nicht zum Aushalten hier! Und dann machte ihr diese Übermutti von Nachbarin auch noch Vorwürfe wegen so einer lächerlichen Backpfeife! Hatte sie etwa um Kontakt gebeten? Berenice wandte sich um.

»Sie können heute bis 23.00 Uhr bleiben, Julia?«, fragte sie das junge Mädchen und nahm deren irritiertes Nicken nur noch im Vorbeigehen zur Kenntnis.

Die Frauen würden schon miteinander zurechtkommen, und Kinder waren ja sowieso wenig wählerisch bei der Wahl ihrer Spielkameraden, solange nur eine große Auswahl an Spielzeug und Süßigkeiten geboten wurde. Sie hatte jetzt etwas Besseres vor. Jetzt nur noch ganz schnell neue Nylonstrümpfe anziehen. Mit dieser hässlichen Schramme am Bein am besten dunkle. Ein paar Halterlose lagen noch oben in der Schublade. Der Gedanke an sein Gesicht beim Anblick ihrer Beine in den zarten, transparenten Strümpfen ließ sie lächeln. In der Küche legte sie das Geld für Julia bereit und griff nach ihrem Handy.

»Hallo, Matthias, Liebling«, begann sie. »Nein, ich kann Philipp leider heute schon wieder nicht mitbringen. Ja, es ist so schade, wirklich! Ich hatte mich auch schon so sehr darauf gefreut, dass sich die beiden Männer, die ich so sehr liebe, endlich besser kennenlernen. Aber er hat eine Mittelohrentzündung, ja, unheimlich schmerzhaft. Der arme kleine Mann! Er hängt doch so sehr an mir, weißt du? Er mag mich kaum loslassen! Deswegen verspäte ich mich auch ein wenig. Was? Ja, natürlich kann ich trotzdem zu dir kommen! Philipp ist sehr tapfer und Julia, seine Nanny, ist bei ihm. Es ist nicht ganz das Gleiche wie die Mami, natürlich nicht! Aber er schläft jetzt auch, und heute Abend bin ich ja auch wieder bei ihm. Ja, da gehen wir heute also nicht in die Eisdiele, sondern machen es uns bei dir gemütlich! Nur wir beide. Ich freu mich so auf dich, bis gleich!«

Sie legte auf und gab sich mit geschlossenen Augen kurz den Erinnerungen an die zärtlichen Momente hin, die sie beide zusammen erlebt hatten. Wie eine Reihe pastellfarbener Bilder zogen diese an ihrem inneren Auge vorbei, bis plötzlich ein schwarzer Fleck rücksichtslos mitten in die harmonische Gedankenkomposition kleckste: Hatte Matthias tatsächlich gewollt, dass sie eine Verabredung mit ihm absagte, weil Philipp nicht mitkonnte? War sie ihm etwa nicht genug oder langweilte sie ihn bereits?

37. KAPITEL

Der Schmerz drückte sich von innen flächig gegen ihre Schädeldecke, als wolle er sie aufspringen lassen. Ihr ganzer Kopf war zum Bersten vollgepackt mit Ereignissen, Begegnungen und Diskussionen, deren Nachhall noch immer durch die Windungen ihres Gehirns tobte und sie nicht zur Ruhe kommen ließ. Die Pressekonferenz war kräftezehrend gewesen. Während der kurzen Nachbesprechung war es zu einer unangenehmen Begegnung zwischen ihr und Markensen gekommen. Der junge Mann hatte sein Fehlverhalten augenscheinlich zerknirscht zugegeben, von Seelenthin traute ihm allerdings so wenig wie einem überführten Heiratsschwindler. Welche Konsequenzen das für ihn haben würde, wusste sie noch nicht. Abgeschlagen saßen sich von Seelenthin und Dremmler in ihrem schlecht gelüfteten Büro gegenüber. Der Kommissar goss sich den schalen Rest Cola light in sein Glas und leerte es in einem Zug.

»Oh, vielen Dank, sehr rücksichtsvoll von Ihnen«, sagte von Seelenthin. »Ich hatte sowieso keinen Durst mehr.«

Dremmler nickte nur und unterdrückte ein Rülpsen. »Keine Ursache, Frau Kollegin, keine Ursache.« Er sah sie an und hielt eine Münze hoch. »Kopf oder Zahl? Ich wette mit Ihnen, dass Markensen eine offizielle Abmahnung kassiert und hier kein Kommissar mehr wird und …«

Sie schloss die Augen und lauschte dem Schmerz in ihrem Kopf, der das Eigenleben eines Schlagzeugs zu führen schien: Tief in ihren Ohren schlug ein Bass einen unregelmäßigen Takt, auf ihren Augenlidern zischte grell das Becken und hinter der Stirn gab die schnarrende Marschtrommel einen zwingenden Rhythmus vor. Sie fühlte, dass sie dem Rhythmus nicht folgen konnte, nicht mehr mitkam und stolperte. Das Gewummere in ihrem Kopf brachte ihre Atmung durcheinander und ließ ihr Herz holpern. Es wurde einfach zu viel: Heute Morgen hatten sich wieder zwei Kollegen krankgemeldet: die schwangere Jutta Mersmer, die aber auch im nicht schwangeren Zustand behäbig und eher am pünktlichen Feierabend als an Ermittlungserfolgen interessiert war. Und Carstens, der gestern zwar kurz im Präsidium gewesen war, sich aber wieder auf sein Krankenlager verabschiedet hatte. Aber alles andere lief auch nicht rund: diese unsägliche Staatsanwältin, die sie ständig piesackte und fallen sehen wollte, seit Neuestem mit der kleinen Ratte *Pee Wee* Markensen im Gepäck. Clemens, der sich nicht mehr gemeldet hatte und Philippa, die allein auf dem Mooreichenhof saß und für die sie fast keine Zeit hatte, und dann dieser neue Chef. Dauernd spürte sie seinen Wolfsblick im Nacken und fühlte sich, ja, wie eigentlich? Ungeduldig wischte sie den Gedanken an Härmter beiseite und öffnete die Augen wieder. Sie stand auf und entwand Dremmler die Münze, die er nun schon zum vierten Mal auf seinen Handrücken aufklatschen ließ.

Sobald sie sich darauf geeinigt hatten, zu Berenice Ingstedt zu fahren, klaubte Dremmler den Schlüssel des Dienstwagens vom Schlüsselbrett und ging eilig vor ihr die Treppen zum Parkplatz hinunter. Sie folgte dem Kollegen und nahm, wie schon während der Fahrt zu diesem Campingplatz, auf dem Beifahrersitz Platz. Schlecht gelaunt registrierte sie, dass dies allmählich zur Regel wurde. Hinter ihrer Stirn löste ein Trommelwirbel den nächsten ab, und sie hoffte, dass der Besuch bei Berenice Ingstedt nicht allzu lange Zeit in Anspruch nehmen würde. Den ganzen Tag hatte sie nicht einmal Zeit für einen kleinen Imbiss gehabt und mittlerweile war aus dem nagenden Hunger ein flaues Gefühl geworden, das ihren Magen schmerzhaft zusammenzog. Sie sah ihren Kollegen von der Seite an. Auch er sah blass aus und graublaue Ringe lagen unter den Augen des Kommissars.

»Was meinen Sie, ob da irgendwelche brauchbaren Hinweise eintreffen wegen des Motorradfahrers aus dem Teufelsmoor?« Ralf Dremmler trommelte mit seinen langen Fingern auf dem Lenkrad herum, blickte aber nicht zu ihr herüber, sondern sah konzentriert geradeaus.

»Ich denke nicht«, begann von Seelenthin. »Meistens sind es doch nur die üblichen Spinner. Mal ehrlich: Zwischen Viehland und Waakhausen ist so schon wenig los und in der Nacht noch weniger. Wenn Ihnen nachts ein Motorradfahrer entgegenkommt, merken Sie sich das dann? Und selbst wenn: Wie genau könnten Sie den beschreiben?«

Inzwischen waren sie ein gutes Stück aus der Stadt herausgefahren. Jedes Mal empfand sie es wie ein Entkommen, so, als werde sie durch einen großen breiten Tunnel aus grellbuntem Licht, menschlichem Lärm und Gestank hinaus in die Freiheit gespült. Augen und Puls beruhigten sich zusehends, während sie die verhältnismäßige Ruhe der Vorstadt erreichten. Die Häuser Oberneulands lagen zumeist weit hinten in den parkähnlichen Grundstücken und duckten sich wie schlafende Tiere in dichtes Grün. Durch die dichten, hohen Hecken konnte man kaum etwas sehen. Sie näherten sich dem Ende der Straße, und als sie den Wendehammer umfuhren, sahen sie, dass der SUV nicht in der Einfahrt stand.

»Na, hoffentlich hat sie den Wagen in die Garage gestellt und wir kommen nicht umsonst«, seufzte Dremmler und kniff angestrengt die Augen zusammen, während er den Wagen langsam in die lange Auffahrt der Ingstedts steuerte und abstellte.

Seine Stimme klang leicht belegt, auch ihn hatten die langen Tage im Präsidium erschöpft. Auf ihr Klingeln reagierte zunächst niemand, erst als Dremmler beherzt den hässlichen Türklopfer betätigte, näherten sich eilige, leichte Schritte und das Kindermädchen Julia öffnete die Tür.

»Habe ich mich erschreckt! Das Ding benutzt sonst niemand«, lachte sie und schaute mit einem Ausdruck, der zwischen amüsiert und angeekelt schwankte, auf den bronzenen Schlangenkopf mit der langen gespaltenen Zunge.

»Guten Tag!«

Die Bluse und auch die Jeans der jungen Frau hatten ein paar fettige Flecken und in den kurzen roten Haarsträhnen hatten sich einzelne Mehlflocken angesetzt. Sie lächelte und hob entschuldigend die Handflächen, als sie in die große Diele zurücktrat.

»Kommen Sie doch herein. Wir haben mit den Jungs Pfannkuchen gebacken und jetzt erholen wir uns bei einem Milchkaffee.«

Sie folgten dem jungen Mädchen in die Küche, wo eine schlanke, blonde Frau auf einem der Barhocker saß, die sich als Susanne Menke vorstellte. Frau Ingstedt habe ihre Rückkehr erst gegen 23.00 Uhr angemeldet, erfuhren sie von Julia, bevor das Mädchen einen Blick in das angrenzende Wohnzimmer warf und kurz mit den beiden Kindern sprach, um sie für ihr harmonisches Spielen zu loben. Philipp und ein anderer Junge saßen friedlich auf dem dicken Teppich und schoben ein buntes Arsenal aus verschiedenen Fahrzeugen umeinander herum, während sie die Motorengeräusche der einzelnen Fahrzeuge imitierten. Julia kehrte in die Küche zurück und nahm gegenüber der Nachbarin schwungvoll auf dem Barhocker Platz. Auf der steinernen Theke standen zwei randvoll gefüllte Jumbotassen, auf denen der steife Milchschaum wie eine gewölbte Mütze saß.

»Kommt es häufiger vor, dass Frau Ingstedt nachmittags in der Woche ausgeht und Sie hier sind bis zum späten Abend?«, fragte die Hauptkommissarin und nahm ungezwungen wie bei einem fröhlichen Mädchenabend auf dem dritten Barhocker Platz, während sich Ralf Dremmler diskret in den hinteren Teil des weitläufigen Küchenbereiches zurückzog.

Er lehnte sich an den Durchgang zum Wohnzimmer und startete unauffällig die Aufnahmefunktion des Smartphones. Julia, die eben einen Schluck Kaffee genommen hatte, schluckte bedächtig, wie um Zeit zu schinden, und wischte sich mit einer Hand den Milchschaum von der Oberlippe. Dann stellte sie die Tasse vor sich auf der schwarz glänzenden Granitfläche ab. Es gab ein hartes, klirrendes Geräusch und die Abstellfläche der Tasse zeigte einen Sprung.

»Oh, Shit!«, fluchte Julia erschrocken und lief mit der angeknacksten Tasse zur Spüle, wo sie den Rest Kaffee ausschüttete und die kaputte Tasse vorsichtig abstellte.

Vermutlich war die Hausherrin auch schon vor ihrem Erscheinen das Gesprächsthema gewesen, vermutete von Seelenthin. Und wenn sie die Nervosität Julias und die beredten Blicke, die zwischen der Babysitterin und ihrer neuen Freundin hin und her gingen, richtig deutete, dann offenbar sogar eines, das die beiden Frauen sehr beschäftigte. Julia atmete tief durch die Nase ein und ihre Finger spielten mit dem Henkel einer neuen Tasse, die sie aus dem offenen Regal genommen hatte. Sie drehte ihnen den Rücken zu, betätigte den Knopf des Vollautomaten und kam mit einem frischen Kaffee an die Küchentheke zurück.

Susanne Menke räusperte sich und erhob sich von ihrem Hocker. Die leere Tasse stellte sie auf die Spüle. »Ich glaube, es ist besser, wenn ich jetzt gehe«, sagte sie und griff nach ihrer Jeansjacke, die sie auf den Stahlbügel des Barhockers gehängt hatte. »Es ist später geworden, als ich dachte. Ich möchte mit Linus noch in die Stadt, zum Einkaufen. Er braucht unbedingt neue Schuhe.«

Julia stand ebenfalls auf und legte der Frau ihre Hand auf den Unterarm. »Bitte bleib' noch ganz kurz, Susanne. Ich, es ist etwas vorgefallen heute und ich fühle mich einfach besser, wenn du dabei bist. Ich will nichts Falsches sagen. Bitte!«, führte die junge Frau ihren Appell stockend zu Ende.

Susanne Menke warf einen kurzen Blick auf ihre Uhr. »In Ordnung. Ich habe noch zehn Minuten.«

Julia lächelte sie dankbar an.

»Bitte erzählen Sie von Anfang an«, bat die Hauptkommissarin das junge Mädchen. »Seit wann und wie oft kommen Sie zu den Ingstedts? Was genau ist Ihnen aufgefallen und was konkret ist heute passiert?«

Von Seelenthin sah deutlich, dass Julia einerseits erzählen wollte, andererseits aber loyal ihrer Arbeitgeberin gegenüber bleiben wollte.

»Hören Sie, Julia. Wenn hier etwas passiert ist, das in einem Zusammenhang mit dem Mord an Doktor Ingstedt steht, dann sind Sie verpflichtet, uns darüber in Kenntnis zu setzen.«

Julias Augen wurden groß und sie schüttelte mehrmals den Kopf. »Nein, nein!«, begann sie. »Es ist wegen Philipp.«

Von Seelenthin wartete einen Moment ab, dann rollte sie mit den Augen, fasste sich mit drei Fingern an die Nase und führte die Hand dann mehrmals von der Nase nach unten und zurück. *Muss ich dir alles aus der Nase ziehen?* Julia verstand die ungeduldige Geste und begann zu reden.

»Also, seit März komme ich hierher, zuerst so zwei bis dreimal in der Woche. Meistens am Abend, wenn Herr und Frau Ingstedt eingeladen waren. Dann ab Mai häufiger, meistens rief Frau Ingstedt mich an, wenn ihr Mann Dienst hatte.«

Sie wurde rot und führte die Tasse zum Mund, wie um ihr Gesicht zu verstecken. Von Seelenthin sah zu Dremmler hinüber, der ihr zunickte. Unauffällig hielt er ein Smartphone zwischen den Fingern und nickte nochmals nachdrücklich. Nach einem großen Schluck wischte sich Julia mit dem Ärmel ihrer Bluse über den Mund.

»Seit Doktor Ingstedts Tod bin ich fast jeden Tag hier. Ich studiere, Sozialwissenschaften. Das Haus ist ja fast immer leer und ich habe hier viel mehr Ruhe zum Lesen als im Wohnheim. Es ist hier auch gemütlicher als in der Bibliothek«, fügte sie mit einem verschmitzten Lächeln hinzu.

Sie drehte sich herum und wies auf den Durchgang. Ein leichtes Zucken ging durch ihren Körper, als sie Dremmler wahrnahm, der immer noch still an der Wand lehnte. Die beiden Frauen standen mit dem Rücken zu ihm und hatten die Anwesenheit des Kommissars völlig vergessen. Man konnte hinter Dremmler auch die beiden Jungen sehen, die immer noch unermüdlich in ihrem Fuhrpark saßen.

»Philipp ist ein wirklich liebes Kind, aber er hat sich verändert seit ein paar Wochen. Es ging nicht von einem Tag auf den anderen, eher ganz langsam. Es fing damit an, dass er immer öfter müde war. Dann das Bettnässen und dauernd müde, oder eben gereizt. Er hat manchmal diese Wutanfälle, die sind, also, das ist nicht normal. Er wird dann blau im Gesicht und wirft mit Dingen um sich, ist kaum zu beruhigen. Schon gar nicht von ihr, also Frau Ingstedt. Ich glaube, sie ist nicht gern mit Philipp zusammen. Traurig, aber das gibt es durchaus.«

»Sie glauben, dass Frau Ingstedt ihrem Sohn Schlaftabletten verabreicht, wenn sie zum Beispiel zu ihrem Geliebten fährt, nicht wahr?«, fragte von Seelenthin und beobachtete die junge Frau. Julia verschluckte sich, und auch Susanne Menke, die wieder auf ihrem Hocker Platz genommen hatte, schaute verdutzt.

»Woher … aber ich hab' doch gar nichts gesagt, oder?«

Von Seelenthin schaute Dremmler an, der mit einem Zettel auf sie zukam, dann nickte sie.

»Sagt Ihnen der Name Matthias Arnsfeld etwas?«

Julia schüttelte zögerlich den Kopf, dann runzelte sie die Stirn. »Ich habe einmal gehört, dass sie telefonierte und den Namen sagte. Ja, sie klang schon, ich weiß nicht. Ihre Stimme war ganz anders als sonst, so hell, fröhlich. Das ist sie hier sonst nicht.«

»Wie denn auch? Ihr Mann hat sie misshandelt«, stellte von Seelenthin fest und Julia nickte, während sie mit der Tasse einen Bogen beschrieb.

»Sie hat das alles hier und ist nie glücklich gewesen. Das Kind, Philipp, ist ihr nur im Weg. Letzte Woche war ihre Mutter wieder hier. Sie haben sich böse gestritten wegen des Kaninchens.«

Von Seelenthin merkte auf: »Was für ein Kaninchen?«

Julia schob konzentriert die Augenbrauen zusammen, die Erinnerung schien ihr unangenehm. »Philipp hatte ein Kaninchen. Theo. Es hatte einen Stall im Garten. Herr und Frau Ingstedt wollten keine Tiere im Haus.« Sie biss sich auf die Lippen, zögerte. »Ich habe es regelmäßig gefüttert. Frau Ingstedt hat sich vor dem Tier geekelt. Jedenfalls, Theo ist gestorben und sie, also Frau Ingstedt, hat das Tier in eine Plastiktüte gesteckt und in den Hausmüll geworfen. Philipp hat es gefunden. Ich stand im Garten mit Philipp und die Mutter, also Frau Struckmann-Jarr, kam zufällig vorbei und hat mitbekommen, dass Frau Ingstedt schon wieder wegwollte, obwohl doch das Kaninchen gestorben war.«

»Und da ist Frau Ingstedt wütend geworden?«, fragte von Seelenthin.

»Na ja, wütend«, Julia schnaubte laut durch die Nase. »Die ist total ausgerastet! Hat gebrüllt, dass es ihre Mutter einen Scheiß anginge, wie sie ihr Leben verbringe.« Julia zögerte, offenbar fiel ihr gerade etwas wieder ein. Sie schaute zur Decke, als könne sie den Gedanken dort besser fassen. »Und dann hat sie noch geschrien, dass sie auch nicht mehr zu dieser *›fetten Pädagogentussi‹* gehen werde.«

Von Seelenthin warf ihrem Kollegen einen Blick zu.

»Haben Sie eine Ahnung, was, beziehungsweise wer, damit gemeint sein könnte?«, fragte Julia.

»Ich denke schon, ja«, antwortete von Seelenthin. Sie sah zu ihrem Kollegen, der daraufhin von seinen Notizen aufsah und ihr seinen Block hinhielt. Auch Dremmler hatte verstanden und den Namen Willomeit aufgeschrieben.

»Die Mutter war oft hier«, fuhr das Kindermädchen fort. »Die hat das auch mit den Misshandlungen mitbekommen und wollte helfen, denke ich. Vielleicht, nein, ganz bestimmt hat Frau Ingstedt den Philipp auch vorher schon geschlagen, wie heute halt.« Auf den fragenden Blick der Hauptkommissarin fuhr sie fort: »Für heute Nachmittag hatte sich Susanne, also Frau Menke, angekündigt.«

Susanne Menke hatte inzwischen ihre Jeansjacke angezogen und blickte vielsagend auf ihre Uhr. »Als ich ankam, habe ich gesehen, dass Frau Ingstedt offensichtlich völlig überfordert war mit ihrem Sohn. Er hat geschrien und eine Schaufel nach ihr geworfen, und da hat sie ihn mit voller Wucht ins Gesicht geschlagen. Ich war total geschockt. Die hat überhaupt nicht reagiert, stand da wie eine Litfaßsäule und hat sich dann einfach umgedreht und ist weggelaufen. Sie hat sich nicht einmal mehr nach ihrem Kind umgedreht!« Noch immer fassungslos von dem Erlebnis, schüttelte die blonde Frau den Kopf. »Ich habe das Haus gegenüber gekauft, vor einem Vierteljahr. Ich bin verwitwet. Mein Sohn und ich sind alleine. Ich habe Frau Ingstedt fast jeden Tag gesehen und habe das mit ihrem Mann mitbekommen.«

Die Nachbarin räusperte sich, als wolle sie etwas Unangenehmes loswerden. »Also, dass er sie geschlagen hat, meine ich. Die Frau Ingstedt hatte ja auch bei noch so miesem Wetter eine riesige Brille auf oder ein Halstuch vor dem Gesicht, humpelte, hielt sich den Arm und so weiter und so weiter.« Susanne Menke machte eine vage Geste, die wohl aussagen sollte, dass die Situation im Hause Ingstedt für jedermann offensichtlich war. »Ja, und dann ist das mit dem Mord passiert. Da dachte ich, dass die Frau ein bisschen Gesellschaft gut gebrauchen könnte.« Hilflos zuckte sie die Schultern. »Aber offenbar ist Frau Ingstedt weder an einer Freundin für sich noch an Spielkameraden für ihren Sohn interessiert«, schloss sie und hob bedauernd die Schultern.

»So, Julia. Das war ein schöner Nachmittag mit dir, ich rufe dich bald einmal an. Jetzt muss ich aber wirklich los.«

Sie drehte sich um und ging in das angrenzende Wohnzimmer, um ihren Sohn zu holen. Kurze Zeit später verließ Susanne Menke zusammen mit ihrem Sohn das Haus der Ingstedts und Julia kam mit Philipp an der Hand in die Küche.

»Sie müssten morgen ins Präsidium kommen, um Ihre Aussage zu unterschreiben, Julia.« Von Seelenthin sah die junge Frau ernst an. »Wir werden Philipp unter diesen Umständen nicht allein mit seiner Mutter in diesem Haus lassen können. Haben Sie die Telefonnummer von Frau Struckmann-Jarr hier?«

Julia nickte und schob eine Telefonliste über die Küchentheke und beugte sich dann zu Philipp hinunter, der sich an ihr Bein klammerte und zu quengeln anfing. Von Seelenthin wählte, nach dem dritten Klingeln meldete sich die Mailbox. Sie bat um Rückruf und legte auf. Als sie das Telefon gerade wieder einstecken wollte, klingelte es und Katharina Struckmann-Jarr meldete sich. Die Richterin versprach, sich sofort ins Auto zu setzen. Von Seelenthin informierte Julia und bat sie, auf das Eintreffen von Struckmann-Jarr zu warten.

»Ich mache dir einen Kakao und dann warten wir auf deine Oma. Alles klar, mein Held?«, sagte sie und kraulte ihm die feinen Haare im Nacken.

»Also, in der Haut des armen Mädchens möchte ich jetzt auch nicht stecken«, sagte Dremmler und unterdrückte halbherzig ein Gähnen, als er den Wagen startete und rückwärts aus der Einfahrt setzte.

Von Seelenthin zuckte die Schultern. »Sie hat nichts Falsches getan. Dass Frau Ingstedt nicht in der Lage ist, für sich und ihr Kind zu sorgen, ist ihrem Umfeld ja schon länger klar«, antwortete sie. »Ihre Mutter, die Richterin, hat nichts gefragt, ist sofort losgefahren. Die weiß doch genau, dass da was nicht stimmt.«

Von Seelenthin stutzte. »Dremmler«, begann sie, »warten

Sie! Als Nadine Knaaß die Struckmann-Jarr am Sonntagabend um Hilfe gebeten hat, da war auch nur die Mailbox dran, wie bei mir eben.« Sie knibbelte nachdenklich an ihrer Unterlippe. »Hat es da eigentlich einen Rückruf gegeben?«

Dremmler stellte den Wagen am Bürgersteig ab und griff nach dem Diensthandy. »Ich weiß es nicht, aber mit den Anruflisten sind die, glaube ich, soweit durch. Carstens ist ja immer noch krank, deswegen habe ich da noch nichts gehört.«

Von Seelenthin nickte nachdenklich vor sich hin. »Wenn man so einen Notruf bekommt, dann will man doch wissen, was da los ist, und ruft zurück, oder nicht? Die Richterin konnte ja nicht wissen, dass Nadine Knaaß das Handy nach dem Anruf gar nicht mehr bei sich hatte.«

Dremmler startete den Wagen erneut. »Ich checke das heute noch mit dem Rückruf.«

Von Seelenthin seufzte. »Was für ein schöner Tag bis jetzt! Und überall dieses unerhörte Familienglück! Jetzt müssen wir Berenice Ingstedt nur noch mitteilen, dass sie in der nächsten Zeit nicht mehr allein für ihren Sohn zuständig sein wird. Na ja. Bei der Gelegenheit können wir auch gleich mit ihrem Lover, diesem Doktor Arnsfeld, sprechen.«

Dremmler nickte nachdenklich, als er die Adresse des Arztes in das Navigationsgerät eingab. »Alle glücklichen Familien ähneln einander, aber jede unglückliche Familie ist auf ihre eigene Art unglücklich«, zitierte er Tolstoi, als er den Wagen anließ. »Da ist schon was dran.«

Vorausschauend steuerte Dremmler sie durch den dichten Verkehr. Sprang eine Ampel weit vor ihnen auf Gelb, bremste er verhalten und ließ den Wagen sanft ausrollen. Zeigte das Navigationsgerät eine Richtungsänderung an, nahm er bereits vor der verbalen Aufforderung einen Spurwechsel vor, immer begleitet von einem gewissenhaften Schulterblick. Von Seelenthin trommelte mit den Fingern auf dem Seitenholm herum und sah in kurzen Abständen auf ihre Uhr, doch Dremmler zeigte sich davon unbeeindruckt. Ihre Laune sank, die trommelnden Kopfschmerzen meldeten sich zurück. Schließlich erreichten sie die eingegebene Adresse und von Seelenthin sprang aus dem Auto und querte bereits die Straße, während Dremmler noch an der Parkscheibe herumdrehte. Von einem Fuß auf den anderen tretend, erwartete sie ihn an der eleganten, zweiflügeligen Haustür. Geklingelt hatte sie schon, und als das schnarrende Geräusch des Türöffners ertönte, lehnte sie sich vor und schob die schwere Tür auf. Sie sprintete, immer zwei Stufen auf einmal nehmend, die Treppe hinauf, ohne sich nach ihrem Kollegen umzusehen. Doktor Arnsfeld stand in der offenen Wohnungstür und blickte ihnen fragend entgegen. Von Seelenthin nickte dem Mann lediglich knapp zu, als sie registrierte, dass er sie wiedererkannte.

»Wir müssen kurz mit Ihnen und Frau Ingstedt reden«, begann sie statt einer Begrüßung.

Forsch schritt sie auf den überrumpelten Mann zu und drängte ihn in die eigene Wohnung zurück. Schließlich überholte sie ihn und betrat einen großzügigen Raum, der aus einer offenen Vollholzküche mit Bartresen und einer Sitzlandschaft in lässig gemütlichem »Skandinavienschick« bestand.

»Darf ich fragen, was dieses Überfallkommando hier soll?«, erklang die ärgerliche Stimme des Arztes hinter ihr.

»Sicher dürfen Sie das. Zuerst würde ich aber gern von Ihnen wissen, wieso Sie uns Ihre Affäre mit der Ehefrau Ihres Kollegen, Doktor Julius Ingstedt, verschwiegen haben!«, erwiderte von Seelenthin und blickte sich um: eine Flasche Champagner und zwei Gläser auf dem Couchtisch, eines davon halbvoll und mit hellrotem Lippenstiftrand; ein auf Links gezogener Nylonstrumpf auf dem Sofa, nachlässig hinter ein

Sofakissen geschoben; ein halbhoher schwarzer Wildlederschuh. Von Seelenthin nahm die Atmosphäre in sich auf und blickte hoch, als sie ein leises Klicken hörte. Die Tür, hinter der sie das Schlafzimmer vermutete, hatte sich geschlossen. Arnsfeld schoss eine tiefe Röte in die Wangen, als er dem Blick der Hauptkommissarin folgte. Er öffnete und schloss den Mund, beruhigte sich schließlich.

»Wie kommen Sie darauf, dass sich Frau Ingstedt hier bei mir in der Wohnung befindet?«

Von Seelenthin stieß ein genervtes Stöhnen aus, legte den Kopf in den Nacken und verdrehte die Augen.

»Wollen Sie mir erzählen, dass Sie hier gerade noch mit Ihrer Mutter gesessen haben? Verschwenden Sie nicht länger meine Zeit! Wir werden den ganzen Tag nur angelogen und mir reicht das allmählich!«

Zur Tür gewandt, rief sie: »Frau Ingstedt, ziehen Sie sich bitte an und kommen Sie her!«

Dremmler, der bislang geschwiegen hatte, trat an ihre Seite und berührte sie unauffällig am Arm. Sie zuckte zurück.

»Jetzt schalten Sie mal einen Gang runter, bitte!«, raunte er ihr zu.

Die Schlafzimmertür öffnete sich und Berenice Ingstedt kam auf bloßen Füßen auf sie zu. Von Seelenthin sah sie an. Die Frau wirkte unsicher und verletzlich, schon wegen der fehlenden Schuhe. Ihr Lächeln sollte selbstsicher wirken, schien aber irgendwie verkniffen. Trotzig richtete sie den Oberkörper auf und stellte sich neben ihren Liebhaber. Von Seelenthin fühlte, wie sich ihre Kehle verengte. Sie verabscheute diese Frau. Gerade wollte sie zu einer Frage ansetzten, da ergriff ihr Kollege das Wort.

»Also, dass Sie sich schon länger kennen, ist offensichtlich und außerdem ist es uns auch schon bekannt. Im Grunde ist es auch Ihre Privatsache«, begann er höflich. »Was uns in diesem Moment mehr interessiert: Waren Sie an dem Abend zusammen, als Doktor Ingstedt starb?«

Der Arzt schüttelte den Kopf. »Ich hatte Dienst in der Klinik. Sie können das nachprüfen. Ich hatte mit meiner Kollegin, Frau Doktor Schumacher, getauscht und war von 16.00 Uhr bis kurz vor Mitternacht in der Klinik.«

Dremmler notierte die Zeiten in sein Buch. Von Seelenthin blickte die Frau an.

»Sie können Ihre Freizeit sicherlich so gestalten, wie Sie das für richtig befinden, Frau Ingstedt,« sagte sie kalt. »Allerdings gilt das nicht für Ihren Sohn.«

»Was mit Philipp geschieht, entscheide immer noch ich als Mutter!«, fuhr Berenice Ingstedt die Hauptkommissarin an.

Von Seelenthin schüttelte den Kopf und blickte über die Schulter zurück auf die »Schäferstündchenszenerie« im Wohnzimmer. »Da Sie Ihre Mutterpflichten in letzter Zeit ja auch nicht allzu ernst genommen haben, wird es Sie kaum überraschen, dass Sie die Erziehung Ihres Sohnes in Zukunft nicht allein gestalten werden!«

Berenice Ingstedt schluchzte auf und klammerte sich bei den Worten der Hauptkommissarin an den Unterarm ihres Geliebten.

»Das können Sie nicht tun!«, rief sie.

»Das müssen wir sogar!«, erwiderte von Seelenthin ungerührt und schaute Dremmler an. »Wir prüfen Ihr Alibi«, sagte sie an den Arzt gewandt und fügte an Berenice Ingstedt gerichtet hinzu: »In welcher Form sich die zukünftige Betreuung Ihres Sohnes darstellen wird, werden wir sehr kurzfristig klären. Danke, wir finden allein hinaus.«

Kurz bevor Dremmler auf den Parkplatz des Präsidiums einbog, spürte sie seinen Blick.

»Es war wegen des Kaninchens, oder?«

Von Seelenthin schwieg, starrte geradeaus. Dremmler gab nicht auf:

»Sie können die Frau nicht leiden, weil sie das Kaninchen weggeworfen hat.«

Der Wagen hielt. Von Seelenthin nahm ihre Jacke vom Rücksitz und stieg wortlos aus.

38. KAPITEL

Der Wind spielte ungestüm mit ihr; er fuhr unter ihr Shirt und blies den Stoff zu einem buckeligen Gebilde auf, zerrte an ihren Haaren und fauchte ihr ins Gesicht, bis ihr die Tränen kamen. Das leuchtende Grün der Baumkronen verwehte zu einem transparenten Tuch, durch das in unregelmäßigen Abständen Sonnenstrahlen wie Tupfen auf sie fielen, als sie auf der Allee entlangflogen. Die Hufe des Shire Horses hämmerten wie Donnerschläge in den lehmigen Boden und der gleichmäßige und kraftvolle Rhythmus des dahingaloppierenden Kaltbluts erfüllten sie mit einer kindlichen, überbordenden Freude. Ihre Kopfschmerzen schwanden mit jedem neuen Galoppsprung. Sie drehte sich herum und sah Philippa, die versetzt hinter ihr auf dem breiten Weg galoppierte. Auch sie schien den Ritt zu genießen und lehnte tief vorgebeugt im leichten Sitz über dem Hals des Pferdes. Die Hunde bellten vor Begeisterung und sprangen zwischen den Mustern aus Schatten und Licht, die die Sonne auf den Weg zeichnete, hin und her. Sie blieben zurück und schnüffelten an Büschen und Gräsern, bis sie in weiten eleganten Sprüngen wieder zu ihnen aufschlossen. Für einen Moment hielt von Seelenthin den Atem an. Ein Gefühl, als reiße jemand eine schartige Klinge durch das weiche Gewebe ihrer Seele, durchfuhr sie, als sie an Wotan dachte. Clemens hatte den toten Hund gestern aus der Tierklinik nach Hause auf den Mooreichenhof geholt, zusammen hatten sie am späten Abend eine tiefe Grube unter der Baumgruppe an der Pferdeweide ausgehoben und ihn neben den vorangegangenen Hunden bestattet. Still und verbissen hatten sie ohne Pause nebeneinander gearbeitet, jeder in seiner Trauer, Schuldgefühlen und Schuldzuweisungen gefangen, bis ihre Hände wund und das Grab schließlich tief genug gewesen war. Jeder sah in den Augen des anderen den unausgesprochenen Vorwurf. Ein einziges falsch gewähltes Wort hätte eine Entscheidung herbeigeführt, die endgültig gewesen wäre. Warum hatte sie nichts gesagt? Wusste sie nicht schon längst, dass diese Entscheidung bereits gefallen, nur noch nicht ausgesprochen worden war? Und Clemens? War er mit seinem Weggang zu voreilig gewesen, bereute er seinen Auszug schon? Wollte sie überhaupt, dass er wiederkam? Sie atmete tief die würzige Sommerluft ein und ließ sie mit einem Seufzen entweichen. Wie schon oft traf sie die schmerzhafte Erkenntnis, dass Probleme einen einholten, je hartnäckiger man ihnen auch zu entkommen versuchte.

»Nicht einmal du bist schnell genug, mein dickes Mädchen«, flüsterte sie der Stute zu und strich ihr liebevoll über den breiten Mähnenkamm. Sie parierte ihre Stute zu einem gemütlichen Trab durch, bis Philippa neben ihr auftauchte. Hinter der nächsten Kurve kam der Mooreichenhof in Sicht, auf der letzten Geraden ließen sie die Pferde im Schritt nach Hause gehen.

»Und, was machen wir heute noch an unserem letzten

Tag?«, fragte von Seelenthin. Philippa war leicht außer Atem und klopfte dem Wallach den gewölbten, muskulösen Hals.

»Wir könnten in die Stadt fahren. Viele Läden und Galerien haben heute länger auf. Moonlight-Shopping! Was hältst du davon?«, schob sie nach.

»Warum nicht?«

Von Seelenthin überlegte, wann sie das letzte Mal privat in der Stadt gewesen war. Philippa klang gut gelaunt und von Seelenthin, die wegen des aktuellen Falles in den letzten Tagen wenig Zeit, und daher ein schlechtes Gewissen hatte, beschloss, sich auf den Ausflug in die Stadt zu freuen.

»Da haben wir noch genug Zeit. Erst heute Abend spät stellt sich die letzte Kandidatin vor.« Auf von Seelenthins fragenden Blick fuhr Philippa fort: »Ein junges Mädchen aus Holland. Ich glaube, sie heißt Jitzke Dijkstra, wenn ich das richtig ausspreche. Sie kommt mit ihren Eltern. Die haben hier irgendwo Verwandte und da war eine Feier«, erklärte Philippa. Als sie den Blick ihrer Freundin sah, wurde Philippas Stimme streng: »Hör mal, Eija, du hast die letzte Kandidatin gestern regelrecht vergrault mit deiner abweisenden Art. So finden wir hier nie jemanden! Man kann sich Menschen nun mal nicht backen oder malen! Außerdem haben *die sich nicht dir aufgedrängt, sondern wir, beziehungsweise du*, brauchst Hilfe auf deinem Gehöft hier.«

Von Seelenthin hatte das kurze Zögern Philippas vor dem letzten Teil des Satzes wahrgenommen und nickte schuldbewusst, als sie sich an ihren unrühmlichen Auftritt erinnerte. »Ja, ja, schon gut. Ich werde artig sein.«

Gegen ihren Willen musste sie plötzlich grinsen. »Aber diese Frau war doch wirklich nicht ganz richtig im Kopf! Ich konnte schon mit fünf Jahren Kuchen backen. Ich konnte schon mit acht Jahren schneller und exakter bügeln als alle meine Schwestern!«, ahmte sie mit roboterhaft verzerrter Stimme die Bewerberin nach. »Und dann dieser latent vorwurfsvolle Blick, als hätte ich dreckige Fingernägel, laut gepupst, den Sonntagskuchen an die Hunde verfüttert oder sonst irgendeinen unverzeihlichen Frevel begangen! Ich will hier doch keine Miss Danvers herumlaufen haben, und mich im eigenen Haus wie Lady de Winter auf Manderley fühlen! Außerdem kam ich gerade aus dem Präsidium und war extrem genervt«, schob sie trotzig hinterher.

Zweieinhalb Stunden später saßen die beiden Frauen in einem gemütlichen Straßencafé in der Bremer Sögestraße.

»Du siehst ganz anders aus«, lächelte Philippa breit, als sie ihre Freundin anerkennend musterte. »Ich glaube, auf meiner Hochzeit mit Georg vor fast 20 Jahren habe ich dich das letzte Mal in einem Kleid gesehen. Schickes Fahrgestell, ich muss schon sagen!«

Von Seelenthin lachte und breitete affektiert die Arme aus, wie eine drittklassige Provinzschönheitskönigin, die ihren Applaus entgegennimmt und auf ihr Plastikkrönchen wartet. Sie hatte das ärmellose, olivgrüne Etuikleid und die halbhohen Mules gleich angelassen und fühlte sich überraschend wohl darin. Der Ausflug in die Stadt, besonders Philippas Gesellschaft, tat ihr gut. Die Freundinnen waren zunächst durch Schwachhausen spaziert und hatten sich in einer Galerie Wandobjekte von Tom Mosley angesehen. Von Seelenthin hatte lange vor den weißen Bildern gestanden, die trotz ihrer komplexen dreidimensionalen Strukturen so leicht wirkten, als schwebten sie wie eckige Wolken vor den Wänden. Kein Schwarz oder Weiß, überall Halbschatten, dunkle Ecken, überraschend auftauchende Abgründe. Und trotzdem eine so makellose, glatte Fassade. *Wie im richtigen Leben*, dachte sie. Über die hintersinnigen und humorvollen Objekte von Volker Tiemann und Yumi Jung hatten sie sich in einer weiteren Galerie amüsiert, bevor sie schließlich in einer der Haupteinkaufsstraßen in der Innenstadt angekommen waren. Bei den Bronzeschweinen, die am nördlichen Ende der Sögestraße standen, trafen die beiden Freundinnen auf einen hilfsbereiten älteren Herrn, der ziemlich alberne Fotos von ihnen gemacht hatte. Schließlich hatten sie auf Philippas unnachgiebiges Drängen von Seelenthins vernachlässigte Garderobe unter anderem um mehrere gutsitzende Jeans und Stoffhosen, Tops und zwei Blazer angereichert. Die hatte sich nach anfänglichem Unwillen auch durchaus kooperativ gezeigt und war geduldig in die ihr in die Kabine gereichten Teile geschlüpft. Nur bei Blusen hatte sie sich stoisch verweigert, da sie das einengende Gefühl, das ihr diese Kleidungsstücke verursachten, nicht ertrug. Von Seelenthin rückte ihren Stuhl zurecht und schob die große, edle Tragetasche unter dem Tisch ein wenig zur Seite, dann streckte sie die Beine aus und lehnte sich mit geschlossenen Augen zurück.

»Söge. Das ist Plattdeutsch für Schweine, also vielmehr Säue!«, kam es von Philippa. »Kommt aus dem Mittelalter, aha.« Philippa hielt ihr iPhone in der rechten und die zierliche Espressotasse in der linken Hand. »Das war ein riesiger Schweinestall, früher. Und wir sitzen hier quasi mittendrin. Von hier aus haben sie die armen Schweine dann weiter nach Süden bis zur Bürgerweide getrieben.«

Von Seelenthin kannte die Geschichte, lauschte aber gern Philippas Ausführungen mit geschlossenen Augen. Sie bewunderte die Fähigkeit der Freundin, allem und jedem gegenüber interessiert und von vielen Dingen begeistert zu sein. Auch mit geschlossenen Augen sah sie Philippa vor sich: das Gesicht dicht über den Text gebeugt, die Zungenspitze im Mundwinkel und die Augen weit aufgerissen, um ja nicht die kleinste Information zu verpassen. Es war angenehm warm, die untergehende Sonne schien auf ihre geschlossenen Augenlider und ließ sie angenehm schläfrig werden. Plötzlich mischte sich ein unangenehmer Klang in die Kakofonie aus Philippas Stimme, dem leisen Klirren von Geschirr und den Geräuschen der belebten Straße. Von Seelenthin setzte sich auf. Sie trank einen Schluck und beugte sich unauffällig zu ihrer Freundin vor, unterbrach leise deren Ausführungen.

»Fips, hinter mir, diese fiese quengelnde Stimme. Das ist Staatsanwältin Teschner, von der ich dir erzählt habe«, sagte sie leise.

Philippa sah in die angegebene Richtung und pfiff leise durch die Zähne. »Die will es aber wissen! Um mit dem Rock sitzen und auf den Schuhen laufen zu können, musst du schon masochistisch veranlagt sein oder sehr ehrgeizig. Und wer ist der Typ, mit dem sie da zusammensitzt? Also, glücklich sieht der nicht gerade aus. Ich beschreibe ihn dir mal: ziemlich groß, sehr schlank, nein, eher asketisch oder hager, ja. Sieht ein bisschen magenkrank aus mit den eingefallenen Wangen, finde ich, irgendwie melancholisch. Etwas zu lange, glatte Haare, schwarz, viel grau und so viele kleine Fältchen um die, was hast du denn, Eija?«

Der war bei Philippas Beschreibung auf einmal ganz heiß geworden und unwillkürlich war sie tiefer in ihren Korbsessel gerutscht. Sie spürte, wie ihre Wangen unnatürlich warm wurden und die Haut auf ihren Armen kribbelte.

»Das ist Kriminaldirektor Thomas Härmter, mein neuer Chef seit ein paar Tagen«, flüsterte sie leicht heiser in Philippas Richtung, ohne die Freundin anzusehen.

»Na, guck mal an«, grinste Philippa amüsiert, »und aus irgendeinem Grund ist dir das jetzt peinlich, oder was?«

»Quatsch! Peinlich. Wieso sollte mir das peinlich sein? Ich frage mich nur, was der mit Staatsanwältin Teschner am Donnerstagabend in einem Café macht«, erwiderte sie.

Irritiert stellte sie fest, dass ihr die Vorstellung, Kriminaldirektor Thomas Härmter ausgerechnet mit der Staatsanwältin zusammen zu sehen, ein unangenehmes Drücken auf der Brust verursachte. Philippa nickte, während sie langsam die Espressotasse zum Mund führte, nippte und die Tasse wieder auf der Untertasse absetzte. Von Seelenthin spürte den neugierig forschenden Blick der Freundin wie durch ein Brennglas auf ihrer Haut prickeln. Ungeduldig winkte sie der Bedienung. Sie hatte plötzlich das Gefühl, als hätte sie ihre nackten Füße in einen Haufen aggressiver Feuerameisen gestellt. Nachdem sie gezahlt hatte und die Henkel der edlen und schweren Papiertüte unter dem Tisch ergriff, stand sie langsam auf und drehte sich herum. Obwohl sie wusste, dass er dort war, traf der intensive Blick Härmters sie wie ein überraschender elektrischer Impuls. Er lächelte und nickte ihr zu und sie nickte mechanisch zurück. Himmel, wie steif sie war! Und dann diese blöde Tüte, die ihr wie ein sperriges Möbel bei jedem Schritt an die Wade schlug, als sie sich endlich in Bewegung setzte. Hätte sie da jetzt hingehen sollen? Sollte sie sich noch einmal umdrehen? Aus dem Augenwinkel nahm sie wahr, dass Monika Teschner mit ihrem Stuhl dichter an Härmter heranrückte, gerade so, als wolle sie ihn abschirmen. Philippa war neben ihr, dann waren sie aus dem Blickfeld verschwunden und der Moment war vorüber. Als sie am Parkautomaten das Ticket aus dem Automaten zog, drehte von Seelenthin sich das erste Mal wieder zu Philippa um.

»Wann, sagst du, kommt jetzt diese Holländerin?«

Philippa seufzte. »Gegen 21.00 Uhr, Eija.« Philippa zog ihre dunklen Augenbrauen hoch und kniff einen Mundwinkel zu einem ironischen Grinsen ein. »Sie ist mit ihrer Familie ganz in der Nähe unterwegs, das habe ich doch schon gesagt. Aber selbstverständlich respektiere ich deine Entscheidung, nicht über diese seltsame Begegnung eben und deine ebenso seltsame Reaktion auf deinen neuen Chef reden zu wollen.«

39. KAPITEL

Am nächsten Montag brach von Seelenthin gegen 7.00 Uhr auf. Im Rückspiegel erkannte sie, wie sich Philippa und Jitzke gemeinsam über die Stalltür der Kaltblutstute beugten. Ein Gefühl der Erleichterung erfasste sie. Das Vorstellungsgespräch am gestrigen Abend war angenehm verlaufen und sie hatte sich in Gegenwart der jungen Niederländerin gleich wohlgefühlt. Selbst Philippa, die äußerst kritisch war, was Zeugnisse und Empfehlungsschreiben anging, war schnell eingenommen gewesen von der unkompliziert zupackenden und freundlichen Art der jungen Frau. Jitzke war begeistert von der großen und gepflegten Hofanlage, den Tieren und der Aussicht darauf, selbstständig arbeiten zu können. Spontan hatte sie sich entschlossen, gleich auf dem Mooreichenhof zu bleiben, und ihre Eltern waren mit dem jüngeren Bruder allein wieder weggefahren. Die verwinkelte Wohnung über dem langgestreckten Stallgebäude hatte es der jungen Frau besonders angetan. Der ursprüngliche Eigentümer des Mooreichenhofs hatte die Räume als Gästeappartement geplant und von Seelenthin hatte vor Jahren eine knallrot lackierte Küche einbauen lassen. Allerdings war die noch nie in Gebrauch gewesen, weil von Seelenthin keine Gäste hatte. Ein französisches Bett, bequeme helle Sessel und ein paar antike Kommoden und Truhen aus dem Erbe der Familie von Seelenthin komplettierten die Einrichtung. Jitzke hatte das Bett bezogen und der Hausstand wurde von ihr mit Begeisterung in Beschlag genommen. Ihre Eltern hatten versprochen, am Wochenende einige persönliche Gegenstände und Kleidung zu bringen. Bis zum Mittag würde Philippa noch auf dem Mooreichenhof bleiben und Jitzke verschiedene Dinge zeigen, dann musste sie zum Bahnhof.

Von Seelenthin setzte den Blinker und bog auf den Parkplatz des Präsidiums ein. Leichter Nieselregen fiel, als sie eilig den Wagen abschloss und mit gesenktem Kopf über den Parkplatz hastete. Der feine Sprühregen stach ihr unangenehm in die Haut und unterstrich das Gefühl der Unruhe, das in ihrem Bauch rumorte. Sie ergriff das Geländer an der Treppe zum Eingang und sprang eilig die Treppen hoch.

»Au! Verdammt, was?!«

Sie saß auf dem Boden. Das Gefühl, mit einem Stahlpfeiler zusammengestoßen zu sein, erfasste sie. Über sich erkannte sie das Gesicht von Thomas Härmter.

»Ihnen auch einen schönen guten Morgen, Frau von Seelenthin!«, lächelte das Gesicht.

Dann nahm sie in Augenhöhe seine Hand wahr, die er ihr ausgestreckt hinhielt. Ausgerechnet der, dachte sie und spürte, wie ihr das Blut in den Kopf schoss. Sie starrte die Hand an und hatte das Gefühl, schielen zu müssen. Schnell sah sie weg.

»Gibt es etwas Neues von irgendeiner Seite?«, fragte sie, um den peinlichen Moment zu überbrücken, und stützte sich an der Wand ab.

»Ich habe eben mit den Kollegen telefoniert«, antwortete der Kriminaldirektor. »Es gibt tatsächlich neue Erkenntnisse: Ein Zeuge hat sich gemeldet nach dem Aufruf in der Pressekonferenz. Unser Mörder muss den Wagen tatsächlich erst einmal im Teufelsmoor abgestellt haben. Von dort aus ist er dann fast bis nach Moorhausen gelaufen. Es hat ja geregnet in dieser Nacht und unserem Zeugen ist eine Gestalt am Straßenrand aufgefallen. Der Fahrer hat dann angehalten und unseren mutmaßlichen Täter bis nach Schwachhausen mitgenommen. An der Parkstraße sei der Fahrgast dann ausgestiegen. Seltsam sei gewesen, dass der geheimnisvolle Fahrgast hinten gesessen und fast nichts gesagt habe. Nur heiser geflüstert.«

Härmter hatte seine Hand die ganze Zeit ausgestreckt gehalten und schließlich ergriff von Seelenthin sie und ließ sich von ihm hochziehen. Der Druck seiner Hand war warm, trocken und fest. Viel zu dicht stand sie auf einmal vor ihm, konnte die Ader an seinem Hals pulsieren sehen und nahm schwach seinen Duft wahr. Sandelholz, Moos, Holz, Moschus, Mann. Schnell trat sie zurück, räusperte sich.

»Vielleicht hat er seine Stimme verstellt, aus Angst, wiedererkannt zu werden?«, vermutete sie.

Thomas Härmter nickte zustimmend. »Oder, um sein Geschlecht zu verbergen? Das Verhalten des verdächtigen Fahrgastes spricht auf jeden Fall dafür, dass er derjenige ist, den wir suchen. Leider konnte unser Fahrer kaum hilfreiche Angaben machen. Er war sich nicht einmal sicher, ob es eine Frau oder ein Mann gewesen ist. Die Person sei *eher groß* gewesen, *kräftig und dunkelhaarig*. Ein Phantombild war nicht möglich. Der Fahrgast habe ständig nach unten oder aus dem Fenster gesehen und ein Tuch vor dem Gesicht getragen.«

Von Seelenthin seufzte. »*Eher groß*. Das heißt nicht viel. Der Fahrer hat ja gesessen und die Person von unten gesehen, Froschperspektive. Und kräftig wirkt man auch, wenn man eine dicke Fleecejacke oder so etwas trägt. Es hat geregnet, die Haare können nass und daher *eher dunkel* gewirkt haben.«

Als sie nebeneinander die Treppen hinaufstiegen, betrachtete sie das Gesicht des Chefs von der Seite. Tiefe Falten hatten sich seitlich der Mundwinkel eingegraben, sein Gesicht wirkte knochig. Selbst für einen hageren Typ wirkte er ausgezehrt. Da sie die Kantine nur im absoluten Notfall besuchte, ganze zwei Mal im Lauf der letzten fünf Jahre, und über keinerlei Begabung als Netzwerkerin verfügte, hatte sie vom üblichen Klatsch kaum etwas mitbekommen. Dremmler hatte gestern beiläufig erwähnt, dass die Frau des Chefs an Brustkrebs gestorben sei und er sich in ein anderes Bundesland versetzen lassen habe. Noch während sie verstohlen sein eckig geschnittenes Profil betrachtete, sah er sie ebenfalls an und drehte sich zu ihr herum. Fast hätte sie die letzte Stufe übersehen. Im letzten Moment fing sie sich ab und schaute zu ihm auf.

»Übrigens war Staatsanwältin Teschner nach der Pressekonferenz noch bei mir«, setzte er an. Es schien ihm unangenehm zu sein, dennoch sprach er weiter. »Frau Doktor Teschner äußerte sich negativ über Ihre unkollegiale Art im Allgemeinen, besonders gegenüber dem neuen Kollegen Markensen. Er hat einen großen Fehler gemacht, als er sich nicht an die von Ihnen gegebene Anweisung gehalten hat. Vielleicht hat dieses Verhalten aber auch damit zu tun, dass Sie ihn ausgeschlossen haben? Sie haben ihm die Teilnahme an der Vernehmung Hesselbach versagt?« Er sah ihr in die Augen, den Kopf fragend geneigt. »Ich lege Wert darauf, dass hier gut zusammengearbeitet wird. Ein gewisses Maß an Teamarbeit, auch wenn man Einzelgänger ist, ist dazu vonnöten.« Er lächelte schief, als er ihrem trotzig verschlossenen Blick begegnete. »Eins noch. Die Pressekonferenz. Dieser riesige Wasserfleck auf dem Rock der Staatsanwältin. Sie behauptet, dass das pure Absicht von Ihnen gewesen sei.«

Von Seelenthin stieß ein abfälliges Schnauben aus und sah ihm in die Augen. »Ach, wissen Sie. Wasser kann sehr tückisch sein und findet immer seinen Weg. Ähnlich wie so manche Natter, die hier herumkriecht.« Sie lächelte sibyllinisch, drehte sich um und schloss die Tür zu ihrem Büro hinter sich.

40. KAPITEL

»Polizei! Nehmen Sie die Hände hoch und lassen Sie die Frau los!«

Der Mann auf dem Bett fuhr erschrocken herum. »Suizidversuch! Sie hat Tabletten genommen. Es muss jetzt schnell gehen!«

Von Seelenthin erkannte Doktor Matthias Arnsfeld, sicherte ihre Dienstpistole und steckte sie wieder in das Halfter. »Haben Sie einen Krankenwagen gerufen?«, fragte sie.

Der Mann kniete mit einem Bein auf dem riesigen Boxspringbett und nickte. Er beugte sich über die Ohnmächtige und drehte die Frau auf dem Bett herum, sodass sie bäuchlings über der Bettkante hing. Nach kurzer Zeit kamen Würgegeräusche aus ihrem Mund, als der Mann ihr seine Finger in den Rachen schob. Von Seelenthin schluckte und wandte angeekelt den Kopf ab, als sich die Frau schließlich mit einem platschenden Geräusch auf die Holzdielen vor dem Bett erbrach. Sie sah sich in dem großen Raum um. Auf dem zerwühlten Bett lagen Unterwäsche und Strümpfe, außerdem ein rotes, zerknülltes Kleid. Die schweren Vorhänge waren zugezogen, ein Glas Wasser stand auf dem Glasboard neben dem Bett und ein leeres Röhrchen, aus dem ein paar Tabletten gerollt waren, lag auf dem Fußboden. Was für eine dramatische Inszenierung! Angewidert betrachtete von Seelenthin die Frau auf dem Bett. Berenice Ingstedt hing noch immer über der Bettkante. Sie keuchte jetzt und stieß wimmernde Geräusche aus, während sie sich zunehmend unruhig auf dem Bett hin und her rollte.

»Warum sind Sie hier?«, fragte von Seelenthin den Arzt.

Das zunächst leise und dann immer lauter werdende Heulen des Martinshorns drang durch die dicken Vorhänge ins dunkle Zimmer. Die Hauptkommissarin ging auf die große Fensterfront zu und zog die Vorhänge auf. Sie öffnete zwei der bodentiefen Fenster, um den sauren Geruch nach Erbrochenem aus dem Raum zu vertreiben.

»Ich hätte eher reagieren müssen!«, sagte der Mann verzweifelt und schlug mit der Hand die Bettdecke zur Seite. Mit rotgeränderten Augen blickte er auf die regungslose Berenice Ingstedt herunter. »Es ging nicht mehr. Sie hat mir die Luft zum Atmen genommen, mich regelrecht gestalkt. Ich habe Schluss gemacht gestern, nachdem Sie gegangen waren.«

»Tatsächlich?«, entgegnete von Seelenthin trocken, »das wirkte aber ganz anders, als wir ankamen, hatte ich den Eindruck ...«

Der Mann wurde rot, blickte zwischen Berenice und der Hauptkommissarin hin und her. »Ja, also, da wusste sie ja auch noch nicht ... Auf jeden Fall war sie völlig fertig, als Sie und Ihr Kollege gegangen sind. Sie hat geweint und herumgeschrien, Dinge durch die Wohnung geschmissen. Berenice ist sehr emotional, aber so habe ich sie noch nie erlebt, es war schrecklich! Und, ehrlich gesagt, Sie waren ja gestern auch nicht eben einfühlsam.«

Kurz blitzte so etwas wie Ärger in den Augen des Arztes auf. Von Seelenthin presste die Lippen aufeinander.

»Ich wollte das alles nicht mehr und das habe ich ihr auch gesagt, also, dass ich Zeit brauche für mich und sie erst einmal nicht mehr sehen möchte.« Er griff sich mit beiden Händen an die Stirn, dann breitete er die Arme zu beiden Seiten aus. »Ich war zu feige, um gleich endgültig Schluss zu machen! Nicht, nachdem sie gerade erfahren hat, dass sie ihr das Kind wegnehmen. Ungefähr bis Mitternacht oder kurz danach ist sie noch geblieben. Ich habe mich hingelegt, als sie endlich gefahren ist, und bin eingeschlafen. Eigentlich hätte ich heute Frühdienst gehabt.« Er sah auf die Uhr an seinem Handgelenk. Seine Stimme klang erschöpft, aber auch genervt. »Dann rief sie an. Das muss nach 3.00 Uhr gewesen sein. Sie heulte, war außer sich, bis nach 5.00 Uhr haben wir telefoniert, aber genommen hatte sie da noch nichts.«

»Was macht Sie da so sicher?«, fragte von Seelenthin und blickte erst die halb bewusstlose Berenice und dann den Arzt an.

»Berenice ist hysterisch. Sehen Sie sich um! Als klar war, dass ich es ernst meine, hat sie die Pillen geschluckt, auf Ansage sozusagen! Man nennt so ein Verhalten auch emotionale Erpressung. Natürlich bin ich sofort losgefahren!«

Der Arzt stand vom Bett auf und ging in den Flur. Auf der Treppe hörte von Seelenthin die Stimmen der Sanitäter, die von Arnsfeld instruiert wurden, sobald sie das Zimmer betraten. In wenigen Minuten schnallten sie die noch immer halb bewusstlose Berenice Ingstedt auf eine Trage und waren nur Augenblicke später mit der Frau wieder verschwunden.

»Sie wird das überleben«, sagte Arnsfeld, als er zu von Seelenthin ins Schlafzimmer zurückkehrte. »Ich war früh genug da. Armer Junge.« Sie nickte und sah ihn an. Der Arzt sprach unaufgefordert weiter. »Ich habe Berenice, also Frau Ingstedt, auf einem dieser Feste kennengelernt, die die Klinik oft veranstaltet.« Arnsfeld stellte sich ans Fenster und sah hinaus. »Ihren Mann konnte ich von Anfang an nicht leiden. Sie tat mir zuerst nur leid. Sie wirkte so …, sie war so zart.«

»Wussten Sie, dass Ingstedt seine Frau misshandelt?«, fragte sie.

Arnsfeld zuckte mit den Schultern und drehte sich zu ihr um. Seine Bewegungen wirkten müde, wie die eines deutlich älteren Mannes.

»Da wird immer viel getratscht in so einer Klinik. Aber, ja, ich denke schon. Sie ist immer zusammengezuckt, wenn er ihr etwas reichte, oder wenn er ihr einfach zu nahe kam. Man konnte sehen, dass sie Angst vor ihm hatte.«

»Und der Junge?«, setzte sie nach. »Kannten Sie Philipp?«

Der Arzt lächelte traurig und drehte sich wieder zum Fenster. »Ich mag Kinder schon, eigentlich. Irgendwann will ich vielleicht auch eine Familie haben, ein eigenes Haus.« Sein Blick wanderte durch den Raum und blieb an den Familienbildern hängen, die in verschiedenen silbernen Rahmen auf einer Kommode gruppiert waren. »Aber noch fühle ich mich dazu einfach nicht bereit. Ich wollte erst sehen, ob es mit Berenice und mir klappt.« Er zog die Stirn in Falten und fuhr mit dem Handrücken über die schwere glatte Seide des Vorhangs.

»Sie wollten nicht gleich das volle Familienprogramm haben«, stellte von Seelenthin nüchtern fest.

Er hob die Schultern an. »Wenn Sie so wollen. Jedenfalls, sie hat das wohl gemerkt und kam immer alleine. Mit Philipp war immer etwas: Kindergeburtstag, Philipp hat Husten, Kopfschmerzen, ist bei seiner Oma, was weiß ich. Es klingt komisch, aber ich glaube, dass sie eifersüchtig auf ihren eigenen Sohn war. Deshalb hat sie alle möglichen Dinge vorgeschoben, um mich alleine für sich zu haben. Nur einmal habe ich Berenice mit ihrem Sohn erlebt.« Er drehte die Hand und fasste den Stoff fest an, als sei die Erinnerung an dieses Treffen nicht eben angenehm, und wandte ihr sein Gesicht zu. »Das mit uns ging ja noch nicht lange, drei, vielleicht vier Monate. Sie brachte Philipp mit zu mir, wir wollten gemeinsam Nudeln kochen.« In einer resignierten Geste breitete er die Arme aus. »Sie war schrecklich nervös, Philipp wollte alles richtig machen, wurde durch ihre Art aber auch unsicher und hektisch. Berenice hat den Jungen nur angeblafft. Dann hat sie sich die Hand verbrüht und ihm die Schuld dafür gegeben.« Die Erinnerung an den missglückten Abend zeichnete scharfe Zornfalten auf die Stirn des Mannes und um seine Mundwinkel. »Um es abzukürzen: Es ist grässlich schiefgegangen und danach habe ich den Jungen nie wiedergesehen.«

Sie nickte ihm zu. »Philipp ist im Moment bei der Familie seines Onkels in Oldenburg. Ein Pastorenhaushalt, vier Cousins und Cousinen. Solange Frau Ingstedt mit der Erziehung ihres Sohnes derart überfordert ist, wird Philipp erst einmal dortbleiben. Es ist wahrscheinlich, dass Frau Ingstedt den Jungen regelmäßig mit Schlafmitteln ruhiggestellt hat, um mit Ihnen zusammen sein zu können.«

Arnsfeld zuckte die Schultern und fuhr sich mit einer erschöpften Geste über die Augen.

Von unten drangen verschiedene Stimmen herauf. Als von Seelenthin die Treppe hinunter schritt, sah sie die Krankentrage mit Berenice, die vor der geöffneten Heckklappe des Krankenwagens in der Einfahrt abgestellt worden war. Katharina Struckmann-Jarr stand mit angespannt aufrechtem Rücken neben der Trage, die Arme eng an den Oberkörper gepresst, die Hände vor dem Schoß zusammengelegt. Weder berührte sie ihre Tochter noch beugte sie sich über sie. Von Seelenthin beobachtete die Frau. Nichts Liebevolles oder fürsorglich Besorgtes lag in dem Blick, mit dem die Richterin ihre Tochter ansah. Sie wirkte so unbeteiligt, als überwache sie hier nur einen fremden Möbeltransport. Dann trat sie zurück und die zweiflügelige Tür des Krankenwagens schloss sich vor ihr. Von Seelenthin trat auf die Richterin zu.

»Ihre Tochter wird durchkommen. Es sieht immer schlimmer aus, als es ist.«

Die Worte klangen in ihren eigenen Ohren wie die hohlen Phrasen, die sie waren, und sie bereute augenblicklich, sie gesagt zu haben. Die Richterin drehte sich um, beachtete sie nicht. Ihre Augen verfolgten müde den Krankenwagen, der die Einfahrt hinunterfuhr. Dann sprach sie, wie zu sich selbst.

»Berenice hätte nie ein Kind bekommen sollen. Sie hat in ihrem ganzen Leben bisher auf jedem Gebiet versagt. Wieso hätte ausgerechnet das Muttersein gelingen sollen?«

Von Seelenthin wünschte sich wieder einmal, sie würde noch rauchen. Stattdessen zog sie eine Plastikdose Kaugummidragees aus der Tasche ihrer Jacke und hielt sie der Richterin hin. Die nahm die Geste gar nicht wahr.

»Kommt es eigentlich häufiger vor, dass Frauen Sie um Hilfe bitten, wenn sie von häuslicher Gewalt bedroht sind?«, fragte von Seelenthin, während sie sich eine ganze Handvoll Dragees in den Mund schüttete.

»Was meinen Sie?«

Struckmann-Jarr blickte sie aus rotgeränderten Augen an. Ihre Stimme klang teilnahmslos, als ginge das Ganze hier sie nichts an.

»Ich meine ganz konkret einen Anruf, der auf Ihrem Handy am letzten Sonntagabend um 19.12 Uhr eingegangen ist. Nadine Knaaß hat Ihnen auf die Mailbox gesprochen, und ich frage mich, warum Sie nicht zurückgerufen haben«, entgegnete von Seelenthin.

Ihre Augen tränten wegen der ätherischen Minzöle, die den Dragees entströmten. Den Mund zu öffnen, kam nicht infrage; das widersprach ihren guten Manieren. Der Kaugummiklumpen, auf dem sie hartnäckig herum biss, hatte die Größe einer kleinen Walnuss.

Richterin Struckmann-Jarr zuckte leicht mit den Schultern. »Am Sonntag, sagen Sie? Da hatte ich mein Telefon gar nicht dabei. Ich war abends in der Aula, im Hermann-Böse-Gymnasium in Schwachhausen. Ein Symposium, organisiert von den Lions Damen und der Polizeigewerkschaft. Es ging um Gewalt gegen Frauen. Ich selbst war eine der Referentinnen.«

Von Seelenthin trommelte mit der Hand auf dem Drucker herum, während sie auf den Ausdruck wartete. Einige Augenblicke später zog sie das Papier ungeduldig aus dem Gerät und starrte frustriert darauf: »Hinter makellosen Fassaden. Gewalt gegen Frauen hat viele Facetten« Sonntag, 21. August 2016. Einlass 17.30 Uhr. Sie überflog die Überschriften der einzelnen Programmpunkte und ließ dann ihren Blick die Liste der verschiedenen Redner und Rednerinnen entlanggleiten. »Frauen als Opfer von häuslicher Gewalt. Rechtsgeschichtliche Aspekte im Wandel der Zeit« von Katharina Struckmann-Jarr, las sie. 18.45 Uhr bis 19.00 Uhr. Es folgte ein Kurzfilm von Studierenden der Hochschule der Künste, danach war eine halbstündige Pause mit einem leichten Imbiss geplant gewesen. Sie stutzte. Nach dem Imbiss war ein Beitrag von Staatsanwältin Teschner eingetragen. Nachdenklich schob sie das Blatt über den Schreibtisch auf den Kollegen Dremmler zu.

»Ich gehe für heute nach Hause.«

41. KAPITEL

Das Bad hatte ihr gutgetan. Wohlig ließ sie die Schultern kreisen und den Kopf abwechselnd nach vorn auf die Brust oder in den Nacken sinken. Das zum Turban gewickelte Handtuch verrutschte, und bevor es fallen konnte, griff sie danach. Während sie auf nackten Füßen in die Küche ging, drückte sie die nassen Haare in dem dicken Frotteestoff aus.

»Na, ob Frau Henrichs auch etwas Schönes für euch eingekauft hat?« Die beiden Doggen waren aufgestanden, als sie die Küche betreten hatte, und beim Öffnen der Kühlschranktür standen sie erwartungsvoll wedelnd an ihrer Seite. Heide Henrichs, eine resolute Witwe aus Worpswede, kam seit fast zehn Jahren an jedem Tag der Woche. Mit preußischem Pflichtbewusstsein führte sie den Haushalt auf dem Mooreichenhof, putzte, wusch, bügelte und kaufte ein. Nur bei den Hunden war es vorbei mit der preußischen Strenge. Regelmäßig brachte sie irgendwelche Leckereien für die Tiere mit und ließ sich von ihnen auf der Nase herumtanzen. Von Seelenthin nahm eine Packung Hüttenkäse aus dem Kühlschrank und aß gerade den letzten Löffel des körnigen Breis, als das Telefon klingelte. Der Name Fips leuchtete auf dem Display auf. Augenblicklich pickte sie ihr schlechtes Gewissen spitz in den Magen. Sie hatte Philippa nicht einmal angerufen, um zu fragen, ob sie gut nach Hause gekommen war. Was war sie für eine schlechte Freundin! Trotzdem: Ihr Gesprächsbedarf für heute war mehr als gedeckt; ihre Kapazitäten, was jegliche Art sozialer Interaktion anging, waren ausgereizt. Seufzend drehte sie sich um und ging ins Wohnzimmer, im Hintergrund die Stimme der Freundin.

»Wollte nur fragen, ob du schon weiter bist mit deinen Ermittlungen? Na ja, du wirst dich ja melden, wenn du Land siehst. Hier ist alles gut soweit. Ich muss jetzt Hausaufgaben machen mit Fritz. Dürrenmatt. Der Richter und sein Henker. Weißt du noch, damals? Klasse acht, Deutsch bei Frau Domack? Ich fürchte, mein Sohn ist genauso unbegabt wie ich damals. Der hat das Buch nicht mal gelesen bis jetzt! Tschüss, Eija, und lass von dir hören.«

Irgendetwas zuckte in von Seelenthins Eingeweiden. *Dürrenmatt. Klasse acht. Nicht gelesen.* Nachdenklich ging sie zum Telefon, wählte Dremmlers Nummer. Sie ließ es durchklingeln bis zur automatischen Ansage, dass der Teilnehmer nicht zu erreichen sei. In der Küche setzte sie sich an den massiven Holztisch, ein Blatt Papier und einen Bleistift in der Hand. Kreuz und quer führte sie den Stift über das Blatt, verknüpfte Namen mit Zeiten, Daten und Orten. Je verworrener die Linien wurden, desto klarer sah sie. In ihrem Magen zog sich ein schweres Knäuel zusammen. Ja, so musste es gewesen sein. Sie wählte ein zweites Mal Dremmlers Nummer. Immer noch nichts. Irgendetwas musste sie tun. Die Staatsanwältin anzurufen, verursachte ihr Magendrücken. Sie fühlte sich, als würde sie mit Anlauf einer gereizten Kobra auf den Schwanz springen. Außerdem würde ihr die Teschner gar nicht zuhören, da war sie ziemlich sicher. Und der Chef sprach von Zusammenarbeit, Teamwork. Der Chef, der Chef. Einen kurzen Moment zögerte sie noch. Ihr Zeigefinger kreiste über dem Smartphone. Dann wählte sie.

»Härmter«, meldete er sich bereits nach einem Klingeln.

»Seelenthin hier, gut, dass ich Sie erreiche! Ich muss Sie sehen, nein, ich meine, mir ist da etwas klargeworden und ich wollte Sie etwas fragen und mit Ihnen ...« *O nein! Du alberne Kuh, jetzt reiß' dich zusammen!* Sie hielt den Bleistift in der Faust und presste den Daumen so fest gegen das obere Ende des Stifts, dass er in der Mitte durchbrach. »Aua!«

»Frau von Seelenthin? Alles in Ordnung bei Ihnen? Es freut mich ja sehr, dass Sie mich schon nach so kurzer Zeit vermissen und wiedersehen wollen«, kam seine Stimme aus dem Hörer, »aber was kann ich denn jetzt für Sie tun?«

Die Stimme klang amüsiert, als lächle er beim Sprechen. Sie sah die halbmondförmigen Einkerbungen auf seinen schmalen Wangen vor sich. Die Fältchen vertieften sich, wenn er lächelte und einzelne blaugraue Bartstoppeln, die der Rasierer nicht erwischt hatte, sprossen in dem Grübchen in seinem Kinn. Von Seelenthin schüttelte den Kopf, als wolle sie die unpassenden Gedanken vertreiben wie lästige Mücken.

»Waren Sie zufällig am letzten Sonntag auf diesem Gewalt-gegen-Frauen-Symposium im Hermann-Böse-Gymnasium?«

»Ja, war ich, aber nicht zufällig«, kam es schmunzelnd aus dem Hörer, »die Veranstaltung war ja zu einem Teil auch von uns organisiert. Ich hätte Sie eigentlich auch dort erwartet.«

Von Seelenthin verzog das Gesicht wie unter Zahnschmerzen. »Ich bin nicht so der Typ für Menschenansammlungen. Haben Sie den Vortrag von Richterin Struckmann-Jarr gehört?«, fragte sie.

»Ja, ein interessantes Referat, vor allem kompakt gehalten und für Laien.«

»Und haben Sie danach noch mit ihr gesprochen oder mit Staatsanwältin Teschner?«, unterbrach sie ihn plump und biss sich gleich darauf auf die Unterlippe. Warum hatte sie die Teschner erwähnt? Das war doch unnötig jetzt!

»Frau von Seelenthin«, begann er nach kurzem Zögern, »ich weiß nicht so recht, worauf Sie hinauswollen, aber die Staatsanwältin hat ebenfalls einen sehr interessanten Vortrag gehalten. Also wenn Sie sich hier über das offensichtlich schlechte Verhältnis zur Frau Staatsanwältin auslassen wollen oder sich über sie beschweren wollen, dann sind Sie bei mir …«

»Ach was!«, unterbrach von Seelenthin ihren Chef abermals grob, »die interessiert mich doch gar nicht! Ich möchte nur wissen, ob Sie die Richterin nach deren Vortrag noch gesehen oder sogar mit ihr gesprochen haben.« In der Leitung blieb es lange still. »Herr Härmter? Sind Sie noch dran?« Sie presste den Hörer ans Ohr und vernahm sein langgezogenes Ein- und Ausatmen.

»Ich habe Frau Struckmann-Jarr nicht mehr gesehen nach ihrem Vortrag. Frau Doktor Teschner war ziemlich verärgert darüber, dass sie Richterin Struckmann-Jarr in der Pause nicht angetroffen hat. Die beiden waren eigentlich verabredet gewesen, sagte sie mir. Außerdem war sie vermutlich enttäuscht darüber, dass die Richterin ihren Vortrag nicht mehr gehört hat, denn Staatsanwältin Teschner war ja erst nach der Pause dran«, schob er nach.

Hörte sie da wieder ein leises Lächeln in seiner Stimme? Von Seelenthin nickte, und als ihr bewusst wurde, dass er sie nicht sehen konnte, sprach sie schnell weiter:

»Sehen Sie! Wenn ich die Teschner das gefragt hätte, wäre die garantiert nur wieder zickig geworden und hätte mir Scheinheiligkeit oder Schadenfreude unterstellt!«

Eilig ging sie mit dem Telefon nach oben in ihr Ankleidezimmer. Sie stellte die Lautsprecherfunktion ein und legte das Gerät auf einer halbhohen Kommode ab. Während sie den Bademantel von ihren Schultern gleiten ließ, schob sie die großen verspiegelten Fronten der Einbauschränke auf und nahm sich frische Sachen aus den Regalen.

»Die Richterin hat kurz nach ihrem Vortrag, um 19.12 Uhr, einen Anruf von Nadine Knaaß erhalten, beziehungsweise keinen Anruf, sondern Knaaß hat einen Hilferuf auf die Mailbox der Richterin gesprochen. Struckmann-Jarr hat nicht zurückgerufen, auch später nicht und ich vermute, dass sie zu Knaaß gefahren ist und dort Piontak umgebracht hat.«

»Sie meinen, nachdem die Knaaß ihre Wohnung bereits verlassen hatte?«

»Ja. Sie ist auf Piontak gestoßen, es kam zum Streit. Vielleicht hat er die Richterin auch angegriffen? Jedenfalls, ihr sind die Sicherungen durchgebrannt und sie hat zugeschlagen. Dann hat sie den toten Piontak in den Kofferraum gepackt und dabei ist sie dann von Joelle Knaaß gesehen worden.«

Von Seelenthin hängte den Bademantel auf den Bügel in den Schrank und löschte das Licht im Ankleidezimmer.

Härmters Stimme klang skeptisch: »Das ist ein riesiger Wohnblock! Da muss man doch sehen, wenn da jemand einen Toten aus der Wohnung in ein Auto lädt!«

»Eben nicht«, antwortete von Seelenthin, während sie den Hunden Leckerlis in die Näpfe schüttete und den Autoschlüssel vom Küchentisch klaubte. »Man kann auch als semiprominenter Politiker mit einem Toten im Handkarren durch ganz Berlin pilgern, sich dabei filmen lassen und niemand merkt etwas, wie wir seit Kurzem wissen. Aber im Ernst: Es ist der letzte Block und der Balkon liegt nach hinten raus zum Vahrer See, keinen Meter über der Erde. Sie hat Piontak da rausgeworfen und dicht am rückwärtigen Teil des Hauses zu ihrem Auto geschleppt. Glauben Sie mir: Das ist nicht auffällig. Oder sie hat den Wagen bis fast vor die Haustür gefahren und hat ihn vorne rausgezogen, auch möglich.«

Von Seelenthin war inzwischen losgefahren. Härmters Stimme kam leicht verzerrt über die Freisprechanlage. »Und wie kommen Sie darauf, dass Joelle Knaaß da war?«

»Die hatte sich mit Piontak in der Wohnung ihrer Mutter verabredet. Joelle wusste, dass Hesselbach an dem Abend das Geld abgeben sollte. Deshalb war sie da.« Von Seelenthin hielt vor einer roten Ampel und trommelte mit den Fingern ungeduldig auf dem Lenkrad herum. »Außerdem: Als ich Joelle das erste Mal traf, reagierte sie sehr aggressiv darauf, dass ihre Mutter verdächtigt wurde. Ich habe irgendetwas im Sinne von Rechtsstaatlichkeit, und dass man sich auf unseren Staat verlassen könne, gesagt. Sie wusste es besser! Ich bin mir sicher, dass Joelle die Richterin erkannt hat und dass sie ihr Dürrenmatts ›Der Richter und sein Henker‹ zugeschickt hat, garantiert mit einer Zahlungsanweisung dabei.«

»Und danach ist sie mit der Leiche Piontaks im Kofferraum zu ihrer Tochter nach Oberneuland gefahren und hat den verhassten Schwiegersohn überfahren? Und später auch noch Joelle?«, fragte Härmter.

»Das weiß ich nicht. Aber die beiden Männer hat sie getötet, da bin ich mir sicher«, sagte von Seelenthin drängend, während sie die Spur wechselte und den Range Rover knapp vor einem Lieferwagen wieder einfädelte. »Nichts davon können wir im Moment beweisen. Aber das ist nur eine Frage von ein bis zwei Stunden und da wollte ich Sie vorab informieren.«

»Gut, Frau Hauptkommissarin. Das klingt alles recht, sagen

wir, abenteuerlich. Kommen Sie ins Präsidium, sofort. Wir gehen da alles gemeinsam durch, und dann sehen wir weiter.«

»Bin sofort da«, erwiderte sie.

42. KAPITEL

Als sie auf den Parkplatz fuhr, entdeckte sie sogleich Dremmlers alten Polo und den roten Smart von Polizeimeisterin Poppe. Noch aus dem Auto heraus hatte sie die junge Polizistin angerufen. Poppe war sofort zurück ins Präsidium gefahren, hatte keine überflüssigen Fragen gestellt und sich mit dem verbissenen Eifer eines Terriers ihrem Arbeitsauftrag gewidmet. Von Seelenthin stieg aus ihrem Wagen. Der Wind hatte deutlich zugenommen und wehte ihr die taillenlangen noch leicht feuchten Haarsträhnen um den Kopf. Sie blickte auf den Schalthebel, um dessen Knauf normalerweise mehrere Haargummis gelegt waren, heute nicht. Hastig verschloss sie den Range Rover und stieg die Treppe hoch. Als sie über den Flur ging, sah sie, dass die Tür zu Härmters Büro nur angelehnt war. Vorsichtig schob sie sie auf und betrat den Raum. Er saß hinter seinem Schreibtisch und telefonierte. Mit einem undeutlichen Grummeln beendete er das Telefonat nur einen Moment später, umrundete den massiven Schreibtisch und kam auf sie zu. Eben am Telefon hatte sie ihm noch konzentriert ihre Gedanken darlegen können. Jetzt wurde sie sich seiner physischen Präsenz überdeutlich bewusst. Sie spürte die Energie, die von ihm ausging wie eine Druckwelle, und wollte zurückweichen.

»Das, was Sie da vorhaben, könnte ziemlich viel Wind von vorne geben, falls Sie im Unrecht sind.«

Von Seelenthin nickte und trat näher an ihn heran. »Ja«, antwortete sie schlicht. Sie musste hochsehen; er stand auf einmal unmittelbar vor ihr, so nah, dass sie seine Körperwärme spürte. Sie fühlte sich wie früher als Kind, wenn sie trotz der roten Fahne am Strand in die Wellen gesprungen war. Während das Wasser über ihr zusammenschlug, riss es ihr gleichzeitig den Boden unter den Füßen weg und zog sie auf den Grund, wo sie hilflos hin- und hergeschleudert wurde. Zu nah war er ihr, sie konnte die Augen nicht mehr abwenden.

»Und für Sie wäre es auch nicht eben eine Erfolgsgeschichte zum Einstand, nicht wahr?«

In seinen hellgrauen Augen tanzten weiße Punkte wie schäumende Gischt. Das Blut rauschte dumpf in ihren Ohren und spülte alle anderen Geräusche fort: das leise Summen des Druckers, Schritte auf dem Flur, die Stimmen von Kollegen, sogar ihr eigenes Atmen. Sie spürte den Sog, der von ihm ausging, und stemmte sich dagegen wie früher gegen die Wellen. Atemlos warf sie sich herum, riss die Tür auf und lief den Flur hinunter. Er folgte ihr und holte sie ein, noch bevor sie den Besprechungsraum erreichten. Fast alle Mitarbeiter der Mordkommission »Enduro« hatten bereits im Besprechungsraum Platz genommen, als von Seelenthin zusammen mit dem Chef eintrat.

»Zunächst einmal danke ich Ihnen, dass Sie so schnell reagiert haben und wieder hergekommen sind, nachdem wir für heute eigentlich Schluss gemacht hatten«, begann sie. »Es haben sich neue Fakten ergeben und wir sind ganz dicht dran.«

Von Seelenthin redete, kein Laut war zu hören, während die Hauptkommissarin die einzelnen Fäden ihrer Theorie der Tatabläufe zu einem dichten Knäuel verwob. Nachdem sie ihren Vortrag beendet hatte, herrschte zunächst eine drückende Stille. Da nicht alle Mitarbeiter einen Platz gefunden hatten, standen manche an die Wand gelehnt. Carstens beugte sich vor und stieß einen Pfiff aus. Wie immer stand er dabei viel zu dicht an seinen Vordermann gedrängt und der Luftzug des Pfiffs zog eine Schneise durch den dünnen Haarflaum des Kollegen Dremmler, der daraufhin ärgerlich ein Stück wegrückte. Carstens bemerkte nichts davon.

»Aber sie hat gar keinen Führerschein für das Bike. Ich habe das gecheckt.«

Genervt drehte sich Dremmler um. Sein Tonfall erinnerte an einen mühsam beherrschten Grundschullehrer.

»Glaubst du im Ernst, dass jemand, der drei Menschen umgebracht hat, sich um eine fehlende Fahrerlaubnis kümmert?«

Carstens wollte eben etwas erwidern, als sich die Tür öffnete. Polizeimeisterin Poppe betrat den Raum. Ihre kleine, kompakte Gestalt schien vor unterdrückter Energie zu vibrieren.

»Zu Ihren drei Fragen, Frau Hauptkommissarin: Der Ehemann der Richterin, Doktor Ulrich Jarr, starb bei einer Bergwanderung in den Alpen. Er stürzte in eine Schlucht. Die Leiche konnte nie geborgen werden.«

»Der Karabiner!«, rief Carstens und umfasste aufgeregt den Unterarm seines Nebenmannes Markensen. Der quiekte erschreckt auf, zog seinen Arm ruckartig aus der Umklammerung und rieb mit seiner anderen Hand darüber, als habe er sich verletzt. Härmter bat Polizeimeisterin Poppe fortzufahren.

»Am Abend der ersten beiden Morde stand der Wagen vor dem Haus von Nadine Knaaß auf dem Anwohnerparkplatz. Es hat tatsächlich ein Strafprotokoll gegeben, wie die Hauptkommissarin vermutet hat! Um 19.32 Uhr ist der Wagen dort notiert worden. Sie muss also tatsächlich direkt nach dem Anruf von der Knaaß losgefahren sein!«

Von Seelenthin lächelte, als ihr eine ganze Ladung Geröll von der Brust polterte.

»Es wird aber noch besser«, fuhr Polizeimeisterin Poppe fort. »Ein Taxi ist in derselben Nacht von der Kulenkampffstraße in die Bürgermeister-Reuter-Straße gefahren. Die Zeit stimmt mit dem angenommenen Tatzeitpunkt überein und den Fahrer habe ich ausfindig gemacht. Ich könnte gleich hinfahren und ihm das Bild zeigen.« Erwartungsvoll blickte sie von Seelenthin an, die lächelte breit zurück.

»Gut gemacht, Polizeimeisterin Poppe! Sehr gut! Nehmen Sie Carstens mit, und dann kommen Sie wieder her und nehmen die Aussage des Zeugen zu Protokoll.«

Unmerklich nickte der Chef ihr zu; die Fältchen um die Augen und um den Mund wirkten ein wenig geglättet. Auch er schien erleichtert zu sein. Von draußen waren klackernde Schritte zu hören und schwungvoll öffnete sich die Tür zum zweiten Mal. Auftritt Staatsanwältin Teschner. Mit wehendem Sommermantel, dekorativ über die Schulter drapiert, betrat sie den Raum.

»Warum bin ich nicht früher informiert worden? Was ist hier los?«

Von Seelenthin erhob sich. »Ich bitte um einen Durchsuchungsbeschluss für das Haus der Richterin Struckmann-Jarr in der Kulenkampffstraße. Es besteht der begründete Verdacht, dass sie in allen drei Fällen die gesuchte Täterin ist.«

Die Staatsanwältin sah aus, als habe sie sich an einem zu großen und zu harten Gegenstand verschluckt.

»Sind Sie noch ganz bei sich?« Ihre Stimme kippte in eine schrille Tonlage.

Von Seelenthin wandte sich ihr zu. »Wenn Sie erlauben, lege ich Ihnen die Situation kurz dar.«

43. KAPITEL

Die weiße Villa lag komplett im Dunkeln. Als der Wagen die Einfahrt hinaufrollte, sprang ein Bewegungsmelder an, der diffuses Licht auf die Eingangsstufen vor der Haustür streute. Von Seelenthin setzte zum Sprechen an, aber es kam kein Wort heraus. Eine fiebernde Unruhe breitete sich vom Magen her in ihrem ganzen Körper aus, strahlte bis in die kalten Fingerspitzen.

»Sie ist nicht hier, oder?« Offenbar fühlte Dremmler ähnlich wie sie.

Sie schüttelte den Kopf. Im Garten bewegten sich unruhige Lichtstrahlen, sie hörten Stimmen. Als von Seelenthin und Dremmler durch die Tür neben der Garage traten, hob ein Beamter gerade eine feste grüne Plane an, die über einen Gegenstand gebreitet lag. Dremmler schlug sich mit der rechten Faust in die geöffnete linke Hand. Die Enduro lehnte neben einem großen Kaminholzstapel, der sich entlang der Garage zog. Sie gingen weiter um das große Haus herum. Auf dem gepflasterten Weg lagen einzelne Blätter verstreut, die den nahen Herbst ankündigten. Die Terrasse war bereits leergeräumt. Keine Sitzgruppe, kein Liegestuhl. Zwei hohe schwarze Pflanzgefäße standen rechts und links der Steintreppe und grenzten die Terrasse zum Garten hin ab. Wie offene Mäuler zeigten ihre leeren Öffnungen in den Nachthimmel. Oder hatte hier den ganzen Sommer über gar nichts gestanden? Von Seelenthin befiel ein ähnlich lähmendes Gefühl, wie im Haus der Tochter von Katharina Struckmann-Jarr. Auch wenn die Villa ein beeindruckendes und vor allem stilechtes Exemplar des Jugendstils darstellte und nicht schon auf den ersten Blick so kalt wirkte wie das Haus in Oberneuland. Auch dieser Bau strahlte keinerlei Heimeligkeit oder Geborgenheit ab. Die weiße Villa wirkte unbewohnt, als habe man sie entkernt. Dunkel und leer starrten die Fenster wie Löcher in die Nacht. Von Seelenthin legte die Hände an die Scheiben und blickte in das Innere des Hauses. Schemenhaft waren wenige Möbel zu sehen. Die Terrassentür, ein schweres Glaselement in weißem Holzrahmen, war zwar zugezogen, jedoch nicht geschlossen. Von Seelenthin klopfte.

»Frau Struckmann-Jarr?«

Keine Antwort. Sie trat vorsichtig in den Raum, machte Licht. Dremmler folgte ihr dicht auf; beide zogen ihre Waffen und entsicherten sie. Der Raum war rechteckig, zog sich weit nach hinten über die gesamte Länge des Hauses. Ihre Schritte hallten unangenehm auf dem hellen Steinboden. Ein mehr als aufgeräumtes Wohnzimmer. Einige Bauhausklassiker standen auf einem dunklen Teppich vor einem Einbauregal, das die ganze Wand einnahm. Die unteren Fronten waren geschlossen, in den oberen Regalböden standen Bücher, Klassiker zumeist, alphabetisch aufgereiht. Keine Zeitungen, herumliegende Kleidungsstücke, Kissen oder Decken. Penibel, alles an seinem Platz. Von Seelenthin ging weiter in die angrenzende offene Küche. Es bot sich ein ähnliches Bild: glatte, ebene Flächen und grifflose Fronten. Kein Teelöffel auf der Arbeitsplatte, kein Glas in der Spüle. Alles an seinem Platz. Im Flur fiel ihr Blick auf etwas leuchtend Gelbes auf einer großen Kommode. Dürrenmatt. »Der Richter und sein Henker« Das Reclamheft, das Joelle Knaaß in den Händen gehalten hatte, als sie bei ihr in der Wohnung waren. Von Seelenthin fasste das dünne Buch mit Handschuhen an und schob es vorsichtig in die transparente Tüte. Auch Joelle hatte das Buch nicht gelesen. Vor ein paar Jahren vielleicht, in der achten oder neunten Klasse, aber nicht mehr als Schullektüre kurz vor dem Abitur. Dieses Büchlein hier hatte einem anderen Zweck gedient. Aber wo war das dazugehörige Schreiben, mit dem Joelle die Richterin erpresst hatte? Von Seelenthin öffnete ein paar Unterschränke, bis sie den Mülleimer gefunden hatte. Er war leer. Vermutlich hatte Struckmann-Jarr den Erpresserbrief längst weggeworfen, verbrannt oder irgendwo in der Stadt entsorgt. Von oben hörte sie Dremmlers Stimme.

»Sie ist nicht hier, aber das sollten Sie sich ansehen, Frau Hauptkommissarin!«

Sie folgte dem Ruf des Kollegen und stieg die Treppe hinauf. Auf halber Höhe streifte ihr Blick ein Bild auf der voluminösen Kommode. Eine Gruppe Wanderer vor einem Bergpanorama winkte fröhlich in die Kamera. Von Seelenthin erkannte die Richterin und ihren Mann dahinter. Sie holte ihr Handy aus der Tasche und wählte eine Nummer.

»Frau Ingstedt? Seelenthin hier. Wir müssen dringend mit Ihrer Mutter sprechen. Sie ist nicht zu Hause. Gibt es einen Ort, wo sie sein könnte?« Kurze Zeit später legte sie auf.

»Dremmler?«, rief sie. »Kommen Sie! Wir müssen in den Stadtwald.«

Der Kommissar kam eilig die Treppenstufen hinunter. In der Hand hielt er ein gerahmtes Bild. Er hielt es ihr hin, sodass sie es ansehen konnte. »Eine Todesanzeige«, sagte Dremmler. »Sie hat die Todesanzeige ihres Mannes gerahmt auf dem Nachttisch stehen gehabt. Und das hier lag daneben.«

Er reichte ihr ein Din-A4-Blatt, in einer akkuraten eckigen Handschrift mit Füller beschrieben.

Ich habe die Männer nicht aus Rache getötet. Ich wollte die Opfer beschützen, las sie. »Ich habe ihre Tochter angerufen. Sie sagte, dass ihre Mutter immer in den Stadtwald zum Aussichtsturm gehe. Sie wissen schon: der Turm auf dem Rodelberg, den alle ›Judentempel‹ nennen. Zum Spazierengehen, oder wenn sie nachdenken und allein sein möchte.«

Die beiden Kommissare sahen sich an. Von Seelenthin drückte sich eine Hand auf den Magen, als könne sie die rumorende Unruhe in sich so bändigen.

Nur wenige Minuten später stellten sie den Wagen an der Parkstraße auf der Höhe des rotgeklinkerten Hotelgebäudes ab und liefen auf dem geschotterten Weg quer durch den Park in Richtung des kleinen Stadtwaldsees. Der Schotter knirschte unter ihren Schuhen, aber Nebel dämpfte die Geräusche. Es war trotz der Jahreszeit empfindlich kalt geworden, und von Seelenthin spürte ihre beißenden Atemzüge in der Kehle. Dremmler lief gleichmäßig wie eine Maschine. Inzwischen war er ihr um bestimmt 20 Meter voraus. Von hinten näherten sie sich dem Turm. Die steile Anhöhe, die im Winter als Rodelpiste beliebt war, lag als massiger, schwarzer Berg vor ihnen. Ein blasser Vollmond strahlte von hinten auf den Aussichtsturm, sodass sich seine Silhouette scharf wie ein Scherenschnitt vor dem dunkelblauen Himmel abzeichnete. Die Abstände zwischen den Säulen blickten wie schwarze, leere Augen auf sie herab. Der zweistöckige Pavillon thronte mitten auf dem Hügel. Von Seelenthin rutschte aus und fing sich mit Händen und Knien ab. Als sie das Plateau erreichte, wehte derWind stärker, und Dremmler stand vor der offenen Tür des Turms. Die massive Eichenholztür, die die Treppe im Inneren des Turms schützte, schwang bei jedem Windstoß auf und zu. Helle Splitter ragten seitlich aus dem Holz, die Tür war aufgebrochen worden. Von Seelenthin keuchte und stützte sich mit den Händen kurz auf den Oberschenkeln ab, bis sie wieder gleichmäßig atmete. Sie wischte sich die wirren Haarsträhnen aus der Stirn und richtete sich auf. Wieder entsicherten die beiden Polizisten ihre Waffen und stiegen hintereinander die gewundene Treppe hinauf. Von Seelenthin spürte, dass sich eine Gänsehaut über ihren Rücken bis auf ihre Wangen ausbreitete. Auf der Treppe zermalmten ihre Schuhe kleine

Steinchen aus Beton, und es raschelte, als sie mit dem Rücken an der Wand des Turms entlangscheuerte. Endlich waren sie im oberen Geschoss angekommen. Durch eine offenstehende Tür gelangten sie wieder nach draußen. Auch sie war aufgebrochen worden, ein stabiles Brecheisen lag auf dem Fußboden direkt hinter der Tür. Sie verständigten sich mit Blicken und Handzeichen, wandten einander den Rücken zu und gingen in entgegengesetzten Richtungen davon, um das Plateau zu umrunden. Von Seelenthin atmete flach, horchte konzentriert auf das leiser werdende Geräusch von Dremmlers Schritten. Durch den Nebel war es unnatürlich still, bis auf die Windböen, die in unregelmäßigen Abständen auffrischten und trockene Blätter über den Boden fegten. Das knirschende Geräusch wurde lauter. Undeutlich zeichnete sich seine große, schmale Gestalt vor ihr ab und sie stieß erleichtert den Atem aus. Dremmler kam ihr wieder entgegen; er schüttelte den Kopf. Die obere Aussichtsplattform war leer. Der Kommissar zuckte zusammen, als der Ruf eines Kauzes herüberhallte. Von Seelenthin blickte um sich, aus den Augenwinkeln nahm sie ein Leuchten wahr. Sie richtete den Blick nach unten. Auf dem Weg direkt hinter dem Turm leuchtete etwas Rotes. Ihr Atem setzte kurz aus. Eine rote Windjacke blähte sich, die Gestalt lag reglos mit ausgebreiteten Armen am Fuß des Turms. Auf der untersten der drei Stufen, die rund um den Turm liefen, lag der Kopf. Er lag zur Seite geneigt, wie auf einem steinernen Kissen. Windböen spielten mit einer dunklen Haarsträhne, als wollten sie die Gestalt zum Spiel auffordern. Dremmler folgte ihrem Blick. »Scheiße, verdammte!«, kam es spontan aus seinem Mund. Sie sicherten die Waffen und verstauten sie in den Holstern, stiegen die Treppe wieder hinab. Sie waren zu spät gekommen. Katharina Struckmann-Jarr hatte sich selbst gerichtet.

44. KAPITEL

Der Stadtwald unterhalb des Aussichtsturms leuchtete hell. Direkt vor der Treppe, die auf das Podest des Aussichtsturms führte, stand das Einsatzfahrzeug der Rechtsmedizin mit geöffneter Heckklappe. Die Beamten waren von der anderen Seite den Rodelberg hinaufgefahren, bis direkt vor den Turm. Von Seelenthin stand mit Dremmler etwas abseits. Die Leiche der Richterin war soeben von zwei Mitarbeitern in einen Zinksarg gelegt und in das bereitstehende Einsatzfahrzeug verfrachtet worden. Doktor Todovic kam kopfschüttelnd auf sie zu.

»So viele Tote, und ich bin erst seit einer Woche in dieser Stadt.« Sie blickte sich um, als die Tür des Leichenwagens mit einem leisen Klicken geschlossen wurde. »Die Frau hat die Tür des Turms aufgebrochen, dann hat sie sich mit starken Schlafmitteln vergiftet und in kurzer Zeit fast zwei Flaschen Rotwein getrunken.« Um ihre Aussage zu unterstreichen, hielt Doktor Todovic eine Tüte hoch. »Die Flaschen hat sie, ganz deutsch, ordentlich in den Mülleimer gestellt. Anschließend ist sie auf den Turm gestiegen und hat sich hinuntergestürzt. Bei der Menge Gift im Blut hat ihr Körper keinerlei Schutzreaktionen gegen den Sturz gezeigt. Sie ist gefallen und hat sich das Genick gebrochen, der Kopf ist massiv übersteckt worden.«

Härmter war von hinten an sie herangetreten und hatte die letzten Worte mitangehört. »Dann ist der Fall damit wohl abgeschlossen.«

Von Seelenthin schüttelte den Kopf. »Wir haben diesen Brief der Richterin bei ihr auf dem Nachttisch gefunden.«

Härmter las die Zeilen mit gerunzelter Stirn und stöhnte verhalten auf. »Mord aus Mutterliebe. Selbstjustiz, begangen von einer Richterin! Mannomann!«

Ungeduldig legte sie ihren Finger auf das Blatt. »Nein, das meine ich nicht! Hier steht: Ich habe die Männer nicht aus Rache getötet. Die Männer. Die Richterin spricht nur von den Männern, nicht von Joelle!«

Dremmler zuckte mit den Schultern. »Vielleicht hat sie einfach nicht über sie gesprochen, weil in ihrem Fall das Motiv ja klar war: Angst vor Entdeckung. Schließlich hat Joelle auch sie erpresst.«

Von Seelenthin schüttelte unwillig den Kopf und zupfte sich ungeduldig eine Haarsträhne von der Unterlippe. »Nein. Sie lässt einen Mord nicht einfach unter den Tisch fallen, wenn sie schon so ein Geständnis macht. Ich glaube, dass sie das Mädchen nicht umgebracht hat.«

Härmter breitete die Arme aus und schaute kurz in den Himmel, als erwarte er von dort Hilfe. Von Seelenthin betrachtete sein Profil. *Ob er jetzt gleich den Mond anheult?* zuckte es durch ihren Kopf.

»Wie bitte?« Sie hatte nicht zugehört, dafür aber gelächelt. Dremmler schaute sie mit hochgezogenen Brauen an. Er wedelte mit seiner riesigen Hand vor ihren Augen herum, wie um sie ins Hier und Jetzt zurückzuholen. »Wir haben das Motorrad von Ingstedt erst heute, bei der Richterin, gefunden. Das andere ist spurlos verschwunden.«

»Das Motorrad von Piontak, genau. Das könnte natürlich auch gestohlen worden sein, aber das glaube ich nicht. Ich glaube vielmehr, dass Joelle Knaaß es irgendwo abgestellt oder sogar nach Piontaks Tod verkauft hat.« Von Seelenthin breitete die Arme aus. »Es gibt da tausend Möglichkeiten. Nora Hesselbach käme auch infrage, aber solange das Mädchen nicht redet, werden wir das Ding nicht finden.«

In diesem Moment klingelte das Handy in von Seelenthins Handtasche. Sie zog es heraus und nahm das Gespräch an. »Wenn man vom Teufel spricht! Das war Polizeimeisterin

Poppe. Vor einer Viertelstunde ist ein Notruf eingegangen. Bei Barbara Piontak vor dem Haus stand Nora Hesselbach! Die Kollegen sind sofort losgefahren!«

Da der Wagen der Kommissare am anderen Ende des Parks stand, stiegen sie zusammen mit Härmter in dessen Einsatzfahrzeug. Die kegelförmigen Lichtstrahlen der Scheinwerfer tasteten sich unruhig über den unebenen Grasboden, als sie den Rodelberg hinunterrollten und den Park querten, bis sie am Fuß des Bergs wieder eine asphaltierte Straße erreichten. Härmter setzte das Blaulicht auf das Dach des Einsatzfahrzeuges, während von Seelenthin den Polizeifunk einstellte. Kratzend hörten sie die Stimme der Polizeimeisterin über das Mikrofon.

»Das Mädchen habe nur vor dem Haus gestanden, keinen Kontakt aufgenommen, sagt die Piontak.«

Es knisterte und knackte in der Leitung, Fahrgeräusche waren zu hören und vereinzeltes Hupen.

Dann wieder die aufgeregte Stimme der Polizeimeisterin: »Zielperson hat das Motorrad. Es ist die BMW F 650, die Maschine von Piontak, Kennzeichen HB P 1275. Die Kollegen sind dran. Zielperson fährt auf dem Utbremer Ring in Richtung Autobahnzubringer«, informierte sie die Kollegen.

Von Seelenthin zog konzentriert die Brauen zusammen. »Dann ist sie weiter südlich unterwegs als wir. Wenn sie zur Autobahn will, können wir ihr vielleicht noch den Weg abschneiden!«, überlegte sie laut.

Härmter sagte nichts, während sie ihn durch das Gewirr kleiner Straßen leitete, bis sie schließlich den Hochschulring erreichten.

»Woher kennen Sie sich hier so gut aus?«, fragte Dremmler von hinten.

»Als unser Stall noch nicht fertig war, hatte ich meine Pferde im Reitklub Sankt Georg stehen. Das ist im Wetterungsweg, keine 200 Meter entfernt von dort, wo wir eben aus dem Park kamen.«

Härmter stellte das Martinshorn an und lenkte den Wagen energisch und in hohem Tempo durch die Schneise, die sich vor ihnen bildete. Wie Käfer aus buntem Blech duckten sich die Autos rechts und links an den Straßenrand. Das Martinshorn schallte laut durch die Nacht, im Wagen herrschte angespannte Stille, bis sich die verzerrte Stimme der Polizeimeisterin Poppe wieder meldete:

»Sie ist auf der A27, Richtung Cuxhaven!«

»Mist! Wie wollen wir die auf der Autobahn so einfach zum Anhalten bringen?«

Der Verkehr war wie üblich dicht, angestrengt blickte sie nach vorne, die Augen zusammengekniffen.

»Da ist sie!« Dremmler hatte das Mädchen auf dem Motorrad als Erster entdeckt. Nora setzte eben zum Überholen eines großen Lieferwagens an. Der Motor der Enduro röhrte laut auf, als sie nach links ausscherte und eng am Lieferwagen vorbeizog. Ein dumpfes Geräusch war zu hören und auf dem Asphalt glitzerten die Scherben des abgefahrenen Spiegels.

»Nein!«, entfuhr es von Seelenthin und sie zog zischend die Luft zwischen die zusammengebissenen Zähne.

Die Maschine schlingerte stark, als Nora nur knapp vor dem Kleinlaster wieder einscherte. Der geschnittene Fahrer blendete auf und sein langanhaltendes Hupen war noch zu hören, als er an ihrem Einsatzwagen vorbeischoss.

»Mein Gott!«, Dremmler stöhnte erschreckt auf.

»Knapp genug«, sagte Härmter leise und seine Hände fassten das Lenkrad fester, sodass die Knochen und Sehnen auf seinem Handrücken hervortraten. Sie fuhren immer weiter in Richtung Norden, bis Nora die Autobahn am Kreuz 17 verließ und weiter auf der Ritterhuder Landstraße fuhr. Der Verkehr wurde hier dünner, nur noch vereinzelt kamen ihnen Fahrzeuge entgegen. Härmter stellte das Martinshorn ab und hielt einen konstanten Abstand zu Nora. Die steuerte das Motorrad unbeeindruckt schnell und passierte Viehausen. Dann verringerte sie schließlich die Geschwindigkeit plötzlich. Von Seelenthin drehte sich zu Härmter.

»Der Brief an ihren Bruder! Der Tagebucheintrag! Sie fährt ins Teufelsmoor. Dort, wo sie mit Piontak das Motorradfahren geübt hat.«

Dremmler schnaubte. »Und dort, wo dieses Arschloch sie süchtig gemacht hat.«

Erst jetzt bemerkte das Mädchen die Verfolger und verdrehte den Oberkörper auf der Maschine, um sich umzublicken. Fast schien es, als wolle sie ihre Verfolger provozieren.

»Dreh' dich wieder um, Mensch!« Härmters Stimme klang beschwörend; er nahm eine Hand vom Lenkrad und deutete nach vorn. Ganz entfernt leuchteten die Scheinwerfer eines Autos auf. Nora verstand das Zeichen nicht, vielleicht wurde sie auch geblendet und konnte sie gar nicht sehen? Auch sie nahm jetzt eine Hand vom Lenkrad der Enduro und winkte ihnen zu. Fast hatten sie die Stelle erreicht, an der das ausgebrannte Wrack gefunden worden war. Das Auto auf der Gegenfahrbahn kam schnell näher. Der Fahrer blendete auf und drosselte gleichzeitig die Geschwindigkeit. Endlich bemerkte Nora das Licht und drehte sich wieder um. Das Motorrad schlingerte und schoss vorwärts, als sie die Kontrolle über die Maschine verlor. Das Mädchen kippte über die linke Seite der Maschine und schleuderte auf die Gegenfahrbahn. Der Fahrer des entgegenkommenden Wagens riss das Steuer herum. Nora rutschte über den Asphalt und prallte gegen die Leitplanke, wo sie liegen blieb. Nur Augenblicke später rollte der Wagen hinter ihr mit quietschenden Reifen über den Asphalt und kam nun direkt auf das Einsatzfahrzeug zu. Härmter bremste abrupt und lenkte den Wagen in die entgegengesetzte Richtung. Der Geländewagen schleuderte herum. Einen kurzen Moment waren beide Fahrzeuge auf gleicher Höhe; sie schienen nebeneinander stillzustehen, wie in einer Zeitschleife gefangen. Von Seelenthin sah das weiße Gesicht einer Frau hinter der Frontscheibe des anderen Fahrzeugs an sich vorüberziehen. Ein dumpfer Knall, das Geräusch von splitterndem Glas, eine Stimme schrie etwas und dann spürte sie einen festen Druck vor der Brust.

Das erste Geräusch, das sie wahrnahm, war das gleichmäßige Klicken des Blinkers. Sie konnte nichts sehen. Alle Airbags waren aufgegangen und sie bekam nur schwer Luft.

»Sind Sie in Ordnung?«

Die Stimme klang irgendwie gequetscht, kam von links. Von Seelenthin klickte ihren Gurt auf, aber der schwarze Riemen löste sich nicht. Sie wandte sich der Stimme zu. Noch immer konnte sie nichts sehen. Ihre Haare lagen in wirren Bahnen um ihren Kopf und hatten sich im Gurt verfangen. Von hinten war ein Stöhnen zu hören. »Ich bin okay, Sie beide auch?«

Dremmler schnallte sich ab und beugte sich kurz nach vorn. Sein großer Kopf tauchte zwischen den Sitzen auf und blickte zwischen Fahrer- und Beifahrersitz hin und her. Härmter rief über Funk den Krankenwagen und stieg dann aus, sie hörte seine Autotür zuknallen. Nur Augenblicke später öffnete sich die Beifahrertür und sie wandte sich um, als sie seine Hand auf ihrem Arm spürte.

»Kommen Sie, ich helfe Ihnen.« Ungeduldig drehte sie den Kopf und zog den Gurt weg von ihrem Körper. Sein Handrücken streifte ihre Wange als er eine dicke Strähne nach der anderen vorsichtig unter dem schwarzen Stoff hindurchwand und fallen ließ. Sie schaute auf seine Hände und hielt ganz still. Als sie befreit war, stieg sie aus dem Auto. Benommen blieb sie stehen, sie traute ihren eigenen Beinen nicht. Während sie sich mit einer Hand auf dem Wagendach abstützte, holte sie tief Luft. Sie konnte ihn nicht ansehen und ging mit abgewandtem Kopf ein paar Schritte zum Heck des Wagens. Plötzlich fror sie. Ihr Körper zitterte und sie umfasste sich mehrmals mit den Armen, um ihren Kreislauf wieder anzukurbeln. Dremmler, der als Erster aus dem Wagen geklettert war, kniete neben Nora. Härmter stand abseits und telefonierte, vermutlich mit der Staatsanwältin wegen des Haftbefehls für Nora Hesselbach. Das Einsatzfahrzeug stand mit Warnblinklicht parallel zum Straßenrand, der Geländewagen kurz dahinter, quer versetzt. Eine schlanke Mittfünfzigerin stand neben dem ramponierten Fahrzeug und telefonierte ebenfalls. Auch ihr schien nichts passiert zu sein. Von Seelenthins Blick kehrte zu Dremmler zurück, der sich über das Mädchen beugte. Sie lag auf dem Rücken.

»Sie ist ansprechbar!«, rief er ihr zu und winkte sie heran.

Nora stöhnte und bewegte langsam die Beine. Dremmler stützte ihren Oberkörper und half ihr, sich aufzurichten.

»Es ist doch alles egal!«, nuschelte sie.

Mit beiden Händen griff sie an den Helm. Der Handballen der rechten Hand war stark aufgeschürft, ein Knie blutete, sonst schien auch sie wie durch ein Wunder unverletzt. Die junge Frau lehnte sich an den schwarz-weißen Begrenzungspfahl und nahm langsam den Helm ab. Verschwitzte blonde Haare klebten an ihrem Kopf. Klein und verloren wirkte sie, wie sie da saß mit ausgestreckten dünnen Beinen, die Arme schlaff in ihrem Schoß liegend, den Blick gesenkt. Unregelmäßiges blaues Licht zuckte auf, als der Krankenwagen herankam und neben ihnen hielt. Von Seelenthin zuckte zusammen. Das Knallen der Autotüren tat so weh in ihrem Kopf, als habe man sie ihr direkt dagegen geschlagen. Die humpelnde Nora wurde auf eine Trage gesetzt und in den Krankenwagen geschoben.

Dremmler setzte an: »Nora Hesselbach. Wir verhaften Sie wegen des Mordes an Joelle Knaaß. Sie haben das Recht zu schweigen und alles, was Sie sagen, kann gegen Sie verwendet werden.«

»Sie hat alle Menschen nur ausgenutzt und kaputtgemacht! Sie hat es verdient!«

Dremmler legte ihr beschwichtigend die Hand auf den Unterarm und sie verstummte. Ihr Mund verzog sich zu einem Schluchzen und sie kniff die Augen zusammen, legte sich den Unterarm über den Kopf. Dremmler stützte sie und stieg zu ihr in den Krankenwagen. »Ich werde die Eltern benachrichtigen«, sagte er in von Seelenthins Richtung, dann schloss sich die Tür des Krankentransportes.

Härmter trat zu ihr. Zusammen standen sie auf der Landstraße und sahen dem Krankenwagen hinterher, der sich schnell entfernte. Noch immer war ihr kalt, und von Seelenthin legte die Hände um ihren Körper. Ihr Einsatzfahrzeug hatte einen Totalschaden und würde bald abgeholt werden, Polizeimeisterin Poppe war mit ihrem Kollegen bereits wieder abgefahren. Warum war er dort nicht mitgefahren? Hatten die ihn vergessen, oder umgekehrt? War er vielleicht nur zu höflich, um sie hier allein stehen zu lassen? Nebeneinander schritten sie den Weg entlang, der zum Mooreichenhof führte. Ihr Atem hinterließ neblige Wolken in der Nachtluft. Härmters Blick schweifte über die Landschaft. Er blieb stehen.

»Dieses flache Moor hier mit den Birken, den großen Steinen, darüber der Mond. Genauso habe ich es auf einem Bild gesehen.«

Von Seelenthin lächelte. Aus irgendeinem Grund freute es sie, dass er die Landschaft so intensiv wahrnahm. »Sie haben recht. Es ist ein Gemälde von Carl Vinnen. Er gründete die Künstlerkolonie hier in Worpswede, zusammen mit ein paar anderen Malern. Otto und Paula Modersohn und Rilke gehörten auch zu diesem elitären Klub damals.«

Sie spürte seinen Blick und wandte sich ihm zu.

»Es ist ein sehr melancholisches Bild«, sagte er.

Sie blieb stehen und drehte sich einmal um die eigene Achse. »Ich frage mich oft, wie sie damals ihre Zeit hier erlebt haben, ob es ein Sehnsuchtsort für sie war.« Sie sah, dass er lächelte. Kein fröhliches Lächeln, eher ein wehmütiges.

»Ich glaube, dass man überall glücklich, oder auch unglücklich sein kann. Das liegt nicht an einem bestimmten Ort, es liegt in uns selbst.«

Ihre Schritte wischten durch das hohe Gras und schließlich tauchten die Lichter des Mooreichenhofes vor ihnen auf. Kurz darauf hörten sie das Schnauben der Pferde, als sie über den Hof in Richtung des Haupthauses gingen. Von Seelenthin verlangsamte ihre Schritte. Ihr Schweigen war schön gewesen, jetzt plötzlich fühlte sie sich unsicher, war verlegen.

»Das Netz hier ist sehr schwach. Ich rufe Ihnen ein Taxi. Das kann hier etwas dauern. Möchten Sie ein Glas Wein?«

Ohne eine Antwort abzuwarten, öffnete sie die Seitentür und ging in die Küche. Als sie nur Minuten später, begleitet von den beiden Doggen, mit zwei Gläsern weißem Burgunder wieder vor der Küchentür stand, war Härmter verschwunden.

45. KAPITEL

»Es tut mir leid, aber detailliertere Informationen zum Geschehen der letzten Nacht werden aus Rücksicht auf die Familie der Verstorbenen nicht herausgegeben. Nur so viel: Frau

Struckmann-Jarr hat in der Nacht von gestern auf heute im Stadtwald Suizid begangen. Unsere Ermittlungsarbeit hatte uns auf ihre Spur geführt, aber leider haben wir sie nicht mehr rechtzeitig finden können. In einem Brief, der in ihrem Haus sichergestellt werden konnte, gesteht sie die Tötungsdelikte an Robin Piontak und ihrem Schwiegersohn, Doktor Julius Ingstedt. Außerdem sichergestellt bei Richterin Struckmann-Jarr wurde das Motorrad, eine Yamaha, Modell XT 600 sowie weitere tatrelevante Beweisstücke. Richterin Struckmann-Jarr ist zwar von Joelle Knaaß erpresst worden, aber für den Mord an Joelle Knaaß nicht verantwortlich. Nora Hesselbach hat gestern auf der Landstraße zwischen Viehausen und Waakhausen einen Unfall verursacht, bei dem glücklicherweise niemand ernsthaft verletzt wurde. Nora Hesselbach hat das Motorrad des ermordeten Robin Piontak nach dessen Tod an sich genommen und auf dem Parkplatz der Agentur ihres Vaters versteckt. Die 19-jährige Nora Hesselbach wurde heute Morgen dem Haftrichter vorgeführt und hat den Mord an Joelle Knaaß im Lauf der Vernehmung gestanden. Als Tatmotiv gibt sie Rache für ihren verstorbenen Halbbruder an. Sie hat ausgesagt, dass sie Joelle Knaaß bereits in deren Wohnung verletzen wollte. Durch den Konsum von Meth und Beruhigungsmitteln, die Nora in der Wohnung von Joelle Knaaß eingenommen hatte, kam es nicht dazu. Sie sagt aus, dass ihre Wut auf Joelle Knaaß nach dem Kollaps und dem Klinikaufenthalt noch größer geworden sei und dass sie sich, unbemerkt von ihren Eltern, zum Tatort begeben und Joelle dort ins Wasser gezogen habe, sodass sie ertrank. Momentan befindet sie sich in Untersuchungshaft. Weitere Informationen finden Sie in den ausliegenden Pressemappen.«

Von Seelenthin lehnte sich zurück. Die Stimmen der Reporter, das Rascheln von Papier, scharrende Schuhsohlen und klickende Kameras verdichteten sich in ihren Ohren zu einer rauschenden Kakofonie. Sie war so unendlich müde! Neben ihr saß Kriminaldirektor Härmter. Als sie heute Morgen an seinem Büro vorbeiging, hatte die Tür leicht aufgestanden. Das vertraute Näseln der Staatsanwältin hatte sie davon abgehalten, einen Blick in den Raum zu werfen. Vor einer halben Stunde, kurz vor dem Beginn der Pressekonferenz, hatte sie ihn auf dem Weg zum großen Konferenzraum auf dem Flur getroffen. Zur Begrüßung hatte er ihr freundlich zugenickt, irgendwie unverbindlich, als sei sie eine flüchtige Bekannte, die man ab und an im Supermarkt traf. Genauso hatte sie zurückgenickt. Kein Wort über sein plötzliches Verschwinden gestern. Hatte sie einen Fehler gemacht, sich unangemessen verhalten? War es unpassend gewesen, ihm nach diesem aufregenden Abend gestern ein Glas Wein anzubieten? Ratlos starrte sie auf ihre Hände, die gefaltet vor ihr auf der Tischplatte lagen. Staatsanwältin Teschner bedankte sich soeben bei den Journalisten und schloss die Pressekonferenz. Ein letztes Mal für heute ging sie mit den Kollegen der Mordkommission in den Besprechungsraum. Der Chef bedankte sich bei allen für die geleistete Arbeit. Seine Stimme klang warm, fast konnte sie seine Worte auf ihrer Haut fühlen wie Fingerspitzen, die sanft darüberstrichen. Sie fühlte, wie sich eine Gänsehaut auf ihren Oberarmen ausbreitete, als seien die Worte nur an sie gerichtet. Sie hörte auf den Klang seiner Stimme, nicht auf das, was er sagte. In seinen Augen sah sie wieder diese weißen Gischtpunkte aufblitzen. *Was willst du von mir?*

Von Seelenthin stieg in ihren Wagen. NDR Klassik spielte Rachmaninows Konzert für Klavier und Orchester Nr. 2 und sie drehte die Lautstärke auf. Getragen von den melancholischen Mollklängen und in Gedanken an die gestrige Nacht versunken, ließ sie sich aus der Stadt hinaustreiben. Als sie eine halbe Stunde später den Mooreichenhof erreichte, fiel ihr Blick gleich auf den dunkelblauen Kombi, der mit geöffneter Heckklappe vor der Scheune stand. Clemens. Seufzend stellte sie den Wagen ab, stieg aus und stutzte, als sie eine laute Stimme mit ausgeprägtem niederländischem Akzent vernahm.

»Das kann ja jeder sagen, dass er hier wohnt! Ein paar Sachen holen! Sie bleiben jetzt hier stehen oder ich rufe sofort die Polizei!«

Jitzkes Stimme überschlug sich fast und wurde nur in unregelmäßigen Abständen von dunklem Gebrummel unterbrochen. Unfreiwillig musste von Seelenthin lächeln, als sie um die Hausecke bog. Die junge Holländerin stand mit erhobener Mistforke in der Hand vor einem völlig verdatterten Clemens und hinderte ihn daran, den Stall zu betreten. Niemand, der mit klarem Verstand ausgestattet war, konnte angesichts der aufgebrachten Jitzke daran zweifeln, dass es nicht nur bei der Drohgebärde bleiben würde, sollte Clemens es wagen, einen Fuß in die Tür zu setzen! Mit verschränkten Armen und einem amüsierten Grinsen im Gesicht sah von Seelenthin dem Schauspiel eine Weile zu, bevor sie schließlich ein Einsehen hatte und die beiden Kontrahenten einander vorstellte. Nachdem Jitzke die Forke weggestellt hatte, war sie, nicht ohne einen letzten misstrauischen Blick auf Clemens zu werfen, wieder im Stallgebäude verschwunden. Clemens war an den Rand des angrenzenden Wäldchens gegangen und hatte eine Weile an Wotans Grab gestanden. Von Seelenthin sah auf den gewaltigen Rücken ihres ehemaligen Mannes und erkannte, dass er weinte. Still drehte sie sich um und ging zum Haus. Als sie nach kurzer Zeit mit dem geöffneten Weißburgunder von gestern und den beiden Doggen zurückkehrte, saß Clemens auf der steinernen Bank unter der mächtigen Mooreiche.

»Wie lange war ich weg?«

Wehmütig betrachtete er das inzwischen völlig aufgeweichte und wellige Taschenbuch, das neben ihm lag. Er kraulte die Ohren der Hündin, die an seiner Seite saß und immer wieder sanft mit ihrer großen Schnauze gegen seinen Arm knuffte, sobald er damit aufhörte.

»Nur eine Woche und schon hat sich so viel verändert«, beantwortete er sich seine rhetorische Frage selbst.

Von Seelenthin sagte nichts, schaute über die Weiden bis zum Birkenwäldchen. Sie kniff die Augen gegen die Sonne zusammen, bis ihr Blick verschwamm und goldene Punkte vor ihren Augen tanzten. Ihre Gedanken kehrten wie von selbst zum gestrigen Abend zurück und wieder sah sie ihn vor sich, den Mann mit dem Wolfsblick, als Clemens' Stimme sie zurückholte.

»Wer war eigentlich der magere Typ gestern?«

Von Seelenthin lächelte. »Das war mein Chef. Kriminaldirektor Thomas Härmter. Wir haben den Fall gestern hier ganz in der Nähe zum Abschluss gebracht.«

Plötzlich stutzte sie. »Wieso? Ich meine, woher weißt du denn?«

Clemens wurde rot und breitete entschuldigend die schweren Arme aus. »Ich war gestern schon einmal hier und wollte mit dir reden und da, naja, da stand dieser ausgemergelte Typ hier draußen vor der Küchentür herum.«

Von Seelenthin stöhnte. »Lass mich raten: Er hat dich auch gesehen und ist abgehauen?«

Clemens nickte zögernd und zog dabei den Kopf zwischen die Schultern, als erwarte er ein Unwetter. Sie schwiegen beide. Von Seelenthin blickte zur Weide hinüber. Früher hatten sie oft hier gesessen und ihre Tiere beobachtet. Sie hatten die vertraute Wärme des anderen neben sich gespürt, selbstvergessen den gleichmäßigen Rhythmus des eigenen Atmens wahrgenommen. Schauen. Spüren. Atmen. Die Kaltblüter, die sich gegenseitig am Mähnenkamm entlangknabberten. Eselhengst Eugen, der sich eifersüchtig dazwischendrängte. Die Hunde, die sich gegenseitig jagten und schließlich zufrieden zu ihnen zurücktrotteten und sich zu ihren Füßen ins Gras legten. Fast fühlte es sich an wie sonst, und doch hatte sich zwischen ihnen etwas verändert. Nein, ihre Gefühle hatten sich verändert. Die Nähe, die sie sonst Clemens gegenüber gespürt hatte, war einem anderen Gefühl gewichen. Es war nicht mehr so warm und absolut, aber dennoch vertraut und bindend.

»Wie läuft es mit Gitte?«, fragte sie und schaute nach vorne. Sie spürte ihn neben sich; ein Rucken ging durch den massigen Oberkörper, als er aufseufzte.

»Eija, also ich habe den Mooreichenhof vermisst, die Tiere, dich auch. Ich weiß, dass wir so nicht mehr zusammen hier leben können, als ehemaliges Paar, Freunde, als das, was wir eben waren die letzten Jahre, meine ich, aber vielleicht …«

Die Sonne stand bereits tief und der Himmel verfärbte sich zu einem dunklen Orange. Die letzten langen Sonnenstrahlen strichen warm über ihr Gesicht, als sie sich herunterbeugte. Von Seelenthin griff neben sich und hob die Flasche aus dem Weinkühler, schenkte sich und Clemens nach.

»Was hältst du davon, wenn wir die Scheune oben für dich ausbauen?«, fragte sie.